신임사관 구려령

일러두기

· 이 책은 작가의 최종 대본이며 방송된 드라마와 다른 부분이 포함되어 있습니다.

· 이 책은 작가의 드라마 대본 집필 형식을 최대한 따랐습니다.

· 드라마 대사의 입말을 살리기 위해 한글맞춤법에서 벗어난 표현이라도 그 표현을 살렸습니다.

· 쉼표, 물음표, 느낌표, 말줄임표 등의 문장부호는 작가의 의도를 따랐습니다.

용어 정리

E	효과음(Effect)을 뜻한다. 등장인물은 보이지 않고 목소리만 나는 경우에 사용한다.
O.L	오버랩(Over-lap). 앞 장면에 겹쳐서 다음 장면이 나오는 기법이다. 대사에서 앞사람의 말을 끊고 말할 때 사용한다.
INS	인서트(Insert). 화면의 특정 동작이나 상황을 강조하기 위해 삽입한 화면이다. 인서트 화면이 없어도 장면을 이해하는 데 지장이 없으나 인서트를 삽입함으로써 상황이 명확해진다. 대개 클로즈업으로 사용한다.
플래시컷	화면과 화면 사이에 들어가는 순간적인 장면이다. 극적인 인상이나 효과를 주기 위해 삽입하는 매우 짧은 화면을 말한다.
몽타주	따로따로 촬영한 장면들을 짧게 끊어서 붙인 화면을 말한다.
D	배경이 낮일 경우에 사용한다.
N	배경이 밤일 경우에 사용한다.

신입사관 구

해

령 ②

김호수
TV드라마 대본집 무삭제판

lihan

차례

11화 | 전하께는 시정기를 감찰할 권한이 없으십니다 · 17

12화 | 원컨대 내 사랑, 오래오래 살아서 영원히 내 주인 되어주소서 · 57

13화 | 우리는 이제 왕 없이도 살 수 있다는 걸 아니까 · 99

14화 | 허장성세, 무중생유, 그리고 성동격서 · 141

15화 | 그 여인이 아닌 다른 누구도 원하질 않습니다 · 181

16화 | 나한텐 니가 전부인 거 알잖아 · 221

17화 | 호담이라 부르거라, 호담선생 · 259

18화 | 새벽 서, 올 래, 새벽이 오는 곳 · 297

19화 | 예문관 권지, 구해령의 상소입니다 · 337

20화 | 끝난 게 아니라 다른 얘기가 시작될 뿐이라고 · 375

신세경

처음 대본을 읽었을 때 느낀 희열을
아직도 잊을 수 없습니다.
세상의 모든 해령이들에게
응원을 보냅니다 ♡♡♡!

구해령 (26세/여)

취미는 서양 오랑캐 서책 읽기, 존경하는 인물은 갈릴레오 갈릴레이, 혼인은 '하지 않는 것이지, 못 하는 것이 아닌!' 19세기 한양의 문제적 여인.

세계 각국 사람들이 몰려드는 청나라 연경에서 남다른 유년기를 보냈다. 신기한 물건을 실은 배가 들어오면 천진항까지 구경을 갔고, 모르는 언어의 서책은 사전을 끼고서라도 끝까지 읽어냈다. 해령의 머릿속엔 언제나 '왜?'라는 물음이 가득했다. 자명종, 망원경, 피아노 등등 접하는 모든 것을 놀이로 삼으며, 그 원리를 이해하고 납득할 수 있을 때까지 파고들었다. 새롭고 놀라운 것이 넘쳐나는 환경에서 해령은 이성적이며 과학적 사고를 지닌 자유로운 영혼으로 자라났다.

하지만 십수 년 만에 돌아온 고국에선, 매일이 고난의 연속이었다. 고매한 성리학의 나라 조선에서 양반가 규수는 걸음만 빨라도 눈총을 사는 존재였다. 어디 그뿐인가? 목소리가 커도 안 되고, 아는 게 많아서도 안 되고, 질문이 많아서도 안 되고! 하여튼 여인이해선 안 되는 것만 백만 가지쯤 되니 해령의 속이 터질 수밖에!

그래도 해령은 절망하지 않았다. 신세 한탄이야 술 한잔에 털어 넘기면 되고, 한푼 두푼 아껴 모은 돈으로 수집한 서양 서책들은 보기만 해도 배가 불렀다. 대단하진 않아도 소소한 행복이 있는 일상이라 생각했다.

그러던 어느 날, 서책을 모두 뺏겼다. 어명으로 금서가 됐단다. 삶의 유일한 낙이며 벗이었던 그 소중한 서책들이, 육조거리 불구덩이에 처박혔다. 도저히 납득할 수 없었다. 한성부에 달려가 따져봤지만, 이미 한 줌 재로 변해버린 서책들을 되찾을 수는 없었다. 게다가 오라버니는 갑자기 혼처를 찾았다며 해령의 혼례 준비를 시작했다.

혼인? 그래, 남들 다 하는 그까짓 거라고 생각할 수도 있지만, 얌전히 굴기, 시키는 대로 하기, 마음에도 없는 말 하기 고루고루 젬병인 해령에게는 세상의 종말과도 같은 재난이었다.

그렇게 하루하루 도살장 끌려가기를 기다리던 와중에, 운명처럼 저잣거리에 붙어있던 방을 보게 된다. 여사(女史) 별시가 열린다는.

여사. 그 간단한 두 글자가 해령에게 새로운 미래를 내보여줬다. 여인이 과거를 보고 관직을 오를 수 있다면, 해령도 과거를 보고 관직을 오를 수 있다는 뜻이었다. 별일 없이 눈을 뜨고, 별일 없이 눈을 감던, 목적도 방향도 없었던 해령의 하루에 드디어 가야할 곳이, 해야 할 일이 생겼다.

도원대군 이림 (20세/남)

자신을 찾아주는 것이라면 그게 바람이라도 좋은, 깊은 궁 속에 갇혀 사는 고독한 왕자. 하지만 궐 밖의 세상에서 이림은 한양을 들었다 놨다 하는 인기 절정의 연애소설가, 그 이름도 찬란한 '매화 선생' 되시겠다.

궁궐의 끝자락, 아무도 찾지 않는 구석진 곳. 녹서당(綠嶼堂)이라는 허름한 처소에 살고 있다. 스무 살이면 응당 혼례를 치르고 사가에 나가 살 나이건만, 부왕은 무슨 이유인지 이림을 내보내지 않는다. 그뿐 아니다. 이림은 마음대로 외출도 내전 문안도 할 수 없다. 코앞에서 할마마마의 생신연이 열려도 얼굴을 보이지 말라는 어명 때문에 방 안에 틀어박혀 소리만 듣는 신세다.

이쯤 되면 이림이 무언가 잘못해도 단단히 잘못했구나 싶어진다. 하지만 누구도 그 잘못이 뭔지 모르는 것이 문제다. 당사자인 이림조차도!

이림의 사소한 행동도 궁을 돌고 돌다 부왕의 귀에 전달되면 몇 갑절의 불호령으로 되돌아온다. 시중을 들다 다친 어의에게 괜찮냐 말을 건넨 것도, 지나가다 만난 상선에게 아바마마 보필에 성심을 다해달라 당부한 것도 주제넘고 불경한 일이었다. 게다가 왕이 이림을 만나고 나면 심기가 불편해져 괜한 주변 사람들을 잡으니, 이림은 아무것도 하지 않았음에도 시한폭탄이요, 존재만으로 왕실의 평화를 깨트리는 문제아의 위치에 있다.

그렇게 쌓인 세월이 마음에 독이 된 탓일까. 자주 흉몽을 꾼다. 단순히 꿈이라기엔 그 고통이 너무 생생해서 뜬눈으로 지새운 밤이 많다. 시간도 보낼 겸 마음도 달랠 겸 붓을 들었는데, 이게 웬일. 결과물이 예술이다. 새들을 위해 창가에 쌀알을 놓아둘 정도의 섬세한 성격과 늘 사랑을 꿈꾸는 외로운 마음이 만나, 보는 사람 눈물 콧물 다 빼는 절절한 염정소설이 탄생한 것이다. 이림의 소설은 매화라는 필명으로 궐 밖에 나오기에 이른다. 사람들은 낭만으로 가득한 매화의 소설에 열광했다. 매화의 신간이 나오면 서책방의 문지방이 닳을 정도로 인파가 몰렸고, 저잣거리, 대갓집 안채, 어디를 가도 매화 소설로 이야기꽃이 피었다. 이림은 사랑받고 있었다.

하지만 행복은 길지 않았다. 세책방에서 시작된 해령과의 악연이 화근이 되어 부왕에게 매화라는 신분을 들켜버리고, 앞으로 한 권 책을 읽지도 쓰지도 말라는 지독한 어명을 받게 된 것이다. 그렇게 세상과 소통하던 유일한 창구가 사라져버렸다. 흉몽은 잦아지고, 매일이 무의미하고, 한여름 화창한 햇빛 아래 하루하루 시들어가던 그때. 녹서당에 배정됐다는 여사관을 만난다. 이 모든 일의 원흉, 인생의 숙적, 세상에서 가장 무엄한 그 여인, 구해령을!

왕세자 이진 (28세/남)

사람들은 이진을 보며 장수의 기개를 갖췄다고들 한다. 누군가는 천하의 대장부라고도 한다. 칭찬이냐고? 이진이 왕세자라는 지극히 고귀한 지위를 가졌음을 감안해보자. 대놓고 말을 못 해서 그렇지 '저놈 저거 쌈닭'이란 얘기다.

조선 왕조 역사상 이리 투지 넘치는 세자가 또 있었을까 싶다. 회의가 안 풀리면 대전에서도 목소리를 마구 높인다. 열 받으면 빈청 문 박차고 들어가 대신들 세워놓고, 내가 이랬습니까? 저랬습니까? 살벌하게 따진다. 대리청정 중이라 반은 국왕이나 다름없는데도 체통을 지키거나 점잔 뗄 줄 모른다. 언뜻 보면 어린놈의 자식이 노회한 신하들을 쥐잡듯 잡는 것도 같다.

하지만 좀 더 가까이서 보면 이진이야말로 구석에 몰린 쥐 신세요, 등 터지기 직전의 새우 꼴. 이리저리 날뛰고 으르렁거려봤자, 정치 9단 대신들은 겉으로만 '예~ 저하~' 한

걸음 물러나는 척하다가 두 걸음을 앞으로 치고 나온다. 그럴 때마다 무슨 부귀영화를 누리자고 이러고 있나 회의감이 파도처럼 몰려든다.

애초에 이진의 삶에 선택지란 없었다. 아버지가 왕위에 오르면서 하루아침에 세자가 되었고, 아버지가 시키는 대로 엄격한 교육을 받았고, 아버지가 정해준 세자빈과 혼례를 치렀다. 대리청정을 명받았을 땐, 드디어 내게도 무언가 할 기회가 주어졌다고 설레었지만 크나큰 착각이었다. 신하들은 이진이 하는 일마다 '백성을 생각하소서!!' 목에 핏대를 세우고 반대했다. 한참을 좌충우돌하고서야 기가 막힌 사실을 깨달았다. 그들이 허구한 날 부르짖는 백성의 정체는 바로 사대부였다. 진정으로 굶고 병든 백성들은 안중에도 없었다. 그저 자신들의 힘과 곳간을 지키기 위해 이진을 끊임없이 흔들고 방해했다.

자, 여기서 이진의 앞날이 두 갈래로 나누어진다. 그들과 손을 잡고 속 편한 허수아비 왕이 되느냐, 그들과 등을 지고 굽이굽이 자갈길을 걷느냐. 당연하게도 이진은 험난한 길을 택했다. 칼을 빼 들고 싸워 이기고자 결심했다. 그리고 그런 이진의 앞날은, 익평이 청한 여사 제도를 받아들이며 새로운 국면을 맞게 된다.

민우원 (28세/남)

예문관 소속 정7품 봉교. 여러모로 궁궐의 유명인사다.

첫 번째는 언뜻 봐도 눈길을 사로잡는 그 수려한 미모 때문이고, 두 번째는 건국 이래 최고 세력가라는 좌의정 민익평의 외아들이라는 살벌한 배경 때문이고, 세 번째는 대과도 보기 전에 왕에게 상지상(上之上) 글씨를 하사받은 화려한 이력 때문이다.

우원이 성균관 유생이던 시절, 세자가 병이 나자 중전이 성균관 안의 벽송정에다 용하다는 무당을 불러 굿을 한 적이 있다. 다른 유생들이 황당해하면서도 입도 뻥끗 못할 때, 우원이 혈혈단신으로 '학문을 닦는 곳에서 굿판을 벌여선 안 된다'며 무당을 내쫓았다.

일개 유생이 중전마마의 일에 반기를 들었다는 소문은 금방 퍼져나갔다. 장의가 되려고 짜고 쳤다더라, 아버지만 믿고 겁이 없다더라, 갖가지 추측이 넘쳐났지만 우원은 입장은 단순했다. "법도가 아닙니다." 그 말이 왕을 감동시켰고, 우원은 상지상, 즉 장원 급제를 뜻하는 왕의 친필을 하사받았다. 그리고 다음 대과에서 정말 장원으로 급제를 해버리니 온 조정의 이목이 쏠린 것은 물론이요, 홍문관, 사간원 등등 관청마다 출세가 보장된 우원을 데려가기 위해 혈안이 되었다.

하지만 우원이 택한 곳은 누구도 예상하지 못했던 관청이었다. 혈기왕성 젊은이들도 일 년만 일하면 골병이 든다는 방대한 업무량의 상징이자, 사필(史筆)을 잡는다는 막중한 책임감 때문에 머리털이 다 빠진다는, 인재들의 무덤, 급제자들의 기피 대상 1호, 그 이름도 악명높은 예문관! 심지어 우원은 종6품 관직을 수여받을 수 있는 장원의 혜택을 마다하고, 원칙대로 정9품 검열(檢閱)부터 시작했다. 아버지의 정치적 계략에 휘말려 세상을 떠난 아내 단영과, 그 밖의 모든 억울한 이들의 이름을 역사에 바로 남겨주겠다는 아픈 사명을 남몰래 품은 채.

송사희 (18세/여)

모든 열여덟이 낭랑하지는 않다. 사희는 특히 그렇다. 몸짓 하나하나 배어있는 품위는 그 나이를 가늠할 수 없게 만들고, 우아한 듯 냉담한 표정은 누구나 얼어붙게 만든다. 햇볕 아래서도 온기를 모르고 꽃을 봐도 향취를 모르는, 차디찬 소녀. 그러나 그 고요한 눈빛 속에 일렁이는 열망을 숨기고 있는 불꽃 같은 여인.

조선, 아들 없는 집안에서 장녀로 살아가는 것은 그리 녹록지 않은 일이었다. 아버지의 술주정은 항상 '니가 사내아이로 태어났어야 했다'라는 핀잔으로 시작했다. 어머니는 사희를 철저하게 '미래의 현모양처'로만 길렀다. 가문을 이을 수도, 벼슬에 나설 수도 없는 딸은 혼맥을 위한 정치적 도구라도 되어야 했다. 사희의 생각이나 감정은 중요하지 않았다. 뒤꿈치가 땅에 닿지 않게 걸었고, 표정에 기분을 드러내지 않았고, 그저 예라고만 대답했다. 사희는 사람이 아니라 한 그루 꽃나무에 불과했다. 아름답게 가꿔야만 하는.

그러던 어느 날, 여사 별시 소식이 들려왔다. 경천동지할 사건에 한양이 들썩였다. 익평은 별시를 치를 만한 여식들을 구하기 위해 수소문했지만, 딸자식을 궐에 들여보내 혼삿길을 막을 부모는 없었다. 이조정랑도 마찬가지였다. 익평에게 '저희 딸년은 글을 몰라서…' 솜씨 좋은 거짓말로 사희를 숨기며 몸을 사렸다.

하지만 사희의 생각은 달랐다. 조선에서 처음으로 벼슬에 오르는 여인이 있다면, 그 여인은 자신이어야만 했다. 세상에 나아갈 유일한 기회를 이대로 놓치고 싶지는 않았다. 그렇게 익평을 찾아가 여사관이 되었고, 좌상의 눈과 귀가 되어 세자 곁에 머물게 됐다. 예상대로 세자는 호락호락한 상대가 아니었다. 사희에게 자신의 것은 조금도 내어주지 않으리라, 단단히 마음먹은 듯했다.

그래서 더더욱 알고 싶어졌다. 이진의 손가락 움직임 하나, 책장을 넘길 때의 숨결 하나까지도 글자로 옮겼다. 자신에게 그 마음 한 자락이라도 들키길 바라며 쳐다보고 또 쳐다보다가 어느덧 그를 바라보게 됐다.

구재경 (37세/남)

해령의 오라버니. 소문난 동생바보다. 해령이 사고를 쳐도 '그럴 수도 있지' 허허 웃어 넘기고, 때아닌 투정을 부려도 '어이구 그랬어요?' 어여쁘게 들어준다. 너그럽고 자애로운 데다가 몸가짐 또한 성품처럼 곱다.

권력과 담쌓을 것 같은 행실과는 달리, 익평의 최측근이기도 하다. 의심 많고 배타적인 익평도 재경에게는 술 한잔 내놓고 허심탄회한 얘기를 나눈다. 그래서 다른 대신들에게 시기 아닌 시기를 받기도 한다. 승문원 교리밖에 안 되는 백면서생이 어디 좌상의 곁을 꿰차냐는 거다. 글쎄, 몰라도 한참 몰라서 하는 소리다. 재경은 운 좋게 익평의 곁을 꿰찬 것이 아니라, 재경과 익평이 처음부터 '함께'였다고 보는 것이 옳다. 반정의 숨은 공신으로, 선왕 이겸과 서문직을 죽음으로 몰아넣은 사람이 바로 재경이니까.

좌의정 민익평 (59세/남)

당파 싸움이 극에 달한 시기, 몰락해가던 남인 집안에서 태어났다. 학문에 자질이 영명했으나 중앙관직 진출은 언감생심이었다. 부정행위를 일삼던 경화자제들에게 밀려 과거에 낙방하기가 수차례였고, 대과 급제 후에도 변변치 않은 벼슬을 전전했다.

그런 익평에게 날개를 달아준 것이 이겸이었다. 갓 즉위한 혈기 넘치는 젊은 국왕이, 붕당정치를 뿌리 뽑겠다며 환국(換局)을 일으켜버린 것이다. 조정은 새로운 인재들로 넘쳐났다. 향암이라 불리며 무시당하던 지방의 유생들도, 과거에 응시조차 할 수 없던 서자들도 문벌에 상관없이 고루고루 등용되어 왕 앞에 나아갔다.

익평도 그중 하나였다. 별 볼 일 없던 봉상시의 관원에서 사간원 대간이라는 청요직으로의 파격적인 승진이었다. 익평은 자신에게 기회를 준 젊은 왕을 보필하기 위해서, 재능은 출신을 가리지 않는다는 것을 증명하기 위해서, 수많은 밤을 지새우며 일에 매달렸다.

하지만, 이겸과 익평이 가고자 하는 길은 그 본질부터 달랐다. 익평이 꿈꾼 것은 당파와 관계없이 누구나 뜻을 펼칠 수 있는 합리적인 조선이었고, 이겸이 꿈꾼 것은 신분의 고하도 직업의 귀천도 없는 새로운 조선이었다. 그 두 세상은 절대 공존할 수 없었다. 그걸 먼저 깨달은 쪽은 익평이었다. 서래원이라는 신식 학교를 설립해 천인과 계집들에게 공부를 가르치고, 그들과 자유롭게 어울리는 이겸의 모습을 보며 실망에 실망을 거듭하다가, 저자가 이 나라 조선의 군주여서는 아니 된다고 확고한 결단을 내렸다. 사람을 모았고, 함영을 만났고, 모든 것을 행동에 옮겼다.

현왕, 함영군 이태 (54세/남)

무수리 출신 숙의에게서 태어난, 선선대왕의 장자. 생모는 함영을 낳고 얼마 안 돼 죽었고, 마침 오랫동안 후사가 없던 중전이 함영을 양자로 삼았다. 그것이 어쩔 수 없는 정치적 선택이었음을 어린 함영이 알 리가 없었다.

그때부터 함영의 모든 삶은 어머니의 마음을 얻기 위한 몸부림이었다. 어머니께 서신을 쓰기 위해 글을 배웠고, 어머니께 칭찬받기 위해 활을 배웠다. 다가가면 깨질까, 물러나면 멀어질까 늘 마음 졸이며 어머니의 곁을 맴돌았다. 그저 날 바라봐주기만 한다면 얼음장 같은 시선이어도 좋았다.

그런 어머니가 기적처럼 동생을 낳았다. 몇 달 만에 문안 인사가 허락된 날, 한달음에 달려간 함영을 보며 원자께 인사를 올리라 말했다. 어머니는 그 아이를 품에 안고, 전에 본 적 없이 따뜻하게 웃고 있었다. 함영은 그제야 자신은 어머니의 아들이 될 수 없다는 걸 알았다. 자신은 아무리 노력해도 얻을 수 없는 것을, 누군가는 참 쉽게 손에 쥔 채로 태어나기도 한다는 것을 알았다.

그날 이후 온 세상의 중심은 이겸이었다. 이겸이 처음으로 글씨를 썼다거나, 처음으로 활을 잡았다거나 하는 별 시답지 않은 일들도 아바마마에게는 신하들과 축하주를 들 정도로 경사스러운 사건이었다. 함영이 가는 곳마다 이겸이 보이고 이겸이 들렸다. 마치 머리 위에 떠있는 태양처럼, 함영은 이겸에게서 벗어날 수 없었다. 시간이 흘러 그 아이가 왕위가 오를 때까지도, 그늘 속에 숨어 빌어먹을 운명을 탓하기만 했다. 그런 함영에게 한 사내가 찾아왔다. 이겸의 신하이던, 사간원 사간 익평이 국운을 논하며 함영이 아군이 되어주길 청해왔다. 놀랍게도 익평이 가고자 하는 길은 성즉군왕 패즉역적(成則君王 敗則逆賊) 즉, 성공하면 왕이 되고 실패하면 역적이 되는, 역모의 길이었다.

모화 (41세/여)

복면을 쓰고 신출귀몰하는 의문의 여인. 기이한 의술로 다 죽어가던 사람을 살려놓기도 하고, 경비 삼엄한 의금부에 홀연히 들어와 홀연히 사라지기도 한다. 도적도 아니고 의적도 아니고, 이름도 나이도 알 수가 없어 포청의 애를 태우는 그녀의 정체는 대비와 녹서당 내관 삼보만이 아는 비밀이다. 늘 해령과 이림 곁을 맴돈다.

봉교 양시행 (36세/남)

표정은 늘 썩어있고, 자세는 삐딱하고, 근무 태도는 더더욱 삐딱한 불량사관. 별로 하는 것도 없는데 바쁜 티는 혼자 다 낸다. 성격도 인색하기 짝이 없어서 후배가 일 좀 힘들어하면 '야! 우리 때는 더 했어~' 옛날 고생담 늘어놓으며 자기 자랑으로 빠진다. 권지 신분인 여사들을 졸지에 서리로 만든 장본인이기도 하다. 특히나 해령에게 면신례에서 술 대작하다 뻗은 뒤로는 '구서리! 구서리!' 원한 어린 구박을 달고 산다.

겉으로 보기엔 꼰대도 그런 꼰대가 없는데, 실은 후배들을 무진장 아낀다. 예문관이 어디 보통 관청인가? 사관이라는 폼 나는 직함 때문에 들어왔다가 두 손 두 발 다 들고 도망 나간 놈들이 수십이다. 일 좀 한다 싶으면 사라지고, 정 좀 들려 하면 사라지니, 신입 관원이라면 일단 실눈 뜨고 지켜보다가 여기서 버틸 싹수가 있다 싶어야 제대로 키워준다. 다만 그 방식이 까고, 또 까고, 계속 까는 스파르타식 훈육이라 키움당하는(?) 쪽에서 이게 가르쳐주는 건지, 나가라고 괴롭히는 건지 구분을 못 해서 문제다.

대교 현경묵 (31세/남)

해령의 예문관 생활을 괴롭게 하는 심술궂은 선배. 선비다운 매너는 개 준 지 오래고, 말투는 비아냥이 기본장착, 인신공격은 옵션이다. 사람 열 받게 하는 천부적 재능이 있다. 의외로 유명한 집안의 자제인데, 우리가 생각하는 의미의 명성이 아니다. 이름하여 팔품 현씨 가문. 증조할아버지도 할아버지도 심지어 아버지까지도 대대손손 고과에서 물먹고 승진 미끄러지며 정8품 말단으로 관직 생활을 마무리했다. 조상님 묫자리 한번 잘못 건드린 죄로 팔품의 저주가 내렸다나 뭐라나. 남들한테는 웃고 넘길 이야기지만 경묵에게는 가슴 아픈 사연이다. 누가 '팔푼이'라고 놀리면 무지하게 화낸다. 할아버지가 다 죽어가는 마당에 '칠품…' 한마디 남긴 심정을 니들이 아냐, 이거다. 그런 의미에서 우원을 매우 고까워한다. 경묵이 2년 차 검열일 때 우원이 신입으로 들어왔다. 좌상의 아들인 데다가 얼굴까지 잘생긴 그놈, 보기만 해도 배 아파서 참 많이도 괴롭혔다. 그런데 하늘도 무심하시지. 우원이 자신보다 먼저 정7품 봉교 직함을 달 줄이야. 어찌 저찌 존대는 해준다만 자존심 상하고 약이 올라 죽겠다. 언젠가 우원을 쫓아내고, 그 자리를 차지하겠다는 (가망 없는) 원대한 꿈을 갖고 있다.

대교 손길승 (35세/남)

푸근한 인상만큼 푸근한 마음씨를 가진 북촌 할아버지. 일찍 혼인해 낳은 자식들이 또 일찍 혼인해 자식들을 낳으니, 벌써 손자가 둘에 손녀가 하나다. 평소엔 유순하기 그지 없지만, 한번 화나면 곰처럼 무섭다. 성균관 시절, 한 유생과 싸움이 붙어 맨손으로 벼루를 쪼갰다는 전설이 내려온다. 그래서인지 까칠한 시행도, 경솔한 제갈주서도 길승 만은 건드리지 않는다.

검열 황장군 (28세/남)

탄탄한 구릿빛 피부, 야성을 풍기는 이목구비, 겉모습만 보면 전장을 휩쓸 것 같은 짐 승남인데 의외로 검, 화살, 뭐 그런 거 하나도 다룰 줄 모른다. 운동은 쥐약이고 힘도 전 혀 못 쓴다. 그저 역사가 제일 재밌고 역사가 제일 좋은, 뼛속까지 문과인 열혈사관.

검열 성서권 (25세/남)

모아놔도 어쩜 저런 돌아이들만 모아놨나 싶은 예문관에서, 우원과 함께 사관의 품위 를 담당하고 있는 반듯한 선비. 상냥하고, 배려심 넘치고, 얼굴도 눈코입 빠지는 데 없 이 정갈하니 보는 사람 절로 웃음 짓게 만든다. 게다가 말투는 어찌나 나긋나긋 듣기 좋은지, 궁녀마다 저런 오라버니는 어디 가서 만날 수 있냐고, 절이라도 다녀볼까 성화 인데, 아무도 몰랐다. 그가 진짜 성당오빠일 줄은.

검열 안홍익 (22세/남)

낮에는 참새 편, 밤에는 쥐 편. 배알도 없고 줏대도 없는 예문관의 공식 딸랑이. 이래 보여도 열 식구를 책임지고 있는 소년 가장이다. 금슬이 좋아도 너무 좋은 부모님 은 해마다 연례행사처럼 동생을 낳았고, 아버지는 남아 일생 그 몫을 다했다고 생각하 셨는지 아홉 번째 동생이 태어나기 전에 세상을 떠나셨다.

있던 재산 싹싹 긁어 처분한 덕분에 여즉 굶지 않고는 살았으나 앞으로가 문제다. 양반 체면에 동생들을 일자무식으로 키울 수는 없고, 한 놈 한 놈 서당 보내고 과거 준비시킬 생각만 하면 눈앞이 캄캄해진다. 그래서 오늘도 홍익은 다방면에 줄을 대며 권력의 콩고물을 주우러 다닌다. 생존형 아첨꾼의 고단한 하루를 누가 알아줄까.

검열 김치국 (19세/남)

'역대 최연소'까지는 아니지만 어쨌거나 꽤 어린 나이에 사관이 된 수재. 네 살에 천자문 떼며 동네 일대에 충격을 던진 후, '용산의 아들'이라는 무한한 관심과 응원 속에 예문관에 입성했다. 한평생 책만 읽고 산지라 앞뒤 꽉꽉 막혀 융통성이라고는 없고, 웬만한 영감보다 고지식해 해령의 속을 뒤집은 적이 한두 번이 아니다.

권지 오은임 (21세/여)

언제나 다음 녹봉날을 기다리는, 서글픈 조선의 직장인. 사옹원(司饔院: 궁중의 음식을 맡아본 관청) 봉사인 아버지의 좌우명은 '돈과 명예 위에 밥 있다'였다. 덕분에 어려서부터 못 먹어본 음식이 없고 안 가본 맛집이 없다. 365일 배부르고 입이 즐거운 상태라 자연스럽게 성격도 매우 온화하다. 넉살도 좋고 유들유들 싹싹하다.

권지 허아란 (19세/여)

99칸짜리 대저택에 살며 장인들이 만든 옷만 입고 살아온 초특급 금수저.
눈치가 좀 없고 자기중심적이지만 악의가 있어서는 아니다. 어떨 때 보면 세상 해맑은 철부지 같다가도, 또 어떨 때 보면 사람에 대한 불신과 억하심정으로 똘똘 뭉친 반항아 같다. 종잡을 수 없는 성격 때문에 사람들을 당황하게 하는데, 사실 아란의 집안 환경을 생각해보면 이 정도 인간으로 자라난 것도 기적 같은 일이다.

대비 임씨 (65세/여)

이겸이 대역적 무리에게 능욕당한 그 날 밤, 죽으려고 했으나 죽지 못했다. 살고 싶지 않으나 살아야 했다. 이 세상 딱 하나 남은 자신의 혈육 이림을 지키기 위해서, 아들을 죽인 살인자 함영을 왕으로 지목하고 궁궐에 남았다. 겉으로는 세자에게 힘이 되어주는 인자한 대비마마지만, 속으로는 오뉴월 강물도 얼려버릴 만큼 매서운 한과 독을 품고 있다.

허삼보 (45세/남)

대비의 명으로 이림에게 배속된 정5품 내관이지만, 만리장성급 잔소리와 총포 같은 말발로 이림을 매번 이겨먹는, 녹서당의 안주인(?)이다. 관용이 넘치는 외모와는 다르게 까탈스러운 구석이 있다. 이림이 헛소리라도 하면 '생각이 있으시옵니까, 없으시옵니까?' 다다다 쏘아붙이기 일쑤. 덕분에 삼보의 심기가 불편한 날엔 왕자인 이림조차 그의 눈치를 본다.

설금 (30세/여)

입은 가볍고 오지랖은 넓다. 덕분에 한양 구석구석 모르는 사람이 없고, 소문이며 스캔들을 훤히 꿰고 있다. 해령과는 하나부터 열까지 정반대의 성향이라 사사건건 틱틱대고 들들 볶아대지만, 해령이에게 무슨 일만 생기면 눈물부터 쏟는다. 가족보다 더 끈끈한 존재.

각쇠 (32세/남)

재경이 서래원 시절 사귀었던 절친한 친구의 친동생이다. 역적의 가족으로, 관노비가 되어 살고 있던 것을 재경이 발견해 어렵게 데려왔다. 말도 없고 표정도 없지만, 재경의 본심을 알고 이해하는 유일한 인물이다.

이조정랑 송씨 (65세/남)

물려받은 재산은 많으나, 기절이 없고 학식이 짧아 과거에 번번이 낙방, 익평이라는 동아줄을 잡고 간신히 출세한 기회주의자. 왕과 익평의 말이라면 '지당하옵니다'라고 밖에 대답할 줄 모른다 하여 지당영감이라 조롱당한다.

이 밖에 귀재, 제갈주서, 우의정, 대제학, 부제학, 도승지, 세자빈 민씨 등등

11화
……
전하께는 시정기를
감찰할 권한이 없으십니다

예문관 전경 (D)

S#1.   예문관 안 (D)
한림들은 각자 책상에 앉아있고, 권지들이 선반에 관문을 넣어두고 있
다. 앞서 들어오는 우원과, 그런 우원을 뒤따라 들어오는 시행, 길승,
경묵.

시행	아이, 진짜 민봉교! 너 관심받는 데 맛 들렸니? 이건 그냥 좀 넘어가자! 또 괜한 데 들쑤시지 말고오!!
우원	(무시하고 대뜸 권지들에게) 입시를 준비하거라.
한림·권지들	(…? 보면)
우원	대조전이다.
한림들	(…!)
홍익	대… 대조전이라뇨. 거긴 주상전하의 침전이 아닙니까?
아란	(놀라서 들고 있던 관문 떨어트리고)
해령·은임	(침전? 당혹감에 우원 보면)
서권	(난감해서) 민봉교님, 아직 여사들은 침전까지 들어본 적이 없습니다. 먼저 전하께 윤허부터 받고…
우원O.L	언제부터 사관의 입시에 허락이 필요했느냐. (권지들 보며) 좌상대감과 의 독대다. 무슨 일이 있어도 입시를 해야 한다.

주상전하도 모자라서 좌상대감까지. 숨이 턱 막히는 권지들. 은임과
아란은 하얗게 질려있고, 사희도 문제를 일으키고 싶지 않은 표정이다.
그런 권지들의 분위기를 살피던 해령. 우원과 눈을 마주치는데서.

INS.   침전 전경 (D)

S#2.   침전 안 (D)
궁인들을 모두 물리고, 마주 보고 앉아있는 익평과 왕.

왕	그래, 이번엔 또 무슨 일로 날 찾은 것이야? 서래원 잔당을 쫓는 데 진 전이라도 있었던 겐가?
익평	그자들은 평안도에서 사라진 뒤로 종적을 감추었습니다. 하오나 그자 들의 배후가 누군지… 알아냈습니다.
왕	(…!) 뭐라…?
익평	(…)
왕	(가까이 앉으며) 당장 말해보거라! 감히 어느 누가, 과인의 나라에서 역 당을 끌어모으고 있단 말이야!
익평	…대비전입니다.
왕	(!!!)
익평	대비전의 지밀상궁과 모화가 만나는 것을 확인했습니다. 서신을 주고 받았다 하옵니다.

말을 잃는 왕. 아니길 바랐던 티끌 같은 믿음이 허탈함과 실망으로 바 뀌고, 분노로 눈꺼풀이 파르르 떨려온다.

왕	결국… 자네의 의심이 맞았던 게로군. 이 나라의 대비전이… 서래원 잔 당들과 내통하고 있었어.
익평	대비마마께서 얽혀있는 이상, 소신도 섣불리 행동에 나설 수가 없습니 다. 전하께서 하명하시는 바를 따르겠나이다.
왕	(조용히 울분을 삼키는데)

S#3.   침전 앞 (D)
긴장한 표정으로 걸어오는 해령. 상선과 상궁들이 엄숙하게 문 앞을 지 키고 서있다. 저 분위기에 어떻게 입시하겠단 말을 꺼낼지 막막한 해 령. 용기를 내어 다가간다.

해령	상선영감, 예문관 여사관입니다.
상선·상궁들	(…!)

해령   입시를 왔으니, 전하께 고해주십시오.

상선   예가 어디라고 여사 따위가… 썩 물러가지 못하겠느냐!

해령   좌상대감이 독대를 하고 계시다 들었습니다. 그러니 사관이 입시를…

상선, 상궁들에게 눈짓을 하면, 상궁들이 양쪽에서 해령의 팔을 하나씩
붙든다.

해령   (???) 지금 뭐 하시는 겁니까?

S#4.   침전 안 (D)
밖에서 작게 '놓으십시오! 저도 사관입니다!' 해령의 목소리가 들린다.
가뜩이나 심기가 불편한 왕.

왕   거긴 뭐가 그리 시끄러운 것이야!!!

S#5.   침전 앞 (D)
S#3에 이어서.

상선   (놀라서) 아무 일도 아니옵니다, 전하! (작게, 상궁들에게) 어서 데리고 나
가시게!

상궁들, 해령을 끌고 나간다. 당황스럽지만 무어라 큰소리를 내지도 못
하고 질질 끌려가는 해령.

S#6.   침전 앞마당 (D)
그렇게 해령이 상궁들에게 끌려 나오다 말고.

해령   아, 알겠습니다! 제 발로 나갈게요! 제 발로!!

상궁들, 해령을 던지듯 놓아주고는 다시 침전 안으로 들어간다. 옷매무새를 정리하면서 고민하는 해령. 문득 주변을 둘러보다가 아무도 없다는 걸 깨닫는다. 어라? 무언가 생각이 번뜩이고.

S#7.   침전 뒷마당 (D)
         주위를 살피며 걸어오는 해령. 우원의 말을 떠올린다.

우원E   무슨 일이 있어도, 입시를 해야 한다.

         정말 이래도 되는 건가? 확신은 없지만 일단 뭐라도 받아 적어 가야 한다는 책임감. 살금살금 다가가서, 창가에 귀를 대본다.

S#8.   침전 안 (D)
         왕에게서 어명을 받드는 익평.

익평   허면, 그리하겠습니다.
왕   (…)

         일어서는 익평. 배를 하고, 뒷걸음질로 물러나 문 앞까지 갔다가 다시 왕을 본다.

익평   헌데 전하. 소신, 여쭤고 싶은 것이 있습니다.
왕   (보면)
익평   혹… 도원대군에 대해서 신에게 숨기는 것이 있으시옵니까?
왕   (…!)
익평   (날카롭게 보고)

S#9.   침전 뒷마당 (D)
         사책을 들고, 창문에 붙어 방 안 소리를 엿듣고 있던 해령.

해령	(무언가 들은 듯, 갸웃거리는 표정인데)
내금위E	게 누구냐!!!
해령	(!!!)

S#10.   **침전 안 (D)**
그 소리에 흠칫해서 창문 쪽을 보는 익평과 왕. 누군가 이 대화를 엿들
었다. 두 사람의 눈이 마주친다.

S#11.   **침전 앞마당 (D)**
급히 침전에서 나오는 왕. 그 뒤를 따르는 익평. 내금위 병사들과 상선
이 서있고, 해령이 무릎을 꿇고 앉아있다.

| 상선 | 네 이년! 그리 물러가라 했거늘! 어찌 주상전하의 침전을 엿들을 생각을 해! |
| 왕O.L | (여사가?!) 비키거라! |

내금위 병사들, 상선, 왕을 보자 급히 배를 하고 물러선다. 성큼성큼 해
령에게 다가가는 왕. 해령의 옆에는 사책이 놓여있다.

왕	무엇을 적은 것이냐.
해령	(…)
왕	무엇을 적었냐 묻질 않느냐!!
해령	(떨리지만 애써 숨을 고르며) 사책입니다. 말씀드릴 수… 없습니다…
왕	(분노로 이 악물고) …뭐라?
익평	(일이 커질 거란 생각에)
해령	(그래도 물러날 수 없다, 버티는 표정)

S#12.   **예문관 앞 (D)**
'민봉교님!!' 숨이 넘어가도록 외치며 달려가는 치국.

S#13.   예문관 안 (D)
          치국이 문을 벌컥 열고 들어오면, 해령을 보내놓고 초조하게 기다리던
          우원이 불길하게 치국을 보고.

S#14.   의금부 옥사 안 (D)
          나장들이 옥사 안으로 해령을 던지듯 밀어 넣고, 문을 쾅 닫는다. 침착
          하려 하지만 당혹스러운 해령. 눈빛에 두려움이 스치는데서.

          - 타이틀 -

INS.   녹서당 전경 (D)

S#15.   녹서당 이림의 방 (D)
          침상 위의 이림. 기대앉아서 서책을 넘기다 말고, 삼보를 보고 있다. 박
          나인과 최나인도 문 쪽에 서있다.

이림   (멍해서) 뭐… 뭐라고… 뭐라고 한 거야, 지금? 누가 뭐, 어디에 뭐, 뭐가
          어떻게 됐다고…?
삼보   구해령 권지요! 글쎄, 어명을 거역했다고 의금부로 끌려갔다지 않습
          니까!
이림   (!!!)

          이림, 서책을 내려놓고 허겁지겁 삼보에게 다가온다.

이림   그러니 그게 대체 무슨 뜻이냐 말이다. (삼보 붙잡고 흔들며) 구해령이
          왜? 무슨 어명을? 어쩌다가? (더 격하게 흔들며) 대체 걔가 왜!!
삼보   그건 저도 아직… (이림 떼어내고) 마마, 일단 진정하십시오. 제가 얼른
          가서 무슨 사정인지 알아 오겠습니다. (하는데)
이림   아니다. 공복! 공복부터 가져오거라.

24

이림, 갓을 벗어서 삼보에게 휙 넘기고 옷을 풀어헤치기 시작한다.

삼보	예…? 공복이요…?
이림	그래, 내 아바마마를 뵈러 가야겠어. 어서!
삼보	(어어어??) 큰일 날 소리 마십시오…! 전하를 뵙고 뭐 어쩌시게요!
이림	뭐든 해봐야지. 이대로 두고 볼 수만은 없지 않느냐.
삼보	두고 보셔야 합니다! 마마께서 무슨 명분이 있으시다구요!
이림	명분… (멈칫, 그러고 보니 명분이 없다) 명분은…
삼보	왜요? 소자가 반한 여인이니 한 번만 봐주세요, 생떼라도 쓰시게요?
이림	(하…)
삼보	마마도 전하의 성정을 잘 아시지 않습니까. 한번 뭐가 아니꼽다~ 싶으시면 팥으로 팥죽을 쑨다 해도 눈 감고 귀 막고 아니라고 하시는 분인 거요. 지금 마마께서 나서봤자, 구권지한테 하등 도움도 안 됩니다. 화를 키웠음 키웠지!
이림	(…)
삼보	(다시 옷 입히며 달래는) 너무 걱정 마십시오. 구권지가 그래도 사관인데, 별일이야 있겠습니까? 금세 풀려날 겁니다.

삼보의 말이 맞긴 하지만, 온 마음이 해령을 향한 걱정으로 가득한 이림. 침상에 털썩 앉는다.

| 이림 | 그걸 어찌 장담할 수 있느냐. 만약 구해령한테… 무슨 일이라도 생긴다면… (하다가 불쑥 치솟는 불안감) |

S#16.   해령의 집 마당 (D/상상)
상선이 교지를 펼쳐 읽고 있다. 포졸들 사이에 앉아있는 해령.

| 상선 | 죄인 구해령은 사약을 받들라! |

해령, 덜덜 떨면서 앞에 놓인 사약을 집어 든다. 조금씩 마시면서 상선 눈치를 보면, 상선이 쭉쭉 들이키라고 응원을 해준다. 에라 모르겠다! 해령이 원샷을 하고 그릇을 내려놓더니, 별안간 피식 쓰러지는데.

박나인E   사약으로 되겠습니까?

최나인E   참형까진 가야지.

그 말에 눈을 뜨고, 당황해서 카메라를 보는 해령. 휙휙 칼이 바람을 가르는 소리가 들려오고.

S#17.   처형장 (D/상상)
한 손엔 막걸리병을, 다른 한 손엔 칼을 들고 신들린 듯 칼춤을 추는 망나니. 해령은 머리를 다 풀어 헤치고, 모든 것을 각오한 듯 눈을 꾹 감고 무릎 꿇고 앉아있다. 망나니, 막걸리를 입에 머금었다가 칼에 푸~ 뿜고는, 해령의 얼굴에 대고 푸~! 다시 또 막걸리를 들이켰다가 칼에 한 번, 해령의 얼굴에 푸~!! 한 번 더 막걸리를 마시려면, 열 받은 해령.

해령   그냥 빨리 치시오!! 좀!!

머쓱해진 망나니, 입에 남아있던 막걸리를 해령의 얼굴에 보란 듯이 뿜고, 칼을 치켜드는데서.

S#18.   녹서당 이림의 방 (D)
안 돼…! 커지는 이림의 눈. 가만히 있을 수는 없다. 벌떡 일어선다.

이림   안 되겠어. 내 석고대죄라도 해야겠다!

삼보   아, 안 된다니까요! 마마!!

삼보를 제치고 방을 나서려는 이림. 삼보가 온몸을 던져서 이림의 다리를 붙잡고 매달린다.

삼보	절대 안 됩니다! 절대! 이러다 마마까지 화를 입으십니다!
이림	(다리 흔들면서) 놓거라! 구해령을 살리러 가야 한다!
삼보	일단 마마부터 살고 보셔야 합니다! (꿍꿍 매달린 채 나인들 보며) 뭣들 하느냐! 빨리 나가서 문에다 못질이라도 하지 않고!!
나인들	예! (후다닥 나가면)
이림	좋은 말로 할 때 놔. 나 진짜 힘쓴다? 어? 막 힘으로 해봐? 어?

삼보를 떼어내려는 용을 쓰는 이림. 안간힘을 쓰며 매달려있는 삼보. 두 사람의 실랑이가 계속되고.

S#19.   빈청 안 (D)
관문을 보고 있는 익평. 벌컥 문이 열리고 누군가 급히 들어온다. 고개를 들어보면, 평소답지 않게 상기된 표정의 재경이다.

재경	(목례하는) 대감.
익평	(…)
재경	(다가와서, 애써 침착하며) 오늘… 예문관 여사가 의금부에 하옥되는 일이 있었다 들었습니다.
익평	그래, 전하 앞에서 조금도 굽히는 기색이 없는 것이… (피식) 자네의 어릴 적 모습이 떠오르더군. 닮았어. 당돌한 아이야.
재경	(멈칫) 알고 계셨습니까?
익평	(…)
재경	(알고도 그냥 두고 봤단 말이야? 분하지만) …부모도 없이 오라비 손에 크는 것이 가여워, 제멋대로 기른 저의 불찰입니다. 도와주십시오. (절절하게) 제게는 하나밖에 없는 피붙이입니다.
익평	…침전을 엿듣다 잡혀간 죄인일세. 내가 도울 수 있는 일이 무어가 있겠는가. (다시 관문 보며) 그저 전하께서 마음을 바꾸시길 기다리는 수밖에.

재경	대감…!

대답 없이 무심하게 관문을 넘기는 익평. 재경의 주먹이 바르르 떨린다.

INS.   예문관 전경 (D)

S#20.   예문관 안 (D)
한림들이 가운데 책상에 앉아있고, 권지들이 뒤에 서있다. 시행이 심란한 표정으로 책상 앞을 왔다 갔다 하다가.

시행	(멈춰 서고, 우원 보며) 너 인마! 내가 일 키우지 말고 그냥 넘어가자 그랬지? 왜 쓸데없는 고집을 부려서 마른하늘에 날벼락이 치게 만들어. 궁궐 생활 하루 이틀 해보는 것도 아니면서!!
우원	(…)
서권	그건 민봉교님의 잘못이 아닙니다. 신하가 있는 자리에 사관이 입시하는 건 당연한 일 아닙니까.
경묵	(시큰둥) 구서리가 한 게 입시냐? 염탐이지? 걔는 진짜 겁대가리도 없어. 어떻게 대조전 벽에 붙어서…
은임O.L	(경묵이 얄미워서) 그렇게 따지면 민인생 사관은요?
일동	(보면)
은임	태종대왕 때 한림이었던 민인생 말입니다. 그분은 문밖에서 엿듣기는 물론, 병풍 뒤에서 숨어서까지 입시를 했습니다. 그래서 참된 사관이라고 아직까지도 존경받는데, 왜 구권지의 행동은 염탐이라 하십니까?
아란	맞아요! 구권지는 사관으로서 해야 할 일을 했을 뿐입니다. 애초에 전하께서 입실 못 하게 막은 것부터가 잘못이죠!
한림들	(…!)
홍익	허서리! 너 입! (쉿!! 하며 주변 둘러보며) 입조심 안 해?!
아란	제 말이 뭐 틀렸습니까? 저는 이번 일, 절대 그냥 넘어가선 안 된다고 생각합니다. 선진님들도 안심하지 마십시오. 한 번이 어렵지, 다음번

엔 여기 중에 누굴 잡아갈지 어떻게 압니까?

치국   아… 아무리 그래도 우린 정식 사관인데…

사희   저희도 정식 사관입니다. 과거를 치르고 들어온.

치국   (할 말 없고) 그래, 미안…

시행   아, 그래서 뭘 어쩌자는 거야? 전하한테 막 들고 일어나? 구서리 풀어
       달라고?

장군   이번에야말로 진짜 지부상소[1]를 올릴 때입니다. 제가 도끼를 가져오겠
       습니다! (일어서면)

경묵   너는 툭하면 도끼부터… (붙잡아서 앉히고) 어쨌거나 구서리가 어명을
       거역한 건 사실이잖습니까! 우리가 여기서 구서리 편을 들면, 한 명 귀
       양 가고 끝날 거 (둥글게 한림들 가리키며) 이렇게 줄초상이 날 수도 있
       다구요!

길승   그렇다고 가만히 당하고 있을 수는 없잖나? 사관이 잡혀간 희대의 사
       건인데!

시행   (생각하다가) …결정했다.

홍익   뭐요. 또 고심 끝에 민봉교님이 결정을 내리게 하는 결정을 내리셨습니
       까?

시행   그게 아니라, 자식아! (둘러보며) 우리 사관들이 가야 할 길은…!

일동   (기대하듯 보면)

S#21.   대전 안 (D)

왕과 이진이 앉아있고, 대신들이 시립해있다. 텅 비어있는 사관의 자리
를 보며, 술렁이는 대신들.

왕   대체 사관들은 왜 아직도 안 오고 있는 것이야? (대제학 보며) 대제학! 당
       장 가서 사관들을 불러오거라!

---

1) 지부상소(持斧上疏): 청을 받아들이지 않으려면 머리를 쳐달라는 뜻으로 도끼를 지니고 올
   리는 상소.

대제학	예, 전하!

종종걸음으로 대전을 나서는 대제학.

S#22.   대전 앞 (D)
대제학이 대전의 문을 열고 나오면, 홍익과 서권이 빈손으로 가만히 서
있다가 목례를 한다.

홍익·서권	문형대감.
대제학	자네들, 여기서 뭣들 하고 있어! 전하께서 일각이나 기다리셨네! 어서 들어오시게!
홍익	아유, 저희들도 들어가고는 싶지요! 헌데 어쩝니까? 마침 예문관에 종이가 똑 떨어져가지고… 이건 뭐 맨손으로 입시를 할 수도 없고… 민망스러워서, 참…
대제학	예문관에 종이가 없다니?? 그게 무슨 말도 안 되는…
홍익·서권	(진짠데?? 고개 꼿꼿이 들고 있으면)
대제학	아니, 그래! 설령 종이가 다 떨어졌다 하더라도, 장흥고²)에 연통을 넣어서 미리미리 받아놨어야 하는 것 아닌가!
서권	저희 예문관의 재고 관리는 구해령 권지가 맡아서 하고 있습니다. 헌데… (서글픈 표정으로 시선 떨구는) 구권지가 그렇게 되는 바람에…
홍익	조금만 기다려 보십시오. 서리들이 지금 세검정에서 세초를 하고 있습니다요!
대제학	세초…?? 허면 지금 종이를 씻고 말려서 가져올 때까지 입시를 안 하겠단 말인가?
홍익	(하늘 보며) 오늘은 해도 쨍쨍한 것이… 한 시진 정도면 될 것 같기도 하고…
서권	(같이 하늘 보며) 두 시진일 수도… 있지요.

2) 장흥고(長興庫): 궁중에서 사용하는 물품을 조달, 관리하던 관청.

대제학	(이것들이! 돌겠다!)

S#23.   예문관 안 (D)
오늘따라 아주 느긋한 예문관의 분위기. 한림들이 각자 자리에서 서책을 읽고, 턱을 괸 채 졸고, 손톱을 다듬는 등 여유를 부리고 있다. 시행은 차를 음미하고 있다. 제갈주서가 들어온다. (권지들 자리에 없고)

제갈주서	야, 양봉!

팔자 좋게 늘어진 한림들을 의아하게 보며, 시행에게 향하는 제갈주서.

제갈주서	아까 말한 교지는 아직이야? 얼른 써줘! 도승지 영감이 계속 물어보잖아.
시행	아, 맞다. 그거 급하다고 그랬지? (찻잔 내려놓고) 어디 한번 써볼까나~

종이를 쫙~ 펼치고 붓을 드는 시행. 그런데 갑자기 배를 움켜쥐더니 어억 소리를 낸다.

제갈주서	뭐야, 갑자기 왜 그래?
시행	아이고…! 아이고, 배야! 아이고…!!!
제갈주서	야! 너 괜찮…?
시행O.L	(멀쩡하게 일어서서) 나 뒷간 좀 갔다 올게. 기다리지 마! (다시 아픈 척) 아이고~ 아이고~ 양시행 죽네…!!

빠른 걸음으로 예문관을 나가버리는 시행. 제갈주서가 저 자식 저거 아무래도 엄살인데…? 황당해서 보고 있는데, 관원①, ②가 들어온다.

관원①	(길승 보며) 손대교! 왜 아직도 관문을 보내지 않는 게요? 벌써 두 시진이나… (하는데)
길승	(읍! 읍! 헛구역질하고)

관원①②	(왜 저래??)
치국	(급히 일어서면서 발연기) 배탈… 배탈이 났구나…! 측간을 가야겠구나…!
제갈주서	(막둥이 너도…?)

한림들 (우원 제외) 갑자기 저마다 배를 붙잡고 앓는 소리를 내며 예문관을 뛰쳐나간다.

제갈주서	너네… 너네 다 어딜… 아, 뭐 하자는 건데!!

허무하게 예문관을 둘러보던 제갈주서. 홀로 책상에 앉아있는 우원을 발견한다.

제갈주서	민봉교, 쟤네 단체로 뭐 잘못 먹었냐? 대체 왜 저… (하는데)
우원	(콜록!)
제갈주서	(…!)
우원	(어색하지만 나름 열심히, 콜록! 콜록!)

우원, 연신 기침을 해대며 제갈주서를 스쳐 예문관을 나간다.

제갈주서	(기가 막히고 코가 막히고) 기침을 왜 나가서… 아픈 척이라도 제대로…! (속 터지고) 야, 이 미친놈들아!!

S#24.   침전 안 (D)

대제학, 도승지가 왕을 만나고 있다. 상선은 왕 뒤에 서있다. 왕은 한쪽 무릎을 세우고 앉아, 기분 나쁜 티를 꽉꽉 내고 있다.

왕	처음엔 종이가 떨어져 입시를 못 하더니, 이제는 단체로 병이 나서 교지를 써줄 수 없다…? (서안 탕 내리치며) 임금을 우롱해도 정도가 있지! 그놈들은 과인을 바보천치로 아는 것이냐?? 나를 향해 시위를 벌이는

	걸 내 모를 줄 알고?!!
대제학	시… 시위라니요, 전하! 오해십니다! 다들 젊어서 패기가 넘치다보니…
왕O.L	그래! 문형도 예문관의 식구다 이거지? 허면 내 자네에게도 예문관 태업에 대한 죄를 물을까?!
대제학	(슬쩍 발 빼는) …소신은 주로 홍문관에 있느라고, 예문관 사관들하고는 별로 안 친합니다…
왕	(대제학 흘겼다가) 고얀 것들… 생각해보면 사관들이야말로 조정의 무뢰배다! 사사건건 임금의 허물을 적겠다고 달려들면서, 정작 자신들의 글은 아무에게도 보여주질 않으니… 그 내용이 옳고 그른지 누가 알 수 있으며, 사관의 허물은 또 누가 적을 수 있겠느냐?
대제학·도승지	(왕 눈치 보고 있는데)
왕	내 이참에 그놈들의 버르장머리를 확 고쳐놔야겠다. 도승지!!
대제학O.L	(식겁해서) 전하! 고정하십시오! 한림들이 어떤지 잘 아시지 않습니까? 말실수 하나도 사책에 남겨서, 천년만년 망신을 주는 자들입니다. 오죽하면 자식 이기는 부모는 있어도 사관 이기는 임금은 없다 하겠습니까?
왕	(이미 전투력 불타는) 오냐, 허면 내가 사관과 싸워 이긴 최초의 왕이 되면 되겠구나! 도승지!!!
도승지	예, 전하.
왕	지금 당장 예문관으로 가거라.
대제학·상선	(무슨 일을 벌이시려고, 불안하고)
왕	(쾌씸함에 이를 가는 표정에서)

S#25.   예문관 앞 (D)

비장한 음악이 흐른다. 카메라, 누군가의 발을 비추며 올라간다. 열댓 명의 승정원 서리들과 제갈주서를 대동해서 걸어오는 도승지다. 예문 관에서 나오던 홍익. 그 모습을 보고는 놀라서 뒷걸음질 치며 다시 들 어간다.

S#26.   예문관 안 (D)

평화롭게 앉아서 딴짓하는 한림들. 홍익이 들어오며 정적을 깬다.

홍익   승정원…! 승정원이 오고 있습니다!

한림들   (…! 홍익 보고)

시행   (어쭈? 각오한 듯 일어서는)

S#27.   예문관 앞 (D)

예문관 앞에 서있는 도승지, 제갈주서, 승정원 서리들. 맞은편에는 한림들이 삐딱한 표정으로 서있다. 괜히 곰방대도 물고, 손목 관절을 우두둑 풀며 험악한 분위기를 조성해본다. 흡사 누아르 영화 같은 대치 상황. 두 패거리 사이로 칼바람이 휑 지나간다.

시행   (건들건들) 도승지 영감께서 이 누추한 예문관까지, 어인 일이십니까…?

도승지   볼일이 있어 왔지, 설마하니 자네의 얼굴이 보고 싶어 왔겠는가.

시행   (피식) 그래요, 들어나 봅시다. 얼마나 대단한 볼일이길래, 졸병들까지 끌고 오셨는지.

도승지   …예문관을 감찰하라는 주상전하의 어명이다.

한림들   (…!)

도승지   시정기를 가져가고자 하니, 비켜주시게.

한림들   (시정기를 가져가??!! 당황해서 서로서로 마주 보면)

시행   (저 인간이 미쳤나, 이 악물고) 잘 아시는 분이 왜 이러십니까. 시정기는 실록의 토대가 되는 기록입니다. 그 어떤 선대왕께서도 읽은 전례가 없고, 앞으로도 없어야 합니다. 이만 돌아가시지요?

도승지   (목소리 깔고) 어명을… 거역하겠다는 뜻인가?

시행   (더 깔고) 사관은… 국법을 따를 뿐입니다.

도승지   …좋아. 비키지 않겠다면 비키게 만드는 수밖에.

도승지, 승정원 서리들을 향해 눈짓을 한다. 서리들이 우르르 다가오면, 맨 앞에 나와서 버티고 서는 길승.

제갈주서 (헉!!! 도승지에게 작게) 영감, 쟤가 개입니다. 북촌 반달곰…! 성균관 시절
        에 맨손으로 벼루를 아작 냈다는…
도승지   (잠시 긴장하는 표정이었다가 기합 넣듯) 주상전하의 어명이시다!! 반드시
        시정기를 가져와야 한다!!
시행   (지지 않고) 우리는 역사를 사수하는 사관이다!! 물러서지 마라!!

동시에 우와아아아 함성을 지르며 서로에게 달려드는 승정원 서리들
과 한림들. 그렇게 패싸움이 시작된다. 길승은 손 하나로 서리 대여섯
명을 도미노처럼 넘어뜨리고, 경묵은 수염을 뜯겨서 꺄아악~ 비명을
지르고, 서권은 헤드록을 걸고, 장군은 헤드록을 당하고, 치국은 서리
와 꼭 붙어서 바닥을 뒹굴고, 홍익은 입으로만 '일루 와, 자식들아! 일루
와!' 겁을 주면서 길승 뒤로 가서 숨는다. 한 서리가 기세 좋게 우원에
게 달려와 주먹질을 한다. 뒷짐을 친 채 고고하게 피하는 우원. 어쭈 이
자식이…? 서리가 한 번 더 주먹을 날린다. 이번에도 가볍게 피하는 우
원. 서리의 팔을 낚아채 뒤로 꺾는다. 근엄하게 난장판을 보고 있던 도
승지. 문득 옆에 가만히 서있는 제갈주서의 존재를 깨닫는다.

도승지   (자네 뭐 하나…? 보면)
제갈주서 꼭 이렇게까지 해야…
도승지   (눈빛에 힘 들어가고)
제갈주서 겠지요…? 전하의 명이니까…?

제갈주서, 울상을 지으며 달려가 시행의 멱살을 잡는다.

시행   (…!) 야, 제갈탁…
제갈주서O.L 미안하다… 친구야.

시행에게 주먹을 날리는 제갈주서. 시행이 넘어졌다가, 잔뜩 열 받아서 일어나 제갈주서의 양 귀를 쥐어뜯는다. 아아악!! 비명소리가 울린다.

S#28.　　예문관 서고 안 (D)
선반을 정리하다가 시끄러운 소리에 멈칫하는 사희, 은임, 아란.

S#29.　　예문관 앞 (D)
의아한 표정으로 나오는 사희, 은임, 아란. 눈앞의 아수라장을 보고 놀라서 멈춰 선다.

사희·은임　　(!!!)
아란　　지금 저거… 저거 우리 선진들입니까?!!

서있는 도승지를 보고 상황을 파악한 사희. 서고 안에 들어가 빗자루를 들고, 서리들에게 달려간다. 은임과 아란도 빗자루를 챙겨 그 뒤를 따른다. 사정없이 빗자루로 서리들을 내리치는 권지들. 그렇게 얽히고설킨 전장의 한복판에서.

INS.　　의금부 전경 (N)

S#30.　　의금부 옥사 안 (N)
벽에 기대서 잠들어있던 해령. 덜커덕거리는 소리에 눈을 뜬다. 나장이 옥사의 문을 열고 있다. 무슨 일이지? 본능적으로 몸을 움츠리는 해령. 나장이 문을 열어주면 웬 사내가 보따리를 들고 들어온다. 달빛에 비추는 얼굴은 이림이다.

이림　　(걱정했는데 막상 보니 반가워서) 구해령!
해령　　대군마마…?!

이림, 해령 앞에 앉아서 해령의 얼굴을 이리저리 살핀다.

이림   괜찮은 것이냐? 어디 다친 데는 없고?
해령   (얼떨떨) 예, 전 괜찮은데… (바깥 살피며) 어서 돌아가십시오. 누가 보면
        마마까지 곤욕을 치르십니다.
이림   난 신경 쓰지 마. 하루 종일 아무것도 못 먹었지?

이림, 보따리에서 커다란 찬합을 꺼내 해령 앞에 내려놓는다.

이림   뭘 좋아할지 몰라서 이것저것 가져왔다. (얇은 삼베이불과 작은 베개 꺼내
        고) 이건 잠자리가 불편할 것 같아서. 아, 그리고! (품에서 비단 주머니 꺼
        내 건네며) 목이 마르면 나장에게 건네거라. 물을 떠다 줄 것이다. 또…
        (보따리 뒤적이는데)
해령   (피식 웃음 터트리고)
이림   (…?) 왜… 웃는 것이냐?
해령   여인에게 옥바라지해주는 대군은 세상에 마마 한 분뿐일 겁니다.
이림   (치…) 대군을 이리 만드는 여인도 너 하나뿐이다.

미소로 서로를 보는 두 사람. 애틋한 마음이 오고 가는데.

이림   너무 걱정 말거라. 아무 일도 없을 것이다.
해령   저도 그리 생각하고는 싶은데… (씁쓸하지만 덤덤하게) 어느 정도 각오는
        해야 할 것 같습니다.
이림   (보면)
해령   어명을 거역해서 의금부까지 끌려온 죄인입니다. 어떻게 아무 일이 없
        겠습니까. 궐에서 쫓겨나거나… 뭐, 아예 한양에서 쫓겨나거나… 벌을
        받기는 받겠지요.
이림   그럼 내가 같이 가줄게.
해령   (살짝 놀라서 보면)

이림	니가 파직을 당하면 나도 궐을 떠나서 네 옆집에 살고, 니가 귀양을 가면 나도 한양을 떠나서 널 따라가고. 만약… 정말 만약에 그보다 더한 벌을 받는다면… 널 데리고 도망쳐줄게.
해령	(…!) 진심… 이십니까?
이림	그래, 깊은 산속이든 아무도 살지 않는 외딴 섬이든.

해령, 이림의 마음이 고맙고 찡해서 보다가.

해령	(일부러) 어쩌죠…? 그건 제가 싫은데.
이림	(…?)
해령	마마께선 글만 좀 쓸 줄 알지, 아무것도 할 줄 모르시잖습니까? 저번에 보니까 불도 못 피워, 장작도 못 패. 하나부터 열까지 제가 다~ 해야 할 게 뻔한데요?
이림	그런 건 차차 배워가면…
해령O.L	그걸 또 어느 세월에 다 가르치냐구요. 그러다 늙어 죽지. (고개 저으며) 에이. 괜히 짐짝 하나 달고 사느니, 전 그냥 속 편하게 혼자 살랍니다.
이림	넌 어떻게 나를 짐짝이라고… 이렇게 귀티 나게 생긴 짐짝이 어디 있느냐? 자세히 봐라. (보란 듯이 얼굴 들이대면서) 이건 짐짝이 아니라 보물이다, 보물… (하다가 멈칫)
해령	(…)

순식간에 가까워진 두 사람의 얼굴. 분위기가 묘하다. 밤은 어둡고, 주변은 고요하고, 이곳엔 둘밖에 없고. 쿵! 쿵! 이림의 심장이 뛴다. 해령의 양 볼도 붉어진다. 지금이 바로 그 순간이라는 걸 두 사람 다 느끼고 있다. 가만히 해령의 입술을 내려다보던 이림. 조심스럽고도 천천히 다가간다. 치맛자락을 꼭 쥐는 해령의 손. 이내 두 눈을 질끈 감는다. 그렇게 숨이 멎을 듯한 순간.

삼보E	마마!! 시간 다 됐습니다!!

해령·이림	(!!!)

옥사 사이로 달려오는 삼보. 해령이 화들짝 놀라서 일어서고, 이림이 중심을 잃고 벽에다 이마를 쿵 박는다.

이림	(아파서 이마 붙잡으면)
삼보	거기서 왜 그러고 계십니까?
이림	어? 아니… 여기 벽은 얼마나 튼튼한가 궁금… 해서… (한 번 더 이마로 박아보고) 잘 지었네. 엄청 딴딴해…!
삼보	(수상한데…, 둘이 스캔하듯 보다가) 일단 얼른 나오십시오. 저 나장놈, 돈 욕심이 보통이 아닙니다. 지금부턴 하나 셀 때마다 한 냥씩이래요!
이림	(울고 싶다) 그래… 간다, 가…

다시 옥사를 나가는 삼보. 이림도 울상으로 일어선다. 다시 없을 순간을 이렇게 날려버리다니. 속상해서 옥사를 나가려는 순간.

해령E	마마.
이림	(돌아보면)

어느새 이림의 뒤로 다가온 해령이, 까치발로 서서 이림의 볼에 입을 맞춘다. 놀라서 해령을 보는 이림. 지금, 무슨 일이 일어난 거야…?

해령	(쑥스럽지만) 안녕히 가십시오. (꾸벅)
이림	(멍하고)

S#31.   의금부 옥사 앞 (N)

여전히 정신을 못 차린 채 옥사에서 나오는 이림. 옆에선 삼보가 '장사 하루 이틀 해? 좀 깎아달래도!' 나장과 실랑이를 벌이고 있다. 이림에게 그런 주변 풍경이 보일 리 없다. 터벅터벅 걷다가 문득 멈춰 선다. 이제야 실감이 난다. 구해령이 나한테… 구해령이 나한테!!! 문자 그대로 좋아 죽을 지경인 이림. 환하게 웃는다. 세상이 이리 아름다울 수가 없다.

S#32.   의금부 옥사 안 (N)
이쪽도 기분이 좋은 건 마찬가지다. 앉아서 이림이 두고 간 찬합을 펼쳐보는 해령. 육해공이 고루고루 갖춰진 반찬들이다. 그러다 마지막 단을 열면, 흰 밥 위에 검은 콩으로 '愛' 자가 쓰여있다. 상상을 초월한 유치함에 실소가 터지는 해령. 입을 틀어막고 웃는데서.

INS.   예문관 전경 (N)

S#33.   예문관 안 (N)
한바탕 난리가 지나간 듯 예문관 여기저기 집기들이 뒤집어져 있다. 입구에는 책상과 의자들로 바리케이드가 만들어져 있다. 코피가 터지고, 상투가 뜯어지고, 여기저기 부상을 입고 바닥에 널브러져 있는 한림들. 그 와중에 예문관 한가운데 의자를 가져다 놓고, 그 위에 시정기 한 권을 고이 모셔놨다. 밖에서 똑똑 문 두드리는 소리가 들린다.

한림들	(긴장하고)
길승	암구호를 대시오!!
은임E	수이여진멸 수사불위사³⁾!
한림들	(하아아… 긴장 풀고)

검열들, 일어나서 바리케이드를 치운다. 살짝 열리는 문틈으로 사희, 은임, 아란이 들어온다. 세 사람이 품에서 봉투를 꺼내 떡들을 펼쳐놓는다.

---

3) 수이여진멸 수사불위사: 원수를 모두 멸할 수 있다면 죽음도 사양하지 않겠노라.

은임	급하게 구하느라 이거밖에 못 가져왔습니다. 좀 드세요.

한림들, 다가가서 너도나도 하나씩 집어 들어 우걱우걱 먹는다. 오늘따라 왜 이렇게 맛이 좋은지, 그야말로 눈물 젖은 떡이다. 음식에는 관심 없이 구석에 앉아있던 우원.

우원	승정원 서리들은? 아직도 밖에 있는 것이냐?
아란	예… 어슬렁어슬렁~ 돌아다니면서 기회만 엿보고 있습니다. 저희 퇴궐하면 바로 쳐들어와서 시정기부터 털어갈 기세예요.
시행	독한 놈들. 어디 한번 해보자 이거지? (둘러보며) 너네 오늘 집에 갈 생각하지 마. 아니, 전하께서 어명 거두실 때까지 우린 여기서 한 발자국도 안 나간다. (시정기 가리키며) 시정기를 내어준 겁쟁이가 되느니 역사를 지키다 굶어 죽은 사관이 되는 거다!

길승, 장군, 서권, 은임과 아란까지 의지를 불태우며 예!! 우렁차게 외치는데, 경묵, 홍익, 치국은 입을 꾹 다물고 딴청을 피운다.

길승·장군·서권	(…? 보면)
시행	어이, 현씨, 안씨, 김씨. 느그들은 왜 대답 안 해? 느그들은 사관 아니야?
경묵	예? 아, 당연히 사관이죠! 사관인데… (에라, 모르겠다) 양봉교님은 뭘 그렇게 극단적으로 나오십니까? 전하께서 사초를 뜯어고치라고 하신 것도 아니고, 까짓거 시정기 한번 슬쩍 보여줄 수도 있는 거지…
홍익	아, 그리고 자꾸 국법 국법 그러시는데, 사실 법이라는 이렇게 바뀌었다가 저렇게 바뀌었다가 뭐 그러는 거거든요. 근데 목숨은 한번 저 세상 가버리면 돌이킬 수가 없는 거니까… 따져보면 사관으로서 자존심보다는… 이 나의 목숨이 더 귀한 게 아닌가… 하는… 생각이… (하하하)
치국	게다가 저는 (손가락 펼치고) 삼대… 독자…
시행O.L	(듣다 못해서, 복식으로) 야!!!
일동	(놀라서 보면)

시행	니네 막 터진 주디라고 개헛소리를 씨부려 싼다? 내가 지금 그깟 자존심 하나 지키자고 이러겠냐? 그래, 시정기 한번 내준다 쳐. 그럼 전하께서 읽고 그래, 글씨 예쁘게 잘 썼네~ 이러시고 끝나? 아니지. 여기는 왜 이렇게 썼냐, 저기는 왜 저렇게 썼냐, 꼬투리의 향연이야. 그래서 시정기 몇 번 고쳐놓고 나면, 그다음은 사초! 그다음은 실록! 그러다 상전 비위 맞춰주는 꼭두각시 되는 거 금방이라고!
경묵·홍익·치국	(…)
시행	야, 사관은 뭐 처음부터 편하게 입시하고 편하게 사책 쓰고 그런 줄 알어? 이 나라 세워지고, 사관이 앉아서 입시하기까지가 백 년이 걸렸어. 전하 용안 똑바로 쳐다보는 건 꼬박 삼백 년이 걸렸고. 그게 다 선진 사관들이 상소 쓰고 귀양 가고 박 터지게 싸워서 얻어낸 건데, 여기서 우리가 시정기 한번 내줘 봐라. 그거 또 바로잡을 때까지 십 년이 걸릴지 백 년이 걸릴지 누가 아는데? 어?
일동	(숙연해지는데)
치국	(훌쩍, 울음 참는 소리)
일동	(…? 치국 보고)
경묵	(당황해서) 뭐야… 너 갑자기 왜 그래…
치국	(눈물 뚝뚝 떨어트리며) 죄… 죄송합니다, 양봉교님. 저도 시정기 중요한 거 아는데요… 너무 무서워서요… 부인도 보고 싶고, 집에도 가고 싶어서… 그래서 그랬어요… (엉엉)
서권	김검열…

짠해서, 치국에게 손수건을 건네주는 서권. 은임과 아란은 어머, 웬일이야, 질겁해서 보고 있는데, 옆자리에서 또 훌쩍 소리가 들린다. 의아해서 고갤 돌려보면.

| 장군 | (울먹이며) 야, 너 울지… 울지 마, 자식아… 누가 집에 못 간대? 우리는 반드시! 두 발로 걸어서 예문관을… (큽… 더 이상 말을 잇지 못하고, 양손으로 얼굴 감싸며 흐느끼면) |

길승	황장군 너까지 왜 그래… (따흑…, 눈물 참으려 미간을 붙잡고)

갑자기 눈물바다가 된 예문관. 시행이 '괜찮아! 그럴 수 있어! 다 그러면서 크는 거야!' 치국을 달래고, 길승과 장군은 서권의 품에 기대서 엉엉 눈물 콧물을 흘린다.

아란	(어휴, 저 화상들…) 진짜 꼴값들을 하고…
은임	(고개 절레절레 젓고)
사희	(떨떠름하게 선진들 보다가 우원과 눈 마주치면)
우원	긴 밤이… 되겠구나…
사희	그러게요…

그저 이 촉촉한 시간이 끝나기만을 바라는 둘. 동시에 한숨을 푹 쉬는 데서.

INS.   궁궐 전경 (D)

S#34.   대비전 안 (D)
         서책을 읽고 있던 대비. 최상궁이 앞에 서있다.

대비	시정기? 시정기라면 사관이 사초를 엮어 만든 사기가 아니더냐.
최상궁	예, 헌데 전하께서 예문관 감찰이라는 명분으로 시정기를 요구하셨다 합니다.
대비	(황당한) 아무리 주상이라지만 무모하구나. 어느 선대왕들께서도 시정기에는 손을 대신 적이 없거늘.
최상궁	(…)
대비	해서 사관들은 어찌하고 있다더냐?
최상궁	예문관 문을 걸어 잠그고 버티고 있다 합니다. 궐 밖에서는 상소가 계속해서 올라오고 있고요.

대비	그래, 그리 간단하게 넘어갈 일이 아니지. (다시 서책 넘기며 미소로) 아주 재미난 구경이 되겠어.

S#35.　　예문관 앞 (D)
예문관 문 앞에 부러진 붓 여러 개가 대롱대롱 매달려있다. 주변을 지나가던 관원들이 보면서 뭐라 뭐라 수군대고.

S#36.　　침전 앞 (D)
소반마다 수북이 쌓인 상소를, 도승지와 내관들이 부지런히 침전 안으로 나르고 있다.

S#37.　　침전 안 (D)
이미 서안 위에 넘치게 쌓여있는 상소들. 왕은 그중 하나를 읽고 있다. 익평, 우의정, 이조정랑, 대제학, 부제학이 심란한 표정으로 앉아있는데, 도승지와 내관들이 들어와 그 위에 상소를 또 내려놓는다.

왕	(징글징글해서) 아직도 올라올 상소가 남은 것이야??
도승지	예, 이게 절반쯤… 됩니다.
왕	(…) 대체 하룻밤 새 몇 명이나… 이제 그만 올리거라! 더 읽어볼 필요도 없다.
도승지	전하…
왕O.L	어차피 다 똑같은 내용 아니더냐. 하나같이 전하께서 잘못하셨다, 사관을 멀리하시면 안 된다, 어명을 거두어달라! (읽고 있던 상소 던지며) 지들집에도 사관 열두 명씩 붙여놓고 하루 온종일 감시당하며 살라고 해봐라! 그때도 이런 말이 나오나!
일동	(…)
왕	해서 오늘 상참은 어땠느냐? 거기서도 온통 예문관 편드는 얘기뿐이더냐?
우의정	그게… 세자저하께서 사관 없는 회의를 할 수 없다 하시어, 모두 물

러났습니다.

| 왕 | (…!) |

이조정랑   상참만 못 한 게 아닙니다. 육조며 삼사며 관청이란 관청에서 나오는 관문서들은 죄다 예문관을 한번 거쳐야 하는데… 사관들이 손을 놓고 있으니 아무 일도 할 수가 없습니다. 지방에서 올라온 장계들도 발이 묶여 있고요…

왕   (젠장) 허면, 예문관 하나가 쉰다고 온 조정이 멈춰있단 말이냐?

우의정·정랑   (긍정하지 못하는데)

상선E   (다급히 밖에서) 전하!!! 전하!!!

왕   (또 뭐야? 보면)

S#38.   대전 앞 (D)

새하얀 도포 자락을 휘날리며 대전을 향해 걸어오는 걸음. 시퍼렇게 날이 선 도끼를 들고 있는 우원이다. 관복이 아닌 갓과 도포 차림. 곧은 선비의 모습인데. 대전 앞에 멈추는 우원, 도끼를 발아래 반듯하게 내려놓고, 담담하지만 굳건한 표정으로 대전을 향해 큰절을 올린다. 그러고는 도끼 앞에 무릎을 꿇고 앉는다.

우원   전하! 시정기를 감찰하시겠다는 뜻을 거두어주시옵소서!! 뜻을 거두지 않으시겠다면 이 도끼로 신의 머리부터 쳐주시옵소서!!!

우원의 담대한 목소리가 드넓은 뜰을 가득 채우고.
/한쪽 담벼락 뒤에서 한림, 권지들이 조마조마한 표정으로 지켜보고 있다.

시행   아이씨… 저 미친놈이 진짜 지부상소를…

치국   저거… 저희도 같이해야 되는 거 아닙니까…?

경묵   (치국 입 틀어막고) 황장군이 맨날 도끼 타령하니까 만만해 보이냐? 저건 진짜 목숨 걸고 하는 거야! 내 말대로 할 거 아니면 차라리 죽여라, 그러는 거라고!

용감하게 끼어들 수도, 모른 척 내뺄 수도 없는 한림, 권지들. 발만 동동 구르고 있는데.
/저쪽에서 나타나는 왕과 익평, 우의정, 이조정랑, 대제학, 부제학, 도승지.

이조정랑	아니, 저, 저… 기어코 민봉교가…! (익평 눈치 보면)
익평	(…)

우원, 왕의 등장에도 굴하지 않고, 여전히 꼿꼿이 앉아 외친다.

우원	전하! 국법이 금하고 있는 시정기 감찰을 강행하신다면, 전하의 전정에 오점으로 남을 것입니다. 부디 어명을 거두어주시옵소서!! (하는데)
대제학	(아서라!) 민봉교, 민봉교!! (후다닥 앞으로 가면)
우원	(…)
대제학	(작게) 지금 뭐 하는 겐가? 어쩌자고 대전까지 도끼를 들고 와…!
우원	(…)
대제학	(작게) 어서 일어나시게. 이런 식으로 고집부린다고 될 일이 아니네!
우원	문형대감은 제 말이 틀렸다 생각하십니까?
대제학	(멈칫, 보면)
우원	(매섭게) 예문관의 대제학으로서, 겸임사관으로서, 정녕 시정기 감찰에 아무런 이의도 없으신 겁니까?
대제학	아니, 나는… (없다고 말할 수도 없고, 있다고 말할 수도 없고, 난감한데)
왕E	당장 물러가지 못하겠느냐?!
우원	(보면)

왕, 대노해서 성큼성큼 우원의 앞으로 온다.

왕	국법이 금한다는 핑계를 들어 수백 년 세월 그 누구의 견제도 받지 않았던 것이 사관들이다. 그런 너희가 일말도 참지 못해 과인의 뜻을 꺾으려 드는 것이야?!
우원	그러니 더욱 물러날 수 없습니다. 국법과 선대왕들께서 그 긴 세월 동안 사관들을 지켜주신 연유가 무엇입니까? 권력에 휘둘리지 않고 역사를 있는 그대로 직필하라는 뜻이 아닙니까?
왕	내가 언제 너희를 휘두른다더냐? 신하가 일을 제대로 하고 있는지, 아닌지 확인 좀 해보겠다는데! 그게 그리도 아니꼽고 못 미더워?!
우원	(대쪽같이) 전하께는…! 시정기를 감찰할 권한이 없으십니다…!
익평	(…!)
대신들	(…!!!)
한림들	(저게 죽으려고 환장했나!!!)
왕	(병…) 권한이… 없… 이 나라의 임금인 나한테… 지금…? (대노해서) 네 이놈!!!

이성을 잃은 왕. 우원 앞에 놓인 도끼를 잡으려고 하면, 대제학, 대사헌, 우의정이 식겁해서 왕 앞을 가로막는다. '전하!! 고정하시옵소서!!' '아니 되옵니다!!' '통촉하여 주시옵소서!!' 여기저기서 외치고, 왕은 붉으락푸르락해서 '비키거라!! 나에게 무슨 권한이 있는지 보여줄 것이다!!' 소리를 질러대는데. 어디선가 '아이고~ 아이고~' 하는 통곡 소리가 들린다. 일동 멈칫. 소리 나는 쪽을 보면 곡소리를 내며 파도처럼 밀려오는 젊디젊은 성균관 유생들의 무리! 갓과 새하얀 도포 차림. 우원과 같은 모습들이다.

대사헌	성… 성균관 유생들입니다, 전하…!!
대신들	(…!!!)

/역시 유생들을 보며 놀라는 한림, 권지들.

장군	저건 손대교님 사촌 동생이 아닙니까? 성균관 장의라던!
길승	호곡권당[4]…?!

/유생들, 우원의 뒤에 멈춰 서고, 계속해서 곡소리를 낸다. 장의가 앞장 서서 유생들을 진두지휘한다.

장의	이 나라 사백 년의 공명정대한 역사가, 감찰이란 명분 아래 사중에 처 했으니! 종사의 앞날이 암중과도 같구나! 이 비통함을 어찌 견디리오 ~!!
유생들	아이고~~ 아이고~~
장의	직필하는 사관이 불편해서 목숨마저 거두신다면, 직언하는 유생의 목 숨이야 초개 같은 것! (왕과 대신들 보며) 사세가 이와 같은데 우리 유생 들이 어찌 군왕을 따를 수 있으리오~!
유생들	아이고~~ 아이고~~
대신들	(골치 아프게 됐단 표정으로 왕 보는데)
왕	(이 악물고)

/이때다!! 싶은 시행. '아이고~~ 아이고~~' 외치면서 앞으로 달려나간 다. 한림, 권지들도 눈치껏 그 뒤를 따른다.
도끼를 놓고 굳건히 앉아있는 우원과, 그 뒤에 엎드린 한림, 권지들. 수 십 명의 유생들. 젊은이들의 곡소리가 대궐을 가득 메꾸고, 대신들은 난감해서 왕의 눈치를 본다. 왕, 주먹을 쥐고 부들부들 떨면서 그들을 노려보기만 하는데.

S#39.　대전 안 (D)
문을 쾅 열고 들어오는 왕. 익평, 우의정, 이조정랑, 대제학, 부제학, 도 승지도 뒤따라 들어온다. 왕이 씩씩대며 옥좌에 앉으면.

---

4) 호곡권당(呼哭捲堂): 성균관 유생들이 곡소리를 내며 하던 시위.

부제학	송구하오나 전하, 이번 일은 전하께서 한 발자국 물러나시는 게…
왕	(눈 희번득해서 보면)
부제학	전하를 위해 드리는 말씀이옵니다. 지금 당장은 성균관 유생 몇 명뿐이지만, 시일이 지날수록 전국에서 더 많은 유생들의 항의가 빗발칠 것입니다. 그때 가서 뒤늦게 어명을 거두신다 하여도…
왕O.L	듣기 싫다, 듣기 싫다!!!
대제학	(입 다물면)
왕	대신이라는 것들이 임금 마음은 헤아릴 줄 모르고 그저 입바른 말만…!! 다들 물러가거라! 꼴도 보기 싫으니라!!

어떻게 해야 하나, 왕의 눈치를 보는 우의정, 이조정랑, 대제학, 부제학, 도승지. 익평이 눈짓을 하면 모두 뒷걸음질 쳐서 나간다. 둘만 남은 익평과 왕.

왕	좌상은 왜 물러가지 않는 것이야? 이젠 자네까지 어명을 거역하는 겐가?
익평	(차분한) 전하, 이 일이 어떻게 시작됐는지 잊으셨습니까.
왕	(보면)
익평	전하와 저의 독대를 엿들었던 여사관이 하옥되었습니다. 사태가 커질수록 사람들의 관심을 갖는 건, 여사의 안위 따위가 아니라 여사가 그날 무엇을 듣고… 무엇을 적었는지입니다.
왕	(멈칫)
익평	이 이상의 주목은 전하께도 이로울 것이 없습니다. 이만 어명을 거두어 주십시오.
왕	허나 좌상의 말마따나 그 계집이 무엇을 듣고 무엇을 적었는지 아직 확인하지도 못했다…!
익평	…하옥시키는 것만이 유일한 방법은 아닙니다. (무언가 할 말이 있는 표정이고)
왕	(보는데서)

S#40.   대전 앞 (D)
계속해서 유생들의 곡소리가 울리고 있는 대전 앞. 대전에서 대제학이
나온다. 입으로만 대충 소리를 내며 손톱을 보고 있던 시행. 대제학이
다가오자 얼른 각을 잡고 목소리를 높인다.

시행	아이고~!! 아이고~!!
대제학	이보게, 양봉교.
시행	저희를 설득하러 오신 거면 소용없습니다! (다시) 아이고~!! 아이고~!!
대제학O.L	이제 그만하시게. 전하께서 어명을 거두겠다 하시네.
우원	(멈칫)
한림·권지들	(…!)
시행	정… 정말입니까??
대제학	그래, 앞으로 시정기에는 손끝 하나 대지 않겠다 하시네. 그러니 이제 그만 일어나서 업무에 복귀들 하시게!
시행	(끝났다! 안도감이 밀려오고)
한림·권지들	(드디어!! 좋아하는데)
우원	그게 전부입니까?
일동	(보면)
우원	정녕 전하께서… 그리 쉽게 마음을 바꾸신 겁니까?
대제학	(하여간 귀신 같은 놈…)
우원	(경계하듯 보고)

S#41.   의금부 옥사 앞 (D)
보따리를 품에 꼭 안고 출소하듯 쭈뼛쭈뼛 걸어 나오는 해령. 간만에
본 햇빛이 눈부셔서 손으로 얼굴을 가리는데. 저 앞에 누군가의 실루엣
이 보인다. 사희, 은임, 아란이다.

해령	권지님들…!

반갑게 달려가면, 역시 반갑게 맞아주는 은임, 아란. 사희는 무언가 숨기는 듯한 표정이고.

아란	구권지! 우리가 이겼습니다! 이제 전하께서 내전 입시를 허락하신답니다!! 완전히요!!

아란   구권지! 우리가 이겼습니다! 이제 전하께서 내전 입시를 허락하신답니다!! 완전히요!!

해령   (…!) 대조전까지요?

은임   예! 대조전까지요!! 다시는 이런 개고생 안 하셔도 됩니다!

해령   (희소식에 표정 환해지며) 어쩌다 그리된 겁니까? 간밤에 무슨 일이 있었길래…

사희   일단 오늘은 들어가서 쉬십시오.

해령   (뭔가 전후 사정이 빠진 느낌이지만 그래도 좋아서 은임, 아란 보며 웃고)

S#42.   해령의 집 마당 (D)
해령을 마중 나온 재경, 설금, 광주댁, 각쇠. 설금이 눈물 콧물 범벅으로 해령을 꽉 껴안고 있다.

설금   아씨…! 전 정말 아씨 죽으면 따라 죽으려고 했어요. 저기 뒷산에 못자리까지 봐뒀다니까요… 볕 잘 들고 짐승 안 다니는 데루… (엉엉)

웃으며 설금을 토닥이는 해령. 뒤에 서있는 재경과 눈이 마주친다. 그동안의 걱정과 시름으로 진이 다 빠진 표정. 해령이 설금을 살며시 밀어내고, 재경의 앞으로 간다.

해령   오라버니… (목례하면)

재경   …고생했다. 들어가 쉬어라.

묘하게 쌀쌀맞은 느낌으로 돌아서 사랑채 쪽으로 향하는 재경. 해령이 미안한 마음에 서있는데… 설금이 해령의 팔짱을 끼고 잡아끈다.

설금	아씨, 얼른 오서요. 그동안 밥풀떼기 하나도 구경 못 했죠?
해령	어…? 어… 뭐… 그랬지…
설금	어쩐지 얼굴이 말린 고사리마냥 훅 가셨더라니… (훌쩍) 제가 두붓국에 두부전에 두부조림에 암튼 한 상 가득 차려드릴게요. 우리 다 잊고 새 출발 해요, 선량한 백성으로…

설금에게 끌려 방으로 들어가는 해령. 왠지 고달픈 저녁 식사가 될 것 같은 예감에 울상이고.

INS.   녹서당 전경 (N)

S#43.   녹서당 이림의 방 (N)
이부자리를 깔고 있는 삼보와 나인들. 창밖을 내다보며 서있는 이림이 홀로 피식피식 웃는다. 삼보와 나인들, 갸우뚱하며.

삼보	마마, 아무래도 이상하십니다…?
이림	(보면)
삼보	아까 밥 먹다 돌 씹은 것도 그냥 용서해주시질 않나, 자꾸 그 알 수 없는 웃음 하며… (동그랗게 이림 가리키며) 그 화사한 분위기… 뭐에 씌신 겁니까, 홀리신 겁니까?
이림	씐 것도 홀린 것도 아니다. (하늘 올려다보며) 그저 세상이 얼마나 아름다운 곳인지, 이제야 깨달은 거지.
삼보	(그게 더 이상한데…? 보고 있으면)
이림	다 했으면 이만 가보거라. 난 일찍 잠자리에 들 터이니.
최나인	(일어서면서) 왜요? 내일 무슨 날입니까?
이림	구해령이 풀려났지 않느냐. 오랜만에 입시인데, 나도 푹~ 자고 환한 얼굴로 맞아줘야지.
삼보	(얼씨구) 지금도 밀가루처럼 환하신 분이, 이보다 더 환해지시면 어찌시려구요? 아예 하늘로 솟아 달덩이라도 되시게요?

이림   (계속 올려다보며) 그것도 나쁘지 않겠구나. 밤마다 내 님을 내려다볼 수
         있으니까…

삼보   (으아아아…!)

삼보, 이림의 닭살 멘트에 손발이 오그라들고 속이 뒤틀리는 느낌인
데… 옆을 보면 나인들, 그런 이림의 낭만에 반한 듯 '하아아~' 하는 느
낌으로 홀려서 보고 있다.

삼보   (작게 구시렁) 단체로 염병첨병들을 해요, 그냥… (나인들 잡아끌고) 어서
         주무십시오! 푹 자고! 정신 바짝 차리게!!

삼보, 아쉬워하는 나인들을 끌고 나가도, 미동 없이 그 자리에서 달을
보고 있는 이림. 그날의 기억이 떠오른다.

플래시컷
ㅡ의금부 옥사 안 (N)
까치발로 서서 이림의 볼에 입을 맞추는 해령.

이림, 얼굴에 환하게 미소가 피어나고.

S#44.   해령의 집 해령의 방 (N)
         그날의 기억을 되새기고 있는 건 해령도 마찬가지다. 속적삼 차림으로
         누워있는 해령. 잠이 오질 않아 뒤척이는 표정에서.

플래시컷
ㅡ의금부 옥사 안 (N)
묘한 분위기 속, 서로를 보고 있는 해령과 이림.

화들짝 몸을 일으키는 해령. 얼굴에 열이 확 오르고, 심장이 콩닥거린다.

해령	(괜히) 뭐 이렇게 더워…

얼굴에 부채질도 하고, 옷도 펄럭펄럭 들썩이는 해령. 하지만 그런 노력이 허무하게 이림의 생각을 멈출 수가 없다.

플래시컷
−의금부 옥사 안 (N)
점점 다가오는 이림. 입을 맞추기 직전의 두 사람.

해령, 이제 가만히 앉아있어도 숨이 막힐 지경이다. 일어나 방을 나간다.

S#45. **해령의 집 뒷마당 (N)**
차가운 밤공기를 크게 들이마시며 걷는 해령. 마침 저 앞을 걷고 있던 재경과 마주친다.

해령	오라버니! 아직 안 주무셨습니까?
재경	(돌아보면)
해령	(다가가며 능청스럽게) 저는 그새 옥살이에 적응이 됐나 봐요. 집에서는 잠이 오질 않네요?
재경	(…빤히 보면)
해령	(머쓱해서) 뭐 그리 정색을 하십니까. 농담인데…
재경	…지금이라도 늦지 않았다. 그만두거라.
해령	(…?)
재경	궁궐에선 그 누구도 안전할 수 없어. 겉으로는 예를 차리고 입으로는 도리를 논하지만 필요하면 언제든…! 누구에게든…! (깊은 분노 누르며) 짐승처럼 잔혹해지는 곳이 궁궐이다.
해령	(…)
재경	애초에 그리 위험한 곳에 널 들이는 게 아니었어. 더 이상 네게 혼례를 치르라 강요하지 않으마. 무엇이든 다 하게 해주마. 그러니 이쯤에서

	그만두거라.
해령	…싫습니다.
재경	비단 이번 일 때문이 아니다. 만약 누군가 너에 대해서 알게 된다면…
해령O.L	싫습니다.
재경	(단호하게) 구해령!!
해령	(미동 없이 보다가) …저는 늘 오라버니가 부러웠습니다.
재경	(멈칫)
해령	아침에 눈을 뜨면 가야 할 곳이 있고, 집을 나서면 해야 할 일이 있고… 매일매일 대단하진 않아도… 삶이라는 게 있지 않습니까. 제겐… (옅은 미소로) 서책으로 보는 세상이 전부였는데요.
재경	(말문 막힌)
해령	단 한 번이라도 제게 그런 하루가 주어지길, 단 한 번이라도 제가 어딘가 쓸모가 있길 오랫동안 바래왔습니다. 그 마음이 화가 된다면… (각오했다, 덤덤히) 대가라 생각하고 마땅히 치르겠습니다.

재경, 흔들리는 눈으로 해령을 본다. 해령은 조금의 물러남도 없이 재경을 본다. 재경은 해령의 마음을 꺾을 수 없다는 걸 안다. 막막해진다.

INS.   해령의 집 전경 (N)
        해도 다 뜨지 않은 이른 새벽.

S#46.   해령의 집 해령의 방 (N)
        누군가 대문을 쾅쾅쾅쾅 두드리고 있다. 대체 누구야… 잠에서 깨는 해령.

S#47.   해령의 집 마당 (N)
        해령이 중문을 넘어서 나오면, 이미 설금이 비몽사몽 마당을 걸어가고 있다. 끼익~ 대문을 열고.

설금	(짜증으로) 아, 뉘신데 이 시간에…!
상선O.L	주상전하의 어명이다!!
설금	(…?!)
해령	(!!!)

S#48.   녹서당 앞 (N)
벌컥 열리는 중문. 삼보가 뛰어 들어온다.

삼보	(우렁차게) 마마~~!!!

삼보, 계단 위를 뛰어 올라가며 '대군마마!!' 계속해서 외친다.

S#49.   녹서당 이림의 방 (N)
심상치 않은 삼보 목소리에 눈을 뜨는 이림. 삼보가 문을 연다.

삼보	마마…!!

왠지 불길한 느낌에 삼보를 보는 이림과.

S#50.   해령의 집 마당 (N)
놀라서 상선을 보고 있는 해령. 그 두 사람의 모습에서.

12화
······
원컨대 내 사랑,
오래오래 살아서 영원히 내 주인 되어주소서

S#1.   궁궐 가는 길 (N)
       사책과 필통을 들고 우다다 정신없이 밤거리를 달려가는 해령. 가다
       가 무언가 썰렁해서 뒤돌아보면 뒤쪽에 신발 하나가 벗겨져 있다. 얼른
       집어 들고 달린다.

S#2.   녹서당 이림의 방 (N)
       급히 의관을 정제하고 있는 이림. 어안이 벙벙하다.

이림   대체 전하께서 왜 이러시는 것이냐. 대비전 문안이라니. 이십 년 동안
       단 한 번도 날 부르신 적이 없었어.
삼보   그걸 제가 어찌 압니까. 저도 이게 꿈인지 생신지 아직 헷갈리는데. (옷
       펼쳐 들고) 어서 입으십시오! 시간이 없습니다!!
이림   (입으면서도 찜찜한 마음이고)

S#3.   궁궐 야외 일각 (N)
       서로 다른 쪽에서 열심히 뛰어오다가 한 길목에서 맞닥뜨리는 해령과
       이림. 의아해서 멈춰 서고.

이림   (숨차서) 니가 왜… 니가 왜 여긴…?
해령   (숨차서) 대비전 입시… 마마도요?
이림   (고개 끄덕이면)
삼보   (저 뒤에서 달려오며) 지금 뭐 하십니까! 빨리요, 빨리!!
해령·이림 (아차…!)

       다시 열심히 달려가는 두 사람.

S#4.   대비전 앞 (N)
       왕과 중전, 이진과 세자빈이 서있다. 상선과 상궁 나인들이 뒤에서 등
       롱을 들고 있다. 뛰어 들어오다가 왕실 어른들을 발견하고는 멈춰 서는

해령, 이림, 삼보. 이림과 삼보는 각자 옷매무새를 정리하고는 자연스
럽게 이진의 뒤에 가서 서는데, 해령은 아직도 왜 이 자리에 껴있어야
하는지 모르겠다. 일단 가서 나인들 뒤에 선다.

S#5.   대비전 안 (N)
속적삼 차림의 대비. 거울을 보며 기품이 흐르는 손짓으로 머리를 매만
지고 있지만, 표정에는 당황한 기색이 역력하다. 역시나 당혹스러운 최
상궁, 시중을 들고 있다.

대비   대체 무슨 바람이 들었다더냐? 명절에도 내관 하나만 보내고 말던 양
         반이, 친히 문안이라니.
최상궁   벌써 밖에 와 기다리고 계신다 합니다. (급히 옷을 가져다 주면)
대비   천천히 하거라. 이대로 새벽이슬을 맞게 하는 것도 나쁘지 않지. (다시
         거울을 보고)
최상궁   (조마조마한데)

S#6.   대비전 앞 (N)
여전히 기다리고 있는 문안 행차 일행들. 최상궁이 종종걸음으로 나와
왕에게 배를 한다.

최상궁   기다리시게 해서 송구합니다. 이제 안으로 드시지요.

         왕이 걸음을 떼면 중전, 이진, 세자빈, 이림도 뒤를 따른다. 해령, 나도
         들어가야 하는 건가? 헷갈려서 서있으면, 다가오는 상선.

상선   (작게) 어서 따르지 않고 뭘 하느냐!
해령   (나도??) 예? 예…

         당황스럽지만, 왕의 뒤를 따르는 해령.

S#7.　　　대비전 안 (N)

의관을 모두 차려입고 언제 당황했냐는 듯 품위 있게 앉아있는 대비.
왕과 왕실, 해령이 들어온다. 이림을 보고 한 번, 해령을 보고 또 한 번
내심 놀라는 대비. 왕에게 무슨 꿍꿍이가 있긴 있구나 싶다. 왕과 일행
들이 배를 한다.

왕　　　대비마마, 그간 강녕하시었습니까.

대비　　　(미소로) 그래요. 주상도 옥체 평안하셨지요?

왕　　　예, 모두 대비마마 덕분입니다.

대비　　　앉으세요.

대비 앞에 앉는 왕과 이진. 중전, 세자빈, 이림은 벽 쪽으로 가서 앉고,
해령도 문 쪽에 앉아 사책을 펼친다.

왕　　　혹 제가 너무 일찍 찾아와 마마의 단잠을 방해한 건 아닌지요.

대비　　　그럴 리가요. (적고 있는 해령 봤다가) 그저 감격스러운 마음입니다. 내
　　　생일에도 얼굴 한번 보기가 힘든 주상이 아닙니까?

중전·이진　　　(여사 앞에서 저런 말을? 살짝 놀라고)

세자빈　　　(동병상련, 슬쩍 웃는)

왕　　　(짜증 나지만 표정 관리하며) 송구합니다. 그간 나랏일이 너무 바빠 대비
　　　전을 자주 찾을 수가 없었습니다.

대비　　　이해합니다. 아무리 세자가 대리청정을 하며 정사를 돌본다 해도, 주상
　　　에겐 주상 나름의 할 일이 있었겠지요.

왕　　　(나름의 할 일? 불쾌하고)

대비　　　(그저 미소만)

왕　　　마마께서 이리 서운한 기색을 내비치시니, 그동안의 무심함에 죄스럽
　　　기 그지없습니다. 이제부턴 문안을 게을리하지 않겠습니다. (힘줘서 또
　　　박또박) 매일 아침 이 시간마다… 마마를 찾아뵙고 인사를 올릴까 하는
　　　데… 어찌 생각하십니까?

대비	(물러서지 않고) 자식이 부모에게 문안을 드리는 건 당연한 도리 아닙니까? 물리치지 않겠습니다. 매일 아침 이 시간에 대비전에 드세요.
왕	(이게 아닌데 싶지만 계속 미소를 유지하고)
이림·이진	(이 분위기가 불편해 죽겠는)

S#8. 궁궐 야외 일각 (N)

왕실 일행이 걸어가고 있다. 왕은 괜한 짓을 했단 생각에 미간이 찌푸려져 있다. 이림, 난 언제쯤 물러간다고 말을 해야 하나, 머뭇거리고 있는데.

상선	전하, 조반을 드실 시간이옵니다. 이만 침전으로 가시지요.
왕	아니! (해령 의식하며) 내 오늘은 경연에도 들 생각이다. 바로 조강을 시작하라.
상선	(당황해서) 아직 진시까지 반 시진도 넘게 남았습니다. 경연관들도 채 입궐하지 않았을 터인데…
왕O.L	허면 사람을 보내 불러들이면 될 것 아니냐! 국본을 가르치는 자리에, 어디 습강[1]도 없이 정시에 오려고 해!
상선	예, 그리하겠습니다, 전하! (급히 가면)
왕	(괜히 이진에게) 세자도 경연을 귀찮다 생각 말고 성실히 임하거라. 과인이 니 나이 땐, 아침에 눈 뜨자마자 식사도 거르고 조강부터 했느니라.
이진	(그럴 리가 없단 걸 알지만) 예… 명심하겠습니다.

다시 걸어가는 왕. 이진이 그 뒤를 따르고, 이림은 눈치를 보며 슬금슬금 뒤로 빠지고 있는데.

왕	(멈춰 서서 문득) 참, 요새 좌상도 경연에 드느냐?
이진	예, 하루도 거르지 않습니다.

---

1) 습강(習講): 경연하기 전에 행하는 예행연습.

왕	(무언가 생각에 돌아보고) 도원!
이림	(뜨끔해서 멈춰 서고)

INS.   궁궐 전경 (D)
해가 밝아온다.

S#9.   궁궐 어느 누각 (D)
청명한 여름 아침 풍경과 다르게, 잠이 덜 깬 얼굴들로 앉아있는 경연
관들. 익평이 교재를 강할 동안, 우의정은 몰래 하품을 하고, 영의정은
눈이 침침한지 계속 눈가를 비빈다. 왕과 이진, 이림이 서안을 놓고 앉
아있고, 저쪽에 해령도 입시해있다.

익평	주의에 이른바, 군왕이 삼가야 할 여섯 가지 폐단이 있습니다. 그 첫 번
	째는 남을 이기기를 좋아함이고, 두 번째는 허물 듣기를 부끄러워함이
	고, 세 번째는 언변으로 둘러대는 것, 네 번째는 총명을 자랑하는 것…
이림	(경연이 이런 분위기구나, 신기해서 구경하듯 보고 있는)
익평	다섯 번째가 위엄으로 겁을 주는 것, 여섯 번째는 고집이 세고 괴팍한
	것입니다. 하여 이 여섯 가지 폐단을 군상육폐라 부릅니다.
해령	(바쁘게 받아 적고 있는데)
왕	(고개 끄덕이며) 들자 하니 과인의 지난날에 대해 생각이 많아지는구나.
	(둘러보며) 허면 내 묻고 싶다. 나는 그 육폐 중에 어느 것에 해당하느냐?
일동	(잠이 확 달아나는 질문, 다들 놀라서 보면)
왕	허심탄회하게 한번 말해보거라. 그래야 과인도 반성하고 고쳐 갈 것 아
	니냐?

어울리지 않게 온화한 미소로 경연관들을 둘러보는 왕. 대신들과 이진
은 알고 있다. 이건 함정이라는 걸.

우의정	전하! 어찌 그런 걸 물으시옵니까? 소신, 이십 년간 전하를 모시면서 육

폐에 해당하는 모습은 단 한 번도 보질 못하였습니다!

대제학	예, 부디 아무것도 반성하지 마시옵소서.
왕	(흡족해서 둘러보다가 이림과 눈 마주치고) 도원도 그리 생각하느냐?
이림	예…?
일동	(이림 보면)
이림	(멈칫) 저는…

슬며시 고개를 저으며 안 된다 눈치를 주는 이진. 하지만 이림은 그냥 넘어가고 싶지가 않다. 이번에 부왕의 폐단으로 피해를 입은 건 다른 누구도 아닌 해령이니까.

이림	(해령을 한번 봤다가) …저는 전하께서 여섯 가지 중에 세 가지에 해당한다 생각합니다.
일동	(!!!)
이진	(림아…!)
해령	(마마…?!)
왕	지금… 세 가지라고 했느냐? 여섯 중에 셋?
이림	예, 여섯 중에 셋입니다.
왕	(이 악물고) 도원이 보기엔… 과인이 그리 부족한 임금이더냐?
이림	군상육폐는 군주의 흠을 잡는 것이 아니라, 마음에 새겨 경계해야 할 여섯 가지를 말하고 있을 뿐입니다.
왕	(은근한 성질로) 허면 왜 세 가지인지 마땅한 연유를 말해보거라!!
이림	(조심스럽지만 막힘없이) 첫째로는 사관들의 입시를 놓고 신하들과 힘겨루기를 하셨으니, 남을 이기기 좋아하는 호승인에 해당하시고…
왕	(…!)
이림	둘째로는 승정원을 시켜 사관들을 감찰하고자 하셨으니, 위엄으로 신하를 누르는 여위엄에 해당하시고…
경연관들	(어찌 전하 앞에서 저런 말을? 놀라고 술렁이는 분위기)
이림	셋째로는… 여사의 입시에 진노하시어 하옥까지 시켰다가, 다시 묘시

부터 입시를 시키며 괴롭히시니 너그럽지 못하고 까다로운 태도, 자강 팍에… 해당하십니다.

해령·이진   (…!)

이림의 직언에 노기가 진해지는 왕의 표정. 해령은 사책을 쓰는 것도 잊고, 왕과 이림을 번갈아 보고 있다. 모두가 등골이 서늘한 기분으로, 말을 잃은 싸한 분위기. 저 자식이…? 목구멍까지 욕이 치밀지만, 익평을 의식하며 애써 꾹 누르는 왕. 호탕하게 웃음을 터트린다.

왕   그래! 도원이 과인을 닮아 아주 솔직하구나. 과연 이 나라의 대군답다! 대군다워! (하하하 웃으면)

해령·이진   (…?)

이림   (날 칭찬하는 거야…?)

대제학   (얼른 받아치며) 예! 아주 성격이 시원시원하신 게, 전하를 쏙 **빼닮으셨**습니다! (하하하, 빨리 웃어! 경연관들 눈치 주면)

경연관들   (아하하하! 열심히 따라 웃고)

익평   (…)

그렇게 웃음꽃이 피는 경연장. 이림은 뜻밖의 칭찬에 어색한 미소로 화답하고, 해령과 이진, 삼보는 아무래도 이 분위기가 가시방석이다.

– 타이틀 –

S#10.   궁궐 어느 누각 앞 (D)

누각을 떠나는 왕과 이진. 해령, 상선, 김내관, 궁인들이 그 뒤를 따르고, 이림, 삼보가 배를 한다. 왕이 어느 정도 멀어지고 나면 이림이 고개를 드는데.

삼보   (대뜸 앙칼지게) 마마!!!

이림	(깜짝이야! 보면)
삼보	지금 제정신이세요?! 저기가 어느 안전이라고! 육폐에? 여섯 중에 세엣??
이림	(귀 따갑다, 문지르며) 아바마마께서 잘못하신 건 사실이지 않느냐. 그리고 먼저 허심탄회하게 말해보라고 하신 건 아바마마다.
삼보	그게 진짜 말 그대로의 허심탄회겠습니까? 내가 아무리 물어봐도 없다고 말해라의 허심탄회지?? 어쩜 그렇게 천지 분간을 못 하세요!
이림	어쨌든 칭찬받고 끝냈…
삼보O.L	그것도 진짜 칭찬이 아니라니까요! 일단 지금은 넘어가지만 나중에 두고 보자! (눈 크게 뜨고, 손으로 가리키며) 요래, 요래! 눈빛으로 요래 말씀하셨습니다! 눈빛으로!
이림	(…)
삼보	대체 뒷감당을 어찌하려고 그러십니까? 전하께서 뒤끝이 천리장성 만리장성인 걸 모르십니까??!
이림	(뚱해서 아무 대답도 안 하면)
삼보	(한숨) 어휴, 내 팔자야…! 나는 전생에 무슨 죄를 지었길래, 내관이 되어서… (터벅터벅 걸어가며) 어휴, 내 팔자… 내 팔자…!!!
이림	(붙잡고) 삼보야!
삼보	(보면)
이림	그래서 아까 내가 그 말 할 때…
삼보	(반성하시는 건가…? 기대하는데)
이림	구해령 표정은 어땠느냐? 막 감동받은 표정? 아니면 멋있어서 반한 표정…?
삼보	(…)

삼보, 정말 너는 답도 없다는 듯 정색하고 보다가, 이림을 외면하고 가버린다.

이림	(어어??) 왜 말을 안 해줘? 어떤 표정이었냐니까? (따라가고)

S#11.　　　궁궐 야외 일각 (D)

걸어가는 왕과 이진. 해령, 상선, 김내관이 몇 발자국 떨어진 곳에서 따르고 있다.

이진　　　(계속 걱정돼서) 전하, 아까 도원의 말은 너그러이 이해해주십시오. 경연에 나온 것도, 대신들을 마주한 것도 처음이다 보니… 혈기에 실수를 한 듯합니다.

왕　　　　(피식) 편들 것 없다. 이때다 싶어 구구절절 쏟아내는 것이 여태껏 어찌 참았나 싶어.

이진　　　전하…

왕O.L　　잘못했다는 뜻이 아니다.

이진　　　(보면)

왕　　　　염정소설이나 좋아하는 한심한 놈인 줄 알았더니, 제법 식견과 배포가 있어. (무언가 떠올리듯) 핏줄은 속일 수가 없는 게야…

이진　　　(무슨 뜻이지? 싶은데)

왕　　　　(멈춰 서고) 당분간 정사는 내가 볼 터이니 너는 쉬고 있거라. 빈궁한테 찾아가서 얼굴이라도 좀 비추고.

이진　　　(무슨 생각인지는 모르겠지만) …예, 전하.

목례를 하고 김내관과 함께 물러나는 이진. 멀뚱멀뚱 서있던 해령이 왕과 눈을 마주친다.

해령　　　허… 허면 저도 이만 예문관으로… (배하려는데)

왕　　　　따라오거라.

해령　　　(멈칫, 보면)

왕　　　　오늘부터 과인의 곁에서 입시하기로 한 것을 잊었느냐?

해령　　　(???) 예…??

돌아서서 가는 왕. 해령이 눈을 동그랗게 뜬 채 굳어있다가 상선을 본다.

해령	저게 무슨 말씀… 제가 언제… 제가 언제요…???
상선	어서 따라오시게. (가면)
해령	(영문을 모르겠고, 당혹스러운)

S#12.　침전 안 (D)

아침 수라 시간. 왕이 식사를 하고 있다. 한쪽에 입시해있는 해령 옆에
서 상선이 친절히 해설을 해준다.

상선	콩밥 한술을 드시고 있네. (보다가) 동치미 국물을 드시고 있네. 이번엔 도라지나물일세.
해령	(적으면서도 이게 대체 뭐 하는 짓인가 싶은)

S#13.　궁궐 야외 일각 (D)

상선, 상궁 나인들과 섞여서 왕을 따라 어디론가 가고 있는 해령. 왕이
뭔가 불편한 표정으로 멈춰 선다. 끄응… 배를 살포시 붙잡는다. 신호
가 심상치 않다. 빙그르르 돌아서 다시 반대쪽으로 걸어가는 왕. 단체
로 포물선을 만들며 왕을 따라가는 해령과 상궁 나인들. 급하게 걷던
왕이 이제는 거의 뛰다시피 종종 걸어간다. 상선과 상궁 나인들, 해령
까지 덩달아 뛰면서 궐을 가로질러 간다.

S#14.　침전 안 (D)

저 멀리 구석에서 벽을 보며 서있는 해령. 왕이 매화틀에 앉아있다. 해
령이 자신은 왜 여기에 있는가 하는 심오한 의문에 빠져있는데, 상선이
다가온다. 해령이 인기척을 느끼고 뒤돌아보면 양손으로 귀중하게 보
자기 덮은 구리그릇을 들고 있는 상선.

해령	(설마… 그거… 사색이 되는데)
상선	전의감. (내밀고)
해령	(제발…!!!)

S#15.   침전 앞마당 (D)
팔을 앞으로 쭉 뻗고, 얼굴은 옆을 보는 채로 (최대한 내용물을 멀리하겠다
는 의지!) 구리그릇을 들고 나오는 해령. 전의감이 어디더라? 잠시 둘러
보다가 오만상으로 후다닥 걸어간다. 정말이지 울고 싶다.

INS.   예문관 전경 (D)

S#16.   예문관 안 (D)
들어오는 해령. 한림, 권지들이 앉아 일하다가 해령을 보고 놀란다.

은임   구권지! (반갑게 일어서면)

해령   (휙! 시행 째려보며 성큼성큼 다가가는)

시행   (뜨끔해서 괜히) 어, 구서리. 좋은 아침…

해령O.L   좋은 아침은 개나 주시고! (책상에 양손 쾅 내려치면)

시행   (흠칫 쫄고)

해령   내전 입시를 허락한다는 게 이런 뜻이었습니까?? 하루 종일 전하 곁에
         있는 거?? 저 혼자??

시행   (하하… 미소로) 어때? 눈 뜨자마자 전하 용안 뵈니까 너~무 좋지?

해령   제가 지금 뭘 하다 왔는지 아십니까? 새벽부터 눈도 못 뜨고 끌려나와
         서, 전하 또… (웅! 하다 말고) 대체 뭐가 어떻게 된 겁니까?!

경묵   저거 버르장머리 봐라! 야, 그걸 왜 양봉교님한테 따져? 전하께서 사관
         이겨보겠다고 똥고집 부리고 계신 거를!

해령   사관을 이겨요…?

길승   구서리 잡혀가 있는 동안 일이 좀 있었어. 우리 예문관과 전하의… 은
         은한 기싸움이랄까…

은임   전혀 은은하지 않았거든요? 코피 터지고 머리 뜯기고 울고불고, 아주
         시정잡배 패싸움이 따로 없었구만.

아란   그래서 지금 구권지가 딱 찍힌 겁니다. 여기저기서 입시 못 하게 했다
         고 상소는 올라오지, 한림은 못 건드리겠지, 그러니까 만만한 구권지한

	테 어디 한번 입시하다가 죽어봐라~ 그러시는 거라구요…
해령	(말도 안 돼…!)
장군	근데 구서리. 이것도 잘 생각해보면 좋은 일이야. 주상전하 곁 꼭~ 붙어서 하루 종일 입시할 수가 있잖아. 이게 아무나 얻을 수 있는 기회가 아니거던.
해령	그게 어딜 봐서 기횝니까, 고문이지!!!
홍익	고문도 달게 받으면 약이다, 너? 옛날에 우리 작은할아버지는 장 열 대 맞은 뒤로 머리털이 숭~숭~ 나서가지고 다시 상투를 틀었다는 거 아니냐! 십 년 만에!
해령	(어처구니가 없어서 보면)
시행	아무튼 구서리! 이건 우리 예문관의 자존심과 니네 여사들의 미래가 걸린 전쟁이야. (일어서서 기합 넣는) 입시하다 거품 물고 쓰러질지언정! 절대 물러서지 않는다! 전하께서 백기 드실 때까지! 무조건 버틴다! (허공으로 주먹 뻗으며) 직필!!
한림들	(따라서) 직필!!
은임·아란	(소심하게) 직필…
해령	(하… 환장하겠다)
우원	(미안하고, 걱정되는 마음에 보는)

S#17.   편전 안 (D)

참상관들이 빽빽하게 모여서 누각 위며 아래까지 서있다. '옆으로 좀 가시오!' '나도 겨우 서있소!' '밀지 마시게!' 실랑이를 벌이는 관원들도 있다. 서안 앞에는 왕이 앉아있고 해령도 입시해있다. 한쪽에 수북하게 쌓여있는 상소. 도승지가 앞에 나와 상소를 들고 있다.

왕	(쯧쯧 혀를 차며) 첩에게 빠져 조강지처를 핍박하다니 아주 몹쓸 놈이구나! 풍속을 해한 김용선에게 장 백 대의 벌을 내리고, 본처가 이혼을 원한다면 들어주어라!
도승지	예, 전하.

아직까진 할 만한 해령. 묵묵히 사책을 적고 있다. 우승지가 도승지에 게 또 다른 상소를 건네면 손을 내젓는 왕.

왕 아니, 그거 말고. (상소 쌓여있는 쪽 가리키며) 저것부터 읽거라.

해령과 도승지, 왕이 가리키는 곳을 본다. 다른 상소와는 그 두께부터 다른, 압도적인 위용을 뽐내는 상소가 하나 놓여있다. 저걸 다 어떻게 적어…? 입을 떡 벌리는 해령. 우승지가 그 상소를 가져와 도승지에게 건넨다.

도승지 이번엔 경기도 관찰사 박봉조가 구휼의 폐단에 대해 아뢴 상소문이옵 니다.

도승지, 돌돌돌 상소를 펼치는데 한도 끝도 없이 길다. 족히 오 척은 되 는 듯하다. 긴장해서 붓을 가깝게 쥐는 해령. 양팔을 크게 벌리고 선 도 승지가 상소를 읽기 시작한다.

도승지 신 박봉조가 경기도에서 넉 달 동안 오십오만 칠천팔백오십이 명의 백 성들에게 이만 오천이백 석의 곡물을 진휼한바 그 지역들을 아뢰면…
해령 (받아 적고 있는데)
도승지 (숨 한번 들이쉬고) 광주 오백팔십 석, 여주 팔백구십육 석, 파주 육백사 십이 석, 수원 천이백삼십사 석, 부평 오백육십일 석, 인천 구백사십구 석, 남양 칠백이십칠 석…
해령 (멘붕!!! 숫자가 헷갈려 미치겠고)
왕 (일부러) 그리 말해서 어느 세월에 다 듣겠느냐. 단숨에 읽으라. 단숨에.
도승지 예, 전하. (더 빠르게) 풍덕 육백칠십오 석, 통진 오백오십육 석, 고양 칠 백이십이 석, 안산 팔백오십삼 석, 김포 육백구십일 석…
해령 (어쩌지, 하다가 도승지 보며 손 들고, 작게) 영… 영감…!
도승지 (듣지 못하고) 과천 칠백칠십육 석, 용인 팔백사십오 석, 양주 칠백팔십

칠 석, 죽산 육백구십구 석, 안성 칠백이십팔 석…

해령	영감!!
일동	(…? 해령 보면)
해령	(민망해 죽겠고) 제가 말을 놓쳐서, 파주가 육백… 육백 몇 석이라구요…?
도승지	(질책의 눈빛으로 보며) 육백사십이 석일세! (다시 읽으려고) 이천팔백육십육 석… (하는데)
해령	(또다시 손들면)
도승지	이번엔 또 뭔가!
해령	실은… 수원부터… 하나도 적질 못해서…
일동	(사관이 뭐 저래… 에잉… 쯧쯧쯧 하는 표정들)
왕	(꼴좋다, 내심 비웃고)
도승지	이번엔 놓치지 말고 적게! (큼…) 수원 천이~백삼~십사~ 석! 부평 오~백육~십일~ 석! 인천 구~백사~십구~ 석! 남양 칠~백이~십칠~ 석…!
해령	(죽을 맛이다, 정신없이 받아 적는)

INS.   동궁전 전경 (D)

S#18.   동궁전 안 (D)

고이 접혀서 놓여있는 곤룡포와 익선관. 평복으로 갈아입은 이진, 거울을 보며 갓끈을 맨다. 오랜만의 외출에 들뜬 표정이다.

S#19.   동궁전 앞 (D)

사책을 들고 중문을 넘는 사희. 동궁전을 나가던 이진과 마주친다.

사희	저하. (배하고, 어딜 가냐는 표정이면)
이진	오늘은 동궁전을 비울 것이다. 돌아가거라. (지나쳐서 가려는데)
사희	잠행을 가시는 겁니까.
이진	(돌아보면)

사회   (…)

S#20.   운종가 일각 (D)
           나란히 걷고 있는 이진과 사희. 여기저기서 장사꾼들의 호객 소리가 들
           리고, 짐수레를 끌고 가는 사람들, 물건을 사러 나온 사람들로 시끌시
           끌 북적이고 생기가 넘친다. 간만에 본 백성들 모습을 따스하게 둘러보
           는 이진. 사희는 그런 이진이 낯설어 사책을 적는 것도 잊고 계속 쳐다
           보며 걷는데. 그때, 갑자기 다가온 방물점 주인이 이진의 팔을 덥석 잡
           는다.

방물점 주인 나으리! 우리 것도 좀 구경하셔요! 좋은 거 많아요! 마님들이 아주 끔뻑
           죽어!
사희   (세자 몸에 손을…! 놀라서 보는데)
이진   (웃으며) 그래? 얼마나 좋은 게 있는지 한번 보자꾸나! (방물점 앞으로 가면)
사희   (아무렇지도 않아?)
이진   (천진하게 구경하는 표정에서)

S#21.   마을 공터 일각 (D)
           하늘에 휘날리고 있는 다섯 개의 연. 이진이 양손에 얼레 하나씩을 들
           고, 아이 세 명을 상대하고 있다. (*평민/10대 초반) 주변에는 구경꾼들도
           몇 명 모여 연싸움을 지켜본다. 능수능란하게 대형을 만들어 좌우로 또
           상하로 연을 움직이는 아이들과 다르게 어설픈 이진의 솜씨. 공격을 피
           하느라 이리로 걸었다, 저리로 걸었다, 바쁘다. 더이상은 안 되겠다 싶
           은 이진. 사희에게 얼레를 넘긴다.

사희   (얼결에 받아들면)
이진   (초집중) 오른쪽 연이다! 어서!
사희   (내가…?)

사회, 얼레를 잡고 이리저리 움직여본다. 이진도 이제 양손으로 얼레를 제대로 쥐고, 실을 풀었다 감았다 하며 맞선다. 나란히 하늘을 누비는 이진과 사희의 연. 그러다 한 아이가 사희의 연을 옭아매더니, 절도 있게 실을 잡아당긴다. 툭! 끊어지는 연줄. 사희의 연이 힘없이 바닥으로 떨어진다. 거의 동시에 이진의 연줄도 공격을 받아 끊어진다. 허탈하게 얼레를 내려놓는 이진.

아이들이 '아싸!!' 환호를 하고, 이진에게 와서 기세등등하게 손을 내민다. 품에서 동전 몇 개를 꺼내주는 이진. 아이들이 떨어진 사희의 연과 자신들의 연을 챙겨 싱글벙글 사라진다. 그 모습이 귀여워서 보다가, 뒤도는 이진. 사희는 계속해서 하늘을 올려다보고 있다. 이진도 따라서 하늘을 보면 끊어진 이진의 연이 바람을 타고 계속해서 위로 올라가고 있다. 신기한 듯 아쉬운 듯, 희미한 미소로 바라보는 두 사람.

S#22.   운종가 주막 안 (D)
상에 국밥과 막걸리를 놓고 마주 앉아있는 이진과 사희. 사희는 이런 식사가 처음이라 숟가락으로 휘휘 젓고만 있는데, 이진은 벌써 한 그릇을 다 비워간다. 문득 사희의 시선을 느끼는 이진.

이진   (고개 들어서 보고) 왜 그리 보는 것이냐?

사희   …낯설어서요.

이진   (낯설어…?)

사희   처음 봤습니다. 저하께서 웃으시는 모습. (조금 신기한 마음으로) 궐 밖에 나온 게… 그리 좋으신 겁니까?

이진   좋다고 하면, 세자가 정사는 팽개치고 외출을 즐긴다고 적을 것이냐.

사희   (상 옆에 있던 사책을 품에 넣으며) 한 글자도 적을 생각 없습니다, 오늘 일은…

이진   (진심인지 살피는 표정)

사희   (…)

이진   …주변을 둘러보아라. (둘러보며) 여기선 아무도 날 쳐다보지 않아.

사희	(함께 둘러보면)
이진	그러니 이곳에선 내가 지켜야 할 품위도 없고, 경계해야 할 당색도 없고, 국본이니 뭐니 그런 무서운 말들도 없다. 난 그저 사람들 사이를 지나가는 나그네일 뿐이야. (걸친 옷 내려다보며) 조금 비싼 옷을 입은.
사희	(…)
이진	난 궐이 아니라 사가에서 자랐다. 아무것도 모르고 산이며 들에서 뛰어놀던 시절이 있었어. 그때 내 꿈은… (다시 생각해도 우스운) 장군이 되어서 전장을 누비는 거였지. 다른 이유는 없었어. 그저 커다란 검은 말이 갖고 싶어서.
사희	(얼핏 웃으면)
이진	지금은 다시 돌아갈 수 없는 시간들이지만… 궐 밖에 나오면 그 희미한 향취가 느껴져. 해서 잠행을 핑계로 한 번씩 나와보는 것이다. 함영군의 장남, 이진을 잊지 않으려고.

말을 마치고, 못내 씁쓸한 미소로 술을 마시는 이진. 사희의 눈이 흔들린다. 눈앞에 앉아있는 이진이 세자가 아니라, 인생에 있어서 단 한 번도 선택의 기회를 갖지 못한 가여운 사람이라는 생각이 든다. 그런 사희를 알아채지 못한 이진이 술잔을 비우고는 일어선다.

이진	(다시 밝아진) 주모! 여기 계산 좀 해주시게!
사희	(가슴 깊은 곳 어딘가 아리는 기분에)

S#23.   궁궐 앞 (N)
궐 앞으로 걸어오다가 멈춰 서는 이진과 사희. 사희가 목례를 하고, 이진이 궐로 들어가려다가 '참…' 하고 멈춰 선다. 다시 돌아와서 사희에게 무언가 건네는 이진. 화려하지는 않지만 아름답게 잔꽃들이 수놓인 차분한 색깔의 댕기다. 의아해서 이진을 보는 사희.

사희	이게 무엇입니까?

이진	아까 방물포에서 산 것이다. 구경만 하고 그냥 지나칠 수가 없어서.
사희	(…)
이진	왜? 너무 약소해서 성에 차지 않느냐?
사희	(그런 호의를 밀쳐내듯) …왜 제게 묻지 않으십니까.
이진	(…? 보면)
사희	제가 잠행을 따르겠다고 했을 때, 얼마든지 뿌리칠 수 있으셨습니다. 헌데도 절 데리고 나오신 건 제게 묻고 싶은 것이 있어서가 아닙니까? 대체 구권지가 뭘 듣고 뭘 적었길래, 전하께서 그리 화를 내시는지, 확인하고 싶으신 거… 아닙니까?

이진, 잠시 굳어 사희를 본다. 생각을 들켜서가 아니다. 늘 남들 속을 꿰뚫어 보고야 말겠다는 사희의 가시 같은 마음이 조금은 불편하고 서운하고 안타까워서다. 이진, 사희의 손에 댕기를 쥐여준다.

이진	이만 들어가거라.

궐로 들어가는 이진. 그런 이진의 속을 알 수 없어서 뒷모습을 바라보고 있는 사희.

INS.	궁궐 전경 (N)
S#24.	예문관 앞 (N)

몸이 천근만근, 반쯤 정신이 나가서 터덜터덜 예문관으로 걸어가는 해령.

S#25.	예문관 안 (N)

책상에 던지듯 사책을 내려놓고, 의자 여러 개를 빼서 냅다 드러눕는 해령. '어으, 죽겠다…' 낮게 신음을 내뱉으며 끙끙대는데.

우원E	많이 힘들었느냐.
해령	(…?)

놀라서 벌떡 일어서는 해령. 우원이 자기 자리에 앉아 무언가 적고 있다.

| 해령 | (민망해서) 아… 아직 안 가셨습니까? |

우원, 적고 있던 종이들을 챙겨 해령의 앞으로 온다.

우원	내일 올라갈 상소와 숙배할 관원들의 이름을 미리 적어놓았다. 조금이나마… 도움이 될까 해서.
해령	(와…) 조금이 아니라 엄청나게 도움이 되겠는데요? (받고) 감사합니다. 역시 민봉교님밖에 없습니다!

신나서 종이를 훑어보는 해령. 우원이 겸연쩍은 미소로 보다가 문득 해령의 손에서 시선이 멈춘다. 온종일 사필을 한 흔적으로 손가락이 빨갛게 부어있다. 그런 우원의 시선을 따라 자신의 손을 보는 해령.

S#26. 예문관 뒷마당 (N)

얼음물이 담긴 대야에 손을 담그는 해령. 달아오른 피부로 느껴지는 한기에 살짝 인상을 찌푸린다. 옆에는 우원이 서있다.

해령	(언제 이렇게 엉망이 됐지… 손 내려다보는데)
우원	붓을 너무 세게 잡아 그런 것이다.
해령	(보면)
우원	글씨를 빠르게 쓰는 것만이 사관의 요령이 아니야. 손힘은 빼고 팔의 힘으로, 새기는 것이 아니라 흘러간다는 느낌으로, 그리 쓰는 법을 익히거라. 앞으로는 붓을 쥐는 일이 더 많아질 테니.
해령	(쓸쓸하게 웃고) 앞으로요? 민봉교님은 저에게 사관으로서의 앞날이 있

다고 생각하십니까?

우원   (보면)

해령   입궐한 지 몇 달 되지도 않았는데, 벌써 의금부 옥사를 다녀왔습니다. (농
　　　담으로) 한 반년 뒤에는… 저~ 멀리 제주도로 유배를 가있지 않을까요?

우원   (단호한) …그렇게 두지 않을 것이다. 다시는.

해령   (그 태도에 살짝 놀랐다가) 이번에 지부상소를 하신 것처럼요?

우원   (해령이 알고 있구나… 당황하면)

해령   얘기 들었습니다. (진심으로) 고맙습니다, 민봉교님.

우원   (…)

왠지 모르게 쑥스러워지는 우원. 앞에 앉아 해령의 손을 물에서 꺼낸
다. 움찔해서 손을 빼내는 해령.

해령   이건 제가… (하는데)

괜찮다는 뜻으로 해령의 손을 당기는 우원. 손수건으로 손가락 사이사
이를 감싸며 묶어준다. 여러 번 해본 능숙한 솜씨다.

우원   …미안하다. 이런 고초를 겪게 해서.

해령   (…)

우원   여기서 물러나고 싶다고 해도 이해해. 아무도 탓하지 않을 거야.

해령   (피식 웃고) 저 진짜 전생에 청개구리였나 봅니다. 그리 말씀하시니까,
　　　한번 끝장을 보고 싶어져요.

우원   구권지.

해령   미안해하지 마십시오. 전하께서 절 이리 괴롭히시는 건 예문관 때문이
　　　아니니까요.

우원   (…?)

해령   그리고 제가 전하 앞에선 파리목숨일진 몰라도… 체력이며 근성이며
　　　지지 않을 자신 있거든요. (주먹 쥐고) 덤빌 테면 덤벼보라 하시죠.

우원	(못 말린다… 헛웃음으로) 참으로 무엄한 언사로구나.
해령	모르셨어요? 그게 제 특깁니다. 버르장머리 없게 굴기, 하지 말라는 거 하기, 되로 받은 거 말로 돌려주기.
우원	…자랑이냐?
해령	옙.

황당해서 웃음을 터트리는 우원. 함께 웃는 해령. 어느새 많이 가까워진 두 사람 모습에서.

INS.   **녹서당 전경 (N)**
환하게 불이 밝혀진 이림의 방.

S#27.   **녹서당 이림의 방 (N)**
서안에 서책을 잔뜩 쌓아놓고 열심히 읽고 있는 이림. 박나인과 최나인이 안절부절못하며 서있다.

박나인	마마, 이만 잠자리에 드십시오. 이리 늦게까지 서책을 읽으시면 저희가 허내관님한테 혼이 납니다.
이림	허내관이 너희를 혼내면 나도 허내관을 혼내지, 뭐. (서책 내려놓고) 그리고 너희는 날 도와줘야 하는 입장 아니냐? 내가 경연에서 말을 잘할수록 전하께서 날 예뻐하시게 되고, 그러다 보면 언젠가는 내가 사가에 나가 살아도 된다고 윤허를 해주실 테고. 그럼 나도 구해령이랑 혼인해서 알콩달콩… (아차…)
나인들	(어우… 웬일이야, 저 주책… 입을 꾹 다물고 웃으면)
이림	어… 어쨌든 내가 이렇게 공부를 해야 (나인들 가리키며) 너네도 (자기 가리키며) 나도 이 갑갑한 녹서당 생활을 청산할 수 있다는 얘기다. 그러니까 방해하지 말고. (손으로 휘이휘이)
박나인	(그건 또 그렇다. 최나인 보며 고개 끄덕이면)
최나인	허면, 내일 꼭 허내관님을 혼내주셔야 합니다?

배를 하고 나가는 박나인, 최나인. 이림이 다시 책에 열중한다. 밝은 미래가 머지않았다는 생각에 표정도 밝아진다.

S#28. 대비전 안 (N)
잠자리에 들 준비를 하고 있는 대비. 최상궁이 옆에서 시중을 들고 있다.

대비   주상의 변덕이야 놀라울 일도 아니지만… 의외로구나. 제대로 된 스승 하나 붙여주지 않았던 도원을 직접 경연장까지 데려갔다…?

최상궁   뿐만 아닙니다. 대군마마께서 전하의 잘못을 지적하는 직언을 하셨음에도, 다그치지 않고 크게 칭찬을 하셨다 합니다.

대비   (문득 손이 멈추고) 혹 그 자리에 좌상도 있었다더냐?

최상궁   예.

대비   (함영과 민익평 사이에 무슨 일이 있었던 게야…, 짐작하는 표정에서)

INS.   침전 전경 (N)
어스름하게 해가 떠오는 이른 새벽.

S#29. 침전 안 (N)
잠들어있는 왕. 상선이 옆에 서있다.

상선   전하, 기침하실 시간이옵니다…

왕   (비몽사몽 눈을 뜨고)

S#30. 궁궐 야외 일각 (N)
대비전 문안을 가는 왕. 잠이 덜 깨서 부은 얼굴로 하품을 쩍쩍 한다. 그 뒤를 중전, 세자, 세자빈, 이림의 왕실 식구들과 해령과 상선, 김내관, 삼보, 상궁 나인들이 따르고 있다. 이림, 걱정스러운 얼굴로 슬쩍 해령을 뒤돌아본다. 이림과 눈을 마주치자, 씩씩한 표정을 지어보이는 해령. 이림이 웃으며 다시 걸어가고.

S#31.　　침전 안 (D)

조강시간. 왕, 이진, 이림과 경연관들이 앉아있고, 해령이 입시해있다.
대제학이 심경(心經)을 강하고 있다.

대제학　　제왕의 도는 학문을 근본으로 하지만, 또한 좌우에서 필위하는 힘에 의
　　　　　지하는 법이기도 합니다. 송나라 인종 때 두연이… (하다가 왕 보는데)

왕, 살짝 고개를 기울인 채 눈을 감고 있다. 얼른 해령의 눈치를 보는
대제학. 해령은 그런 왕을 보지 못하고 적느라 여념이 없다.

대제학　　(이걸 깨울 수도 없고, 일부러 목소리 키우며) 송나라 인종 때! 두연이 궁중
　　　　　에서 내린 은지를! 수십 차례나 봉환하자!
왕　　　　(여전히 수면의 세계에서)
대제학　　(목소리 더 크게, 쩌렁쩌렁) 인종이!! 구양수에게!! 짐은 궁중에서 은상에
　　　　　관한 일이 있으면!! 두연의 반대로 그만둔 적이 많다!! 하였습니다!!

대제학이 왜 저러나…? 갸우뚱하다가 졸고 있는 왕을 보고 놀라는 일
동. 해령, 지금 전하께서 잠드신 거야…? 당황한다. 조용히 '전하…' 하
며 왕의 팔을 흔들며 깨우는 이진. 왕이 무심코 눈을 뜬다. 모두가 자신
을 보고 있다. 붓을 든 해령마저도.

왕　　　　(…!) 과… 과인은 잠든 것이 아니다. 눈을 감고 듣고 있었느니라!
일동　　　(아무도 안 믿는 눈치)
왕　　　　(젠장… 아예 서책을 들고 일어서며) 대제학은 계속하거라.
대제학　　예… (이게 무슨 망신이야… 다시 읽는) 두연처럼 훌륭한 신하는 임금의 잘
　　　　　못이 싹트려 할 때 능히 그치게 할 수 있는 것이며…
왕　　　　(잠을 깨려 눈을 크게 뜨고 서책을 뚫어져라 보는)

INS.   침전 전경 (N)
            다시 새벽.

S#32.   침전 안 (N)
            또 한 번 시작된 일과에, 잠들어있는 왕을 깨우는 상선.

상선   전하… 인시 반각입니다…
왕   (듣기 싫어서 뒤돌아 누우면)
상선   전하, 벌써 여사가 들었사온데…
왕   (…!)

놀라서 몸을 일으키는 왕. 문 쪽을 보면 해령이 말똥말똥한 표정으로
배를 한다.

왕   (씨…) 저 계집은 잠도 없다더냐…!! (짜증으로 일어서고)

S#33.   침전 앞 (D)
            숙배를 하기 위해 침전으로 들어가는 관원들.

S#34.   침전 안 (D)
            /'하직숙배(下直肅拜)' 자막이 뜬다. 비교적 연로한 관원들이 침전을 들
            어와 절을 하고 나가고, 또다시 들어와 절을 하고 나가는 모습들 컷컷
            컷. 한 명씩 인사를 받아주는 왕이 점점 지쳐간다. 해령은 전에 우원이
            줬던 명단을 옆에 펼쳐놓고, 수월하게 받아 적고 있다.
            /이번엔 '사은숙배(謝恩肅拜)' 자막이 뜬다. 관원들이 들어와 절을 하고,
            '신 윤홍조, 승문원 참교를 제수받았습니다' '신 박수서, 이조 좌랑을 제
            수받았습니다' 인사를 올린다. 끊임없는 숙배 행렬에 이제는 고개 끄덕
            일 힘도 없는 왕. 관원들이 절을 마치면 어서 나가라 손을 성의 없게 내
            젓는다. 또다시 문이 열리고, 다음 관원들이 들어오려고 하면 더이상은

참을 수가 없는 왕. 울부짖듯 외친다.

왕   대체 언제까지… 일각만 좀 쉬자! 일각만!!

           시간 경과
           내관들이 양쪽에서 왕의 어깨를 주무르고, 도승지가 그 앞에 서있다.
           탕약을 들이켜는 왕. 그릇을 쾅 내려놓는다.

왕   전국 팔도에서 관리라는 관리는 다 올라온 것이냐? 어째 숙배 행렬이
           끝나지를 않아!

도승지   직전에 인사이동이 있었던지라… 내의원에 탕약을 하나 더 올리라 할
           까요?

왕   탕약 가지고 세월이 어찌 되겠느냐? 십 년만 젊었어도 이런 꼴은 안 당
           하는 건데…!

도승지   (…)

왕   (무언가 생각하다가) 안 되겠다. 이제는 담판을 지어야겠어.

도승지   (불안하게 보면)

S#35.   침전 앞마당 (D)
           목을 이리저리 꺾으며 벽에 기대서서 사책을 검토하고 있는 해령. 어디
           선가 '참새! 참새!' 작은 목소리가 들린다. 어라? 주변을 둘러보면, 저쪽
           담 너머에서 우뚝 솟은 이림의 얼굴. 이림이 이리 오라 반갑게 손짓하
           면 해령이 다가간다.

해령   자꾸 저한테 참새라고 하실 겁니까?

이림   왜? 귀엽잖아, 참새. 작고 정겹고 몽실몽실하고.

해령   제가 어딜 봐서 몽실몽실합니까? 타고나길 세련되고 고고하게 태어
           났… (하는데)

해령의 입으로 쏙 들어오는 떡. 해령이 놀라서 이림을 보면.

이림   (다정한) 아침도 못 먹었지? 새벽부터 입궐하느라고.

해령   (마음을 알아주니 급 서러워져서, 고개 끄덕끄덕)

이림   (주머니 보여주며) 내 여기 수풀 밑에 간단히 먹을 걸 가져다 두마. 시간
          날 때마다 나와서 챙겨 먹거라.

해령   (씹으면서 웅얼웅얼 고맙습니다… 하면)

이림   (웃으며, 떡 하나 더 꺼내서 해령의 입에 넣어주는데)

도승지E   구권지!!

소리 나는 쪽을 보는 해령과 이림. 대전에서 나온 도승지가 해령을 찾
고 있다. 이림은 급히 담벼락 밑으로 푹 꺼지고, 해령은 꾸역꾸역 떡을
삼키고 나서.

해령   예, 도승지 영감!!

S#36.   침전 안 (D)
          들어오는 해령. 왕이 술상을 놓고 홀로 앉아있다. 뭘 하시는 거지? 의
          아한데, 등 뒤에서 문이 닫힌다. 살짝 흠칫하는 해령.

왕   이리 와서 앉거라.

해령, 천천히 왕에게 다가간다. 자리에 앉아 사책을 펼치면…

왕   지긋지긋하지도 않느냐?

해령   (멈칫, 보면)

왕   임금과의 술자리다. 단 한 번만이라도 사관이 아니라 신하로서 날 대해
          보라. (술잔 건네는)

해령   하오나…

84

왕O.L	왜? 선진들이 사관은 신하도 아니라 가르치더냐?
해령	(뭔 말을 그렇게…, 어쩔 수 없이 받아들면)
왕	(자기 술잔 들고) 이걸 마시고, 너도 나도 본분을 내려놓는 것이다.
해령	예…?

술을 한입에 털어 넣는 왕. 해령이 난감해서 보고 있으면 얼른 마시라 눈짓을 한다. 이러면 안 되는데… 술을 마시고 내려놓는 해령. 왕이 또 술을 따른다.

해령	전하…
왕O.L	어허, 임금이 주는 술은 거절하는 게 아니다.
해령	(급히) 제가 술이 좀 많이 셉니다.
왕	(멈칫)
해령	절 취하게 하실 생각이시라면… 소용… 없습니다.

김이 새서 술병을 내려놓는 왕. 얼굴에 짜증이 가득해진다.

왕	아, 허면 대체 어떻게 해야 입을 열 것이냐?!
해령	(살짝 놀라서 보면)
왕	(분통 터져서) 옥에 가둬놔도 무덤덤, 이박 삼일 붙들어 매고 괴롭혀도 무덤덤, 술을 멕여도 무덤덤! 넌 눈치가 없는 게야, 염치가 없는 게야? 내가 그날 일로 이리 애를 태우고 있는 걸 정녕 모르느냐?
해령	알고… 있습니다…
왕	아는데 왜!! 왜 아득바득 임금을 이겨 먹으려고 해?!
해령	이건 이기고 지는 문제가 아니라… 사관의 도리를 지키느냐, 저버리느냐의 문제기 때문입니다.
왕	그놈의 사관 타령! 사관은 뭐 천지신명이 점지해주는 벼슬인 줄 아느냐? 옛날에 전란이 일어났을 때는 사초를 버리고 도망간 사관도 있었다. 지 먼저 살자고!

해령	예, 해서 그자들은 예문관에서 파직되었고, 아직까지도 사초를 버린 사관으로 두고두고 기억되지 않습니까.
왕	(어쭈? 이게?) 그뿐만이 아니다! 명종대왕 때는 사초를 지키는 대신 권력에 편승한 사관도 있었어. 대신들에게 사책의 내용을 말해준 대가로 정승 부럽지 않게 호사를 누렸다!
해령	하오나 그자는 무고한 이를 죽게 만들었고, 당대의 사관들은 그를 이리 기록했습니다. (들으라는 듯) 음흉스럽고 사악하며, 험악하고 사납고, 탐욕스럽고 방자하고, 음란하고 편벽되었다…
왕	(이걸 확…!) 어쩜 말끝마다 따박따박…!
해령	(흔들림 없는)
왕	(후… 심호흡을 하고) 그래, 니가 정녕 무엇을 적었는지 말할 수 없다면… 말하지 말거라. 나도 더이상 묻지 않겠다. 대신…!
해령	(대신…?)
왕	지우거라, 군말 없이.
해령	(…?!)
왕	불에 태우든 물에 행구든, 아무도 모르게 혼자 쓴 사책이니, 또 아무도 모르게 혼자 지우란 말이다. 그 비밀은 내 무덤까지 가져가겠다!
해령	(…)
왕	(안달 나서) 아니면 니가 원하는 것은 무엇이든지 들어주마! 재물을 원한다면 금은보화를 내려주고! 신랑감을 원한다면 팔도를 뒤져 천하일색의 선비를 찾아주고!
해령	(…)
왕	니년이 정녕 과인을 화병으로 죽게 할 셈이냐!!! (분통 터져서, 술상을 엎으려는데)
해령	(틱! 붙잡는)
왕	(…? 보면)
해령	진정, 제가 원하는 건 무엇이든… 들어주실 겁니까? (무언가 생각하며, 보는 표정에서)

S#37.   예문관 안 (D)
앉아서 업무 중인 한림, 권지들. 치국이 교지를 들고 들어온다.

치국   양봉교님… 저… 승정원에서 교지를 받아왔는데요…
시행   근데 뭐.
치국   이게… 전하께서 친히 예문관에 내리는 교지라는데…
일동   (…!!!)
홍익   교지??? 우리한테??!!
길승   무슨 내용인데!
치국   (울상으로) 무서워서 아직… 못 열어봤습니다…

한림, 권지들. 큰일 났다 싶어 서로를 보다가 우다다 가운데 책상으로
모인다. 치국이 책상에 교지를 내려놓는다.

경묵   만약 우리 다 잘리는 거면… 양봉교님 평생 저주할 겁니다…!!
시행   닥쳐봐, 자식아!!

후하! 후하! 심호흡을 하며 경건하고 두려운 마음으로 교지를 펼치는
시행. 심각한 표정으로 교지를 읽는 일동 위로.

왕E   과인이 사기의 중함을 깨닫지 못하고…

S#38.   침전 안 (D)
직접 교지를 쓰고 있는 왕. 그리고 그 앞에 앉아 보고 있는 해령.

왕E   예문관을 핍박하였으니, 이는 실로 군왕의 폐단이요 부끄러운 처사다.
         (쓰다 말고 해령 보면)
해령   (계속 쓰시라고 미소로 고개 끄덕이면)
왕E   (하…) 허나 사관들은 어명에도 굴하지 않고 기개로서 그 소임을 지키

니, 어찌 과인이 탄복하지 않을 수 있겠는가.

S#39.   예문관 안 (D)
S#37에 이어. 계속 교지를 읽으며 놀라는 표정들.

서권   이에 과인은 명한다. 사관은 앞으로 어떤 자리에도 윤허 없이 입시할
수 있으며…

일동   (…!)

시행   (넋 나가서) 사관의 입시를 막는 자는… 과인의 엄정한 추국을 각오해야
할 것이다…

일동   (…!!)

경묵   구해령 이 또라이…

장군   무슨 짓을 한 거야…

대체 해령과 전하 사이에 무슨 일이 있었던 건지 감도 안 잡히는 일동.
또 우르르 입구로 향하고.

S#40.   예문관 앞 (D)
문을 열고 나오는 한림, 권지들. 눈이 동그래진다. 저 멀리서 해령이 사
책을 들고 위풍당당하게 걸어오고 있다. 와!!! 환호하며 해령에게 달려
가는 한림, 권지들과 한껏 고개를 치켜들고 걸어오는 해령의 멋진 모습
슬로우. 은임과 아란이 감격으로 해령을 안아주고, 시행도 신나서 안으
려다가 멈칫. 그저 등을 두드린다. 장군이 '구서리! 구서리!' 외치기 시
작하면 다 같이 따라부르고, 해령은 그래~ 내가 한 건 했어~ 하는 마음
으로 즐기는. 입구 쪽에 우원과 사희도 웃으며 그 모습을 지켜본다. 그
렇게 승리를 만끽하는 사관들의 모습에서.

S#41.   침전 안 (D)
홀로 술을 마시고 있는 왕.

왕	(술잔을 쾅 내려놓고, 이글이글 불타는 눈으로) 요망한 계집 같으니… (떠올리는 표정에서)

S#42. 침전 안 (D/회상)
S#36에 이어.

해령	진정, 제가 원하는 건 무엇이든… 들어주실 겁니까?
왕	(화색이 되어서) 그래! 무엇이든 좋다! 내 왕위만 빼고 무엇이든 줄 것이다!
해령	(큰 결심으로 술잔을 들어 꿀꺽 들이키고, 후~ 한번 크게 숨 내쉬고) 전… 그날의 사초를 지울 수가 없습니다. 애초에… 아무것도 쓰지 않았기 때문입니다.
왕	(…!!!)
해령	엿들으려고 한 것은 사실이나 아무것도 듣지 못했습니다. 해서 아무것도 쓰지 못했습니다…
왕	(혼란스러워서) 허나… 넌 그때 분명 사책을…
해령	비어있더라도 사책은 사책이니까요…
왕	(기가 막히고 괘씸해서) 네 이년…!!! 허면 여태 빈 사책을 가지고 과인을 우롱했단 말이냐!!
해령	(…)
왕	참으로 기가 막힌 계집이로다! 그래! 그간 임금을 가지고 논 재미가 어떻더냐? 궁지에 몰아넣은 쥐새끼마냥 내 모습을 구경해온 것이냐?
해령	아니요. 저는 전하에게서 훌륭한 군왕의 모습을 봤습니다.
왕	(멈칫) 뭐라…?
해령	(침착하게) 예로부터 훌륭한 사관은 군왕을 두려워하지 않고, 훌륭한 군왕은 사관을 두려워한다 했습니다. 제가 본 전하의 모습은… 품계도 없는 여사의 사필을 두려워하시고, 유생들의 말에도 귀를 기울이시며, 잘못된 어명은 거두고, 힘이나 지위로 저를 겁박하시는 게 아니라… 끝까지… 대화로서 제 마음을 돌리려 노력하시는 좋은 모습이었습니다. 그리고 저는… 그 좋은 모습을 그대로 사책에 적을 것입니다.

왕	(내가… 그랬던가…? 조금 누그러지는데)
해령	그러니 전하, 사관을 미워하지만은 마십시오. 사관은 전하의 허물만 적는 자들이 아닙니다. 사관이 늘 전하의 곁에 있으려 하는 연유는 사필을 내세워 전하를 감시하는 것뿐만이 아니라, 전하의 좋은 말과 행동들을 역사에 남겨 후현들이 보고 배우도록 하는 데도 있습니다. 결국 사관들도… 전하의 백성이고, 전하의 신하입니다.
왕	(…!)
해령	감히 청하건대, 더는 사관을 멀리하지 말아주십시오. 이것이, 저의 단 한 가지 소원입니다.
왕	(말을 잃고 보는데서)

S#43.   침전 안 (D)
왕, 생각할수록 아무것도 아닌 일로 전전긍긍한 것이 괘씸하다. 게다가 예문관에 교지까지 내리며 체면을 잔뜩 구기지 않았던가. 하지만 동시에 임금에게 그런 진심 어린 말을 할 줄 아는 해령이 기특하기도 하다. 그야말로 요망하고 영특한 계집이다. 참나, 헛웃음을 치며 술잔에 술을 채우는 왕.

왕   어디서 그런 게 굴러들어 왔는지, 원…!

싫지만은 않은 듯, 술을 들이켜는 왕.

INS.   한양 전경 (N)

S#44.   모화 은신처 안 (N)
서신을 읽고 있는 모화. 옆에 이백과 상운이 앉아서 모화의 말을 기다리고 있다. 모화가 서신을 다 읽고 내려놓고.

모화   그분이… 직접 한양으로 오시겠다는구나.

이백·상운	(…!)
모화	의주로 가서 기다리거라. 들키지 않도록 조심해야 해.
이백	예.

나가는 이백과 상운. 모화가 걱정스러운 표정으로 생각에 잠기는데서.

INS.　　　운종가 전경 (N)

S#45.　　운종가 주막 안 (N)

'직필!!!' 건배 소리가 우렁차게 울려 퍼진다. 왁자지껄한 주막. 한림, 권지들이 모여서 술자리를 갖고 있다. (홍익, 치국 제외)

시행	(살짝 알딸딸) 야, 구서리. 나는 사실 너 처음 봤을 때부터 얘는 뭔가 키워볼 만하겠다… 싶었어. (둘러보며) 너네 알지? 저하께서 일식을 막을 방도가 무엇이냐 하니까, 얘가 제갈량이 살아 돌아와도 그건 못 막는데요? 이딴 시권 낸 거. 그게 바로 사관이거든. 직필!
은임	아, 실컷 괴롭혀놓고 이제 와서 무슨 소립니까? 키울 거면 진작에 잘해 주시든가!
시행	어떻게 사랑이 한 가지 종류만 있냐? 말랑말랑한 것도 있고, 꺼칠꺼칠한 것도 있는 거지. (술병 들고) 아무튼 구서리, 넌 내가 이만큼 키워놓은 거야. 나한테 잘해!
해령	(참나) 예! (웃으며 술 받고)

S#46.　　운종가 주막 앞 (N)

누군가 울타리 너머로 얼굴을 혹 내밀고, 사관들의 술자리를 감시하고 있다. 해령을 쫓아 나온 이림이다. 이림의 눈에 사관들과 웃고 떠드는 해령의 모습이 보인다.

이림	칼같이 퇴궐하더니… 겨우 저놈들이랑 술이나 마시려고… (뾰로통해지

는데)

홍익   (이림 옆으로 훅 끼어드는 얼굴) 뭘 그렇게 보고 있냐??

이림   (…!!!)

이림이 놀라서 돌아보면, 홍익과 치국이 이림을 보며 서있다. 치국, 이림에게 반갑게 손을 흔든다. 낭패다, 하는 이림의 표정.

S#47.   운종가 주막 안 (N)
S#46에 이어. 한림, 권지들 화기애애하게 음식도 먹고 술도 마시는 분위기에.

치국E   양봉교님! 누가 왔는지 좀 보십시오!

돌아보는 일동. 홍익과 치국에게 팔 한쪽씩 잡혀 끌려온 이림이다.

해령   (마마가 왜 여길???!!!)

우원   (!!! 급히 일어나서 예를 갖추려는데) 대군…

시행O.L   (반갑게) 이서리!!!

우원   (멈칫, 이서리…? 대체 어떻게 된 거야? 해령 보면)

해령   (모른 척하라고 눈짓하는)

시행   너 그때 그렇게 도망가고 처음 본다? 어? 의리도 없는 자식아!

이림   (꾸벅 목례하고)

장군   일단 앉아, 앉아. 그래도 그날 같이 고생했는데 술 한 잔은 받아야지.

앉으라구? 쭉 둘러보는 이림. 사회 옆에 은임, 은임 옆에 아란, 아란 옆에 해령, 그리고 해령 옆에 서권이 눈에 들어온다. 눈에 불을 켜고, 해령과 서권 사이를 파고드는 이림. 졸지에 떠밀린 서권이 어깨를 반으로 접고.

서권	저기… 다른 자리도 많은데…
이림O.L	(못 들은 척, 잔 잡고) 한 잔 주십쇼!

이림에게 술을 채워주는 시행. 이림이 해령을 의식하며 패기 넘치게 원 샷을 시도했다가 차마 삼키지 못하고 입에 머금는다. 충격적인 맛이다.

시행	어때? 이 양시행이의 특제 혼돈주! 목꾸녕이 화르르 불타는 게 쥑이제?
이림	(썩은 미소로 고개 끄덕이면)

어휴, 인간아… 보다가 옆에 있던 빈 잔을 슬그머니 이림에게 주는 해령. 이림이 고개를 돌려서 쪼르르 술을 뱉어내면.

해령	(작게) 여긴 대체 왜 오신 겁니까?
이림	(작게) 그냥… 지나가는 길에…
해령	(작게) 그거 석 잔만 마셔도 마마는 저승 갑니다. 앞으론 다 저 주십시오.
이림	(작게) 그래도, 내가 어찌 너한테…
장군O.L	근데, 이서리.
해령·이림	(보면)
장군	(훑어보며) 너 그 번쩍번쩍한 옷차림은 뭐냐? 그새 어디 좋은 집에 장가라도 갔나 봐?
이림	아… 그건 아니고… 원래 집에 돈이 좀…
치국	(오오~ 하는데)
경묵O.L	중인이 돈이 많아봤자 얼마나 많겠냐? 그냥 졸부지, 졸부!
우원	(졸부…! 술 마시다가 사레들리는데)
홍익	(술병 들고) 야, 이서리! 나한테도 한 잔 받아!

홍익에게 술을 받는 이림. 해령이 걱정으로 본다. 이림이 술잔을 비우고 나면 다시 따르는 홍익. 이림이 당황하면.

해령	(홍익 막으며) 뭘 그리 급히 먹이십니까! 면신례도 아니고!
홍익	(뿌리치고) 모르는 소리! 애가 언제 또 양반한테 술을 받아봐. 영광으로 알아야지. 안 그래, 이서리?
이림	(하… 말없이 마시면)
해령	그리 빈속에 마시면 속 버립니다. (음식 하나 집어주며) 이런 거라도 좀…
홍익O.L	어허! 안주 먹을 시간이 없어용! (따라주면)
해령	(안 되겠다…! 놀라는 척 저쪽 가리키며) 어? 저, 저기 예조 정랑 나으리 아닙니까…?!

홍익이 놀라서 뒤돌아보는 사이, 잽싸게 이림의 잔을 클리어하고 쥐여주는 해령.

홍익	(김새서, 해령 보고) 눈깔이 삐었냐? 저게 어딜 봐서 정랑 나으리야?
해령	(능청) 그래요? 되게 닮았는데…
홍익	(이림의 비어있는 잔 보고) 넌 그새 또 그걸 마셨어? 하여간… 성균관 안 나온 애들은 이르케 참을성이 없어요~ (다시 따라주면)
해령	(이 인간이 진짜…! 다시 저쪽 가리키며) 저기!! 저기 홍문관 김교리님!!
홍익	어디, 어디! (그걸 또 믿고 돌아보면)

해령, 이번엔 이림의 잔을 비운 것도 모자라서 홍익이 잠시 내려놓은 술병까지 가져와 벌컥벌컥 마신다.

이림	(…!)
홍익	죽을래? 김교리님 아니잖…! (하며 해령 봤다가 그 모습에)
해령	(머쓱하게 술병 내려놓으며) 목이… 말라서…
홍익	(진심으로) 난… 가끔 니가 무서워…
해령	(그러든가 말든가, 큼… 하는데)
시행	(숟가락으로 술병 때리며) 어이, 주목!! (일어서고) 술도 좀 마셨겠다! 배도 부르겠다! 이렇게 흥겹고 정겨운 자리에 뭐가 좀 썰렁~하지 않냐?

그 말에 한림들, 기다렸다는 듯이 상과 바닥을 두드리며 '손길승! 손길승!' 외쳐댄다.

길승	(쑥스러워서) 아유… 뭘 또 애들 앞에서 노래를 시키셔요…
시행	애들아! 함성 소리가 작단다!!
해령·은임·아란	(눈치껏, 따라서 손길승! 외치면)
길승	아이고~ 양봉교님도 참… (목 가다듬으며 숟가락 드는, 구성지게) 까투리~~ 까투리~~
권지들	(우와!!!)
길승	(아예 일어나서 덩실덩실) 까투리 까투리 까투리 까투리 까투리 사냥을 나간다~~!
시행·장군	(함께 춤추며) 후이여~~
우원	(또 시작이군… 웃으며 보고)
홍익	(질 수 없지! 일어나서 함께) 전라도라 지리산으로 꿩사냥을 나간다~~
권지들	(안검열님도? 웃고)

듀엣으로 까투리 타령을 열창하는 길승과 홍익. 장군이 치국에게 일어나 춤추라고 손짓하고, 치국이 쑥스럽게 일어나 (비록 몸치지만) 열심히 팔다리를 휘저어본다. 아란도 흥에 겨워 일어나 춤판에 끼어든다. 앉아서 보고 있는 이림. 이게 대체 무슨 광경인가 싶다. 박수를 짝짝 치면서 장단을 맞추다가, 해령과 눈이 마주친다. 시끄럽고 복작복작한 이 시간이 진심으로 즐겁다. 노랫소리가 크게 울려 퍼지는데서.

S#48.   궁궐 쪽문 앞 (N)
걸어오는 해령과 이림. 살짝 취한 해령은 속이 안 좋은 듯 인상을 찌푸리고 있다.

이림	거봐. 그러면서 무슨 날 데려다준다고.
해령	마마께서 다섯 잔이나 드셨잖습니까. 가다가 쓰러지시기라도 할까

95

봐…

이림   나 다섯 잔 먹는 동안 넌 다섯 병 먹었거든?

문에 다다르면 멈춰 서는 두 사람.

해령   허면 이만 들어가 보십시오. 내일 뵙겠습니다. (꾸벅하는데)
이림   (손잡고 걱정스러운 표정으로) 잠깐만…
해령   (보면)

S#49.   녹서당 뒷마당 (N)
화로에서 물이 끓기를 기다리며 부채질하는 이림.

S#50.   녹서당 이림의 방 (N)
침상에 기대앉아 있는 해령. 이 자리에 앉아보기는 또 처음이네… 둘러
보다가 장난기가 발동한다.

해령   (이림 흉내) 들라 하라~, 나는 이 나라의 대군이니라~

그러면서 혼자 쿡쿡대는 해령. 웃으며 뒤로 벌러덩 눕는데. 침상 옆 선
반 가장 꼭대기, 한 서책 사이에 꽂혀있는 어떤 종이가 눈에 들어온다.
저게 뭐지? 몸을 일으키는 해령. 혹해서 꺼내려다가, 이건 예의가 아니
야, 고개를 젓는다. 그런데 계속 눈길이 간다. 궁금하다. 아주 많이. 슬
쩍 바깥 인기척을 살피다가 종이를 꺼내는 해령. 일기를 훔쳐보는 느낌
으로 흥미롭게 펼쳐서 읽다가 점점 표정이 굳어간다.

S#51.   녹서당 앞 (N)
소반에 꿀물을 만들어 뒤뜰에서 나오는 이림. 해령이 정원 바위에 앉아
있다.

이림	(멈춰 서고) 왜 나와 있느냐? 안이 답답해서?
해령	(말없이 빤히 보면)
이림	(이상하다 싶지만, 소반 내밀고) 따뜻한 꿀물이다. 마시면 속이 좀 편해질 거야.
해령	(울컥한 듯 젖어오는 눈)

이림, 아무래도 해령이 심상치 않다. 다가가서 바닥에 소반을 내려놓고, 한쪽 무릎을 꿇은 채 해령을 살핀다.

이림	어디… 아픈 것이냐…?

이림의 다정한 눈빛이 더 슬픈 해령. 이토록 무심한 내 주위를 돌면서 늘 나를 바라보고 늘 나를 생각한 그 마음은 대체 얼만큼이나 큰 걸까, 생각한다. 머뭇거렸던 모든 시간이 아프고 미안하다. 그래서 결심한다. 더는 이림의 마음을, 또 자신의 마음을 외면하지 않기로.

해령	원컨대 내 사랑…
이림	(멈칫)
해령	오래오래 살아서… 영원히… 내 주인 되어주소서.
이림	(…!!!)

해령, 이림의 목을 감싸 안고 입을 맞춘다. 여름밤의 말간 달빛이 두 사람 위로 내려앉는다.

13화

……우리는 이제 왕 없이도 살 수 있다는 걸 아니까

INS.   해령의 집 전경 (D)

S#1.   해령의 집 해령의 방 (D)
          해령, 거울을 보며 머리를 매만지고 있다. 설금은 뒤에서 이불을 개고
          있다.

설금   오늘따라 왜 이렇게 정성을 들이세요? 언제는 입궐할 땐 눈곱만 떼면
          된다더니.
해령   (얼핏 미소로) 그냥… 날씨가 좋길래…?
설금   (구시렁) 뭐 어제는 한겨울이었나…
해령   설금아, 그… 니가 저번에 샀다는 연지. 그건 어딨어?
설금   연지요? 저 서랍에요.

          해령, 서랍에서 연지를 꺼내 거울 앞에 다시 앉고, 조심스럽게 톡톡 두
          드려 발라본다. 맑은 빨간색으로 물들어가는 입술. 해령의 표정도 조
          금씩 밝아지고. 그런 모습을 보고 있는 설금. 심히 수상한데.

INS.   녹서당 전경 (D)

S#2.   녹서당 이림의 방 (D)
          대야물 앞에 멍하니 앉아있는 이림. 삼보, 나인들이 옆에 서있다.

삼보   또 이러신다, 또! 마마! 정신 차리십시오! (이림 얼굴 옆에 박수 치며)
          어이! 어이!
이림   어, 어… (삼보 보면)
삼보   아까부터 왜 자꾸 정신을 놓으십니까? 간밤에 도깨비불이라도 보셨습
          니까?
이림   그런 것 같기도… 하고…
삼보   (에휴) 이게 다 마마께서 기가 허해서 그러신 겁니다. 일단 소세부터 하

십시오. 이따 장어라도 푹 고아서 드릴 테니.

이림   (급히) 아, 안 된다!

삼보   (보면)

이림   지금 나한테 장어… 그런 건 별 도움이 안 돼…

뭔 소리여? 싶어서 보는 삼보. 이림이 정신을 차리려고 대얏물에 손을
넣으려는데, 갑자기 물속에 나타난 해령. 손키스를 후~ 하고 날린다.
어어…??!! 하면서 손을 떼는 이림.

해령E   왜 그러십니까?

갑자기 들리는 해령 목소리에 앞을 보는 이림. 내관복을 입은 해령이
이림을 보고 있다. 놀라서 문 쪽을 보면 이번엔 나인복을 입은 두 명의
해령이다. 내가 미쳤나 봐!! 이림이 뒤로 물러나면 등에 닿는 누군가.
이림이 하얗게 질려서 돌아본다. 살포시 앉아있는 해령이 이림에게 귓
속말을 한다.

해령   (끈적하게) 대체 무슨 생각을 하시기에…?

이림   (!!!) 아… 아… 아무 생각도 안 해! 아무 생각도!

허공에 짜증을 내놓고 방을 달려나가는 이림. 삼보와 나인들이 황당해
서 보고.

삼보   (황당해서) 아니, 소세하다 말고 저 난리야…?

나인들   (하여간… 머리 옆으로 손가락 빙빙 돌리고)

S#3.   예문관 앞 (D)
       '입시 다녀오겠습니다~' 해령의 인사 소리. 문이 열리고 해령이 나온다.
       들뜬 표정이다.

S#4.　　　　녹서당 앞 (D)
중문을 넘는 해령. 계단을 올라가려다가 문득 옆을 보면 정원 한가운
데 이림이 가부좌를 틀고 눈을 꼭 감고 앉아있다. 저건 또 뭐 하는 짓이
래…? 웃는 해령. 살금살금 이림의 앞으로 다가가 쭈그려 앉고, 옆에 있
던 풀잎을 들어 코를 간지럽힌다. 소스라치게 놀라며 눈을 뜨는 이림.
해령이 배시시 웃고.

해령　　　대군마마.
이림　　　(슬쩍 뒤로 몸 빼며) 왜… 벌써 왔느냐…?
해령　　　오늘부터 특별한 일이 없으면 사시 입시입니다. 잘됐죠?
이림　　　어… (좋지만, 차마 해령과 눈 마주칠 자신이 없는데)
해령　　　근데 여기서 뭘 하시는 겁니까? 도 닦으세요?
이림　　　(큼…) 마음을 수양하고 있었다.
해령　　　수양이요?
이림　　　(다시 자세 잡고, 근엄하게) 나를 미혹시키는 것들을… 떨쳐… 내는…

하면서도 해령의 붉은 입술로 자꾸만 시선이 가는 이림. 고개를 휙 들
고 저 먼 산을 본다.

이림　　　아무튼 그런 게 있어. 너는 들어가거라. 난 여기 있을 테니.
해령　　　사관이 빈방에 혼자 들어가서 뭘 합니까? (아예 앉으며) 잘됐습니다. 저
　　　　　도 요즘 자꾸 유혹에 시달려서.

자리를 잡고 앉아서 눈을 감는 해령. 그 모습을 보는 이림. 또 멍하니
넋이 나간다.

플래시컷
－녹서당 앞 (N)
이림에게 입을 맞추는 해령.

103

갑자기 뜨거운 공기가 훅 폐부를 찌르는 느낌에, 정신을 차리는 이림.
급히 일어선다.

이림	그… 그럼! 니가 여기 있거라. 내가 방으로 들어갈게. (들어가려고 하면)
해령	(…?) 마마!

일어서 이림을 따라가 돌려세우는 해령.

해령	왜 그러시는 겁니까…? 제가 불편하십니까?
이림	(주저하며 말하지 못하면)
해령	(설마 하는 걱정에) 혹시… 어제 제가…
이림O.L	그런 게 아니다…!
해령	(그런 게 아니면…?)
이림	(창피해 죽겠지만) 그런 게 아니라… 나는… 그러니까 내가…
해령	(그러니까 내가 뭐!)
이림	내가 너랑 한 방에 있으면… 안 될 것 같아…

그렇게 말해놓고 시선을 바닥으로 떨어뜨리는 이림. 해령이 웃음을 꾹
참으며 이림에게 가까이 다가선다.

해령	(뻔히 알면서 놀리는) 왜요? 왜 한 방에 있으면 안 되는데요?
이림	(…)
해령	설마 무서우신 겁니까? 제가 마마를 잡아먹기라도 할까 봐?
이림	(…!) 잡아먹다니?? 그게 무슨…! 넌 왜…! (주변 살피다가) 어찌 그런 경망 스러운 말을…!
해령O.L	익숙해지십시오.
이림	(뭘…? 하는데)

이림의 갓끈을 잡아당겨서, 가볍게 쪽 입을 맞추는 해령.

해령	이런 거.
이림	(!!!)

새침하게 돌아서서 녹서당으로 총총 올라가는 해령. 이림이 얼어붙어 서있다가 이내 해령을 따라가며.

| 이림 | 조⋯ 조금 더 해봐야 익숙해지지 않을까⋯! |

− 타이틀 −

INS.   압록강 전경 (D)

S#5.   압록강 나루 (D)
아직 새벽안개가 걷히지 않은 어둑한 강가. 작은 나루에서 어부가 배에 그물을 정리하고 있다. 저쪽에서 삿갓을 쓴 누군가가 쪽배를 타고 노를 저어 다가온다.

어부	(발견하고 반가운 기색으로, 평안도 사투리) 김씨! 벌써 낚시를 다녀오는 거요? 내래 김씨만큼 부디런을 떨었으면 벌써 만석꾼이 됐갓시요! (허허허 웃는데)
상대방	(⋯)
어부	(어라? 싶어서) 김씨⋯?!

그때, 고개를 휙 돌려 이쪽을 보는 사내. 새하얀 피부에 커다란 눈망울. 이방인의 이목구비가 선명한 장(*프랑스인/남/30대)이다. 순간 그물을 툭 떨어트리는 어부. 이내 '아아악!!!' 비명을 지르며 걸음아 나 살려라 도망간다. 당황스럽지만 각오한 듯 흔들림 없는 눈빛으로 그를 보고 있는 장.

S#6.   압록강 나루 ② (D)
          비슷한 시각 다른 장소. 누군가를 기다리는 모화와 이백, 상운. 올 때가
          됐는데… 빈 나루를 보면서 초조해지는 모화 표정에서.

INS.   궁궐 전경 (D)

S#7.   동궁전 안 (D)
          이진이 관문을 읽고 있고, 부제학이 그 앞에 앉아있다. 사희가 입시해
          있다.

이진   황해가 아니라 압록강이요?
부제학   예, 의주에서 잡혀 의금부로 압송되었다 합니다.
이진   이상한 일입니다. 여태껏 조선에 표류한 이양인들은 왜로 향하는 무역
          선의 선원들이 아니었습니까. 압록강을 건넌 거라면 처음부터 조선에
          오는 것이 목적이었다는 얘긴데요.
부제학   해서 의금부에서는 서양 오랑캐 쪽에서 보낸 간자가 아닐까 하고 추측
          하고 있습니다.
이진   (생각하다가 고개 저으며) 진정 간자라면 그런 식으로 들어오지는 않았을
          겁니다. 내 그자를 직접 만나봐야겠습니다.
부제학   저하…!
이진   (이미 결정을 내린)

S#8.   궁궐 야외 일각 (D)
          전각과 사잇길 등에서 삼삼오오 모여 급하게 나오는 궁인들. (주로 나인
          과 내관, 서리들) 호기심 가득한 표정들이다. 걸어오다가, 무슨 일 있나?
          해서 둘러보는 해령, 은임, 아란. 마침 어디론가 향하던 검열들과 마주
          친다.

아란   선진님들! 왜요, 왜요? 또 뭐가 터진 겁니까?

106

장군	못 들었냐? 저기 서북지방에서 서양 오랑캐 잡혀온 거.
은임	(헐!!) 서양 오랑캐요??
해령	(이양인?!)
홍익	너네도 빨리 따라와. 동궁전 앞에서 문초 중이래.
해령·은임·아란	(오오! 뒤따르고)

S#9.   동궁전 앞 (D)

궁인들이 동궁전 마당을 빙 둘러싸고 서있다. 이제 막 들어온 검열, 권지들도 구경꾼 무리에 끼어든다. 마당 가운데, 나장들에게 포위 당해 무릎을 꿇고 앉아있는 장. 밝은 금색 머리칼이 햇빛을 받아 반짝인다. 생전 처음 외국인을 보는 궁인들, 놀라움에 술렁이는 분위기. 검열들, 은임, 아란도 장의 생소한 생김새를 놀라서 보고 있다.

은임	머리 색깔이 왜 저래요? 송아지도 아니고…!
아란	저도 서양 오랑캐는 처음 봅니다! 얼굴에 핏기가 하나도 없어요.
홍익	이야… 진짜 희한하게 생겼다잉…
해령	(어쩌다 여기까지 왔을까, 안타까우면서도 궁금한)

장 앞에 의자를 놓고 앉아있는 이진. 의금부 종사관으로부터 몇 가지 보고를 받으며 고개를 끄덕인다. 사회가 입시해있고, 부제학, 사역원 역관 세 명, 김내관이 이진의 명을 기다리고 있다. 종사관이 보고를 마치고 물러나면, 김내관이 앞으로 나와서 크게 외친다.

김내관	모두 조용히 하시오~!!

그 말에 웅성거리던 궁인들이 입을 다문다. 나장들도 장의 곁에서 조금 비켜선다. 그렇게 장과 눈이 마주치는 이진. 이진 역시 장의 생김새가 낯선 건 마찬가지지만, 이내 위엄을 차리고 말한다. 궁인들이 숨죽이고 이 광경을 지켜본다. (*장 대사에는 자막 없음)

이진	어디서 왔느냐.
역관①	(중국어) 어디서 왔느냐.
역관②	(왜어) 어디서 왔느냐.
장	(…)
이진	(대답을 안 하는 건지, 못하는 건지 모르겠지만… 다시) 일행이 있느냐.
역관①	(중국어) 일행이 있느냐.
역관②	(왜어) 일행이 있느냐.
장	(…?)

아무래도 장이 못 알아듣는 눈치. 이진이 역관③을 본다. 손에 화란어 사전을 들고서 앞으로 나오는 역관③.

역관③	(어색하지만, 화란어) 일행이 있느냐.
장	(뭔가 익숙한 듯 눈을 크게 뜨면)
이진	(…!) 왜 조선에 왔는지를 묻거라.
역관③	예! (또 서책 몇 장 뒤적거리다가, 화란어) 왜 조선에 왔느냐?
장	(듣다가, 불어) 나는 네덜란드 말을 모릅니다!
일동	(!!!)

장의 입에서 나온 듣도 보도 못한 말소리에 헙! 숨을 삼키며 놀라는 궁인들.

부제학	뭐… 뭐라고 하는 것이냐?
역관③	(당황해서, 서책 마구 뒤지다가) 화란어가 아닌 것 같습니다…!
이진	(난감한데)
부제학	저하, 이대로는 이자에게서 알아낼 것이 없습니다. 관례대로 청국에 의탁을 하시는 게…
이진O.L	아니, 조선에 목적을 가지고 온 자다. 이대로 돌려보낸다 해도 다시 들어올 것이 분명해.

부제학	(…)
이진	(생각하다가, 크게) 이자는 의금부로 데려가 하옥하고, 사역원은 이자의 말을 통역할 자를 찾으라!
종사관·역관들	예, 저하!

종사관과 나장들. 장을 일으켜 데려간다. 끌려가면서 '나는 프랑스 사람입니다! 프랑스 사람입니다!' 외치는 장. 궁인들은 홍해처럼 갈라져서 장을 피하면서도 생경한 시선을 거두지 않는다. 홀로 장의 말을 알아들은 해령, 의아해서.

해령	(혼잣말) 법란서인…?

S#10.   궁궐 일각 외길 (D)

종사관, 나장들에게 끌려가고 있는 장. (*나장 둘은 창, 둘은 총) 주변을 살피며 무언가 생각하다가, 갑자기 비명을 지르며 배를 붙잡고 주저앉는다. 당황하는 종사관, 나장들.

종사관	왜! 왜 이러는 것이냐!
장	(죽겠다고 계속 뒹굴고)
종사관	(다가가서 발로 툭툭 건들며) 여, 여봐라! (하는데)

방심한 틈을 타 종사관의 칼집에서 칼을 빼드는 장. 바들바들 떨리는 양손으로 붙잡고, '워어! 워어!!' 험악한 소리를 내며 휘두른다. '허어억!!' 식겁해서 나장들 뒤로 숨는 종사관. 나장들이 창을 겨누고 앞으로 나서면 뒤로 조금씩 밀리는 장. 안 되겠다! 나장들을 향해 칼을 내던지고 재빨리 도망간다. 창을 든 나장들이 '잡아라!!' 외치며 쫓아간다. 화승총을 든 나장들도 급히 화약을 채운다.

종사관	아, 뭣들 해! 빨리 쏘거라!! 쏴!!!

겨우 화약을 채운 나장들, 화승총을 겨누지만, 이미 저 멀리 가고 있는 장. 쫓는 나장과 겹치기도 하면서 좀처럼 겨냥이 쉽지 않은데.

S#11.　　예문관 앞 (D)
예문관으로 들어가는 길. 검열들, 권지들. 갑자기 탕!!! 커다란 총소리가 울려 퍼진다. 뒤쪽을 지나가던 궁인들 몇 명이 '꺄!!!' 소리를 지르며 귀를 막고, 놀라 주저앉는다.

홍익　　뭐야, 뭐야! 이거 총소리야?!!

해령　　(…!)

S#12.　　동궁전 안 (D)
총소리에 놀라 자리에서 일어나는 이진. 부제학이 급히 들어온다.

부제학　　저하…!

이진　　(무슨 일이 생겼구나! 하는데)

한 번 더 탕!!! 울려 퍼지는 총소리.

S#13.　　대비전 안 (D)
대비는 서책을 읽고, 최상궁이 곁에서 차를 따르고 있는데, 탕! 탕! 하는 총소리가 들린다! 대비, 놀라서 책장을 넘기던 손이 멈칫하면.

최상궁　　(놀라서 대비 보면)

대비　　(뭔가 불길한 예감이 스치고) …무슨 일인지 당장 알아보거라.

S#14.　　궁궐 야외 일각 (D)
금군들이 조를 짜서 이곳저곳 수색하고 있다. 수풀을 들여다보기도 하고, 광의 문을 발칵 열어보기도 한다. 그 앞을 지나가는 나인들 무리.

잔뜩 겁먹은 얼굴로 서로서로 꼭 붙어 걸어간다.

S#15.   예문관 안 (D)
앉아서 일을 하고 있는 한림들. 은임, 아란이 문을 열고 바깥을 내다보
고 있다. 뒤에는 해령, 사희가 사책을 들고 서있다.

시행   아, 정신 상그럽게 뭐해. 입시 안 할 거야? 얼른 가!
아란   양봉교님은 걱정도 안 되십니까? 서양 오랑캐가 궁궐을 돌아다닌다는데!
은임   가뜩이나 내전엔 숨을 데도 많단 말이에요. 가다가 마주치면 어떡합
       니까!
시행   (한심해서, 삿대질) 그러니까 니네가 아직도 서리 소리 듣는 거야. 나 때
       는 말이야. 궁궐에 호랑이가 들어와서 여기 예문관 앞에 어슬렁거려도
       입시 가고 숙직하고 그랬어요. 그깟 오랑캐 한 놈 가지고 호들갑은…
       (쯧쯧)
아란   양봉교님이 몰라서 그러시는 겁니다! 그 오랑캐가 어찌나 무술에 능한
       지… 총알이 날아와도 (손으로 쳐내는 시늉하며) 이러고! 이러고! 다 쳐냈
       다잖아요!
은임   그리고 제자리에서 껑~충 뛰면 지붕 위에 올라가 있고, 또 껑~충 하면
       다른 지붕으로 날아가 있고 그런대요. 그러니까 금군들도 못 잡아서 쩔
       쩔매는 거 아닙니까.
경묵   얼씨구? 왜? 아주 나뭇잎 타고 하늘 날라다니면서 장풍 쏜다고 하지?
아란   (치) 진짠데…!
시행O.L 시끄럽고! 셋 셀 동안 나가. 안 그러면 너네 단체로 야근이야. 하나! 둘!

       치사해!! 시행을 흘기면서 문을 열고 나가는 은임과 아란. 해령, 사희도
       뒤를 따른다. 문이 닫히고 나면 슬그머니 일어서는 치국. 길승 옆으로
       가서.

치국   손대교님, 측간 좀 같이…

길승	또…?
치국	(고개 끄덕)

길승, 귀찮은 표정으로 일어선다. 길승에게 꼭 달라붙어 예문관을 나가는 치국.

시행	어휴. 저거 저거, 측간도 혼자 못 가는 게 무슨 사관이라고…! (큼… 일어서고) 같이 가!

S#16.　녹서당 앞 (D)

처마 아래 서있는 이림, 삼보, 나인들. 이림은 아무렇지 않게 주변 풍경을 보고 있는데, 삼보는 뚱해서 입이 삐쭉 나와 있다. 방에서 금군들이 나온다.

삼보	(있는 대로 성질) 거 보시오! 내가 몇 번을 말했소? 여기 녹서당에 그런 놈은 없다니까!!
금군①	(무뚝뚝한) 실례가 많았습니다.

꾸벅, 인사를 올리고 녹서당을 빠져나가는 금군들. 삼보가 뒤에 삿대질을 하며.

삼보	저 저, 버르장머리 없는 것들! 내가 확 그냥! 세자저하한테 일러버릴라!
이림	(웃으며) 그냥 넘어가거라. 저자들도 어명을 따를 뿐인데.
삼보	(휙 째려보며) 마마께서 그리 물렁물렁하게 나오시니까 개나 소나 마마를 물렁뼈로 보는 거 아닙니까? 이럴 땐 (복식으로) 이놈드으을! 감히 대군의 처소를 뒤지려는 것이냐아아! 이렇게 호통도 쳐주고! 정강이도 뺑뺑 까줘야 대군 무서운 줄 알죠!
이림	그리 아랫사람을 괴롭힌다고 진정 내가 대단한 사람이 되느냐? 그냥 미친놈이지.

삼보	(말문 막히는데)
이림	들어가자. 여기저기 헤집어났겠다.

걸음을 돌리는 이림과 삼보, 나인들. 그때, 네 사람 뒤로 풀썩 먼지가 인다. 누군가 지붕에서 뛰어내린 듯하다. 본능적으로 멈춰 서는 네 사람. 삼보가 머릿수를 세어본다. 하나, 둘, 셋, 넷… 그럼 우리 뒤엔 누구야…? 소름 돋는 표정으로 동시에 돌아보는 이림, 삼보, 나인들! 옷에 묻은 흙을 털어내던 장과 눈이 마주친다.

이림·삼보	(!!!)
장	(!!!)
삼보	(입 떡 벌리고, 가리키며) 오…!! 오랑캐!!! 오랑캐!!! 서양 오랑캐!!!
장	(!!!)

당황한 장, 뒤돌아 도망가려고 하면, 삼보가 붕~ 날아서 덮친다. 한데 엉켜서 넘어지는 장과 삼보. 삼보가 중문 쪽을 보며 '이보시오!! 여기 오랑캐가 있소!!' 소리치면, 장이 삼보 위로 올라타서 입을 틀어막는다. 삼보가 입이 막힌 채 비명을 지르고, 나인들은 장의 다리를 한 짝씩 붙들고 떼어내려 안간힘이다. 어떡해! 어떡해! 발을 구르던 이림, 후다닥 건물 뒤편으로 향하고.
그렇게 장의 밑에서 '사람 살려!! 사람 살려!!' 버둥거리던 삼보. 몇 번의 엎치락뒤치락으로 전세역전을 반복하다가, 다시 장이 삼보 위로 올라타는 그 순간, 별안간 댕~ 종소리가 난다. 멍해지는 장의 표정. 이내 철퍼덕 바닥에 쓰러진다. 삼보, 놀라서 위를 올려다보면 이림이 요강을 들고, 본인도 놀라서 서있다. 그리고 막 중문을 넘어 들어오던 해령도 그 광경을 보곤 눈이 동그래진다.

S#17.   녹서당 이림의 방 (D)
온몸이 옷가지들도 꽁꽁 묶인 채, 정신을 잃고 누워있는 장.

S#18.   녹서당 앞 (D)

해령, 이림, 삼보, 나인들이 서서 애기 중이다.

해령   어떻게 된 겁니까? 왜 저자가 녹서당에…

이림   모르겠다. 그냥 하늘에서 떨어졌어. 뚝…

해령   (…?)

삼보   지금 그런 거 궁금해할 때가 아닙니다. 저놈 저거 도망 못 가게 꼭 붙들
         고 계십시오. 제가 얼른 의금부에 알리고 오겠습니다. (가려는데)

해령   잠깐만요.

삼보   (보면)

해령   꼭… 의금부에 알리셔야 합니까?

삼보   (???) 의금부가 아니면 뭐… 병조로 가야 하나?

해령   그게 아니라… (마음이 불편해서) 이대로 의금부에 보내면 저자는 목숨
         을 잃을 수도 있습니다.

삼보   (황당해서) 아, 당연한 소리를 하고 있어? 그럼 뭐 궁궐에서 칼 들고 설
         친 놈한테 벼슬자리라도 주게?

해령   도망치느라 그랬던 거지, 정말 사람을 해친 건 아니잖습니까. (이림 보
         며) 법란서 사람입니다. 이역만리에서 이 먼 곳까지 온 데는 분명히 무
         슨 사정이 있을 겁니다.

이림   (동요하는 표정인데)

삼보   아이, 마마! 뭘 그런 걸 고민하십니까! 서양 오랑캡니다! 잘못 엮였다간
         마마까지 오해를 사신다구요!

이림   구권지 말도 맞지 않느냐. 의금부로 보내면 당장에 죽을 게 뻔한데…

삼보   (답답한데)

이림   (나인들 보며) 단단히 묶어놨느냐?

나인들   예.

         이림, 잠시 마음의 준비를 하고 방으로 향한다. 그 뒤를 따라가는 해령,
         삼보, 나인들.

S#19.   녹서당 마루 (D)
         방문 앞에 서는 다섯 사람. 이림이 무심코 문을 열려다가 멈칫. 슬쩍 뒤
         로 물러서고, 삼보에게 눈짓을 한다. 삼보, 싫다고 고개를 저으며 나인
         들에게 눈짓을 한다. 해령, 못 봐주겠다는 듯이 '비키십쇼, 그냥!' 문을
         벌컥 열고 먼저 들어서는데.

S#20.   녹서당 이림의 방 (D)
         방 안을 보는 해령이 멈칫. 옷가지가 어수선하게 풀어져 있고, 자리에
         있어야 할 장은 온데간데없다.

일동   (…!)
삼보   (달려가서 옷가지 헤집으며) 이놈이… 이놈이 대체 어딜…!!
최나인   (당황해서) 분명히… 꽁꽁 묶어놨는데…
해령·이림 (큰일 났다! 마주 보는데서)

S#21.   궁궐 야외 일각 (D)
         으슥한 사잇길에 숨어서 금군들을 지켜보고 있는 장. 금군들이 모두 지
         나가고 나면, 잽싸게 앞으로 나가려다가 멈칫! 또다시 말소리가 들린다.
         저쪽에서 다른 금군들이 오고 있다. 아무래도 이쪽 길은 안 되겠다. 금
         군들을 살피며 뒷걸음으로 슬금슬금 이동하는 장. 귀퉁이를 돌고 나서
         벽에 등을 기대고 한숨 돌리려는데, 바로 옆에서 느껴지는 누군가의 그
         림자. 휙 고개를 돌려보면 서권이 눈을 동그랗게 뜨고 서있다. 장과 눈
         이 마주치고는 들고 있던 장계를 우르르 떨어트리는 서권. 이런 제길!!
         장이 '쉿!!!' 외치며 서권의 입을 막는다. 당황하던 서권이 급히 소매에서
         무언가 꺼내 장에게 보여준다. 작은 나무 십자가가 달린 목걸이다.

장   (놀라서 손 떼면)
서권   아… 아멘…
장   (…!)

S#22.   예문관 앞 (D)
주변을 의식하며 걸어오는 서권. 예문관으로 들어가려 하면, 우원이 나
온다.

서권   (필요 이상으로 놀랐다가) 민봉교님…
우원   (보면)
서권   입… 입시 가십니까?
우원   대전이다. 사책을 가지고 오너라.
서권   예…

예문관으로 들어가는 서권. 우원은 그런 서권의 태도가 뭔가 이상하고.

S#23.   대전 안 (D)
긴급회의. 대신들이 시립해있고, 이진과 도승지가 왕 앞에 서있다. 우
원과 서권이 입시해있다.

왕   세자는 대체 무슨 생각으로 그런 일을 벌인 것이야? (팔걸이 탕 내려치며)
          이 나라 법궁 한가운데 서양 오랑캐를 데려오다니!
이진   …송구합니다, 전하.
왕   (끙, 관자놀이 짚고) 수색은 어찌 되어간다더냐?
도승지   금군들이 모두 동원되었으나… 아직 찾지 못했다 하옵니다.
대신들   (불안함에 술렁이는 분위기)
대사헌   전하, 우선 이궁으로 옥체를 피하시옵소서. 그 간악무도한 자가 종사
          관에게 칼까지 휘둘렀다지 않습니까? 이러다 편전에 숨어들기라도 하
          면…
왕O.L   당치도 않다! 과인이 어찌 서양 오랑캐 한 놈 때문에 도망을 간단 말이
          냐?
대사헌   (…)
우의정   아무래도 이미 궐 밖으로 빠져나간 게 틀림없습니다. 포청에 일러 도성

116

익평	그자는 아직 궐 안에 있습니다, 전하.
일동	(보면)
익평	금발의 이양인입니다. 궐 밖에 모습을 드러냈다면 이미 백성들 사이에서 큰 소란이 있지 않았겠습니까.
우의정	(오…) 그러고 보니 오늘 별다른 소동이 있었단 얘기는 듣지 못했습니다.
왕	(젠장) 허면 그놈은 당최 하늘로 솟았단 말이냐, 땅으로 꺼졌단 말이냐? 그놈을 찾고 있는 금군만 백 명이 넘거늘!
대제학	(갸웃거리다가) 혹… 누군가의 비호를 받고 있는 건 아니겠습니까?
서권	(멈칫)
일동	(보면)
대제학	일전에도 서양 오랑캐와 내통하던 천주쟁이들이 있지 않았습니까. 만약 궐 안에도 천주쟁이들이 있다면… 금군의 눈을 피해 사람 하나 숨기는 것쯤은…
도승지	일리가 있습니다, 전하. 의금부에서 압수한 그자의 소지품 중에 십자가도 있었다 합니다.
우의정	그럼 애초에 천주학을 전파하러 조선에 온 것 아닙니까?!
대신들	(결국 천주쟁이였어…? 놀란 듯 수긍하는 모습들)
서권	(당황해서 사책 쓰지 못하고 있으면)
우원	(그 모습을 보고)
왕	(눈에 노기 가득해서 일어서고) 지금부터 궐 안의 천주학 무리들을 발본색원하라! 그 어떤 곳도! 그 어떤 이도! 예외를 두지 말라!!
도승지	예!!

급히 대전을 나가는 도승지. 이진은 사태의 심각성을 느끼며 초조하게 서있고.

S#24.   몽타주 (D)
/나인들 처소. 방 안에서 이불이며 문갑 등을 샅샅이 뒤지는 금군들.

/내관들 처소 앞. 속적삼만 입은 내관들이 줄을 서서 금군들에게 몸수색을 당하고 있다.
/궁궐 야외 일각. 그렇게 발각된 몇몇 나인들이 울면서 금군들에게 끌려가고.

S#25.   대비전 앞 (D)
대비전에 들어서려는 선전관과 금군들. 최상궁과 상궁 나인들이 그 앞을 막아서고 있다.

최상궁   예가 어디라고 칼을 차고 드는가!! 당장 물러나시게!!
선전관   그 어떤 곳도 예외를 두지 말라는 전하의 어명입니다. 비키십시오!
최상궁   대비마마께서 머무시는 곳이다! 너희는 한 발자국도…
선전관O.L (무시하고) 어명을 수행해라! 어서!

그 말에 최상궁을 밀쳐내는 금군들. 상궁 나인들을 붙잡아 몸수색을 하려고 하면, 어린 나인들이 비명을 지르는데.

대비E   (단호한) 멈추지 못할까!
일동   (돌아보면)

엄한 표정으로 방에서 나오는 대비. 금군들이 그 위엄에 멈칫, 일제히 배를 한다. 마루에서 내려와 금군들 앞에 서는 대비.

대비   네놈들이 감히 대비전을 의심하는 것이냐? 내명부의 수장인 내가 직접 다스리는 곳이다!
선전관   하오나 주상전하께서…
대비O.L 허면 이 몸부터 뒤지거라!

대비, 선전관의 손을 낚아채 자신의 옷고름 앞으로 가져간다.

대비	지금 당장 이 옷고름을 풀고 내 몸부터 샅샅이 뒤져보란 말이다!
선전관	(⋯!)

이러지도 저러지도 못하고, 얼어붙은 선전관과 금군들. 대비가 형형한 눈빛으로 그들을 노려본다.

S#26. 대비전 안 (D)

아직 분이 덜 가라앉은 표정으로 들어오는 대비. 모화가 긴장한 기색으로 문 옆에 서있다.

대비	(잠시 책망하는 눈빛이었다가 자리로 가며) 어찌 된 영문인가. 자네가 직접 의주까지 마중을 간다 하지 않았어?
모화	한발 늦었습니다. 제가 도착하기 전에 포졸들에게 먼저 발각이 된 모양입니다.
대비	(어쩌다 일이 그렇게⋯ 한숨, 자리에 앉으면)
모화	(따라 앉고)
대비	난감하게 되었어. 지금이야 한낱 서양 오랑캐 취급이지만, 그자의 입에서 서래원 얘기가 나온다면 좌상이 가만히 있지 않을 것이야.
모화	어렵게 조선을 찾아오신 분입니다. 함부로 입을 열진 않을 겁니다.
대비	것도 장담할 수 없지. 민익평은 어떤 식으로든 원하는 것을 얻어내고야 만다는 걸 자네도 잘 알지 않는가.
모화	(⋯)
대비	그런 일은 없어야겠지만⋯ 혹 그자가 잡히게 된다면 자네가 결단을 내리시게. (차갑게) 절대 좌상 손에 그자를 넘겨서는 아니 돼. 살아서든 죽어서든.
모화	⋯예. (하면서도 착잡하고)
대비	(이 사태가 그저 심란한)

S#27.   예문관 안 (D)

금군들과 다모가 한림들, 권지들의 몸수색을 하고 있다. 다모, 아란의
몸을 뒤지다가 작은 주머니를 발견하고 열어서 탈탈 털어본다. 바닥에
쏟아지는 마른 꽃잎들.

아란   어어?! 그게 얼마나 비싼 향낭인데!

다모   (쏘아보면)

아란   그냥… 그렇다고…! 요… (힝… 짜증 나…)

해령   (이게 대체 무슨 일인가 싶고)

양팔을 벌리고 서있는 시행. 온몸을 더듬는 금군의 손길에 기분이 몹시
애매하다.

시행   야… 우리 부인도 날 이렇게 만져주진 않는데… 이걸 좋아해야 되냐,
        말아야 되냐…

길승·장군   (딱한 표정으로 보고)

뒤쪽에서 순서를 기다리는 우원과 서권. 금군들이 다가올수록 서권의
심박이 빨라진다. 긴장을 감추려 시선을 돌려보지만 소용이 없다. 그
런 서권을 보다 못한 우원. 서권 뒤로 다가가서 몰래 손을 내민다.

우원   (조용히) 이리 주거라.

서권   (…!!)

우원   어서.

서권   …싫습니다.

우원   성검열!

서권   (…)

우원, 어쩔 수 없다. 서권의 팔목을 잡고 소매에서 십자가 목걸이를 꺼

낸다. 놀라는 서권. 우원이 아무렇지 않게 자신의 소매 속으로 숨긴다. 금군들이 두 사람 앞으로 온다. 담담하게 팔을 벌리는 우원. 우원의 품을 뒤지는 금군①. 그 광경을 보며 등골이 서늘해지는 서권. 그때, 금군②가 다가와 금군①에게 그냥 지나가라 눈짓을 한다. 금군①, 당황한 듯 머뭇거리다가 대충 툭툭 우원의 팔을 만져보고는 지나간다. 서권, 긴장이 풀리며 숨을 뱉어내고, 우원 역시 조용히 안도하는데.

금군①	이제 서고를 보여주십시오.
서권	(멈칫)
시행	뭐요?? 서고?? (앞으로 나오며) 이 사람들이 보자 보자 하니까!
서권O.L	(급히) 예문관 서고는 사초가 보관된 곳입니다! 사관이 아닌 자는 들어갈 수 없습니다!
홍익	아, 누가 사초 보겠답니까? (작게) 이 판국에 분위기 험악하게 만들지 마십쇼, 좀!
서권	(…)
시행	(어쩔 수 없다, 신경질적으로) 따라오든가, 그럼!

S#28.   예문관 서고 앞 (D)
등롱을 든 시행. 입은 삐쭉 나와서 금군들을 데리고 걸어간다. 그 뒤를 긴장한 표정으로 따르는 서권. 일동, 서고 앞에 멈춰 선다. 시행이 서고 문을 열려고 하는데, 안에서 뭔가 걸린 듯 덜컥거린다.

시행	뭐야, 이거 왜 이래?
서권	(…!)

시행이 계속 덜컹덜컹 문을 흔들고, 금군들이 눈짓을 주고받으며 칼집에 손을 대는 순간, 끼익~ 열리는 문.

S#29.   예문관 서고 안 (D)
            후다닥 들어오는 금군들. 시행과 서권도 급히 뒤따라 들어온다.

시행   에헤이! 거기까지, 거기까지!
금군들   (멈춰 서면)
시행   자, 자. (등롱으로 쭉 비춰주면서) 이보십쇼. 이 신성한 예문관 서고에 뭐
            가 있다고 그래? 개미 새끼 한 마리 없잖아, 여!

            삼엄한 시선으로 서고를 훑어보는 금군들. 창마다 암막 휘장이 걸려있
            어 어둡지만, 사람의 모습은 안 보인다. 금군들, 말없이 목례하고 서고
            를 빠져나간다.

시행   (황당해서) 사과도 안 하고 어딜 내빼? 이봐요! 느그들 이름 뭐야! (따라
            나가며) 내가 사책에 다 적어버릴라니까!

            홀로 남은 서권, 의아함으로 서있다가 문을 닫고 나가면 다시 어두워진
            서고 안. 빛이 닿지 않는 구석, 선반 뒤에서 휘장을 덮고 납작하게 엎드
            려있던 장. 휘장을 걷어내며 벌떡 일어선다. 얼굴에는 얼룩덜룩 먹물
            칠이 되어있다. (*너무 까맣지 않게)

INS.   녹서당 전경 (D)

S#30.   녹서당 앞 (D)
            이림과 삼보가 서서 얘기를 하고 있다. 해령이 중문을 넘어 들어온다.

해령   (분위기 보고) 아직 못 찾으셨습니까?
삼보   안 그래도 괜히 여기저기 쳐다보면서 다니다가, 금군한테 붙잡혀서 취
            조당하고 오는 길이네. (품에서 손거울 꺼내서 보며) 아니, 이 얼굴이 어딜
            봐서 수상해보인다는 거야? 세상 순진하게 생겼구만.

이림	(뭐라 짚어주기도 지겨워서, 해령 보며) 외전 쪽은 어떻느냐?
해령	천주학을 믿는 사람들을 색출한다고 어수선합니다. 아직 이양인을 봤다는 사람은 없고요.
이림	(걱정스러운데)
삼보	아이, 이제 그만 신경 쓰십시오. 마마는 할 만큼 하셨습니다. 여기 붙어 있었으면 죽기 전에 떡이라도 먹고 갈걸, 그새를 못 참고 나른 게 지 팔 자지 남의 팔잡니까?
이림	…그래도 안됐지 않느냐. 아무도 자길 반겨주지 않는 곳에서, 혼자…

쓸쓸한 표정으로 걸음을 떼는 이림. 해령과 삼보도 뒤따라 걸어가는데.. 갑자기 '엄마야!!' 하는 비명소리가 들린다. 녹서당 뒤쪽이다.

S#31.   녹서당 뒷마당 (D)
급히 걸어오는 해령, 이림, 삼보. 나인들이 간이부엌에서 멀찍이 물러나 있고, 검은 천을 뒤집어쓴 누군가가 웅크려 앉아있다. '마마!!' 외치며 겁에 질려 이림에게 달려오는 나인들. 이림이 나인들을 뒤로 숨겨주고, 일동, 귀신인지 사람인지 모를 등장에 머리털이 쭈뼛 서는 느낌으로 보고 있다가. 삼보, 옆에 있던 국자를 들고 주춤주춤 다가간다.

삼보	누… 누… 누구냐! 정체를 밝혀라!

그 말에 움직임을 멈추는 검은 천. 휙 고개를 돌려 이쪽을 본다. 머리와 귀에는 위장용 나뭇가지들이 꽂혀있고, 얼굴은 시커먼 장이다. 흡사 풀밭에서 구르다 온 저승사자 같은 모습에, 뜨아아악!!!!! 비명을 지르는 이림과 삼보. 해령도 흠칫해서 뒤로 물러서는데.

장	(먹던 떡 내려놓고) 놀라지 마!! 나야, 나! 서양 오랑캐!
이림·삼보	(저 얼굴로 우리말을 한다는 것에 대한 2차 충격. 마주 보며) 뜨아아악!!!

INS.   예문관 전경 (D)

S#32.   예문관 뒷마당 (D)

걸어오는 우원과 서권. 우원이 먼저 멈춰 서고, 차가운 표정으로 서권을
돌아본다. 서권은 무슨 말을 해야 할지 몰라 시선을 떨어트리고 있다.

우원   천주학을 하고 있었느냐.

서권   예…

우원   언제부터?

서권   오래… 되었습니다.

우원   (한숨으로) 그로 인해 죽을 수도 있다는 걸 아느냐?

서권   (…)

우원   너뿐만이 아니다. 너의 식솔들까지 전부…! (소매에서 십자가 꺼내고) 이
깟 징표 하나에 목숨을 잃을 뻔했어!

서권   그깟 징표가 아닙니다. (우원 똑바로 보고) 저에겐… 목숨과도 바꿀 수 있
는 믿음입니다.

우원   (멈칫, 보면)

서권   민봉교님은 그런 생각해보신 적 없으십니까? 다 같은 사람으로 태어났
는데 왜 누군 귀하고 누군 천한지, 누구는 평생 배를 곯으며 살아가고,
누구는 짐승처럼 헐값에 이리저리 팔려 다니는데 나는… 왜 나는 그자
들의 고혈로… 온갖 것들을 누리며 사는지.

우원   (…)

서권   천주학에서는 모두가 똑같이 천주님의 자식이라 가르칩니다. 모두가
똑같이 존중받아야 할 사람이라고요. 저는 언젠가 그런 세상이 와야 한
다고 믿습니다. 그리고, 그런 저의 믿음이… 잘못됐다고 생각하지는 않
습니다.

우원, 서권의 말에 머리를 한 대 맞은 듯 놀라서 본다. 더이상 서권을
다그칠 수가 없다. 그 믿음은 잘못된 것이 아니니까. 우원이 들고 있는

십자가를 챙겨서 다시 소매에 넣는 서권. 꾸벅 인사를 하고 서고를 나선다. 우원은 여전히 생각에 서있다.

S#33.   동궁전 안 (D)
이진이 부제학에게 보고를 듣고 있다. 사희가 입시해있다.

이진   (마음 무거워서) 얼마나… 잡혀간 겁니까.
부제학   처소에 천주학 서적을 숨겨놓았던 나인들 여덟 명, 몸에 십자가를 지니고 있던 내관과 관원 열다섯 명, 그리고 그자들의 가족까지… 모두 일흔세 명입니다.
사희   (잠시 멈칫했다가 다시 적어 내려가고)
이진   처벌은 어찌 된답니까.
부제학   …어명이 내려지는 대로, 즉시 참형에 처해질 예정입니다.
이진   (숨이 턱 막히는 참담한 심정인데)
부제학   저하, 자책하지 마십시오. 국법으로 금하는 서양 오랑캐들의 사교에 빠진 자들입니다. 오늘이 아니더라도 언젠가 발각되어 처벌을 받았을 겁니다.
이진   …허나 그 사람들에게 내일을 빼앗은 건 납니다.
부제학   저하…
이진O.L   됐습니다. 이만 나가보세요…
부제학   (…)

더이상 할 말이 없는 부제학. 일어나서 배를 하고 물러난다. 이진은 눈을 감고 등을 기댄다. 오늘 일의 책임과 괴로움을 느끼는 고단한 표정. 사희도 자리를 비켜줘야겠다는 생각에 사책을 덮고 일어난다.

사희   저도 이만…
이진O.L   잠시…
사희   (보면)

이진	(눈 감은 채로) 거기 있거라…
사희	(…)

사희, 말없이 다시 자리에 앉는다. 사책도 펼치지 않고 그저 이진을 바라본다. 이진이 낮게 한숨을 내쉰다. 그렇게 같은 공기 속, 두 사람 모습에서.

INS.   녹서당 전경 (D)

S#34.   녹서당 이림의 방 (D)

깨끗하게 얼굴도 닦고, 머리도 정리한 장. 푸짐하게 차려진 밥상 앞에 앉아서 삼계탕 닭다리를 뜯고 있다. 그런 장을 황당하고 신기해서 보고 있는 이림, 삼보. 해령은 그 와중에 사필을 하고 있다. 박나인과 최나인은 장과 가까운 곳에 앉아있다. 장이 밥을 크게 한 숟갈 뜨면 박나인이 옆에 있던 반찬 하나를 올려준다.

장	(윙크하며, 불어로) 고마워.
박나인	어우 참… 뭐 이런 걸로… (얼굴 붉히며) 넌 이름이 뭐야?
장	(보면)
박나인	이름 있잖아. 이름. (자기 가리키고) 나, 박소향! (삼보 가리키고) 쟤! 허삼보! (이림 가리키고) 쟤! 도원대군 이림!
이림·삼보	(뭐?? 쟤??)
박나인	(다시 장 가리키고) 넌?
장	(살짝 주저하다가) Jean Baptiste Barthélemy.
일동	(…?)
장	(좀 더 천천히) Jean Baptiste Barthélemy.
이림	(…???)
삼보	이… 이놈!!! 감히 어느 안전이라고 코 푸는 소리를 내느냐! 바른대로 고하지 못할까!!

장	코 푸는 소리 아니야! 내 이름! Jean Baptiste Barthélemy.
이림	장 빠띠… 빠… (따라 하려다 실패하고, 삼보 보며) 어쨌든 장씨네, 장씨.
삼보	근본 없는 오랑캔 줄 알았는데 성씨는 있나 봅니다.
이림	(그러게, 고개 끄덕이는데)
삼보	너! 우리말은 어디서 배웠어?!
장	(쩝쩝) 나 장사치다. 청나라 책 판다. 조선 사람한테.
삼보	근데 이놈의 자식이 아까부터 자꾸 반말로…!
이림O.L	(삼보 막고) 아, 그런 건 됐고… 그래서 여긴 왜 왔느냐?
장	(멈칫, 보면)
이림	(바닥 톡톡 치며) 여기, 우리나라, 조선에 온 이유.
장	(다시 밥 먹으며) …돈 받으러.
이림	돈…?
삼보	딱 보면 모르십니까? 언 놈이 돈 떼먹고 일로 튀었구만. 그래서? 그놈 집은 어딘지 알고?
장	한양.
삼보	한양 어디!
장	(해맑게) 그냥 한양.
일동	(벙찌고)
삼보	한양에 집이 몇 챈데… 그럼 그놈 이름은? 이름은 알아?
장	김씨.
삼보	아니, 성 말고 이름!!
장	(해맑게) 그냥 김씨.
일동	(2차로 벙찌고)
삼보	(이림 보며) 이거 아무래도 미친놈인 것 같습니다. 제정신으로는 한양에서 김씨 찾겠다고 국경 넘을 생각은 할 수가 없어요.
장	미친놈 아니다! 돈 없어져서 부인 화났어. 나한테 욕했어. 돈 찾든가, 죽든가. (시무룩) 그래서 왔어…
나인들	(우웅… 짠해서 보는데)
해령	(적다가, 답답해서 잠시 붓 내려놓고) 한양 사는 김씨 말고, 다른 정보는 없

	습니까? 어디서 어떻게 만났는지, 무슨 일을 하는지.
장	(생각하다가) 책…
삼보	(솔깃해서) 책?? 세책방??
장	(고개 끄덕이고)
이림	(…! 삼보 보며) 한양에서 세책방 하는 김씨라면…
삼보	(가까이 가서 앉으며) 낯짝이 어떻게 생겼느냐?? 막 얌생이처럼 인상 드럽고, (눈 희번덕거리며) 눈깔에 돈 욕심이 그득그득하고 그래??
장	(살짝 놀란 듯, 고개 끄덕이면)
이림	입만 열면 청산유수, 하늘에 달도 별도 따다 줄 것처럼 살갑게 굴고??
장	(더 크게 고개 끄덕이면)
삼보	(더 가까이 가서 앉으며) 왠지 모를 사기꾼 같은 느낌에 처음엔 비호감이었지만 어렵게 마음을 열고 나니까 결국 사기꾼이 맞았고??!!
장	너네… 김씨 알아?
삼보	아! 말해 뭐해! 내가…! (급 동질감, 울컥해서) 내가 그놈한테 뜯긴 머리털이 아직도 안 나잖아…!
이림	(욱해서) 나는 그 인간 때문에 왈패들한테 납치당할 뻔했다! 평생 글 쓰는 노비로 살 뻔했어!
해령	(저자가… 세책방 김서방을 찾아왔다고? 갸웃거리는데)
삼보	마마. (덥석 장의 손 잡고) 이놈 이거 아주 불쌍한 놈입니다. 얼마나 억울하고 분통이 터졌으면 죽을 각오로 여기까지 왔겠습니까…!
이림	그래, 마음고생이 심했겠구나…
장	(얼떨떨하고)

삼보, 장을 측은하게 보며 '어쩌다 그런 놈하고 엮였어…' 토닥인다. 해령은 의문이 가시질 않아서 생각하다가.

해령	(이림에게, 작게) 마마, 저 좀 잠깐…
이림	(…?)

녹서당 앞 (D)

나란히 계단을 내려오는 해령과 이림. 해령이 멈춰 서고.

해령   마마께서는 저자의 말을 다 믿으십니까?

이림   어…?

해령   뭔가 이상하지 않습니까? 세책방 김서방이 잔꾀를 좀 부리긴 해도, 청
         국까지 가서 사기를 칠 만큼 대범한 사람은 아닙니다. 나름의 인정도
         있고요.

이림   그건 니가 안 당해봐서 모르는 거다. 그놈이 날 왈패들에게 팔아넘기려
         고 했다니까?

해령   우리말을 저리 유창하게 하는 것도 마음에 걸립니다.

이림   (보면)

해령   애초에 청국에 드나드는 조선 상인들은 모두 청국말을 능숙하게 합니
         다. 의사소통에 실수가 있으면 큰 손해를 보니까요. 해서 그곳에서의
         거래는 청국말로 이루어지는데, 저자는 어떻게 우리말을 깨쳤을까요?
         말소리며 어순이며 전부 다 달라서, 이양인들에게 청국말보다 훨씬 더
         어려운 게 조선말인데요.

이림   그건 어쩌다 배웠을 수도…

해령O.L   아니요. 전 저자가 우리말을 공부한 거라고 생각합니다. 일부러요.

이림   (그런가… 해령 말을 들으니 헷갈리고)

해령   그러니까 너무 마음 놓지 마시고, 궐이 잠잠해지는 대로 내보내십시오.
         장사치가 아닐 수도 있고, 무언가 다른 목적이 있을 수도 있습니다. 언
         제까지고 녹서당에 데리고 있을 수도 없잖습니까.

이림   (듣다가 씨익 웃으면)

해령   왜 웃으십니까…?

이림   그냥… 니가 날 걱정해주니까…

해령   (황당해서) 지금 이 상황에…

이림O.L   어쩌란 말이냐. 시도 때도 없이 좋은걸.

해령   (실없어서, 피식 웃음 터지는데)

장E	오~ 분위기 좋은데?
해령·이림	(…! 돌아보면)

어느새 방 앞에 나와있는 장. 다른 쪽 계단으로 내려가며.

장	계속해, 계속해. 난 오줌 싸러 가.
이림	(…?) 측간이 어딘 줄 알고… (하는 순간!)

갑자기 화단 앞에 자리를 잡더니 바지를 홀러덩 내리는 장. 해령과 이림, 경악한다!!

해령	(!!!)
이림	너…! 너…! (얼른 해령 눈 가리고) 바지 입어!!! 얼른 입어!!! 이 오랑캐놈아!!!

이림이 고래고래 소리를 지르는 와중에 박나인과 최나인, 방문을 빼꼼 열고 장을 보며 웃는데서.

INS.   익평의 집 전경 (N)

S#36.   익평의 집 사랑채 (N)
         익평, 재경, 우의정, 대제학, 대사헌, 이조정랑이 앉아서 술을 마시고
         있다.

대사헌	아까 대전에서 저하가 진땀 뻘뻘~ 흘리는 거 보셨습니까? 아주 툭 건드리면 엉엉 눈물부터 쏟겠더이다!
대제학	(웃으며 좌상에게 술 따라주는) 전하께서도 이번에 느끼는 바가 많으실 겁니다. 어린애한테 정사를 맡기면 마른하늘에서도 벼락이 떨어진다는 걸요.

익평	(옅은 미소로 술잔 받는데)
이조정랑	헌데 그 서양 오랑캐는 대체 어디로 사라진 거랍니까? 괜히 등 뒤에서 불쑥 나타날까 봐, 맘 편히 궐을 다닐 수가 있어야지요.
우의정	이 사람아, 금군들이 있는데 무슨 걱정을 하나. 나타나자마자 칼 맞아 죽을 목숨을.
이조정랑	허면 그놈이 누구와 내통하고 있었는지 밝혀낼 수가 없잖습니까?
익평	이미 명확한 일일세. 오늘 금군들이 수색하지 못한 곳은 딱 한 곳뿐이니.
이조정랑	(…!) 허면… 대비전에서…?
익평	(여유롭게 술 마시는)
재경	(대비전과 이양인…? 그 연결고리가 의아한데)

S#37.　예문관 안 (N)

사책을 들고 들어오는 해령. 서권이 앉아서 장계를 정리하다가 해령을 보고.

서권	입시가 늦게 끝나셨나 봅니다.
해령	예, 성검열님은 숙직이십니까?
서권	전하께서 야대를 잡으셔서요. (해령 사책 보며) 그건 제가 정리해드리겠습니다. 이만 들어가 보세요.
해령	(살짝 놀라서 사책 꼭 안으며) 아, 아닙니다. 저 혼자 할 수 있습니다…!
서권	어차피 선진이 한 번은 검토해야 하지 않습니까. 내일 신대교님이나 안검열한테 걸리면 괜히 트집만 잡히실 겁니다. (손 내밀고) 주세요.

어쩌지… 고민에 빠지는 해령. 사책을 계속해서 숨길 수는 없고, 누군가한테 꼭 보여줘야 한다면 성검열님인 게 낫다는 생각이 든다. 해령, 누구 또 안 들어오는지 문 쪽을 한 번 봤다가 서권 앞으로 걸어가 사책을 내려놓는다. 서권이 무심코 펼치려고 하면, 손으로 눌러 막는 해령.

해령	(조바심에) 잠… 깐만요!

서권	(…? 올려다 보면)
해령	성검열님. 사책의 내용은 절! 대! 예문관 밖으로 나가선 안 되는 거… 아시죠?
서권	그거야 불문율 아닙니까. 왜 그런 걸 물으십니까?
해령	그냥… 확인차…

해령이 머뭇거리다 손을 떼면, 불안한 듯 애매한 미소로 사책을 펼치는 서권. 쭉 읽다가 놀라서 해령을 보면 머쓱한 듯 웃는 해령. 쉿… 입에 손을 가져다 댄다. 서권, 여전히 놀란 채 사책과 해령을 번갈아 보고.

S#38. 녹서당 이림의 방 (N)

잠자리에 들기 전, 서책을 읽고 있는 이림. 앞을 슬쩍 본다. 삼보가 문가에서 요강을 꼭 끌어안고 잠들어있다. 다시 책을 읽으려는데 해령의 말이 걸린다.

해령E	그러니까… 너무 마음 놓지 마시고, 궐이 잠잠해지는 대로 내보내십시오. 장사치가 아닐 수도 있고, 무언가 다른 목적이 있을 수도 있습니다.

이렇게 잠들었다가 무슨 일 당하는 거 아냐? 불쑥 불안해지는 이림. 일어선다.

S#39. 녹서당 마루 (N)

방문을 열고 나오는 이림. 마루를 보면, 이부자리는 비어있고 장은 또 사라지고 없다. 당황해서 주변을 둘러보는 이림. 정원에 앉아있는 장을 발견한다.

S#40. 녹서당 앞 (N)

다가오는 이림. 장이 낡은 서신을 읽고 있다가, 인기척을 느끼고 품에 넣는다. 장이 돌아보면.

이림	잊었느냐. 넌 지금 대역죄인이다. 이리 나와 있다가 누가 보면 어쩌려고?
장	걱정 마. 나 잡혀가도 이림이 숨겨줬다고 말 안 해.
이림	(어쭈… 그런 생각도 할 줄 알아? 싶다가 문득 궁금해져서) 니가 왔다는 곳 말이다. 법란서.
장	(보면)
이림	거긴 어떤 곳이냐? 뭐… 너네 나라에도 큰 탑 같은 거 있어? 하늘 꼭대기까지 솟은 그런 거.
장	그런 건 아닌데, 유명한 궁궐 있어. 금칠 된 방도 있고, 땅에서 물도 뿜어져 나오고.
이림	땅에서 물이 나온다는 게 무슨 뜻이야? 우물이 있다고?
장	아니. (연못 한가운데 가리키며) 저기서 (허공 가리키며) 저기까지 물이 막 (분수 모양 손으로 흉내 내며) 이렇게 나와.
이림	어떻게 물이 아래에서 위로…? 들어도 뭐가 뭔지 모르겠네. (흥미로워서 자연스럽게 장 옆에 앉으며) 엄청 번쩍번쩍하고 으리으리하겠다. 그 궁궐?
장	그렇지. 왕이 자랑하려고 만든 집이니까.
이림	(얼핏 웃으며) 신기하지 않느냐? 같은 시간, 같은 세상에 사는데 사는 모양이 이렇게 다른 거. 우리 조선에서는 왕이 사치스러우면 신하들한테 엄청 혼나. 공부를 안 해도 혼나고, 가뭄이 들어도 혼나고. (바위에 손 짚으며 편하게 앉고, 장난스럽게) 에이, 어차피 왕자로 태어날 거면 법란서에서 태어날 걸 그랬다. 그 금칠해놨다는 방에서 잠이나 한번 자보게.
장	(웃으며) 후회할걸.
이림	왜? 너네 나라 왕도 우리 아바마마처럼 무서워?
장	아니, 우리 나라 왕은 죽었거든. 사람들 손에.
이림	(띵…) 뭐…?
장	진짜야. 옛날에 엄마 아빠가 봤대. 왕 죽는 거.
이림	(이해가 안 가는) 어떻게… 어떻게 백성들이 왕을 죽일 수 있느냐?
장	잘못을 했으니까. 사람들을 배고프게 만들고.
이림	(…!) 그럼… 다음 왕은? 다음 왕은 누가 됐는데?

장	없었어. 대신 사람들이 모여서 약속했어. Les hommes naissent et demeurent libres et égaux en droits. 모든 사람은 자유롭고 평등하게 태어난다.
이림	(…!) 그래서 법란서는… 왕이 없는 나라야? 백성들이 직접 정사를 보는?
장	(대수롭지 않게) 지금은 또 왕이 생기긴 했는데, 언젠가 없어지겠지. 우리는 이제 왕 없이도 살 수 있다는 걸 아니까.
이림	(…)

이림, 말을 잃는다. 왕이 없는 나라는 상상도 해본 적 없다. 헌데, 저 멀리 어디선가는 이미 새로운 세상이 태동하고 있었다. 모든 이가 평등한 나라, 왕실이 아니라 백성이 주인이 되는 나라. 평생의 사고를 뒤집는, 파도처럼 밀려드는 충격에 멍한 이림. 장이 그런 이림을 보며 무언가 할 말이 있는 듯 주저하다가.

장	이림. 근데…
이림	(보면)
장	혹시… 새벽이 오는 곳. 어딘지 알아?
이림	(…?) 새벽이 오는 곳…?
장	(모르는 눈치에) 아니야. Bonne nuit!

쾌활하게 이림의 어깨를 두드리곤 일어나 녹서당으로 향하는 장. 무슨 생뚱맞은 소리야, 했던 이림이 다시 생각에 잠기는 표정에서.

INS.   해령의 집 전경 (N)

S#41.   해령의 집 앞 (N)
대문과 조금 떨어진 곳. 우두커니 서있는 모화. 어쩌면 재경이라면 이 일을 도와줄 수 있지 않을까, 하는 실낱같은 희망과, 아직 재경의 속내를 확신할 수 없다는 불안으로 마음이 흔들린다. 쉽사리 문을 두드리지도 못하고 돌아서지도 못하고, 그저 재경의 집을 보고 있는데.

| 해령E | 의녀님? |
| 모화 | (…!) |

모화가 돌아보면, 퇴궐하던 해령이 반가운 표정으로 다가온다.

해령	맞네요, 평안도 의녀님!!
모화	(당혹스럽지만 목례하고)
해령	그때 갑자기 사라지셔서 얼마나 걱정했는지 모릅니다. 별일 없으신 거죠?
모화	(떨떠름) 예…
해령	근데 어떻게 여기서 만납니까? (집 보며) 바로 여기가 저희 집인데.
모화	(멈칫, 재경의 집이…?)
해령	의녀님과 제가 무슨 인연이 있긴 한가 봅니다. (덥석 손잡고) 들어가요. 제가 뭐라도 대접해드리겠습니다.
모화	아, 아닙니다.
해령	사양하지 마세요. 의녀님한테 도움받은 걸 생각하면 더한 것도 해드리고 싶은 마음이에요.

그대로 모화의 손을 이끄는 해령. 얼결에 끌려가는 모화.

S#42. 해령의 집 해령의 방 앞 (N)
중문을 넘어 들어오는 재경. 해령의 방으로 향하는데, 문 앞에 못 보던 여인의 신발이 한 켤레 더 놓여있다.

| 재경 | (…?) 해령아. |

S#43.   해령의 집 해령의 방 안 (N)
술상이 놓여있고, 해령과 모화가 앉아있다. 익숙한 목소리에 뒤를 돌아
보는 모화.

재경E   손님이 오신 것이냐?
모화   (구재경…?)
해령   예, 무슨 일 있으십니까?

S#44.   해령의 집 해령의 방 앞 (N)

재경   (친구겠거니) 아니다, 편하게 얘기 나누거라. (돌아서는데)
해령E   잠시만요!
재경   (보면)

해령, 방문을 열고 나온다.

해령   그냥 손님이 아니라 아주 귀한 손님이십니다. 오라버니도 인사하십시
           오! 얼른요!
재경   (웃으며) 대체 누구길래 그리 들뜬 것이냐? (방으로 향하고)

S#45.   해령의 집 해령의 방 안 (N)
무심코 문을 열고 들어오는 재경. 방 안의 모화와 눈이 마주친다.

재경   (!!!)
모화   (!!!)

예상치 못한 모화의 등장에 얼어붙은 재경. 모화 역시 재경과 이런 식
으로 만나게 될 줄은 몰랐다. 게다가 재경을 따르는 해령의 존재는 대
체 뭐란 말인가. 해령이 곧바로 재경의 뒤를 따라 들어온다.

해령	평안도에서 제게 도움을 주셨던 의녀님인데, 이 앞에서 딱 마주쳤습니다. 신기하죠? (모화 보며) 여긴 저희 오라버니십니다.
재경	(애써 침착하며, 목례하고) 구… 재경이라 합니다.
모화	(오라버니…?)
재경	(아무렇지 않게 해령 보며) …손님께 드리는 상이 너무 단출하구나. 내 방에서 감홍로라도 가져오거라.
해령	(헐…?! 작게) 그건 오라버니께서 제일 아끼시는 술 아닙니까…?
재경	어서.

해령, 뭔가 이상하다 싶지만, 땡잡았단 느낌으로 방을 나선다. 문이 닫히고 나면 재경과 모화만 남는다. 재경, 대체 뭐라 말해야 될지도 모르겠는 상황에 그저 시선만 흔들리고 있는데, 모화가 일어선다.

모화	(의심으로) 언제부터 네게… 여동생이 있었지?
재경	(…)
모화	아비는 태어나기도 전에 죽고, 가족이라곤 병든 어미 하나뿐이던 너에게… 언제부터…?

설마 하는 의심으로 혼란스러운 모화. 문득 선반에 시선이 닿는다. 서양에서 가져온 서책, 그림, 망원경 등 물건들이 놓여있다. 번뜩, 모화의 뇌리를 스치는 생각.

플래시컷
−평안도 초가 마당 (D)
모화와 함께 아이들을 보살피는 해령.

해령	실은… 어릴 때 무언가 팔에 넣고 막 아팠던 기억이 있거든요. 두창을 예방한다구요.
해령	제가 지금 스물여섯이니… 한 이십 년 전쯤일 겁니다.

하얗게 질리는 모화. 이제는 의심이 아닌 확신이다. 모화, 천천히 재경에게 다가간다. 재경은 죄인처럼 떨고 있다.

모화	저 아이는 네 동생이 아니야⋯
재경	(⋯)
모화	저 아이는⋯ 저 아이가⋯ (더이상 말을 잇지 못하고)
재경	(⋯)
모화	대체 너⋯ 무슨 생각으로⋯ (도저히 이해할 수가 없다, 멱살 잡고) 니가 왜⋯! 니가 어떻게⋯!!
재경O.L	모른 척⋯ 해주십시오.
모화	(⋯!)
재경	(눈물 떨어트리며) 아직 해야 할 일이 있습니다⋯ 그때까지만이라도⋯ 누이⋯

충격으로 말이 나오지 않는 모화. 재경의 멱살을 쥔 손에 힘이 풀리는데. 밖에서 해령의 목소리가 들린다.

해령E	오라버니!

S#46.   해령의 집 해령의 방 앞 (N)
         술병을 들고 서있는 해령.

해령	너무하신 거 아닙니까? (병 안을 들여다보면서) 이 쥐똥만큼 남은 걸 누구 코에 붙이라구요!

이상하리만큼 조용한 방 안. 문 너머로 서있는 두 사람의 그림자만이 보일 뿐이다.

해령	(어라⋯?) 오라버니⋯?

138

해령이 방 안으로 들어가려고 걸음을 떼는 순간, 상기된 표정의 모화가
방에서 나온다. 해령과 눈이 마주치고는 굳는 모화.

S#47.   서래원 집무실 (D/과거)
책상 위며 창가까지 서책들이 어지럽게 쌓여서 어둑한 느낌마저 드는
문직의 집무실. (*해령의 방과 비슷한 인상) 모화가 '스승님…!' 하며 들어
오다가 멈칫. 문직이 서책을 펼쳐놓고 꾸벅꾸벅 졸고 있고, 옆에 앉아
서책을 읽던 어린 해령이 모화에게 '쉿!' 하며 입에 검지손가락을 가져
다 댄다. 웃으며 고개를 끄덕이고 '쉿' 따라 하는 모화. 모화의 눈에 비
친 어린 해령의 천진한 모습.

S#48.   해령의 집 해령의 방 앞 (N)
그 아이가… 이렇게 내 앞에 있어… 눈물이 맺혀오는 모화. 해령은 그
런 모화의 시선이 의아하기만 하고. 뒤늦게 방에서 나온 재경, 괴롭고
두려운 마음으로 둘을 보고 있다. 그렇게 엇갈린 감정의 세 사람이 서
있는데서.

14화
……
허장성세, 무중생유, 그리고
성동격서

S#1.   해령의 집 해령의 방 앞 (N)
        13화 엔딩에 이어. 해령, 모화와 재경을 번갈아 보며 상황 파악을 하려
        는데, 도무지 감이 잡히질 않는다. 모화가 먼저 정적을 깬다.

모화   (시선 피하며) 죄송합니다. 다음에 뵙겠습니다.

        해령이 무어라 대답을 하기도 전에, 급히 중문을 넘어가는 모화. 재경
        도 차마 모화를 붙잡지 못하고 서있는데.

해령   (문득 스치는 직감에) 안에서 무슨 말씀을 나누신 겁니까?
재경   (…)
해령   혹… 아는 분이십니까?
재경   …이만 쉬거라.

        재경이 해령을 스쳐 중문을 나간다. 영문을 몰라 우뚝 서있는 해령.

S#2.   해령의 집 앞 (N)
        도망치듯 빠져나와 담벼락을 붙잡고 서는 모화. 숨이 가빠진다.

        플래시컷
        -평안도 초가 마당 (D)
해령   저희 아버진 의술은커녕, 상단 일을 도우며 이름도 관직도 없이 사신
        분이라서요. 일찍 돌아가셨구요.

        아니야… 아니야… 스승님은 그런 분이 아니야… 고개를 젓는 모화. 왈
        칵 눈물이 맺힌다.

문직E   모화라고 했느냐?

S#3.   성균관 일각 (D/과거)

10대 후반의 어린 관비 모화. 문직 앞에 양손을 모으고, 고개를 푹 숙이고 서있다. 성균관 유생들이 축국공을 들고, 황당하다는 듯이 모화를 보고 있다. 그중 바지를 걷은 한 유생의 무릎에는 크게 넘어진 상처가 있다. 바닥에는 투명한 액체가 담긴 그릇 하나가 깨져서 덩그러니 놓여 있다.

모화   죄송합니다, 나으리… 제가 잘못했습니다…
문직   됐다. 사과는 니가 아니라, 저놈들이 해야 하는 것이다. (유생들 보면)
유생①   (기가 막혀서) 저희가 왜 사과를 합니까? 저년이 더러운 손으로 김유생 다리를 덥석 잡더니 이상한 걸 막 부었다니까요?
유생②   (앓는 소리) 뭔진 몰라도 따가워 죽겠습니다, 스승님…!
문직   (쯧쯧 고개 저으며) 공맹을 수학한다는 유생들이, 이리 눈이 어두워서야… (모화 손 잡고, 유생들에게 보여주며) 보거라. 종일 부엌 물을 묻히는 관비의 손과, 흙바닥에서 축국을 하던 너희의 발. 무엇이 더 더럽겠느냐?
유생들   (말문 막히면)
문직   가서 등목이라도 하거라. 땀내가 진동을 한다, 이놈들아.

유생들, 쳇 하면서 어쩔 수 없이 돌아서 가면. 문직, 바닥에 있던 그릇을 들고 냄새를 맡다가 갸우뚱. 아예 손으로 찍어 먹어본다.

모화   (그걸 왜 먹어…? 살짝 놀라는데)
문직   (역시… 흥미로운 미소로) 어찌 알았느냐? 상처에 소금물을 쓰는 법은?
모화   (…?)

S#4.   성균관 집무실 (D/과거)

책상에 앉아있는 문직과, 놀라서 서있는 모화.

144

모화	나으리… 저는 천한 노비입니다. 글도 제대로 알지 못하는데… 제가 뭘… 배울 수 있겠습니까…
문직	아직도 그리 편협한 생각을 하느냐?
모화	(…?)
문직	(일어나서 모화 앞으로 오면서) 나는 믿는다. 하늘이 사람을 낼 때에는 높은 신분이라 하여 많은 걸 주고 낮은 신분이라 하여 적은 걸 주지 않는다고.
모화	(저도 모르게 움츠러드는데)
문직	(다정한) 모화야, 니가 어찌 태어났든 너는 많은 것을 가지고 있다. 그러니 내 곁에서… 귀한 사람이 되어주거라.
모화	(…)

귀한 사람… 눈물을 꾹 참고 문직을 보는 모화. 책상 위에 올려진 서래원 관복으로 시선이 향하고.

S#5. 서래원 마당 (D/과거)

학생들이 나무 밑이며 마루에 앉아 서책을 읽고 토론을 하는 자유로운 서래원의 모습. 그들과 같은 서래원 복장을 한 모화. 낯설고 신기한 표정으로 이곳저곳 둘러보느라 정신이 없다. 그렇게 정신이 팔려 걷다가 맞은편에서 서책들을 들고 걸어오던 재경, 재경 친구①과 부딪히는 모화. 우르르 떨어지는 서책들. 모화가 놀라서 얼른 고개를 숙이며.

모화	죄송합니다. 나으리들…! (주우려는데)
재경	(먼저 앉아서 주우며) 미안, 미안. 이놈이 자꾸 말을 걸어가지고.
모화	(멈칫, 나한테 사과를 해…?)
재경 친구①	(당황해서) 내가 언제…! 니가 한눈팔아 놓고!
재경	(이르듯) 애가 이런다? 한성판윤댁 막내 도련님으로 곱게 자라가지고, 지 잘못도 몰라.
재경 친구①	야, 너…! (부끄러워서, 작게) 너 그 얘기 안 하기로 했잖아!

모화	(얼핏 웃으면)
재경	(서책 다 줍고 일어서는) 도미니 의원님 밑으로 들어온다던 누이지? (손 내밀어 악수 청하며) 반갑소이다! 난 구재경!

이분의 손을 잡아도 되는 건가… 머뭇거리다가 재경의 손을 잡는 모화. 재경이 쾌활하게 악수를 하며, 환하게 웃어준다. 모화도 어색하지만 미소를 보이고.

S#6. **서래원 서고 (N/과거)**
책상을 두고 마주 보며 앉아있는 재경. 재경이 서책을 통역해주면, 모화가 받아 적는다. (*재경이 읽고 있는 책은 'De humani corporis fabrica')

재경	(직독직해하느라 더듬더듬) 더욱이 흉부의 뼈 무리…? 뼈 덩어리들은 어깨뼈를 강하게 만들고, 훌륭하게 지탱하며… 팔도 함께 받쳐준다. 또한 어깨뼈는 갈비뼈에만 붙어있고… (멈칫) 잠깐, 이게… 이게 뭐였지?

당황한 재경, 모화에게 서책을 보여주며, 8번째 줄 'clauiculas' 부분 가리키면.

모화	또 까먹었어? 쇄골. (적으며 약 올리는) 언제는 모르는 말이 없다더니, 모르는 말 천지네.
재경	(욱해서) 나전어¹⁾가 어디 쉬운 줄 알아? 게다가 이건 의서… (서책 내려놓고) 됐어, 더럽고 치사해서 안 해. 혼자 북 치고 장구 치고 다 하셔!

재경, 삐쳐서 휙 나가버리면, 당황해서 따라가는 모화.

모화	그래서 내가 연서 대필해준다고 했잖아! 구재경!

---

1) 나전어(羅甸語): 라틴어.

S#7.   서래원 수술방 (D/과거)
            환자에게 봉합술을 행하고 있는 모화. 신중한 한땀 한땀. 긴장해서 지
            켜보고 있는 다른 서래원 학생들과 재경, 서문직. 모화가 봉합술을 모
            두 마치고 손을 떼면, 도미니크(*프랑스인/남/20대)가 와서 환자의 맥을
            짚어본다. 괜찮다는 뜻으로 모화에게 고개를 끄덕여주면 모화, 정말 성
            공이야…? 얼떨떨한데. 재경이 '누이!! 모화 누이!!' 하며 제일 먼저 뛰쳐
            나오고, 모화를 얼싸안고 방방 뛴다. 다른 서래원 학생들도 제 일인 것
            처럼 기뻐하고 환호하며 모화를 축하해준다. 기특하고 흐뭇한 마음으
            로 모화를 보는 문직. 그런 문직을 존경 어린 시선으로 보는 모화.

S#8.   서래원 집무실 (D/과거)
            책상 위며 창가까지 서책들이 어지럽게 쌓여서 어둑한 느낌마저 드는
            문직의 집무실. (*해령의 방과 비슷한 인상) 모화가 '스승님…!' 하며 들어
            오다가 멈칫. 문직이 서책을 펼쳐놓고 꾸벅꾸벅 졸고 있고, 옆에 앉아
            서책을 읽던 어린 해령이 모화에게 '쉿!' 하며 입에 검지손가락을 가져
            다 댄다. 웃으며 고개를 끄덕이고, '쉿' 따라 하는 모화. 모화의 눈에 비
            친 어린 해령의 천진한 얼굴.

S#9.   평안도 초가 마당 (D/회상)
            8화 S#7. 모화를 보며 미소 짓는 해령의 얼굴로 변하고.

S#10.   해령의 집 앞 (N)
            다시 현재. 돌아갈 수도, 붙잡을 수도 없는 그날들에 대한 그리움으로
            이렇게까지 엉켜버린 서로에 대한 슬픔으로 주저앉는 모화. 소리를 삼
            키며 울고.

S#11.   해령의 집 해령의 방 앞 (N)
            잠옷 차림으로 서책을 읽던 해령. 문득 모화를 떠올린다. 아까 그 눈빛
            은 뭐였을까… 왜 그분이 이렇게 익숙할까… 하다가, 괜한 기분이겠지

하며 생각을 떨치고 다시 서책을 보는 해령 모습에서.

– 타이틀 –

INS.   녹서당 전경 (D)

S#12. 녹서당 이림의 방 (D)
쿵! 쿵! 방을 울리는 둔탁한 소리. 이림이 뒤척이며.

이림   삼보야… 시끄럽다… 나중에 해… (계속 쿵쿵대면) 허내관…! (하며 일어
    서고)

S#13. 녹서당 뒷마당 (D)
잠옷 그대로, 눈을 비비며 걸어오는 이림.

이림   아침부터 대체… (하다가 멈칫)

이림의 시선 끝, 장이 도끼로 박력 있게 장작을 패고 있고, 나인들이 '멋
있어…' 양 볼을 감싼 채 눈을 반짝이며 지켜보고 있다. 장, 이림을 발
견하자 도끼를 내려놓는다.

장   (공손하게 배꼽인사) 잘 잤냐?
이림   너… 지금 뭐 하는…
장O.L 밥값!
이림   밥값…?
장   조선 사람들이 그러던데, 사람이 먹기만 하고 일을 안 하면 밥만 축내
    는 식충이라고. 그래서 꼭 밥값은 하고 살아야 된다고.

다시 장작을 패는 장. 이마에 맺힌 땀을 닦으려면, 박나인이 얼른 가서

손수건을 건넨다. 얼씨구…? 헛웃음으로 보는 이림.

S#14.   녹서당 마루 (D)
장이 누군가의 다리를 열심히 주무르고 있다. 세상 편하게 눈을 감고
누워있는 삼보. 태어나 이런 호사는 처음이다. 반대쪽 다리를 가리키
며 '이쪽도~' 하면, 또 열심히 주물러주는 장. 방에서 나오다 말고 서있
는 이림과 나인들, 삼보의 갑질을 보며 고개를 절레절레 젓고.

시간 경과
그 자세 그대로 세상 모르게 잠이 든 삼보. 이림이 붓을 들고 삼보의 인
중에 꼬부랑 수염을 그려 넣으면, 나인들이 붓을 넘겨받아 미간을 메꿔
일자 눈썹으로 만들어 버리고, 또 장이 붓을 넘겨받아 볼에 왕점을 찍
는다. 그렇게 넷이서 킥킥대며 장난을 치고 있는데, 이상한 느낌에 눈
을 뜨는 삼보. 이림과 나인들은 얼른 딴청을 피우는데, 장만 멀뚱멀뚱
붓은 든 채로 삼보와 눈이 마주친다. '이 자식이…!!' 삼보가 벌떡 일어
서면, 잽싸게 도망가는 장. 그런 장을 쫓아가는 삼보. 그렇게 두 사람이
프레임에서 나갔다가, 잠시 후 손을 꼭 잡고 허겁지겁 마루로 뛰어 올
라온다.

이림   (왜…? 하는 표정으로 보면)
장   금군! 금군!

그렇게 방으로 들어가는 삼보와 장. 이림이 밖을 보면, 담 앞으로 금군
들이 지나가고 있다. 이림, 얼른 옆에 있던 서책을 들어 읽는 척을 하고.

S#15.   녹서당 이림의 방 (N)
작은 등롱 하나 켜놓고, 장 앞에 모여 앉아있는 이림, 삼보, 나인들. 장
이 라푼젤의 한 장면을 그린 그림을 들고 (*탑 아래로 긴 머리를 늘어트린
라푼젤과 그녀를 올려다보고 있는 왕자의 모습) 구연동화를 하고 있다.

장	하지만 탑에 갇힌 라푼젤을 만날 방법은 없었어. 그 탑에는 입구도 계단도 없었거든. 그러다 어느 날…! 왕자가 방법을 떠올린 거야!
일동	(뭔데? 뭔데?)
장	(잔뜩 폼 잡고) 라푼젤, 라푼젤! 그대의 머리카락을 내려주오. 내가 그 황금빛 계단을 타고 오를 수 있도록!
나인들	(어머, 어머!! 지들끼리 좋아 죽고)
이림	(크으… 낭만에 취하는 표정)

홍미진진한 얘기에 완전히 빠져들어 듣고 있는 네 사람. 그렇게 도란도란 밤이 지나가고.

S#16.   **녹서당 마루 (D)**
해령을 앉혀놓고, 똑같은 얘기를 해주고 있는 이림. 왕자가 라푼젤의 머리를 타고 탑에 오르는 그림을 들고 있다. 삼보, 나인들은 뒤에 서있고, 장은 여사 자리에서 먹을 갈고 있다.

이림	(감정 이입해서) 그래서 왕자는 이 여인의 머리카락을 붙잡고 한 걸음… 한 걸음씩 탑을 향해 올라갔다. 오로지 그대를 만나겠다는 희망으로…! 내 사랑을 전하고야 말겠다는 뜨거운 열정으로…! (하면서 해령 반응 살피는데)
해령	(떨떠름… 별 홍미가 없어 보이는)
이림	(김새서) 혹시, 이미 아는 얘기냐…?
해령	아니요. 실은… 별로 와닿지가 않아서요…
이림	(…?)
해령	아무리 소설이라지만 설정이 너무 허무맹랑하지 않습니까. 사람이 평생 머리를 길러봤자 자기 키를 넘기기가 힘듭니다. 헌데 어떻게 그 높은 탑 꼭대기에서 바닥까지 내려올 만큼 머리를 길렀단 말입니까. 오백 살 먹은 신선도 아니고.
이림	그런 건 그냥 아름다운 얘기로 받아들이면…

해령O.L	아름답기는커녕 오히려 잔인합니다. 빗질하다가 머리카락이 살짝 걸리기만 해도 머리 가죽이 뜯어질 것처럼 아픈데, 거기에 장성한 사내가 매달리다니요. (끔찍해서) 아마 왕자가 탑에 올라올 때쯤이면, 그 여인은 고통에 실신해있거나, 왕자의 무게를 못 이겨 목뼈가 부러져 죽어있을 겁… (하다가)

문득, 싸한 분위기를 느끼는 해령. 돌아보면, 장은 먹을 갈다 말고 벙쪄서 멈춰있고, 삼보, 나인들도 저 삭막한 인간… 질색을 하며 해령을 보고 있다.

해령	(민망해져서 큼…) 그… 그래서 다음엔 어찌 되었는데요?
이림	(그림 내려놓고) 됐다. 너한테 낭만을 기대한 내가 바보였어.
해령	그러지 말고 말씀해주십시오. 입 꾹 다물고 듣기만 하겠습니다.
이림	(휙 고개 돌리고)
해령	(웃으며 조르는 표정) 마마…

INS.   한양 전경 (N)

S#17.   모화 은신처 안 (N)
           서신을 읽고 있는 모화. 이백과 상운이 들어온다.

모화	소식이 있느냐?
이백	오늘도 허탕입니다. 도성에선 그분을 봤다는 자가 전혀 없습니다.
상운	아무래도 아직 궐에서 빠져나오지 못하신 것 같습니다.
모화	(궐 안에서 대체 며칠을… 걱정스러운데)
이백	헌데, 누이. 그날은 어찌 된 겁니까.
모화	(멈칫, 보면)
이백	아는 사람에게 부탁을 해보겠다고 나가셨잖습니까. 별다른 방도를 찾지 못 하신 겁니까?

모화	(말 돌리며) …혹시 모르니 이 주변도 계속 살펴보거라. 이곳으로 오는 법을 알려드린 적이 있다.
이백·상운	예.

이백과 상운이 나가고 나면 생각에 잠기는 모화. 아직도 그날의 충격으로 마음이 어지럽다.

S#18.   예문관 안 (D)

시행, 길승, 서권, 치국이 나갈 준비를 한다. 나머지 한림들, 권지들은 자리에 앉아 일을 하고 있다. 관문들을 든 해령이 문을 열고 들어온다.

해령	(가운데 책상에 내려놓으며) 벌써 퇴궐하십니까?
시행	아니, 저 이조에서 외사 나오라 그래서 끌려간다. (둘러보며) 너넨 함부로 높은 자리에 오르지 마. 용의 머리로 사는 게 이렇게 힘들어요. 여기 저기서 나 없으면 일을 못 한다잖아, 일을!
은임	(참나…) 정칠품으로 높은 자리 운운하기 민망하지 않으십니까? 위로 있는 품계가 몇 갠데. 차라리 용이 아니라 도롱뇽이라 하십시오!
아란	어, 진짜!! (박수 딱 치고) 제가 왜, 양봉교님 뭔가 닮았다고 했잖습니까. 그게 도롱뇽이었습니다! (시행 가리키며) 도롱뇽!
시행	(이것들이…!)
경묵·홍익	(도롱뇽이래! 빵 터져서 웃고)
해령	(웃음 참는데)
시행	(은임, 아란 보며) 너넨 진짜 죽어서 지옥 갈 거야. (나가면서) 우린 거기 갔다가 바로 퇴궐할 거니까, 서리들 사책 정리는 (경묵, 홍익 콕 집어서) 거기 웃음 많은 두 분이서 하세요들.
경묵	(잘못 걸렸다) 아, 양봉교님…! (하는데)
해령·서권O.L	(급히, 동시에) 안 됩니다!
일동	(…?)

동시에 둘에게 향하는 의아한 시선들. 해령과 서권이 당황해서 서로를
보고 있으면.

경묵	뭐가 안 돼? 선진이 친히 아랫것들 사책 좀 봐주겠다는데.
해령·서권	(…)
장군	잠깐, 그러고 보니까 이상하네? 요즘 구서리 사책은 계속 성검열이 정리했잖아. 우린 손도 못 대게 하고.
시행	(진짜 그러네?)
길승	뭐야. 적으면 안 되는 거라도 적은 거야?
아란	뭔데요? (흥미진진!) 설마… 세자저하랑 도원대군마마랑 치고받고 싸우기라도 한 겁니까?
치국	(다가오면서 손 내밀고) 빨리 보여줘 봐. 같은 사관들끼리 누군 알려주고, 누군 안 알려주는 게 어딨어. 치사하게.
해령	(이걸 어쩌지…)

이러지도 저러지도 못하는 상황에, 난감한 해령. 서권도 다른 변명이
떠오르지 않아 곤란한데. 댕~댕~ 사시를 알리는 종소리가 울린다. 이
렇게 반가울 수가!! 얼른 사책을 챙기는 해령.

해령	입시 다녀오겠습니다!

후다닥 예문관을 나가는 해령. 서권도 슬그머니 문 쪽으로 향하며.

서권	이만 가시죠. 늦겠습니다. (서권마저 나가면)
일동	(아무래도 수상한데… 하는 분위기)
홍익	저 둘… 뭔가 있는데요?
경묵	눈 맞았나…? (눈 커져서) 이러다 성검열 이혼하는 거 아니야??
시행	너넨 그런 소설 좀 그만 봐, 자식들아. (나가고)
우원	(뭔가 불길한 느낌으로)

S#19.   궁궐 야외 일각 (D)
         궐내각사 쪽에서 빠져나온 해령. 하마터면 시끄러워질 뻔했네, 한시름
         놓고 걸어가다가 맞은편에서 오는 금군들을 발견한다. 눈이 마주치고
         잠시 움찔했다가 쫄아야 할 이유가 없다는 걸 깨닫는 해령. 이내 고개
         를 빳빳하게 들고 걸어간다. 금군들도 해령과 같은 길목으로 들어선다.

S#20.   내전 야외 일각 (D)
         그런데 뭔가 이상하다. 금군들이 계속 뒤를 따라온다. 찜찜한 마음에
         걸음을 서두르는 해령. 왠지 금군들의 걸음도 빨라지는 것만 같다.

S#21.   녹서당 중문 앞 (D)
         그렇게 종종걸음으로 녹서당까지 온 해령. 힐끔 뒤를 돌아보면, 금군들
         이 묵묵히 걸어오고 있다. 이제는 확신한다. 저자들의 목적지는 여기
         다. 해령의 심박이 빨라지고, 머리가 하얘진다. 대체 왜 녹서당을? 들
         킨 건가? 이대로 잡혀가는 거야? 혼란과 공포 속에서 중문 안으로 달려
         들어간다.

S#22.   녹서당 이림의 방 (D)
         장과 이림이 마주 앉아있고, 삼보와 나인들이 여기저기 먼지를 털고
         있다.

장   (불어) 매일 당신을 생각하고 있어요.

이림   (입 뻐끔뻐끔하며) 주… 주…

장   (좀 더 천천히, 불어) 매일 당신을 생각하고 있어요.

이림   주빵… 주빵쓰… (짜증 나서) 왜 이렇게 어렵느냐? 매일 널 생각한다, 이
         간단한 말이.

장   그럼 남의 나라말이 쉬워? 나도 피똥 쌌다. 조선말 배울 때.

이림   (치…) 좀 더 쉬운 말은 없느냐? 널 좋아한다, 늘 보고 싶다… 이런 거.

장   (잠시 생각하다가 장난기 가득해져서, 불어) 나는 멍청합니다.

이림	(오, 쉬운데?) 쥐쉬… 벳?
장	(고개 끄덕이고) 널 좋아한단 뜻이야. (불어) 나는 멍청합니다.
이림	(신나서) 쥐시 벳! (삼보 보며 자랑하듯) 삼보야! 쥐시벳! (나인들 보며) 쥐시 벳!
삼보	(웃으며) 저도요! 쥐시 벳!
장	(바보들…! 조용히 웃고 있는데)
해령E	마마!

벌컥 문이 열리고 해령이 들어온다.

이림	(반가워서) 구해령! 쥐시…!
해령O.L	지금 그러실 때가 아닙니다! 빨리 나와보십시오!
이림	(…?)

S#23.   녹서당 마루 (D)

해령을 따라 방에서 후다닥 나오는 이림, 삼보, 나인들. 바깥 상황을 보고 놀라서 굳는다. 녹서당 주변을 십수 명의 금군들이 둘러싸고 있다.

삼보	저놈들이… 저놈들이 왜…?!
최나인	(번뜩!) 맞다! 오늘부터 왕실 처소에 보초를 선다고 했습니다. 오랑캐가 아직 안 잡혔다구요.
박나인	(당황해서) 여기까지 올 줄은… 몰랐는데…
삼보	보초를 선다니? 허면 저놈들이 계속 저기서 삐기고 있겠다는 뜻이야? 하루 종일?
나인들	(고개 끄덕)
이림·해령	(…!)

낭패다! 싶어 서로서로 마주 보는 녹서당 식구들. 그때, 장이 문을 열고 빼꼼 고개를 내밀며.

장	왜? 무슨 일 났어? (하면)
삼보	(식겁해서) 들어가, 인마!!!

급히 장을 방 안으로 밀어 넣고 문을 쾅 닫는 삼보. 큰 소리에 금군들 몇 명이 이쪽을 본다. 삼보, 억지로 웃으며 손을 흔들어주면, 해령, 이림, 나인들도 얼른 따라서 금군들에게 인사를 한다. 금군들이 대수롭지 않게 다시 돌아서면, 후들후들 떨리는 다리로 벽에 기대서는 삼보.

삼보	마마, 아무래도 제가 잠깐 정신이 나갔었나 봅니다…! 저 구미호 같은 놈한테 홀려가지고! 황천길에서 외줄 타는 것도 모르고 있었어요!
이림	(당혹스러운데)
삼보	이렇게 지내다가 들키는 건 시간 문젭니다. 저놈 사정이고 뭐고, 당장 여기서 내보냅시다. (방 안으로 들어가려 하면)
박나인	(놀라서 팔 붙들고) 내보내긴 어딜 내보냅니까? 금군들이 사방에 깔려있는데!
최나인	(다른 팔 붙들고) 지금 내보내는 건 나가 죽으란 소립니다!
이림	그래, 일단 진정하거라. 며칠 지나면 금군들도…
삼보O.L	아, 글쎄! 그 며칠 새에 저놈 목소리라도 한번 새어나가면요? 마마께서 귀양길에 저희 명복 빌어주게 생겼습니다. 여기 구권지도 공범이고요!
이림	(해령의 얘기에 멈칫)
해령	(생각하다가) 허내관님의 말씀도 일리가 있습니다. 금군들이 여기까지 온 이상 마마께서 너무 위험하십니다.
박나인	(배신감에) 구권지님!
해령	그렇다고 지금 당장 내쫓자는 것이 아닙니다. (금군들 보며) 금군들만 궐에서 물러나게 만들면 됩니다.
삼보	(황당해서) 그게 지금 말이야, 방구야? 누가 그걸 몰라?!! 어떻게 할 방도가 없으니까 문제지!! 방도가!!
해령	(은밀하게) 방도가… 있다면요?
일동	(보면)

해령	초한 전쟁 때 한신이 안읍 전투를 이기게 만든 묘책입니다. 허장성세,
	무중생유… 그리고…
일동	(그리고?)
해령	(씨익 웃으며) 성동격서.
일동	(성동격서?!)

S#24.   궁궐 야외 일각 ① (N)
무리 지어 걸어가는 금군들. 갑자기 어디선가 '꺄!!!' 비명소리가 들린다.

S#25.   궁궐 야외 일각 ② (N)
금군들이 달려와 보면, 박나인과 최나인이 꼭 달라붙어서 오들오들 떨
고 있다.

| 박나인 | (울먹이며) 오랑캐… 서양 오랑캐를 봤습니다! |
| 최나인 | (반대쪽 가리키며) 저쪽이요! |

금군들, 급히 최나인이 가리키는 쪽으로 뛰어가고.

S#26.   궁궐 야외 일각 ③ (N)
금군들 앞에서 증언을 하고 있는 삼보. 코피를 닦아내며.

삼보	아니, 그러고는 붕~ 날라가지고 담을 넘더라니까? 내가 옷만 좀 편했어
	도 (원투 원투, 주먹 날리며) 이리 놓치지는 않는 건데…!
금군들	(심각하게 듣고)

S#27.   해령의 집 마당 (N)
안채 쪽으로 걸어가고 있는 해령과 설금.

| 설금 | (눈 동그래저서) 이양인? 그 궐에서 도망쳤다는 서양 오랑캐요? |

해령	어, 요 앞에서 봤어. 뭔 짓을 했는지… 손에 피까지 묻히고 있던데?
설금	(히익!!) 피…?
해령	근데 이거 어디 가서 얘기하지 마. 괜히 시끄러워질라.
설금	예… 얘기 안 할게요… 들어가서 쉬세요.

말은 그렇게 하면서도 입이 근질근질한 설금. 해령이 그런 설금의 표정은 못 본 척 안채의 중문을 넘으면.

| 설금 | 웬일이야, 웬일이야! 광주댁!!! |

설금이 쏜살같이 달려 나가면, 중문에서 고개를 빼꼼 내놓는 해령. 씨익 웃고.

S#28.   몽타주 (N)
/우물가. 설금이 아낙들을 모아놓고, 손짓 발짓을 섞어가며 무언가 격하게 얘기하고 있다.
/운종가. 우물가에 있던 아낙①이 운종가 상인에게 뭐라 뭐라 얘기를 하면 다들 놀라서 술렁이고.
/주막. 운종가에 있던 주모가 사내들에게 또 뭐라 뭐라 얘기를 전해주면 사내들이 하얗게 질린다.
/궁궐 앞문. 선전관이 금군들을 이끌고 달려 나와 이쪽저쪽 수색하라 명을 내리는데서.

INS.   궁궐 전경 (N)
아직 어둑어둑한 이른 아침.

S#29.   궁궐 야외 일각 ① (N)
고요한 궁궐. 고고하게 걸어가는 공복을 입은 누군가. 머리는 칠흑처럼 검고, 부채를 얼굴을 가리고 있다. 그 옆을 삼보가 따르고 있다. 삼보, 긴장한 표정으로 주변을 살핀다.

S#30.   궁궐 야외 일각 ② (N)
그렇게 쪽문 앞까지 온 두 사람. 문을 지키던 수문장과 문지기들. 정체
모를 인물의 등장에 잔뜩 경계하며.

수문장   누구… 십니까?
삼보   (큼…) 문을 여시게. 도원대군마마시네.
수문장   도원대군마마요? (뭔가 이상한데…? 의심으로 장에게 다가가면)
장   (부채 뒤에서 침을 꼴딱 삼키는데)
삼보   (버럭) 어허, 어디서 감히 마마의 옥안을 들여다보는 것이야! 전하께 네
         놈 이름 석 자를 고해야 문을 열 텐가!!
수문장   (움찔!) 소, 송구합니다…!

수문장이 눈짓을 하면 문을 여는 문지기들. 수문장과 문지기들이 고개
를 숙이고, 장과 삼보가 문을 빠져나간다. 그리고 다시 문이 닫히기 직
전, 고개를 드는 수문장. 장의 뒷머리에서 검은 물 한 방울이 찔끔 흘러
내리는 걸 보며, 저게 뭐야? 놀라는 표정.

S#31.   녹서당 이림의 방 (N)
초조하게 서서 삼보를 기다리고 있는 이림, 나인들. 문이 열리면 본다.
삼보가 홀로 들어온다.

이림   어찌 됐느냐? 무사히 나간 것이냐?
삼보   예, 무사~히 구권지한테 데려다주고 왔습니다. 옷만 갈아입고 바로 배
         타러 간답니다.

졸였던 마음을 놓으며 자리에 앉는 이림. 갑자기 구석에서 박나인이 홀
쩍인다.

이림·삼보	(보면)
박나인	(울먹이며) 이렇게 헤어질 줄 알았으면… 저도 확 따라갈 걸 그랬습니다…
삼보	얼씨구? 따라가서 뭐? 오랑캐 신부라도 되게?

박나인, 그 말에 얼굴이 실룩실룩, 치솟는 눈물을 참지 못하고 휙 방을 나가버린다.

최나인	(삼보 흘기며) 아, 건드리지 마십쇼! 박나인 첫사랑이란 말입니다! (따라가며) 소향아!
삼보	(참나…) 뭐 얼마나 봤다고 그래? 그깟 오랑캐, 그냥 잊어버리면 그만이지…! (그렇게 말해놓고 눈시울 붉어져서 천장 보고)
이림	(웃고 있지만 쓸쓸한 표정에서)

S#32.   한양 뒷골목 (N)
광 앞에 서있는 해령. 주변을 살피며 긴장한 표정.

해령	(광 안에 대고) 아직 다 안 갈아입으셨습니까?
반대편	(…)
해령	서두르십시오. 이러다 환해지겠습니다.
반대편	(…)
해령	(이상한 느낌에) 장…?

S#33.   어느 광 안 (N)
문을 열고 들어오는 해령. 광의 창문이 열려있고, 장은 사라지고 없다. 한쪽에 곱게 개어 놓은 공복 위에, 서신 한 통이 올려져 있다.

S#34.   한양 뒷골목 (N)
급히 나와서 주변을 둘러보는 해령. 장은 보이지 않는다. 또 도망친 거

야? 혼자서 갈 데가 어디 있다고? 혼란스러운 해령. 다시 광으로 들어
가고.

S#35.   어느 광 안 (N)
         서신 앞으로 다가가서 펼쳐보는 해령. 쭉 읽어내려가면.

장E   이렇게 가버려서 미안. 나 장사치 아니야. 김씨도 누군지 몰라. 거짓말
         했어. 진짜 이유는 따로 있는데.

해령   (…?!)

S#36.   압록강 강변 (D/과거)
         쪽배 위에서 노를 젓고 있는 장. 어둑한 안개 속에서 조선 땅이 조금씩
         모습을 드러낸다. 잠시 손을 놓고 바라보는 장. 막막함에 흔들리는 시
         선. 그러다 다시 열심히 노를 젓고.

장E   실은 우리 형이 조선에 있어. 되게 오래전에, 나 어릴 때 집을 떠났는
         데, 돌아오지 않아. 그래서 내가 형을 만나러 왔어. 어디에 묻혀있는지
         는 모르지만.

S#37.   녹서당 앞 (N/과거)
         녹서당에 온 첫날 밤. 품에서 형의 편지를 꺼내서 읽는 장. 그리움에 잠
         기고.

장E   내 사정을 숨긴 건 이해해줘. 형이 있던 곳, 새벽이 오는 곳. 그 이름을
         알고 있으면 아주 아주 위험하대. 그래서 말 못 했어. 나는 처음부터 죽
         을 각오로 왔지만 너네들까지 그럴 필요는 없어.

S#38.   녹서당 앞 (N/과거)
         공복을 입고 중문 앞에 서있는 장. 떠나기 전, 마중 나와있는 이림과 나

인들을 보며, 고마운 마음을 담아 웃는 표정.

장E 그동안 먹여주고 재워줘서, 숨겨주고 도와줘서, 형이 왜 그렇게 조선을 좋아했는지… 이해할 수 있게 해줘서, 모든 것에 감사합니다. 언제나 행운이 함께하기를. 오랑캐 장씨 올림.

S#39. **한양 어느 길가 (D)**
점차 밝아지고 있는 아침. 삿갓을 깊게 눌러 쓰고, 지도를 펼쳐 든 장. 아무도 없는 길거리를 홀로 씩씩하게 걸어가는 모습에서.

S#40. **녹서당 앞 (D)**
정원 바위에 앉아 서신을 읽고 있는 이림. 옆에 해령이 서있다. 겨우 서신 하나 남겨두고 가버렸단 말이야? 기가 막히기도 하지만, 장의 입장도 이해가고. 어쩌면 정말 장답게 떠나는 방법이란 생각에, 피식 웃는다.

이림 나타날 때도 불쑥, 떠날 때도 불쑥, 하여간 지멋대로인 놈이다.
해령 (같은 감정으로 옅게 웃는데)
이림 (서신 내려놓고 시원섭섭한 마음에) 뭐 어쨌든… 드디어 끝났다. 이제야 발 뻗고 자겠어. 들킬 걱정 없이.
해령 저한테 들킨 건 걱정 안 하십니까? 벌써 사책에 다 적히셨는데.
이림 뭐라고 적었는데? 도원대군이 백만 번쯤 어명을 거역하다?
해령 (피식 웃으면)
이림 헌데… 장씨의 형이 있었다는 곳 말이다.
해령 (보면)
이림 이상하지 않느냐? 대체 어디길래, 그 이름을 알고 있는 것만으로도 위험해진다 하는지.
해령 저도 궁금합니다. 말 그대로 새벽이 오는 곳은 아닐 테고.

두 사람, 새벽이 오는 곳이 어딜까 생각하는 표정에서.

INS.   한양 전경 (D)

S#41.   모화 은신처 마당 (D)
            방에서 장옷을 들고 나오던 모화. 마당 한가운데 삿갓을 쓴 누군가를
            발견하고 멈칫.

모화   (설마 해서 보고 있으면)
장   (인기척에 돌아보고)
모화   (…!)
장   (조심스럽게) 모화…?
모화   (그저 놀라움에!)

S#42.   모화 은신처 안 (D)
            장을 방 안으로 안내하는 모화. 장이 들어와서 앉으면 따라 앉고.

모화   못 오시는 줄 알았습니다. 그간 무탈히 지내신 겁니까?
장   네, 좋은 사람들한테 도움을 받았습니다. 걱정시켜서 미안해요.
모화   아닙니다. 이리 와주신 것만으로도… (말하다가 잠시 넋을 놓고 장을 바라
            보면)
장   왜 그러십니까…?
모화   (아차, 시선 거두며) 많이… 닮으셨습니다, 의원님과.
장   (살짝 놀라서) 형 얼굴, 아직도 기억하세요?
모화   어찌 잊겠습니까. 몇 년이나 그분 밑에서 의술을 배웠습니다.
장   (형을 기억하는 누군가와 함께 있단 사실에 웃으며) 귀찮았겠다. 도미니크 잔
            소리 엄청 많은데.
모화   (그랬었지… 추억에 옅게 미소 짓는데)
장   형… 어디에 있는지 안다고 했죠…
모화   (보면)
장   나… 데려다줄 수… 있습니까…?

모화   (…)

S#43.   어느 산길 (D)
           산을 올라오고 있는 모화와 장. 모화가 멈춰 서면 장도 멈춰 선다. 어떤
           무덤도, 표식도 없이, 한양이 내려다보이는 평범한 산 중턱이다. 주변
           을 둘러보던 장.

장   여기 어디에… (하면서 모화 보면)
모화   (말없이 시선 떨어트리는)
장   …묻힌 게 아니구나. 죄인이니까.
모화   (…)
장   (멀리 보며) 많이… 아팠을까요?
모화   (눈물 차오르고)
장   (모화 보며, 눈물 꾹 참으며) 무서웠을까요?
모화   …죄송합니다.

           그것밖에는 할 수 있는 말이 없어서 고개를 숙이는 모화. 장도 모화의
           잘못이 아니라는 것을 안다. 앞으로 걸어가 한양이 내려다보이는 곳에
           무릎을 꿇고 앉는다.

           플래시컷
           ─프랑스 장의 집 안 (D/과거)
           어린 장이 침대에 누워있고, 도미니크가 옆에 앉아 동화책을 펼쳐 읽어
           주고 있다. 책에는 라푼젤 삽화가 들어가 있다. 형의 목소리를 들으며
           서서히 잠에 빠지는 장. 평화롭고 따뜻한 추억에서.

           장, 품에서 십자가를 꺼내 양손을 모으고, 가만히 눈을 감는다.

장   (불어, 작게) 주님, 도미니크의 영혼이 주님의 곁으로 갔습니다. 당신의

자비 속에서 그의 죄를 사하여주시고, 빛을 비춰주시옵소서. 그에게…
영원한 자유와 안식을 주시옵소서…

오래전 그 이별을 떠올리며 눈물을 툭 흘리는 장. 모화도 그 상실감을
함께하며 우뚝 서있는데서.

INS.   운종가 전경 (D)

S#44.   운종가 길거리 (D)
웅성거리는 소리. 사람들이 모여서 방을 읽고 있다. 방에는 장의 용모
파기와 한자로 '서양 오랑캐를 돕거나 숨겨준 자는 그와 함께 관아로
오라. 나타나지 않을 시 천주학 죄인 일흔세 명을 모두 참형에 처한다'
라는 내용이 써있다. 조금 떨어진 곳에서 방을 읽고 있는 모화. 놀란 듯
심란한 표정이고.

S#45.   예문관 안 (D)
우원, 길승, 서권, 권지들이 일을 하고 있다. 장군은 턱을 괸 채 꾸벅꾸
벅 졸고, 치국은 아예 책상에 얼굴을 붙인 채 잠들어있다. 시행, 경묵,
홍익이 들어온다. 일동, 일어나서 '오셨습니까' 인사하면 장군, 치국도
깨어나서 어영부영 '안녕하십니까' 인사를 한다.

시행   (대충 대답하고) 어. (장군, 치국 보며) 이것들은 왜 다 죽어가?
길승   (놀리는) 한숨도 못 잤답니다. 오랑캐 무서워서.
경묵   (한심해서) 오랑캐? 설마 그 소문 때문에?
치국   아, 그냥 소문이 아닙니다! 우리 부인 친구가 직접 봤대요. 저기 북촌에
        서, 막 눈은 시뻘게가지고, 온몸에 피칠갑하고 돌아다니는 거.
장군   북촌이 아니라 남산골이야. 산 채로 뱀 뜯어 먹고 있었다더만!
은임   저는 복사골 쪽이라 들었는데…
해령   (소문이 이렇게 나네… 조용히 웃고)

시행	야, 니들 상상도 과하면 염병이다. 조용히 하고 다들 일해. 서리들은 승정원 갔다 오고.
권지들	예. (하며 일어서는데)
제갈주서E	양봉~!!

제갈주서, 관문들을 들고 들어온다.

경묵	웬일로 직접 관문을 나르십니까?
제갈주서	왜긴 왜야. 겸사겸사 한바탕 치르는 거 구경하러 왔지. (관문 내려놓고, 홍미진진) 처형장 외사 누가 나갈 거야? 빨리 싸워봐.
일동	(…?)
아란	그게 무슨 말씀이십니까? 처형장 외사요?
제갈주서	너네 방 붙은 거 아직 못 봤어?

일동, 무슨 방? 금시초문이란 표정. 제갈주서가 관문들 사이에서 방을 꺼내 펼친다. 한림, 권지들이 가운데 책상으로 모여 방을 읽는다.

홍익	이게 뭐야? 서양 오랑캐를 돕거나 숨겨준 자는 그를 데리고 관아로 올 것. 나타나지 않을 시 천주학 죄인 일흔세 명은 참형에 처함?
해령·서권	(!!!)

사색이 되는 해령과 서권의 표정에서.

S#46. 동궁전 안 (D)
교지를 읽고 있는 이진. 앞에는 부제학이 앉아있다.

이진	내게는 한마디 상의도 없으셨습니다. 왜 갑자기 이런 전교가 내려온 겁니까?
부제학	소신도 자세한 정황은 모르오나… 새벽에 침전 안으로, 서신 한 통이

진달되었다 합니다.

이진　　좌상이군요.

부제학　　(…)

이진　　(정국이 자신을 배제하고 돌아가고 있단 사실에 무력감과 분노로)

INS.　　녹서당 전경 (D)

S#47.　　녹서당 앞 (D)
　　　혼란스러운 마음으로 중문을 넘어 들어오는 해령. 녹서당 안에서 큰 소
　　　리가 들린다.

삼보E　　안 됩니다, 마마! 안 됩니다!!

해령　　(…!)

　　　해령, 서둘러 계단을 올라간다.

S#48.　　녹서당 이림의 방 (D)
　　　여기저기 문갑을 뒤지고 있는 이림. 바닥에는 공복이 던져져 있다. 삼
　　　보가 이림의 뒤를 쫓아다니며 뜯어말리고 있다.

삼보　　이러지 마십시오. 딱 한 번만 눈감으면 지나갈 일입니다. 그냥 모른 척
　　　넘어가십시오, 제발!!

이림　　사모는 어디에 두었느냐.

삼보　　마마!! (하는데)

　　　스르륵 문이 열리면, 이림과 삼보가 본다. 해령이 서있다.

해령　　(마마께서 결국… 말없이 보고 있으면)

삼보　　(허겁지겁 와서) 구권지!! 자네가 좀 말려보시게! 이대로 전하를 찾아뵈

면, 우리도 꼼짝없이 죽은 목숨이라고!!

이림   …걱정하지 말거라. 너는 본 것을 적었을 뿐이고, 허내관과 나인들은
          명을 따랐을 뿐이다. 나 혼자 벌인 일이니 나 혼자 책임지면 돼.

해령   (…)

삼보   그게 어디 그리 간단히 끝날 일입니까?! 대역죄인을 숨겨준 것도 모자
          라 도망까지 보내셨습니다. 이번엔 정말 어떤 벌을 받게 되실지 모른다
          구요!!

이림   (계속 문갑 뒤지면)

안 되겠다 싶은 삼보, 문 앞에 가서 팔을 벌려 서고.

삼보   절대 안 됩니다. 마마께서 절 때려죽이시는 한이 있어도! 저는 못 보내
          드립니다! 여기서 한 걸음도 나갈 생각 마십쇼!

이림   (기어코 사모 찾아서 꺼내면)

삼보   대군마마!!

이림O.L   자그마치 일흔세 명이다!

해령·삼보   (보면)

이림   내가 아무것도 하지 않으면, 일흔세 명이 죽는다고. 헌데도 너는 내 선
          택이 틀렸다 말하는 것이냐? 그 많은 사람들의 목숨보다 나 한 명의 안
          위가 더 중하다 말하는 것이냐?

삼보   (…)

이림   평생을 이곳 녹서당에서 숨죽이며 조용히 숨어만 지냈다. 이제는 그리
          살지 않을 것이다.

삼보, 더 이상 이림의 고집을 꺾을 수가 없다. 애간장이 타서 발만 동동
거리고. 이림은 공복으로 갈아입기 위해 갓끈을 푸는데.

해령   …같이 가게 해주십시오.

이림   (보면)

해령	제가 입시하겠습니다.
이림	(해령만은 나를 이해해준다는 생각에)

S#49. **예문관 앞 (D)**
사책을 들고 나오는 사희, 은임, 아란. 초조하게 서있던 서권이 사희를
부른다.

서권	송권지님.
사희	(보면)

S#50. **동궁전 안 (D)**
심란한 표정으로 상소를 읽고 있는 이진. 밖에서 김내관 목소리가 들
린다.

김내관E	저하, 사관이 들었사옵니다.
이진	들라 하라.

상소를 내려놓고 이마를 짚는 이진. 가까이서 느껴지는 인기척에 올려
다보면, 사희가 아닌 서권이 와서 서있다.

이진	성검열…?
서권	(큰 결단을 내린 표정으로 이진을 보고)
이진	(무언가 할 말이 있다… 알아채는)

S#51. **침전 앞마당 (D)**
공복을 입고 걸어오는 이림. 그 뒤를 따르는 해령. 이림이 긴장한 표정
으로 잠시 멈춰 서고 해령을 본다. 해령이 괜찮을 거라는 듯 옅게 웃으
며 고개를 끄덕여준다. 마음을 가다듬고 다시 걸어가는 이림.

S#52.   침전 앞 복도 (D)
이림과 해령이 와서 문 앞에 선다. 때아닌 이림의 등장에 놀라는 상선.

상선   대군마마?
이림   고해주시게.
상선   아, 예… (문에 대고) 전하, 도원대군마마가 드셨사옵니다.

S#53.   침전 안 (D)
서책을 읽고 있던 왕. 의아해서 고개를 들고.

왕   도원이…? (크게) 들라 하라!

문이 열리고, 이림과 해령이 들어온다. 두 사람이 배를 한다.

왕   (여사까지? 뭔가 심상치 않아서) 니가 여긴 무슨 일이냐?
이림   (…)

이림, 왕의 앞으로 걸어간다. 해령도 자리에 앉아서 사책을 펼친다. 이림이 무릎을 꿇고 앉으면, 살짝 놀라는 왕.

왕   (해령과 번갈아 보며) 갑자기 왜…
이림   전하, 천주학 죄인들에 대한 처형을 멈춰주십시오. 지금 의금부에서 찾고 있는 사람은 접니다. 제가… 이양인을 도왔습니다.
왕   (…!!!) 너 지금… 무슨 말을 하는 것이냐?
이림   그동안 제가 그자를 숨겨주었고, 제가 그자를 궐 밖으로 내보냈습니다. 그러니 제게 벌을 내려주십시오.

왕, 황당해서 해령을 보면 놀라는 기색 없이 묵묵히 사책을 쓰고 있다. 이것들이 이럴 작정으로 침전을 들었어…? 괘씸한 왕.

왕	그놈이 무슨 짓을 하고 도망쳤는지 알고 있었느냐?
이림	예.
왕	(이 악물고) 내가 그놈을 잡으라 명을 내린 것도 알고 있었느냐?
이림	예.
왕	(목소리 조금 커져서) 허면! 다 알면서! 과인을 거역했단 말이냐?
이림	…예.
왕	(…!)

왕, 태연하리만큼 침착한 이림의 태도에 더욱 분노가 치솟는다. 주먹을 부르르 떨다가, '네 이놈!!' 소리 지르며 서책을 확 집어던진다. 이림의 얼굴에 맞고 툭 떨어지는 서책. 이림의 볼에 모서리에 긁힌 상처가 생기고 피가 배어 나온다. 그 모습을 보고 놀라 굳었던 해령. 각오했던 일이다. 다시 사책을 써 내려가고.

왕	이제 사람 노릇 좀 한다 싶어 가까이했더니! 그새를 못 참고 기어올라?! 어찌 이 나라의 대군이라는 놈이 서양 오랑캐와 붙어먹을 생각을 해!!
이림	서양 오랑캐라 생각하지 않았습니다. 저와 다를 바 없는… 사람이라 여겼습니다.
왕	그놈들은 사람이 아니다!! 천륜도 경학도 모르는 흉패한 짐승들이고! 어찌 하면 이 나라를 삼킬 수 있을까 호시탐탐 기회만 노리는! 도륙해 마땅한 오랑캐란 말이다!!
이림	(…)
왕	(이림에게 환멸을 느끼며) 역시 니놈은 태생부터 잘못되었어. 아무리 대군 옷을 입고 대군인 양 살아가도! 썩어빠진 뿌리는 어쩔 수가 없는 게야!
해령	(마음 아파서 떨리는 손)
이림	(담담히 참아내는데)
왕	(이림 노려보다가 밖에 대고) 여봐라!!!
이림·해령	(무슨 명을 내리려고…!)
상선	(들어오고) 예, 전하.

왕	지금 당장 의금부에 전하거라! 천주쟁이들을 모두 참형에 처하고! 그 시신을 도성 밖에 갖다 버리라고!
해령	(!!!)
이림	아바마마…!
왕O.L	(버럭) 닥치거라!!!
이림	(보면)
왕	(낮고 싸늘하게) 한 번만 더 이 일을 입에 담았다간! 그땐 내가 직접 저 계집부터 시작해 이 일을 알고 있는 모든 이들의 목을 벨 것이야!
이림	(…)
왕	(상선 보며) 뭣 하느냐, 어서 의금부로 가지 않고!!!
상선	(머뭇거리며) 전하… 그것이…
왕	(보면)
상선	급보가 왔습니다. 세자저하께서… 천주학 죄인들을 모두 방면하셨다고 하옵니다.
왕	(멈칫, 굳어서) 뭐라…?
이림·해령	(저하께서 왜?!)
왕	어명으로 잡아들인 죄인들이다! 헌데 어찌 세자가…!
상선	(할 말 없고)
왕	세자는 어디 있느냐?

S#54.   궁궐 야외 일각 (D)
형형한 눈빛으로 걸어가는 왕. 불안해서 뒤따르는 상선. 마침 저쪽에서 궁인들을 이끌고 걸어가던 대비가 왕을 발견한다. 심상치 않은 분위기에 멈춰 서는 대비.

S#55.   동궁전 안 (D)
생각에 잠겨 앉아있는 이진. 밖에서 김내관 목소리가 들린다.

| 김내관E | 저하, 지금 전하께서…! |

왕E	비키거라!!
이진	(오셨구나… 일어서고)

이윽고 벌컥 열리는 문. 왕이 진노한 얼굴로 서있다. 이진, 기다렸다는 듯 차분한 얼굴로 배를 한다. 자리에 있던 사희도 일어난다. 저 뻔뻔한 놈…! 이진을 노려보는 왕.

왕	날 설득할 기회를 주마. 변명이든 발뺌이든 해보거라.
이진	(…)
왕	입을 다문다고 내 그냥 넘어갈 성싶으냐!
이진	…옳지 않다고 생각했습니다.
왕	(보면)
이진	국왕은 백성의 부모입니다. 그 어떤 부모가… 자식의 목숨을 수단으로 삼을 수 있습니까?
왕	(…!) 니놈이 지금 내가… 국왕으로서 자격이 없다 말하는 것이냐?
이진	(똑바로 보고 있으면)
왕	바른대로 말해보거라! 해서 나는 국왕도 아니라고, 그리 말하고 싶은 것이냐!!
이진	(…)

그 침묵에, 오히려 속이 더 들끓는 왕. 당장이라도 무슨 일을 벌일 듯, 이진에게 성큼성큼 다가가는데.

대비E	이게 무슨 행패입니까, 주상!!
왕	(멈칫, 돌아보면)

매서운 눈초리로 들어오는 대비. 상선과 김내관도 어쩔 줄 몰라 하며 따라 들어온다.

왕	(하필 대비가 왜… 이 악물고 보는 표정이면)
대비	장차 이 나라의 왕이 될 세자입니다! 헌데 어찌 사관과 궁인들 앞에서 이리 모욕을 주십니까? 찰나 분이 솟았다 하여 왕실의 체통까지 잊으신 겁니까?
왕	(사관…?)

뒤늦게 사희가 있었음을 알아차린 왕. 대비까지 나타난 마당에 더 이상 어떻게 할 수가 없다. 분하지만 애써 진정하며.

왕	(이진에게만 들릴 정도로) …니놈의 그 국본이란 잘난 허울 때문에, 한 번은 참아주는 것이다.
이진	(…)

휙 돌아서 동궁전을 나가는 왕. 상선이 뒤따라 나간다. 대비도 걱정스럽게 이진을 봤다가 방을 나간다. 한차례 폭풍이 지나가고, 고요해지는 동궁전. 김내관, 눈치껏 문으로 향하면서.

김내관	(사희에게 작게) 자네도 이만 일어나시게.
사희	…아니요. (이진 보며) 전 여기 있겠습니다.

자네가 왜? 사희에게 한소리 하려다가, 이 이상 시끄럽게 만들지 말자 싶은 김내관. 조용히 방을 나선다. 문이 닫히고 나면 이진과 사희 두 사람만 남는다. 완전한 정적. 이진은 그저 시선을 내린 채, 감정을 누르고 있다. 사희가 말없이 자리에 앉는다. 이진의 마음을 헤아리면서.

INS.   녹서당 전경 (D)

S#56.   녹서당 이림의 방 (D)
삼보가 이림의 볼에 약을 찍어 콕콕 발라준다. 해령은 자리에서 사필을

174

하고 있다.

이림   좀… 살살 발라주면 안 되겠느냐… 따가운데…

삼보   충신의 말을 따르지 않은 대가입니다! 참으십쇼!

이림   (힝…)

삼보   (손 내리고) 아무튼 이러고 끝나길 천만다행입니다! 전 아까 마마께서
         어디 산골짜기로 유배를 가는 건 아닌지, 다 뺏기고 알몸으로 거리에
         나앉는 건 아닌지, 별의별 걱정을 다 했습니다요!

이림   아깐… 내가 미안해. 화내서.

삼보   (흘기며) 어휴, 이 얼굴에 대고 성질을 낼 수도 없고… 기다리십시오. 심
         신안정에 좋다는 탕약이라도 달여 오겠습니다.

         일어서서 나가는 삼보. 이림은 거울을 보며 상처를 이리저리 살피고 있
         는데. 그런 이림을 대견하면서도 안쓰럽게 보고 있던 해령.

해령   괜찮으십니까?

이림   …안 괜찮다.

해령   (보면)

이림   이렇게 말하면, 나 위로해주나?

해령   (지금 이 상황에 장난을 쳐…? 싶은데)

이림   (익숙한 듯 웃으며) 괜찮아져. 하루 이틀 서책 읽고, 이런저런 생각하면
         서… 그리 지내면…

해령   (말만 그렇지, 상처가 됐다는 걸 뻔히 아는데)

이림   …나 잘했다고 해줘.

해령   (멈칫, 보면)

이림   (얼핏 스치는 진심으로) 그냥… 그 한마디면 될 것 같아.

해령   (…)

         이림의 위로받고 싶은 마음을 느끼는 해령. 일어나 이림 앞에 가서 앉

는다. 가만히 머리를 쓰다듬어 주며.

해령	잘… 하셨습니다…
이림	(모든 것이 괜찮아지는 기분. 옅게 웃으면)
해령	(하여간 예뻐… 미소로 답하는데서)

INS.　　예문관 전경 (D)

S#57.　　예문관 안 (D)
우원, 시행이 자리에 앉아있고, 나머지 한림들과 은임, 아란이 가운데 책상에 모여서 홍익의 얘기를 듣고 있다. (서권은 없고)

홍익	그래 가지고 전하께서 노발대발! (발차기 흉내 내며) 막 세자저하 다리 몽둥이 부러트리려고 하는 걸 내관들이 뜯어말리고! 대비마마가 울고 불고! 간신히 진정시켰다는 거 아닙니까!
일동	(와… 듣기만 해도 살벌하고)
길승	에이… 과장이 좀 심한 것 같은데… 아무리 그래도 전하께서…
홍익	아잇! 진짜라니까요! 제가 박내관한테 듣자마자 달려온 거예요.
길승·장군	(그래도 못 믿겠단 눈치인데)
시행	야, 너네는 왜 맨날 그렇게 뜬소문 가지고 시시비비야. 우린 사관이다. 정정당당하게! 어? 이따 송서리 오면 사책 보여달라 그러면 될 거 아니야.
일동	(그 방법이 있었네… 기대감에 고개 끄덕이고!)
은임	근데요… 이번 사건 좀 이상하지 않습니까?
일동	(보면)
은임	아니, 기껏 붙였던 방은 반나절도 안 돼서 다 떼라 그러고, 저하는 밑도 끝도 없이 천주학 죄인들 풀어주시고.
치국	그새 오랑캐가 잡힌 거 아냐?
장군	그랬으면 당장에 육조거리에 매달아 놨지. 온 도성이 그놈 때문에 벌벌 떨고 있는데.

치국	그런 게 아니면 왜 천주쟁이들을 풀어줍니까? 오랑캐랑 관련 없다 그래도 이미 죽을 죄인들인데.
경묵	나 감 왔어, 감 왔어. (수염 쓰다듬으며) 이거… 뭔가 흥미롭고 자극적인 음모의 기운이 느껴져…
일동	(그런가… 다들 골똘히 생각에 빠지고)

이번 일이 의아하긴 마찬가지인 우원. 생각을 떨치려 관문을 보다가 문득 다시 가운데 책상을 본다.

우원	성검열은 어디 갔느냐.
홍익	성검열님이요? (둘러보다가, 갸웃) 안 보인 지 꽤 된 것 같습니다?
아란	아! 전 아까 이 앞에서 만났습니다. 송권지님한테 자기가 대신 입시하겠다고, 반 시진만 늦게 오라고 동궁전으로 가셨는데.
시행	동궁전? 걔가 동궁전을 왜 가?
아란	저야 모르죠. 급한 일 같았습니다.
우원	(멈칫, 설마 성검열이…?)

급히 일어서는 우원. 문을 열고 나가려는데, 문 앞에서 들어오지 못하고 주저하던 서권과 맞닥트린다. 죄책감으로 우원과 눈을 마주치지 못하는 서권. 우원은 성검열이 무슨 일을 저질렀구나, 확신하고.

S#58.   예문관 서고 안 (D)
서고 한가운데 서있는 서권. 우원이 문을 꼭 닫고, 서권을 돌아본다.

우원	동궁전에 갔었단 말이 사실이냐.
서권	(…)
우원	(아니길 바라며) 대답하거라. 오늘 저하께서 하신 일에… 너도 관련이 있는 것이냐?
서권	…예, 제가 저하를 만나뵈었습니다.

우원	해서?
서권	…천주학 죄인들을 풀어달라 청을 드렸습니다. 그렇지 않으면… 도원 대군마마께서 이양인을 돕고 있었단 사실을… 세상에 알리겠다고 겁박했습니다.
우원	(!!!)

충격으로 굳는 우원. 서권은 말없이 시선을 떨어트리고 있다.

우원	너… 그게 무슨 뜻인지 알고는 있느냐?
서권	(…)
우원	니가! 예문관의 한림이! 사책을 이용해 정사에 개입한 것이다! 사관으로서 절대 해선 안 되는 짓을 저질렀어! 그러고도 너 자신을 사관이라 할 수 있느냐!
서권	…저도 저를 사관이라 생각하지 않습니다. 천주학 동지들을 지켜야겠단 생각을 마음에 품은 순간부터 스스로 사관임을 포기했습니다…
우원	(더 화나서 목소리 커지는) 그래서? 원하는 바를 이뤘으니 이제는 물러나겠다는 것이냐? 네게는 사관이란 직책이 언제든 던져버릴 수 있는 알량한 껍데기에 불과했느냐!!
서권	용서받을 수… 없다는 거 알고 있습니다. 제 손으로 물러날 자격조차 없다는 것도요. (눈물 꾹 참으며) 예문관의 명예를 더럽히고, 동료들의 믿음을 저버린 것에 대한 마땅한 처벌을 내려주십시오. 어떤 것이든 감내하겠습니다.
우원	(하…)

믿을 수가 없다는 표정으로 서권을 보는 우원. 서권은 시선을 떨어트리고만 있다. 우원, 커다란 허탈감과 실망을 느낀다. 무거운 공기가 서고를 감싼다.

S#59.   궁궐 문 앞 (N)
         퇴궐하는 관원들 사이, 걸어 나오는 사희. 저 앞의 누군가를 발견한다.
         귀재가 사희를 기다리며 서있다.

S#60.   익평의 집 사랑채 (N)
         차를 마시고 있는 익평.

귀재E   대감.
익평   (찻잔 내려놓고) 안으로 모시거라.

         문이 열리고, 서책을 든 사희가 들어온다.

사희   (목례하면)
익평   갑자기 데려와 당황한 건 아닐지 모르겠군.
사희   제게 그런 예의는 안 차리셔도 됩니다. (앉고) 무슨 일이십니까.
익평   (명료한 사희의 태도에 피식 웃고) 오늘 전하께서 동궁전에 드셨을 때, 자
         네가 자리에 있었다지?
사희   이미 온 궁궐에 퍼진 얘깁니다. 그 내용이라면 대감도 알고 계실 텐데요.
익평   아니, 내가 알고자 하는 것은 그 전의 일이네.
사희   (보면)
익평   전하께서 동궁전에 드시기 바로 직전에, 도원대군이 여사와 함께 침전
         을 찾았다더군. 내게⋯ 그 여사의 사책을 가져다주게.
사희   (멈칫, 해령의 사책을?)
익평   (넌지시 보고 있는데서)

S#61.   녹서당 중문 앞 (D)
         '마마~~' 외치며 녹서당으로 달려 들어가는 삼보.

179

S#62.   녹서당 마루 (D)

(*며칠 지난 상황. 상처 없고) 서책을 읽고 있는 이림. 멀리서부터 삼보의
'마마~~' 소리가 들려온다. 돌아보면, 삼보가 헐레벌떡 계단으로 올라
오고 있다.

이림   너 툭하면 큰 소리로 나 찾으면서 달려오는 거, 그것 좀 그만하면 안 되
       겠느냐? 들을 때마다 가슴이 덜컹한다.

삼보   이번엔 진짜 큰 소리 낼 만한 일입니다! (숨 몰아쉬며) 가⋯ 가례청이 설
       치된답니다!

이림   가례청? 누가 혼인하는데?

삼보   누구긴 누굽니까! 왕실에 혼기 꽉 찬 미혼은 딱 한 명이지!!

이림   (누구인지 생각하다가 번뜩) 나?? (자기 가리키고) 도원대군??

삼보   예!! 도원대군마마요! 전하께서 마마의 혼인을 명하신 겁니다!!

이림   (⋯!)

혼인이라니⋯? 어안이 벙벙한 이림. 그런데 시야 끝에 누군가의 모습
이 걸린다. 중문 앞에 서있는 해령, 당혹스러움에 굳은 채 이림을 보고
있다. 그렇게 갑작스러운 소식을 받아든 두 사람의 모습에서.

15화

··········

ㄱ 여인이 아닌 다른 누구도

원하짐 않습니다

INS.　　　궁궐 전경 (N)
'보름 전' 자막이 뜬다.

S#1.　　　예문관 서고 앞 (N)
이슥한 밤. 서고의 문틈으로 불빛이 새어나오고 있다.

S#2.　　　예문관 서고 안 (N)
등롱을 들고 선반을 뒤지고 있는 사희. 그러다 해령의 사책을 찾고 나
면 잠시 주저하는 표정이다. 다른 사람의 사책을 익평에게 넘기는 건
처음이다. 하지만 익평의 명을 떨칠 수 없는 사희. 사책을 책상 위에 올
려놓고 품에서 작은 수첩을 꺼내 빠르게 받아 적는다.

S#3.　　　익평의 집 사랑채 안 (N)
그렇게 받아온 수첩을 익평의 앞에 내려놓는 귀재. 익평, 기다렸다는
듯 수첩을 펼쳐 읽는다.

해령E　　임오일, 도원대군이 대조전에 들어 왕과 독대를 하다…

익평이 흥미롭게 한 장을 넘기면 14화 S#53이 컷컷 되어 스쳐 간다.

플래시컷
-침전 안 (D)
이림　　　지금 의금부에서 찾고 있는 사람은 접니다. 제가… 이양인을 도왔습
니다.
이림　　　그동안 제가 그자를 숨겨주었고, 제가 그자를 궐 밖으로 내보냈습니다.
그러니 제게 벌을 내려주십시오.
왕　　　　어찌 이 나라의 대군이라는 놈이 서양 오랑캐와 붙어먹을 생각을 해!!

대비전이 아니라 녹서당 애송이의 짓이었군, 기가 막혀서 피식거리며

읽던 익평. 그러다 어느 구절에 가면 멈칫하는 손길.

왕E	역시 니놈은 태생부터 잘못되었어. 아무리 대군 옷을 입고 대군인 양 살아가도! 썩어빠진 뿌리는 어쩔 수가 없는 게야!
익평	(태생부터 잘못되었다…?)

직감으로 예리해지는 익평의 눈빛. 어쩌면 이것이, 지난번 왕에게 던졌던 질문의 대답일 수도 있다는 생각이다. 수첩을 덮고 귀재를 올려다보는 익평.

익평	궁궐로 가야겠다. 채비하거라.
귀재	예, 대감.

귀재가 나가면 익평의 얼굴에 묘한 미소가 피어난다.

INS.   궁궐 전경 (N)

S#4.   궁궐 누각 (N)
심기 불편한 표정으로 걸어오는 왕. 누각 위를 올려다보면, 익평이 왕을 기다리며 서있다. 두 사람 다 용포와 관복이 아닌 편안한 일상복 차림이다. 상선을 아래에 두고 홀로 올라가는 왕. 익평이 왕에게 배를 하면.

왕	어쩨 날이 갈수록 고집만 더해져? 됐다는 사람을 기어코 술자리에 불러내니, 원.
익평	신이 박정한 탓에 벗이 많질 않습니다. 굽어살펴 주십시오.
왕	(쳇, 핑계는… 자리에 앉으면)
익평	(따라 앉고) 한 잔 올리겠습니다. (술병 들면)
왕	(획 잔 치우고) 나는 됐네.
익평	(보면)

왕	오늘은 속이 영 편치가 않아. 자네가 받지. (술병 뺏어 들고 따라주면)
익평	(넌지시 보며) …괜한 술기운에 해선 안 될 말을 할까, 저어하시는 건 아닙니까.
왕	(멈칫, 싸늘하게 보며) 무슨 뜻으로 하는 말인가? 내가 자네에게 못 할 말이 무어가 있다고?
익평	그렇다면 꺼리지 말고 말씀해주십시오. 지난번 그 질문에 대한 답을 아직 듣지 못했습니다.
왕	(설마…)
익평	혹 도원대군에 대해서 신에게 숨기는 것이 있으신지 여쭤봤습니다.
왕	(목적이 그거였군… 잠시 말문 막혔다가 태연하게) 취중엔 천자도 보이질 않는다더니, 어디서 그런 실없는 소릴 해? 아직 부족하여 세상에 내놓지도 못한 자식일세. 남들에게 흉을 잡힐까 염려하여 안으로 감추고 도는 아비 마음을, 그런 식으로 곡해해서야 되겠는가?
익평	(끝까지 말을 안 하시겠다…)
왕	그렇지 않아도 그 아이 앞날을 생각하면 근심뿐이야. 자네까지 나서서 얹지 말게.
익평	(피식) …괜한 걱정이십니다. 신이 보기에 도원대군마마는 가히 용종을 물려받은 장부십니다.
왕	(무슨 뜻이지? 불안함에 보면)
익평	어명까지 거역해가며 이양인을 비호하고 금군들을 따돌리시니, 그런 배포와 기지가 어디 필부의 것이라 하겠습니까?
왕	(니가 어떻게 그걸…!!)
익평	이만 대군마마를 품에서 보내주실 때가 되었습니다. (술잔 만지작거리며) 오히려 긴 침묵이 소문을 만들기도 하는 법이니.
왕	(무언의 압박이다… 조용히 이를 악물고)
익평	(옅은 미소로 술을 마시는데서)

INS.   해령의 집 전경 (D)

S#5.   해령의 집 해령의 방 앞 (D)

마루에 누워 잠옷 바람으로 서책을 읽고 있는 해령. 세상 느긋하고 평화롭다. 설금이 마당을 쓸고 있다.

설금   어휴, 아주 싸리밭에 개 팔자가 따로 없네. 정말 옷도 안 입고 누워만 계실 겁니까? 하루 종일?

해령   얼마만의 휴일인데 그런 데다 힘을 써? (다시 책 보며) 아무것도 시키지 마. 나 오늘은 사직동 한량 구해령으로 살 거야.

설금   한량도 하루 한 번 일어나서 마당은 걷거든요? 좀 앉아서 보세요. 이따 어깨 아프다고 주물러 달라고 하지 마시고.

해령   (귀찮아서) 알았어, 알았어. 일어날게. (구시렁) 하여간 잔소리가 양봉교 님급이야.

끙차 몸을 일으켜서 서책을 보는 척하는 해령. 그러다 설금이 빗자루를 들고 중문을 나가면, 언제 그랬냐는 듯 다시 벌러덩 눕는다. 누워있는 게 얼마나 좋은데! 싱글벙글 잉여로운 시간을 즐기는 중인데 갑자기 마루 위로 작은 돌멩이가 툭 떨어진다. 이게 뭐야? 해령이 일어나면 다시 한번 돌멩이가 날아든다. 해령, 날아온 방향을 보면, 담벼락 너머에 서서 손을 흔들고 있는 이림. 놀란 해령이 얼른 서책으로 몸을 가리고 다가간다.

해령   여기서 뭘 하십니까??

이림   쉬는 날이라며. 해서 오늘은 내가 입실 왔다. (방 쪽 보며) 방에 누구 없지? (담 넘으려고 하면)

해령   (어어? 놀라서 막고, 주변 살피며) 여인의 방입니다! 훤한 대낮에 어딜 들어오시려구요!

이림   허면 밤에 다시 오란 뜻인가?

해령   (멈칫)

S#6.　　　해령의 집 해령의 방 (D)

옷을 갈아입은 해령. 방 안은 미처 정리하지 않은 잠자리와, 아무렇게나 벗어둔 관복, 서책들로 어수선하다. 후다닥 여기저기 집어넣고, 발로 치워놓고, 마지막으로 거울을 보며 머리까지 정리한 다음, 밖에 대고.

해령　　　이제 들어오셔도 됩니다!

문을 열고 들어오는 이림. 방 여기저기를 살피며 서안 앞으로 걸어간다.

해령　　　(민망해서) 뭘 그렇게 열심히 보십니까. 처음 오신 것도 아니면서.

이림　　　소감이 다르지 않느냐. 그땐 구서리의 방이었고, 지금은 내 여인의 방인데.

해령　　　(어쭈?) 내 여인이요?

이림　　　아니야? 너는 나한테, 나는 너한테… 그런…

해령　　　(놀리며) 글쎄요. 아직 서로의 소유권을 주장하기엔… 시기상조 아닌가…?

이림　　　그럼 뭐 어떻게 해야 적당한 때가 되는데?

이림, 갑자기 해령 앞에 성큼 다가와서 서면서.

이림　　　이렇게 하면?

해령　　　(살짝 당황하면)

이림　　　(아예 허리 감싸 안으며) 이렇게?

해령　　　(웃으며 밀어내고) 오늘 태도가 상당히 불량하십니다? 무슨 작정이라도 하고 오신 것처럼.

이림　　　작정… 했다면 어쩔 것이냐?

해령　　　뭘 어떻게 합니까. (작게) 문 잠가야지…

이림　　　(하여간 물러나는 법을 모르는 여인이다. 피식 웃으면)

해령　　　(따라 웃는데)

이림	(해령 손 잡고) 매일 이렇게 만났으면 좋겠다.
해령	(보면)
이림	궐이 아닌 곳에서, 사책도 관복도 없이, 사관도 대군도 없이, 그냥 이렇게.
해령	(말없이 이림의 손 만지작거리다가) 여기 뒷산에 가면 경치 좋은 곳에 정자가 하나 있습니다.
이림	(보면)
해령	사람이 전혀 다니질 않아서, 호랑이가 나타나든 천둥이 치든… (은근히) 아무도 모르는 곳인데.
이림	(혹해서) 가자.

그대로 해령의 손을 잡아끌고 방을 나서는 이림. 해령이 웃으며 따라가고.

— 타이틀 —

INS.　　예문관 전경 (D)

S#7.　　예문관 안 (D)

관문들을 들고 들어오는 권지들. 서권을 제외한 한림들은 앉아서 일하고 있다.

은임	(책상에 관문 내려놓고) 성검열님은 아직도 안 오신 겁니까? 벌써 사시가 다 돼가는데.
시행	있어 봐. 걔가 뭐 누구처럼 술 처먹고 뻗었다고 지각할 애야? 사정이 있나 보지.
아란	대체 무슨 사정이길래 연통 하나 없냔 말입니다. 지난번엔 열이 펄펄 끓는데도 기어코 입궐해서 쓰러지셨잖습니까.
시행	(멈칫, 그러고 보니 연통 하나 없는 게 이상한데)

해령	제가 댁에 다녀와 볼까요?
우원E	그럴 필요 없다.
일동	(보면)
우원	(사책 챙겨 일어서고, 치국 보며) 김검열.
치국	예? (아, 입시…) 예! (사책 챙기고)

그렇게 두 사람이 나가고 나면 의아한 한림, 권지들.

시행	쟤 또 왜 저렇게 쌩하니 찬바람이야?

해령은 우원이 뭔가 알고 있는 것 같단 기분이 들고.

S#8. 대전 안 (D)
시립해 있는 대신들과 입시해있는 우원, 치국. 이진이 앉아있고, 도승
지가 상소를 들고 있다.

이진	조만간 그 처결에 대한 판부를 내리도록 하겠습니다. 그때까진 형신을 멈추라 이르세요.
도승지	예, 저하.

도승지, 들고 있던 상소를 내려놓고, 또 다른 상소를 펼친다.

도승지	이번엔… (우원 한번 봤다가) 예문관 봉교 민우원이 올린 상소입니다.
이진·익평	(우원이 상소를?)
우원	(묵묵히 쓰고)
도승지	신, 예문관 봉교 민우원은 예문관 검열 성서권을 탄핵을 청합니다.
일동	(…?!)
치국	(놀라서 붓 떨어트리고)
도승지	검열 성서권은 사사로이 사책의 내용을 발설하여 엄중한 사관의 신의

를 저버리고, 순숙한 예문관의 사명을 욕되게 하였습니다. 이에 합당한 처벌을 내려주십시오…

도승지가 상소를 내려놓으면, 황당해서 술렁이는 대신들.

우의정	이게 무슨… 아니, 어찌 사관이 사관을 탄핵해??
부제학	(도승지 보며) 계속 읽어보십시오. 정확한 죄목이 무엇입니까?
도승지	이게… 끝입니다…
우의정	뭐…?
일동	(그게 다라고? 다시 한번 술렁이면)
대제학	(답답해서) 민봉교. 자네가 직접 좀 말해보시게! 뭐가 어찌 된 일인지 알아야, 탄핵을 하든 벌을 내리든 할 것 아닌가!
우원	(침묵을 지키고 있는데)
이진	민봉교의 청을 받아들이겠습니다.
일동	(보면)
이진	검열 성서권의 직첩을 거두고, 도성 밖 오백 리에 유배를 보내도록 하세요.
치국	(성검열님이 유배를…!)
대제학	하오나, 저하! 죄목도 모르고 어찌 탄핵의 여부를 결정하신단 말입니까? 적어도 누구한테 무슨 내용을 발설했는지는…!
이진O.L	허면 이 자리에서 민봉교가 사책의 내용을 줄줄 읊기라도 해야 한단 뜻이오?
대제학	(…)
이진	사책의 내용을 알고자 하는 것도, 사책을 발설하는 것만큼이나 중한 죄입니다. 허니 이 사건에 대해 더 이상 왈가왈부하지 마십시오. (도승지 보며) 다음 상소를 읽으세요.

얼떨떨해서 다음 상소를 가지러 가는 도승지. 대신들은 그 내용이 대체 뭔지 궁금해 미칠 노릇이고. 치국은 난데없는 이 상황이 무섭고, 저렇

게 침착한 민봉교님은 더 무섭다. 우원, 그 모든 시선을 견디며 묵묵히
사필을 하는데서.

S#9.   예문관 안 (D)
'양봉교~' 외치며 들어오는 대제학. 한림, 권지들이 일을 하다 말고 일
어선다.

시행   문형대감. (목례하면)
대제학   아니, 인사는 됐고. 어서 말해보시게. 성검열이 발설했다는 사책의 내
         용이 뭔가?
시행   예? (금시초문) 그게 무슨 말씀이신지…
대제학   어허, 같은 예문관 식구들끼리 거 모른 척은! 민봉교가 올린 성검열 탄
         핵 상소 말이야. 자네는 죄목이 뭔지 속속들이 다 알고 있을 것 아닌가!
일동   (탄핵 상소???)
시행   지금 뭐라고 하셨어요? 누가 뭐를 올려요??
해령   (우원이 왜?!)

S#10.   예문관 앞 (D)
입시를 마치고 예문관으로 오고 있는 우원. 치국은 우원의 눈치를 보며
종종 따르고 있는데. 예문관에서 나와 급히 걸어오던 한림, 권지들. 우
원을 발견한다.

시행   야, 민봉교!
우원·치국   (멈춰 서면)
한림·권지들 (우르르 다가오고)
시행   너 그게 진짜야? 니가 성검열 탄핵 상소를 올렸다고?
우원   (…)
시행   다 듣고 오는 길이야. 빨리 말해봐, 인마!
우원   …예, 제가 성검열의 탄핵을 청했습니다.

한림 · 권지들	(!!!)
시행	(기가 막혀서) 너… 어떻게 나한테 한마디 상의도 없이…!
장군	(흥분해서) 이유가 뭡니까? 대체 성검열이 무슨 잘못을 했는데요!
우원	저하께서 이 사건에 대해 논하는 것은 금하셨다. 더 이상 알려고 하지 마라.
장군	(욱해서) 그걸 지금 말이라고 하시는 겁니까?? 멀쩡한 애 앞길 망쳐놓고!!
길승	(장군 붙잡으며) 일단 얘기 좀 들어봐. 민봉교가 아무 이유 없이 그랬겠어?
홍익	아무리 이유가 있어도 이건 아니죠. 지난번에 구서리 잡혀갔을 땐 지부상소에 파업에 할 수 있는 건 다 하시더니, 정작 성검열 문제는 쪼르르 달려가서 탄핵입니까? 같은 한림끼리 비겁하게…
경묵	진짜 피도 눈물도 없는 인간이다, 너. 탄핵 상소에 이름 오르는 게 어떤 기분인지 뻔히 알면서!
우원	(애써 냉정을 찾고 있는데)
장군	저 이번 일은 그냥 못 넘어갑니다. (한림들 보며) 대전 앞에 가서 시위라도 합시다!
우원O.L	소용없다.
일동	(보면)
우원	아무리 화를 내도… 성검열이 죄를 지었단 사실은 변하지 않아.
장군	(답답해서) 민봉교님!!!
우원	업무에 복귀하거라.

우원, 쌩하니 예문관 안으로 들어가 버리면, 황당하고 기가 차서 우뚝 서있는 한림, 권지들.

경묵	(뒤에 대고) 저게 끝까지 혼자 꼿꼿한 척이야! 어디 무서워서 너랑 같이 일하겠냐!
해령	(이 상황을 이해하려다가 문득 직감에)

예문관 안 (D)

들어와서 책상에 있는 관문을 집어 드는 우원. 해령이 뒤따라 들어온다.

해령   녹서당 일 때문입니까?

우원   (돌아보면)

해령   아무리 생각해도 그 이유밖에 없어서요. 성검열님이 녹서당의 일을 알
고 계셨습니다. 그걸 누군가한테 발설하신 거죠? 그래서 천주학 죄인
들이 풀려난 거죠?

우원   …듣지 못했느냐. 저하께서 더 이상 이 일을…

해령O.L   (단호하게) 그럼 저도 벌을 주십시오!

우원   (보면)

해령   성검열님의 죄목이 어명을 거역하고 사람을 살린 잘못이라면, 저도 같
은 벌을 받아야 하는 거 아닙니까? 저도 녹서당에 이양인이 숨어있는
걸 알면서 모른 척하고 입을 다문 건 마찬가진데요?

우원   그게 다른 것이다. 너는 사관으로서 책무에 충실했고, 성검열은 그 이
상의 행동을 했어.

해령O.L   방법의 차이일 뿐 어쨌거나 같은 목적이었습니다!

우원O.L   (목소리 커져서) 그 차이가 얼마나 중대한지 아직도 모르겠느냐!!

해령   (…)

우원   사책은 양날의 검이다. 사관이 사책을 이용해 무고한 누군가를 살릴 수
있다면, 사책을 이용해 무고한 누군가를 죽일 수도 있다는 뜻이다. 해
서 그 어떤 선의로도! 사책이 무기로 쓰여서는 안 돼. 그것만은 우리가
목숨을 걸고서라도 지켜야 하는 원칙이야. 내 말… 이해하느냐?

해령   (…)

우원   (이해해주길 바라는 마음으로 보고 있으면)

해령   …아니요. 이해하고 싶지 않습니다. 어떻게 원칙이 사람보다 우선일
수 있는지요.

우원   (해령마저…)

해령   입시 다녀오겠습니다.

해령이 사책을 챙겨서 나가면, 텅 빈 예문관에 홀로 남는 우원. 누구도 이해해주지 않는 결단을 감내하며 서있고.

S#12.   예문관 앞 (D)
문을 닫고 나오는 해령. 아무리 우원을 이해하려 해도 이해할 수가 없다. 그래도 마음만은 따듯한 분이라 생각했는데. 냉정한 우원에 대한 실망과, 자신이 이 모든 사달의 시발점을 제공한 것 같은 어지러운 마음. 무거운 걸음을 옮긴다.

INS.   운종가 전경 (N)

S#13.   운종가 주막 안 (N)
우원과 서권을 제외한 한림들, 권지들이 술을 마시고 있다.

경묵   (술잔 내려놓으며) 불쌍한 놈. 민봉교 말이라면 공자 맹자보다 더 따르더니, 이렇게 뒤통수나 맞고.
치국   그야말로 믿는 도끼에 발등 찍힌다는 말이 딱입니다, 딱…
장군   (분이 안 풀려서) 결국 민봉교님도 좌상의 아들이었던 겁니다. 우리 사관들은 잠깐 같이 일하는 관원 일, 관원 이, 관원 삼이고! 한 오 년 뒤면 이름도 다 까먹을 거라고요!
시행   거 말로만 걱정하지들 말고 노잣돈이라도 좀 모아봐. 개 부친 약값 대느라 녹봉도 빠듯하다며. 그래 가지고 어디 유배 가서 지붕 있는 집이나 구하겠냐.
길승   (딱해서) 그러게요. 가는 길에 노비도 사고, 돈 들 데도 많을 텐데…

길승부터 시작해 일동, 갖고 있던 돈을 꺼내 상에 올려놓는다. 이 와중에 홍익은 엽전 서너 개만 내놨다가, 시행에게 눈빛으로 욕먹고 울며 겨자 먹기로 서너 개를 더 내놓는다. 아란은 한눈에 봐도 빽빽한 엽전 한 묶음을 통째로 올려놨다가, 이건 모자란가 싶어 또 한 묶음을 꺼내 올리고, 그래도 모자란 느낌에 손목에서 옥팔찌를 빼서 올려놓는다. 은임은 아란의 통 큰 기부에 그저 입을 떡 벌리고. 그렇게 십시일반 돈을 모으는 분위기에 홀로 가만히 있는 사희. 치국이 그런 사희를 발견하고.

치국	송서리, 넌 왜 가만히 있냐? 집에 돈도 많으면서.
홍익	(돈 낸 게 억울해서) 설마 빈손으로 왔다, 그딴 핑계 대기만 해봐!
사희	…선진님들은 왜 하나만 알고 둘은 생각지 않으십니까?
일동	(뭔 소리야? 보면)
사희	성검열님이 정말 큰 잘못을 저질렀을지도 모른다는 생각은, 안 해보셨습니까?
시행	(멈칫) 뭐야? 너 뭐 아는 거 있어?
경묵	아, 들으나 마나죠! 어디 가서 말실수한 거 가지고 사책을 발설했네 어쩌네 하면서 꼬투리 잡은 거라니까…!
사희O.L	세자저하를 겁박하셨습니다.
일동	(…??? 사희 보면)
사희	사책의 내용을 빌미로, 천주학 죄인들을 풀어주지 않으면 세상에 폭로하겠다 저하를 겁박했습니다. 그게 성검열님의 죄목입니다.
일동	(다들 내가 지금 무슨 말을 들은 거야? 하는 벙찐 표정인데)
장군	야, 말도 안 되는 소리 하지 마. 그건 대역죄야, 대역죄! 걔가 미쳤다고 고작 천주쟁이들 때문에…!
시행O.L	(이제야 깨닫고) 이유가 뭐겠냐. 지도 천주쟁인 거지…
장군	(…!)
경묵	(허억 충격에 절로 나오는) 미친놈…
은임·아란	(어떻게 성검열님이 그런 짓을… 믿기지가 않고)
시행	(하… 잠시 넋을 놓고 있다가, 사희 보며) 넌 이거 어떻게 알고 있는 거야? 성검열한테 직접 들은 거야?
사희	어제 퇴궐하기 전에, 민봉교님께서 동궁전에 오셨습니다.

동궁전 안 (D/회상)

이진 앞에 무릎 꿇고 앉아서 무언가 부탁하는 참담한 표정의 우원. 그 말을 받아 적고 있는 사희.

사희E   저하께 성검열님 대신 잘못을 빌고, 목숨만은 살려달라 간청하셨습니다.

S#15.   운종가 주막 안 (N)

S#13에 이어.

사희   저하께서 그 청을 받아들이셔서, 성검열님의 처벌이 유배로 끝난 겁니다. 극형을 면하고.

일동   (모두 말을 잃은)

해령   (우원이 그렇게까지 했을 줄은 미처 몰랐고)

경묵   (괜히) 야, 송서리! 너는 그런 걸 알고 있었으면 진작 말을 했어야지! 내가 민봉교한테 반말하기 전에!!

홍익   지금 반말이 대숩니까? 저는 막 소리 지르면서 대들었습니다!

치국   그래도 두 분은 황검열님보단 낫죠. 아예 눈 뒤집고 달려들었는데…

장군   (아… 내가 미쳤지…)

시행   아, 민우원은 대체 성격이 왜 그래? 그냥 몇 마디 하면 끝날 일을, 쓸데없이 과묵해가지고 주변 사람을 돌게 만들어…!

길승   민봉교님 하루 이틀 보십니까? 남의 잘못 떠벌리느니 자기가 나쁜 놈 되고 만다 이거지… 그렇게 제가 이유가 있을 거라 했잖습니까!

일동   (여태 괜한 사람을 욕했다는 미안함과 점점함)

해령   (뒤늦게 우원에게 실수를 했단 후회가 밀려오는 표정에서)

S#16.   서권의 집 앞 (N)

서권이 문을 열고 나오면, 서있는 우원.

서권   민봉교님…

우원	(…)

S#17. 서권의 집 안 (N)
앉아있는 우원 앞에 간단한 술상을 내려놓는 서권.

서권	죄송합니다, 차린 게 없어서. 오실 줄 알았으면 고기라도 사다 놓는 건데요.
우원	(잠시 서권 보다가, 품에서 주머니 꺼내 내려놓고) 받거라. 준비하는 데 도움이 될 것이다.
서권	제가 무슨 면목으로 이걸 받습니까. (우원 쪽으로 밀면)
우원	끝까지 내 마음을 불편하게 만들 셈이냐.
서권	(어쩔 수 없다, 손 거두고) …감사합니다, 민봉교님. 꼼짝없이 죽은 목숨이라 생각하고 있었는데, 이렇게 살게 됐습니다…
우원	(서권 잔에 술 따라주며) 내가 아니라… 저하의 결정이었다.
서권	(그래도 우원이 나서서 지켜줬다는 걸 안다, 고맙고 미안해서 보면)
우원	귀양살이가 고단하더라도 조금만 버티거라. 예문관이 아니더라도 니가 있을 곳은 많아. 머지않아 다시 입조할 기회가 생길 거야.
서권	아니요, 전 이제 벼슬은 그만하고 싶습니다.
우원	(보면)
서권	어려서는 급제할 생각에 서책만 봤고, 사관이 되고 나서는 사책만 붙잡고 살았잖습니까. 이제는 책 속이 아니라 세상에 살고 싶습니다. 사람들에게 글도 가르쳐주고, 송사도 대신 봐주고… 허면 넉넉지는 않아도 식구들 밥벌이는 되겠지요.
우원	…그리 대단한 것이냐?
서권	(보면)
우원	천주학에 대한 너의 믿음 말이다. 평생 걸어온 길을 한순간에 버릴 수 있을 만큼, 그게… 그리 대단한 거야?
서권	대단하지 않습니다. 해서 온 힘을 다해 지키려는 겁니다.
우원	(살짝 놀라는데)

서권	(우원의 걱정을 떨쳐주려, 미소로) 죄를 짓고 떠나는 몸이지만, 허락만 해 주신다면 민봉교님과 서신 정도… 나누며 살고 싶습니다.
우원	…기다리마, 언제든.

S#18.   서권의 집 앞 (N)
대문으로 나오는 우원. 집 방향으로 걸음을 옮기다가 문득 뒤를 돌아본다. 걸음을 돌릴까, 돌아섰다가 다시 반대편을 보고.

S#19.   세책방 안 (N)
선반에서 서책을 정리하고 있는 세책방 주인. 인기척을 느끼고 문 쪽을 본다. 우원이 뻣뻣한 표정으로 서있다.

세책방 주인	어서 오십쇼~ (우원에게 다가오면)
우원	(차마 입이 떨어지지 않고)
세책방 주인	뭐 찾는 거 있으십니까?
우원	그… 조용히 구할 서책이 있네만.
세책방 주인	(눈치채고) 아유~ 또 그런 건 쇤네가 전문인데 어찌 알고 오셨을까. (우원 안내하며) 저기 뒷방에 잔뜩 갖다 놨습니다. 삽화가 아주 생생합니다요!
우원	(붙잡고) 그런 게… 아닐세.
세책방 주인	(그럼 뭔데? 보고)

S#20.   세책방 뒷골목 (N)
세책방 주인, 무언가를 보자기로 꽁꽁 싸매고, 급히 골목으로 들어온다. 우원이 기다리고 있다.

| 세책방 주인 | 아니, 대체 이 판국에 이런 건 왜 찾으시는 겁니까… 오금 저려 죽을 뻔 했네…! |

세책방 주인, 우원에게 보자기를 건넨다. 우원이 받아들고.

우원	수고했네. (품에서 주머니 꺼내서 주면)
세책방 주인	(열어서 세어보고, 품에 넣으며) 이건 절대 아무한테도 말씀하시면 안 됩니다. 나으리나 저나 다 같이 죽는 거예요! 아셨죠?

우원이 고개를 끄덕이면, 주변을 살피며 또 후다닥 골목에서 나가는 세책방 주인. 홀로 남은 우원이 보자기를 풀어서 내용물을 확인한다. '천주실의'란 제목이 적힌 서책이다. 생각이 많아지는 우원의 표정에서.

INS. 궁궐 전경 (D)

S#21. 예문관 안 (D)

시행, 길승, 권지들이 자리에서 일을 하고, 경묵, 장군, 홍익, 치국이 구석에서 작당 모의를 하고 있다. (*우원에게 사과할 당사자들)

경묵	아니야. 이거는 몇 마디 말 가지고 안 돼. 일단 황장군이 무릎을 꿇어. 그런 다음에 마음이 좀 풀렸다 싶으면 나랑 홍익이가…
장군O.L	어떻게 다짜고짜 저 혼자 무릎을 꿇습니까?
경묵	그럼 내가 꿇냐? 그래도 한때 내가 걔 선진이었는데!
홍익	차라리 그냥 엉엉 웁시다. 민봉교님 의외로 이런 거에 약하거든요. (치국 보며) 막둥이, 하나 둘 셋 하면 울 수 있지?
치국	예…? (부담스러워서 벌써 울상지으며) 저 그런 거 잘 못 하는데…
홍익	야, 그래 느낌 좋다. 계속 유지해. 슬픈 생각. 슬픈 생각…!
장군	(감정 잡아주며) 부친상! 모친상! 마누라 화났다! 집에서 쫓겨났다!
치국	(울먹울먹, 시동 걸고 있는데)
은임	(한심하게 보며) 저기요, 민봉교님 벌써 오셨거든요?
경·장·홍·치	(…?)

경묵, 장군, 홍익, 치국이 돌아보면, 어느새 들어온 우원이 자리로 향하고 있다.

장군	(…!) 민… 민봉…
홍익O.L	(얼른 먼저, 울먹이며) 민봉교니임~~!

잽싸게 달려가는 홍익. 우원의 다리에 매달려 최대한 가엾은 표정으로 우원을 올려다본다.

홍익	제가 잘못했습니다!! 제발 좌상대감한테 이르지만 말아 주십쇼!!
우원	(당황해서) 왜… 왜 이러는 것이냐.
홍익	무슨 일이 있었는지 다 들었습니다! 저도 성검열님이 그렇게 미친 짓을 했을 줄은 몰랐다니요?!
우원	(설마 사회가… 사회 보면)
사회	(시선 피하고)
시행	(일어나서) 야, 너는 사관이 자존심도 없이… (우원 어깨에 손 올리고) 민봉교, 알지? 난 처음부터 니 편이었어. 아주 잠깐 흥분을 했을 뿐이야.
경묵	나도! 한때 민봉교님의 선진이었던 사람으로서, 한마디 훈계를 했을 뿐이지. (장군 가리키며) 황장군처럼 막 덤벼들지는 않았어… 요!
장군	(이 배신자!)
우원	(상황 파악하고 이런 상황이 더 불편해서) 신경 쓸 것 없다. 난 괜찮으니…
홍익O.L	(일어나며) 정말 괜찮으십니까? 그럼 좌상대감한테 안 이르시는 거죠?
경묵	괜찮긴 뭐가 괜찮아. (장군 보며) 차라리 니가 한 대 맞고 끝내자. 속시원하게 기분 풀라고.
시행	그래, 깔끔하게 한 대 맞고 끝내. 황장군 이름값 한번 해야지?
장군	이름이 장군인 게 제 잘못입니까? 저는 평생 문과 길만 걸었습니다!
홍익	지금 민봉교님 기분이 중요한 게 아니라니까요. 일단 좌상대감한테 절대 안 이른다고 약조부터 받고…! (하며 우원 보는데)

어느새 또 사라지고 없는 우원. 다섯이 어리둥절해 있으면.

아란	(쯧쯧) 진작에 나가셨거든요? 다들 눈은 됐다 뭐 하십니까?

홍익	(젠장… 괜히 치국에게) 그러게 김검열! 니가 먼저 엉엉 울었어야지!!
치국	왜 저한테… (진짜 울고 싶고)
해령	(선진들 분위기 살피다가 슬그머니 일어서는)

S#22. 예문관 앞 (D)
관문들을 들고 걸어가는 우원. 해령이 뒤따라 나온다.

해령	민봉교님!
우원	(보면)
해령	(우원 앞으로 오고, 꾸벅) 어제는 제가 죄송했습니다. 사정도 모르고 무작정 화를 냈습니다.
우원	…사과할 필요 없다. 니가 이해했으면 됐어.
해령	화를 내서 죄송하다는 거지, 민봉교님을 이해하겠다는 뜻이 아닙니다.
우원	(…? 보면)
해령	그 어떤 선의로도 사책을 이용해선 안 된다는 말… 전 아직도 납득할 수 없습니다. 만약 제가 누군가를 살려야 할 상황이 온다면, 주저하지 않고 그렇게 할 테니까요.
우원	내가 그리 둘 것 같으냐.
해령	(도발하듯) 그럼 그땐 절 탄핵시키시면 되겠네요.
우원	(너는 진짜…)
해령	(큼…) 승정원이죠?

우원이 들고 있던 관문을 뺏어 들고, 씩씩하게 걸어가는 해령. 우원은 정말이지 해령의 고집을 당해낼 수가 없다. 헛웃음을 짓는다.

S#23. 사헌부 앞 (D)
사헌부 관원들과 나오는 재경. 어디선가 느껴지는 시선에 옆을 보면, 저쪽에서 모화가 재경을 보고 있다.

재경   …먼저 가 계십시오.

          관원들이 가고 나면 걸음을 옮기는 모화. 재경도 같은 방향으로 따라
          가고.

S#24.   어느 골목 안 (D)
          재경이 골목 안으로 들어온다. 모화가 한쪽에 서있다.

모화   해야 할 일이 남았다고 했지.
재경   누이…
모화O.L   널 용서하겠다는 뜻이 아니다.
재경   (보면)
모화   허나 너처럼… 내게도 해야 할 일이 있어.
재경   (흔들리는 눈빛)
모화   (매섭게 보고 있는)

INS.   궁궐 전경 (D)

S#25.   예문관 앞 (D)
          걸어오는 은임. 예문관에 들어가려던 아란과 마주친다.

은임   어? 허권지?
아란   (보면)
은임   왜 벌써 오셨습니까?
아란   전 중전마마께서 가매에 드신다고 해서… 오권지는요?
은임   (반가워서) 저도 대비마마께서 출외를 나가셨습니다.
아란   그럼 우리…? (보면서 씨익 웃으면)

S#26.   궁궐 어딘가 정자 (D)
이림과 해령이 걸어온다. 이림은 해령을 보며 거꾸로 걷고 있다.

해령   갑자기 여긴 왜 오신 겁니까? (허공에 손 저으며) 날벌레가 이리 많은데.

이림   방 안에 있으면 니가 뭐든지 적으려 들지 않느냐. 해서 공과 사를 구분
          해주는 것이다. (사책 뺏고) 이제부턴 사적인 시간이라구.

해령   궐 안에서 사관한테 사적인 시간이 어디 있습니까. (손 내밀고) 좋은 말
          로 할 때 돌려주십시오. 다 적어버리기 전에.

이림   뭐라고 적을 건데? 도원대군이 사관에게… (해령의 손 잡고 이끌며) 흑심
          을 품고 인적 드문 곳에 데려가다?

해령   (참나… 하면서도 싫지만은 않은 표정인데)

은임·아란E   구권지…??

해령·이림   (…?)

여기 누가 있었어? 하얗게 질려서 옆을 보는 해령과 이림. 정자 위, 은
임과 아란이 다리를 쭉 펴고 앉아 떡을 나눠 먹다가 두 사람을 보며 굳
어 있다.

해령·이림   (!!!)

은임   (이림의 얼굴을 확인하고는, 떡을 떨어뜨리며) 대군마마…?

아란   (동시에) 이서리…?

은임·아란   (이서리?? 대군마마?? 서로를 한 번 봤다가) 도원대군마마???

해령   (하필 저 둘한테…!!! 망했다!)

시간 경과
앉아있는 해령과 이림. 아란은 황당한 표정으로 그 앞을 왔다 갔다 서
성이고, 은임은 팔짱을 끼고 둘을 매의 눈으로 지켜보고 있다. 취조하
는 분위기다.

아란	아, 나 진짜 기가 막혀서… 어떻게 이럴 수가 있습니까? 우린 사관입니다, 구권지! 사관이면 사관답게!! 모든 비밀을 공유해야 하는 거 아닙니까? 어떻게 저희도 모르게 둘이서만 꽁냥꽁냥! 와… 이 배신감 어쩔 거야, 이거…!
은임	대체 뭐가 어떻게 된 겁니까? 둘이 언제부터 눈이 맞… 그러니까 이렇게 흑심 운운하는 사이가 된 건데요?
해령	오권지, 그런 게 아니라…! (침착하게 둘러대려는데)
이림O.L	처음 만난 날.
해령	(보면)
이림	…부터였는데, 나는…
해령	(그런 걸 왜 말해!! 눈으로 욕하고)
아란	(놀라서) 그럼 그때부터 지금까지 쭈욱…? (손으로 몇 달인지 세어보다가) 그동안 둘이 막 손도 잡고! 설마… 뽀… 뽀뽀도 하고??
해령	(기겁해서 고개 저으며) 아뇨, 아뇨! 절대 그런 일은…!
이림	(또 순순히 고개 끄덕이고)
해령	(짜증) 마마!!
이림	어차피 들킨 거 왜 거짓말을 하느냐? (은임, 아란 보며 지엄하게) 그대들은 예문관에 가서 사관 놈들한테 똑똑히 전하거라. 구해령은 임자가 있으니, 눈도 마주치지 말고, 회식 자리도 데려가지 말고, 아주 곱게 일만 시키다 정시에 칼같이 퇴궐시키라고.
해령	(환장하겠다… 이마를 턱 붙잡는데)
은임	(기가 차서) 허! 남들한테 소문을 내라니 그건 또 무슨 심보입니까?
이림	심보??
은임	예! 까놓고 말해서 마마께선 이렇게 불장난 치다 그만두면 땡이시죠? 우리 구권지는 인생이 망하는 문젭니다. 혼삿길도 막히고, 궐에서 쫓겨날지도 모른다구요!
아란	맞아요! 구권지 인생은 어떡하실 겁니까? 아, 마마께서 우리 순진한 구권지 책임지실 거냐구요!!
해령	(난감해서) 권지님들, 일단 진정하시고…

박나인E	거 듣자 듣자 하니까…! 이보쇼들!!
일동	(보면)

박나인과 최나인, 반대편 정자에서 농땡이를 치다 온 듯, 깎다 만 사과와 과도를 들고 껄렁껄렁 걸어온다.

박나인	순진한 구권지 같은 소리 하고 있네. 우리 마마한테 먼저 꼬리친 게 누군데 책임을 지래?
아란	(눈 동그래져서) 뭐? 꼬리를 쳐?
최나인	그래! 니네 구권지는 궐 밖에서 뭐 어떻게 살다 들어왔는지 몰라도, 우리 마마는 이십 년 평생을 녹서당에서 여인의 여 자도 모르는 바보 천치로 살아오신 분이야! 이거 왜 이래!
이림	(슬쩍 끼어들기 시도) 저기… 나 그 정도는 아닌데…
은임O.L	그게 지금 무슨 말입니까? 그럼 우리 구권지는 뭐, 궐 밖에서 이놈 저놈하고 붙어먹기라도 했단 뜻입니까?
최나인	눈이 있으면 봐봐! (해령 가리키며) 얼굴이 저렇게 예쁜데 사내들이 집을 팔아서라도 매달리지, 그냥 지나쳤겠어??
해령	(이게 지금 칭찬이야, 욕이야?)
은임	그건 댁들이 몰라서 하는 소리고. 우리 구권지는 성격이 지랄 맞아서 아무나 못 다가와요! 스물여섯 살 먹도록 반강제 노처녀로 산 사람한테 그게 무슨 모욕입니까?!
아란	그리고 니네 마마도 얼굴로 할 말은 없거든? 곁눈질로 봐도 절세미남인데! 아주 삼천궁녀가 다 달려들었겠구만!
이림	(후훗… 절세미남…)
최나인	삼천궁… (하다가 생각하니 열 받아서) 근데 이게 어디서 반말을…
은임O.L	반말은 댁들이 먼저 했거든요!!
최나인	야! 우린 니네보다 궁궐 생활 십 년은 더…!
아란O.L	어쩌라고, 우린 과거 보고 들어왔어!! 이 궁녀 나부랭이야!!
박나인	뭐? 나부랭이??

최나인   나부랭이??

머리끝까지 화가 치민 나인들! 소매를 걷어붙이고 권지들에게 달려들
면 이림이 놀라서 나인들을 막는다. 권지들도 물러서지 않고 '야, 쳐!
치라고!' 외치며 나인들에게 달려들면, 해령이 권지들을 막는다. 그렇
게 권지들과 나인들이 서로의 머리채를 잡겠다고 아등바등 고성이 오
가고, 해령과 이림은 흥분한 네 사람에게 둘러싸여서 곤욕을 치르고 있
는데.

삼보E   지금 뭣들 하는 짓이오!!!
일동   (멈칫, 보면)
삼보   (엄한 얼굴로 보고 있는)

S#27.   녹서당 이림의 방 (D)
          고개를 푹 숙이고 서있는 나인들. 삼보가 그 앞에 서있고, 이림은 서안
          에서 서책을 보는 척하며 앉아있다.

삼보   내전 한복판에서 패싸움이라니!! 그러다 어디 입 싼 박내관이 봤으면
          어쩔 뻔했느냐? 도원대군이랑 여사관이랑 눈맞았다고 조선 팔도에 소
          문이라도 낼 작정이었어?
박나인   아니, 걔네들이 자꾸 우리 마마를 무슨 짐승마냥 몰아가는데, 그걸 어
          찌 참습니까?
최나인   이 세상에서 대군마마를 흉볼 수 있는 사람은 딱 여섯 명밖에 없습니
          다. 주상전하, 세자저하, 대비마마, 중전마마, 그리고 저희 두 명이요!
삼보   (버럭) 이것들이 아직도 뭘 잘못했는지 모르고!!
나인들   (다시 고개 숙이면)
이림   (조심스럽게) 그러게… 내가 하지 말라고 그랬… 잖아…
삼보   (뒤돌아서 휙! 째려보며) 마마께서는 뭐 잘하신 줄 아십니까?
이림   (움찔하면)

206

삼보	녹서당엔 벽이 없습니까, 바닥이 없습니까? 왜 멀쩡한 방 놔두고 사방 팔방 다 뚫린 데서 응큼한 짓을 하시냐구요! 구권지 동료들이 봐서 망정이지, 그 꼬장꼬장한 최상궁한테 걸렸으면! 구권지는 바로 대비전 불려가서 쥐도 새도 모르게…!
이림	(…)
삼보	(한숨) 어휴, 내가 내관 일을 하고 있는 건지, 애 셋을 키우는 건지… 이러다 제 명에 못 살지… 못 살아…! (하며 방 밖으로)
이림	(뒤에 대고) 삼보야…! 나는 그래도 싸움은 안 했어…!
나인들	(와… 배신자!! 원망으로 보면)
이림	(뜨끔해서, 뒤늦게 걱정으로) 어디 다친 데는 없지…?

S#28.   예문관 앞 (D)
걸어오는 은임, 아란. 해령이 머쓱해서 뒤를 따르고 있다. 예문관에서 관문을 들고 나오는 경묵과 홍익.

홍익	(은임, 아란 보고) 너네 표정이 왜 그래? 또 나인들이 괴롭혔냐?
아란	아니, 글쎄! 구권지가…!
해령·은임	(허권지!!)
아란	(마음속으로 참을 인 자 새기며) 아무것도 아닙니다. 그냥 날씨가 너무 좋아서… 짜증 나서요.
은임	(큼…) 구권지는 저희 좀 보시죠?
해령	(…)

그렇게 은임과 아란이 해령을 데리고 가면.

경묵	(갸우뚱) 어디서 주먹다짐의 향기가 나는데?

S#29.   예문관 서고 안 (D)
들어오는 해령, 은임, 아란. 은임과 아란이 먼저 멈춰 서면 따라서 멈춰

서는 해령. 민망해서 다른 곳을 보고 있는데.

아란	아무리 생각해도 마음에 안 듭니다. 지가 대군이면 다야? 어디서 우리 구권지를…!
은임	솔직히 말해보십시오. 구권지 협박당하셨죠? 그래서 어쩔 수 없이 만나주시는 거죠?
아란	(한술 더 떠서) 설마 대군의 명이네 어쩌네 하면서 억지로 끌어안고 그런 거 아닙니까?!
해령	아닙니다! 그런 건 다 제가 먼저…!
은임·아란	(제가 먼저??)
해령	(큼…) 저도 좋아서… 만나는 겁니다.
아란	대체 대군마마 어디가 좋아서요? 하나를 보면 열을 알 수 있다고, 나인이란 것들 꼬라지를 보니까 아주 싸가지가 바가집니다. 그게 다 상전 하는 거 보고 배운 거 아니겠냐구요!
은임	지난번에 이서리 행세할 때 보니까 말귀도 못 알아먹어, 힘도 못 써, 멋있는 구석이라고는 개뿔도 없더만.
해령	(살짝 욱해서) 멋있는 구석이 왜 없습니까? 다정하고, 배려심 있고, 웃을 땐 천진하고, 책 읽을 땐 진지하고, 잠잘 때는 또 얼마나 그윽한데요.
은임O.L	(???) 잠잘 때요???
해령	(…!)
은임	구권지가… 대군마마가 잠든 얼굴을 어떻게 아시는 겁니까?
아란	(히익… 양 볼 감싸고) 설마… 벌써?
해령	오해하지 마십시오! 그, 그 경신수야 할 때…!
은임O.L	(문득 떠올라서) 어쩐지!! 그날 밤 갑자기 사라지시더니!! 그새… 그새…!!
해령	진짜 아무 일도 없었습니다. 아무 일도 없었는데…
아란O.L	(책상 쪽으로 해령의 손 잡아끌면서) 빠져나갈 생각 마시고 처음부터 끝까지 다 말해보십시오!! 눈빛! 손길! 작은 움직임 하나하나 다!!
해령	(끌려가면서, 미치겠다…)

녹서당 이림의 방 (D)
들어오는 해령. 창가에 서있던 이림이 돌아본다.

이림   어찌 되었느냐? 잘 풀렸느냐?

해령   (지쳐서) 말도 마십시오. 여태 서고에 갇혀서 문초당하다 오는 길입니다.

이림   미안하다. 널 곤란하게 만들 생각은 아니었는데.

해령   미안한 걸 아시는 분이, 처음 만난 날부터 그랬다~ 넙죽 고개를 끄덕이
      십니까?

이림   그건… 네 주변에는 우리 사이를 아는 사람이 없지 않느냐. 내 존재는
      늘 비밀이기만 한 것 같아서… 그게 싫었다.

      순간 아차 싶은 해령. 얼굴도 드러내지 못하고 평생 녹서당에 갇혀 살
      았던 이림에게 그게 어떤 의미인지 뒤늦게 깨닫고.

해령   뭐… 차라리 잘됐습니다.

이림   (보면)

해령   이제 저한테도 편하게 마마 얘기를 할 수 있는 사람들이 생겼잖습니까.
      저 속상하게 하시면 실컷 흉도 보고 욕도 하고 그럴 겁니다.

이림   (황당해서) 세상에 나처럼 지고지순한 사내가 어디 있다고?

해령   그거야 더 살아봐야 아는 거죠. (새침하게 자리에 앉아 사책 펼치면)

이림   잠깐만.

      해령이 고개를 들면, 이림이 한 손으로 해령의 턱 끝을 잡고 가볍게 입
      을 맞춘다.

해령   (살짝 놀라면)

이림   (싱긋) 이건 적지 마라.

      태연한 표정으로 자리로 가서 서책을 펼치는 이림. 해령이 그런 이림을

웃으며 본다. 이림도 서책 너머로 해령을 보며 미소 짓는다. 두 사람, 매일 겪는 소소한 일상이 행복하다.

INS. 한양 전경 (D)

S#31. 한양 어딘가 정자 (D)
도성이 내려다보이는 산속의 정자. 평복 차림의 한 여인이 풍광을 보며 앉아있다. 모화가 다가온다.

모화 대비마마.

대비 (시선 주지 않고) …오셨는가.

모화 (이상하다 싶어서) 무슨 일 있으셨습니까? 수심이 깊어 보이십니다.

대비 아니. (쓸쓸한 미소로) 이리 바깥에 나와본 게 몇 년 만인가 싶어서.

모화 (아…)

대비 참 우스운 일이지. 내게는 지난 세월이 그리 모질고 버거웠는데, 세상은 이토록 평온하고 무사하니 말이야.

모화 (대비의 회한과 허무함을 함께 느끼며) 마마…

대비 (마음 정리하듯 숨을 고르고) 궐 밖에 나오니 내 별소릴 다 하는군. (다시 모화 보고) 그 물건은 가져오셨는가?

모화, 품에서 종이를 꺼내 대비에게 건넨다. 장이 갖고 있던 형의 편지다.

모화 도의원님께서 아우에게 보낸 서신입니다. 그곳에 서래원의 상황이 분명히 적혀있습니다.

대비 (눈가 떨려오며) 이게… 이십 년 전에 내 수중에만 들어왔어도…

모화 …아직 늦지 않았습니다. 마마께서 이리 강건하시질 않습니까.

대비 그래, 그날이 멀지 않아. (품에 서신 넣으며) 수고했네.

모화 아닙니다. 헌데… 드릴 말씀이 있습니다.

대비 (보면)

모화	지난번 사헌부 구장령의 집에 갔다가 그의 누이를 만난 적이 있습니다.
대비	(헌데? 보는 표정에서)
최상궁E	마마!
대비·모화	(보면)
최상궁	(급히 와서) 궐에서 전갈이 왔습니다.
대비·모화	(전갈?)

S#32. 침전 앞 (N)
어느새 기품 있는 왕실 어른의 모습으로 돌아온 대비. 최상궁을 데리고
침전으로 걸어간다.

S#33. 침전 안 (N)
문이 열리고 대비가 들어온다. 앉아있던 왕이 일어선다.

왕	(배하고) 대비마마.
대비	(스쳐 지나가서 자리에 앉으면)
왕	(오늘따라 냉정한 분위기에, 나름 풀어보려) 출외를 하셨다 들었습니다. 궐이 답답하시면 잠시 행궁에 나가계시는 것도…
대비O.L	이 사람이 무슨 연유로 궐을 비운단 말입니까? 그럴 생각은 추호도 없으니 기대하지 마세요.
왕	(불쾌하지만, 표정 숨기고)
대비	긴히 할 말씀이 있다 들었습니다. 무엇입니까?
왕	(큼…) 다름이 아니오라… 도원의 혼례 문제를 논할까 합니다.
대비	혼례요…?
왕	예, 도원이 벌써 약관의 나이입니다. 세간의 시선도 있는데 언제까지고 혼자 살게 할 수는 없는 노릇 아닙니까. 이제 그만 혼례를 허락해주십시오.
대비	(속셈을 헤아리며 넌지시 보다가) …예, 그리하세요.
왕	(보면)

대비	그렇지 않아도 생각하던 참입니다. 도원도 이제 어엿한 사내장부가 되
	셨으니, 마땅히 좋은 처도 있어야겠지요.
왕	(예상 밖의 순순한 태도에 의구심을 갖고)

S#34. 대비전 안 (N)
들어오는 대비. 최상궁이 그 뒤를 따른다.

최상궁	(걱정스러워서) 마마, 가례청이 설치되면 좌상이 끼어들어 농간을 부릴
	것이 분명합니다. 헌데 어찌하여 대군마마의 혼례를 청허하셨습니까?
	게다가 대군마마께서 사가로 나가시게 되면 안위를 장담할 수가 없사
	온데…
대비	내 그 뻔한 속셈을 모르겠는가? 도원의 혼례를 허한 것이지, 간택까지
	주상에게 맡긴 것이 아닐세. (앉고) 장차 이 나라의 중전이 될 몸이야.
	아무나 앉히지는 않을 것이야.
최상궁	(아무래도 불안하고)
대비	(생각하는 표정에서)

INS. 궁궐 전경 (D)

S#35. 내전 앞 (D)
사책을 들고 걸어가는 해령, 은임, 아란.

아란	전 지금 제 스스로가 굉장히 기특합니다. 어제 하루 종~일 입이 근질근
	질거리고 목구멍이 터질 것 같고 막 누구라도 붙잡고 도원대군이랑 구
	권지랑 사귄다!! 외치고 싶은 걸 꾹 참았다니까요?
은임	(의심으로) 그래서? 진짜 아무한테도 말씀 안 하셨다고요?
아란	우리 집 강아지 붙잡고… 아, 그 정도는 좀 봐주십시오!
해령	(웃으며) 예. 장하십니다, 허권지. (아란 머리 쓰다듬는데)
은임	근데 구권지는 좋~으시겠습니다.

해령	(보면)
은임	저는 아침마다 일하기 싫어 죽겠는데, 구권지는 일이 아니라 낭군님과 알콩달콩~ 정을 쌓으러 오시는 거 아닙니까.
해령	(억울해서) 아닙니다! 제가 얼마나 철저한데요. 입시할 땐 역사를 쓴다는 마음가짐으로…!
아란O.L	예, 역사를 쓰시긴 하죠. 상중지희[1]의 역사!
은임	(킥킥 웃으면)
해령	(하여간 주책들…)

그때, 웃으며 걸어가는 세 사람 옆으로 삼보가 달려간다. 무언가에 놀란 듯 다급한 표정이다. 어라? 멈춰 서는 해령.

S#36.　녹서당 중문 앞 (D)
'마마~~' 외치며 녹서당으로 달려 들어가는 삼보.

S#37.　녹서당 마루 (D)
서책을 읽고 있는 이림. 멀리서부터 삼보의 '마마~~' 소리가 들려온다. 돌아보면, 삼보가 헐레벌떡 계단으로 올라오고 있다.

이림	너 툭하면 큰 소리로 나 찾으면서 달려오는 거, 그것 좀 그만하면 안 되겠느냐? 들을 때마다 가슴이 덜컹한다.
삼보	이번엔 진짜 큰 소리 낼 만한 일입니다! (숨 몰아쉬며) 가… 가례청이 설치된답니다!
이림	가례청? 누가 혼인하는데?
삼보	누구긴 누굽니까! 왕실에 혼기 꽉 찬 미혼은 딱 한 명이지!!
이림	(누구… 생각하다가 번뜩) 나?? (자기 가리키고) 도원대군??
삼보	예!! 도원대군마마요! 전하께서 마마의 혼인을 명하신 겁니다!!

---

1) 상중지희(桑中之喜): 남녀 간의 밀회하는 즐거움.

| 이림 | (…!) |

혼인이라니? 어안이 벙벙한 이림. 그런데 시야 끝에 누군가의 모습이 걸린다. 중문 앞에 서있는 해령. 당혹스러움에 굳은 채 이림을 보고 있다.

이림	구해령…
해령	(목례하며) …감축드립니다.
이림	(…!)

이림이 뭐라 대답할지 몰라 얼떨떨해 있으면, 중문 밖으로 나가버리는 해령. 이림이 급히 일어서고.

S#38.   내전 야외 일각 (D)
         녹서당 근처. 앞서 걸어가는 해령을 쫓아가는 이림.

이림	구해령!
해령	(혼란으로, 멈추지 않고)
이림	구해…! (안 되겠다)

이림, 달려가서 해령의 앞을 막아선다.

이림	대체 뭘 감축한다는 것이냐? 난 이렇게 황당한데.
해령	(애써 침착하며) …오랫동안 사가에 나가 살기를 바라지 않으셨습니까. 염원이 이루어졌으니, 마땅히…
이림O.L	이런 식으로 나가기를 바란 게 아니었다. 나는 너와…!
해령	(…)
이림	(흥분 가라앉히고, 해령 달래며) 걱정하지 말거라. 난 다른 누구와도 혼인하지 않을 생각이다. 너도 나와 같은 마음이라면…
해령O.L	같은 마음이면요?

이림	(보면)
해령	저는 그 마음의 대가로 평생을 규문 안에서 부부인으로 살아가야 하는 겁니까?
이림	(…!)

해령의 단호한 태도에 말을 잃은 이림. 눈앞에서 문이 닫히는 기분이다. 둘의 미래를 꿈꾼 건 정녕 자신뿐이었나…. 해령, 목례를 하고 이림을 지나쳐간다. 걷잡을 수 없이 허탈해지는 이림의 마음. 굳은 채 그렇게 서있고.

S#39.   예문관 서고 안 (D)
들어와서 문을 닫고 문에 기대서는 해령. 아까의 말은 진심이지만, 그렇다고 이림이 다른 여인과 혼인하기를 바라는 것은 아니다. 어느 방향으로도 갈피를 잡을 수 없는 마음이 그저 혼란스럽기만 하다. 한숨 같은 숨을 내뱉으며 눈을 감는다.

INS.   동궁전 전경 (D)

S#40.   내전 야외 일각 (D)
산책 중에 김내관에게 소식을 전해 듣고 있는 이진. 사희가 사책을 들고 뒤에 서있다.

이진	가례청?
김내관	예, 내일부로 가례청이 설치되고 봉단령[2]이 내려진다 하옵니다.
이진	…알겠다, 가보거라.

김내관이 가고 나면 걷는 이진. 왠지 모르게 어두운 낯빛이다. 사희, 그

---

2) 봉단령(捧單令): 적임자를 가진 집에서 스스로 사주단자를 내라는 명령.

런 이진의 표정을 살피다가.

사희	무슨 생각을 그리하십니까?
이진	(보면)
사희	들은 소식은 경축할 만한 일인데, 보이는 표정은 근심이라서요.
이진	…왕실의 혼례는 경사가 아니다.
사희	(보면)
이진	서로에게 뭘 얻어낼 수 있는지, 치밀하게 재고 따져서 수를 두는 정치의 연장일 뿐이야.
사희	(뻔하다는 듯) 해서 누군가의 인생은 장기판 위의 말이 되고요.
이진	(사희의 신세도 마찬가지란 생각에 피식 웃고) 그래, 너도 사대부의 여식이니 잘 알고 있겠지. 여사가 되지 않았더라면 같은 신세였을 테니까.
사희	(…)
이진	허나, 네겐 아직 기회가 있다.
사희	(멈춰 서서 보면)
이진	좌상이 널 여사로 만들었다고 해서, 니가 꼭 그자의 사람이 될 필요는 없단 뜻이다.
사희	(…!)

허를 찔린 사희의 표정. 이진이 짐작하리란 생각은 했지만, 이렇게 노골적으로 말을 해올 줄은 몰랐다. 이진은 사희의 마음을 아는지 모르는지 무심하게 다시 걸어간다.

S#41. 빈청 안 (D)
들어오는 이조정랑. 대제학과 익평이 앉아있다.

대제학	어, 오셨는가.
이조정랑	(목례하고 옆으로 와서) 갑자기 가례청이라니, 이 무슨 일입니까?
대제학	어디 주상전하 변덕이 하루 이틀 일인가. 해서 적당한 집안은 찾아보았

	고?
이조정랑	예, 생각나는 대로 연통을 넣고 있긴 한데, 쉽지가 않을 것 같습니다. 도원대군은 말이 좋아 대군이지, 전하께 골칫덩이인 백면서생 아닙니까. 과연 어느 집안에서 딸을 내놓을는지…
대제학	(고개 끄덕이며) 그렇긴 하지? (익평 보며) 대감, 이번엔 뭐 대충 하자 없는 여식으로 골라다가 후딱 끝내버립시다.
익평	아니요. 수고하실 필요 없습니다.
대제학·정랑	(보면)
익평	(이조정랑 보며) 나는 이미 적임자를 골라두었습니다.
이조정랑	(놀라서) 대감… 서… 설마… (우리 사회??)
익평	(마음을 굳힌 표정에서)

INS.   녹서당 전경 (D)

S#42.   녹서당 뒷마당 (D)
물을 길어오는 삼보. 나인들이 이림의 저녁상을 몰래 집어먹다가, 삼보와 눈이 마주친다.

삼보	(종종 걸어오며) 어허!! 이것들이 감히 어디다 손을 대!!
박나인	(얼른 반찬 하나 입에 넣고) 그럼 어떡합니까? 끝까지 안 드시겠다는데, 우리라도 먹어야지…
삼보	(확 그냥!) 비키거라!

S#43.   녹서당 마루 (D)
간단한 다과상을 들고 올라오는 삼보. 문 앞에 서고.

삼보	마마, 좋아하시는 다식을 가져왔습니다. 식사가 싫으시면 이거라도 드십시오.
건너편	(…)

삼보   (뭔가 이상해서, 상 내려놓고) 마마?

S#44.   녹서당 이림의 방 (D)
           문을 열고 들어오는 삼보. 방은 빈 채 이부자리만 흐트러져 있다. 불안
           한 직감에 사색이 되는 삼보.

삼보   이 상황에 어딜… (방 밖으로 뛰쳐나가며) 마마!!

S#45.   궁궐 야외 일각 (D)
           형형한 눈빛으로 어디론가 걸어가고 있는 이림.

S#46.   예문관 안 (D)
           신나는 퇴근 시간. 하나둘씩 일어서는 한림들. 권지들은 가운데 책상
           에서 남은 일을 하고 있다.

시행   그래, 그러면 성검열 마중 갔다가 바로 주막으로 가자고. 오늘은 황장
           군이 쏜다니까.
홍익   제가 이럴 줄 알고 점심도 적게 먹었다니까요? (헤헤 웃는데)

           갑자기 쾅 하고 문 열리는 소리. 일동, 문 쪽을 보면 이림이 들어와 서
           있다.

해령   (…!)
시행   (반가워서) 야, 이서리. 니가 여긴 웬일로…
은임·아란O.L   (놀라서 허겁지겁 일어나 배하는) 대군마마…!
한림들   (대군마마???)
우원   (도원대군이 왜 여기까지? 보고 있는데)

           해령 앞에 멈춰 서는 이림. 해령이 이림의 눈을 마주치지 않고 앉아있

218

으면.

이림	따라오거라.
해령	…오늘 입시는 끝났습니다.
이림O.L	손이라도 잡고 끌고 가야겠느냐.
해령	(…)

해령, 어쩔 수 없이 사책을 들고 일어나면, 이림이 앞서 걸어간다. 그렇게 사라지는 둘을 보며 놀란 눈으로 굳어 있던 한림들.

| 치국 | 이거 지금… 무슨 상황이에요? |
| 우원·사희 | (둘 사이의 미묘한 기류를 감지한 표정에서) |

S#47. **대비전 안 (D)**
차를 마시고 있는 대비. 밖에서 최상궁 목소리 들린다.

| 최상궁E | 마마, 도원대군께서 드셨사옵니다. |
| 대비 | (도원이? 찻잔 내려놓고) 드시라 하게! |

문이 열리면 이림과 해령이 들어선다. 도원이 여사까지 데리고? 의아하지만 반갑게 맞는 대비.

대비	어서 오세요, 도원.
이림	(마음이 급하지만 정중하게 배를 하고) 그간 강녕하셨습니까.
대비	나야 늘 그날이 그날이지요. 앉으세요.

이림이 자리에 앉으면 여사 자리에 앉는 해령. 이림이 무슨 말을 할지 몰라 불안하지만, 일단 사책을 펼치고.

대비	(이림의 목적은 까맣게 모른 채, 미소로) 도원에게 이리 성급한 성미가 있는 줄은 몰랐습니다. 가례청이 열린단 소식에 이 늙은이를 재촉하러 오신 겝니까?
이림	…아니요, 대비마마께 드릴 청이 있어 왔습니다.
대비	(청…?)
이림	(담담하지만 단호하게) 간택령을 거두시고 저의 혼사를 멈춰주십시오.
대비	(놀라서) 도원…
이림O.L	소자, 이미 마음에 품은 여인이 있습니다.
해령	(…! 붓 멈추고)
이림	(돌아보지는 못하지만 해령에게 전하는 마음으로) 너무나도 깊이 연모하여 그 여인이 아닌 다른 누구도… 원하질 않습니다.
해령	(…!!!)

그 어느 때보다도 단단해 보이지만, 간절한 마음으로 눈물이 맺혀있는 이림과 사관의 자리에서 이림의 뒷모습을 보고 있는 해령. 마주 보지 못하는 두 사람 사이로 정적이 흐르는데서.

16화

나한텐 니가
전부인 거 알잖아

INS.　　　대비전 전경 (D)

S#1.　　　대비전 안 (D)
　　　　　차를 마시고 있는 대비. 밖에서 최상궁 목소리 들린다.

최상궁E　　마마, 도원대군께서 드셨사옵니다.
대비　　　(도원이? 찻잔 내려놓고) 드시라 하게!

　　　　　문이 열리면 이림과 해령이 들어선다. 도원이 여사까지 데리고? 의아
　　　　　하지만 반갑게 맞는 대비.

대비　　　어서 오세요, 도원.
이림　　　(마음이 급하지만 정중하게 배를 하고) 그간 강녕하셨습니까.
대비　　　나야 늘 그날이 그날이지요. 앉으세요.

　　　　　이림이 자리에 앉으면 여사 자리에 앉는 해령. 이림이 무슨 말을 할지
　　　　　몰라 불안하지만, 일단 사책을 펼치고.

대비　　　(이림의 목적은 까맣게 모른채, 미소로) 도원에게 이리 성급한 성미가 있는
　　　　　줄은 몰랐습니다. 가례청이 열린단 소식에 이 늙은이를 재촉하러 오신
　　　　　겝니까?
이림　　　…아니요, 대비마마께 드릴 청이 있어 왔습니다.
대비　　　(청…?)
이림　　　(담담하지만 단호하게) 간택령을 거두시고 저의 혼사를 멈춰주십시오.
대비　　　(놀라서) 도원…
이림O.L　　소자, 이미 마음에 품은 여인이 있습니다.
해령　　　(…! 붓 멈추고)
이림　　　(돌아보지는 못하지만 해령에게 전하는 마음으로) 너무나도 깊이 연모하여
　　　　　그 여인이 아닌 다른 누구도… 원하질 않습니다.

해령	(…!!!)

그 어느 때보다도 단단해 보이지만, 간절한 마음으로 눈물이 맺혀있는 이림과 사관의 자리에서 이림의 뒷모습을 보고 있는 해령. 대비전 안에 정적만 흐르는데.

대비	(살짝 놀라지만 이내 가라앉히고) 그 여인이 누구인지는 묻지 않겠습니다. 스쳐 가는 이름을 구태여 이 할미까지 알 필욘 없으니까요.
이림	(…!) 마마…!
대비O.L	(다정한 얼굴로 다그치는) 아직도 모르시겠습니까? 도원은 사내이기 전에 이 나라의 대군이고, 대군의 혼례는 사사로운 정이 아니라 국사로써 이뤄지는 법이에요. 어찌 그 당연한 것을 가르치게 만드십니까?
이림	(…)
대비	얼마나 애타는 심정인지는 잘 알겠습니다. 허나, 한낱 젊은 날에 품은 연정으로 인륜지대사를 그르칠 수는 없습니다. 마음은 마음으로 남겨두고 의연해지세요. 그게 도원을 위하고, 또 그 여인을 위하는 길입니다.
이림	(흔들리는 눈빛)
해령	(도원을 위한 길이라는 말에 생각이 명확해지고)

S#2. 대비전 앞 (N)

터벅터벅 걸어 나오는 이림. 따라 나온 해령이 멈춰 선다.

해령	(할 말을 삼키는 표정에서) …이만 가보겠습니다. (목례하고 가려는데)
이림	…넌 왜 아무렇지도 않아.
해령	(멈춰 서고)
이림	왜 그렇게 태연하고 무심해. 지금 이 상황이 너한텐… 아무 일도 아닌 거야?
해령	(돌아보고) …참고 있는 겁니다. 마마께 화를 내게 될까 봐.
이림	(답답해서) 그럼 차라리 그렇게 해. 감축드린다, 이만 가보겠다 이딴 말

이 아니라, 니가 무슨 생각을 하고 있는지 어떤 기분인 건지 나한테 뭐라도 좀 보여달라고.

해령   (…)

잠시 숨을 고르던 해령, 이내 결심한 듯 이림 앞으로 와서.

해령   제 생각이요? 그럼 마마는 대체 무슨 생각이셨습니까? 대비마마께서 그 청을 받아주셨으면요? 그다음은 제 이름을 밝히고, 저 여인을 내 것으로 만들어달라 조를 작정이셨습니까? 제 의지나 마음은 상관없이 혼례까지 끌고 가면 그만이라고 생각하셨습니까?

이림   (말문 막히고)

해령   전 분명히 말씀드렸습니다. 규문 안의 부부인으로 살고 싶지 않다고요. 제가 그 자리를 원하지 않는다고요.

이림   원하지 않아도 상관없어. 그렇게라도 내 곁에 있어.

해령   마마…!

이림O.L   그렇지 않으면 내가!!

해령   (보면)

이림   내가 널 잃게 되잖아…

해령   (…)

이림   솔직히 말해. 너도 내가 다른 여인과 혼인하길 바라지 않는다고. 하나도 괜찮지가 않다고.

해령   (…)

이림   구해령…!

해령O.L   어명입니다.

이림   (…!)

해령   따르십시오.

단호한 표정이지만, 이림과 눈을 마주치지 않는 해령. 빤히 해령을 보던 이림. 눈물이 차오르다가 표정이 냉정해지고, 이내 해령을 향한 마음을 끊어내듯, 매몰차게 돌아서 가버린다. 홀로 남겨진 해령. 멀어지는 이림의 걸음 소리가 마음을 쿵쿵 울리는 것만 같고.

S#3.   녹서당 앞 (N)
걱정으로 서있던 삼보. 이림이 들어오자 반가워 다가간다.

삼보   마마! 대체 어딜…!
이림   (들리지 않고, 지나쳐서 계단 올라가면)
삼보   (…?)

S#4.   녹서당 이림의 방 (N)
그렇게 방에 들어온 이림. 해령에게 화도 나고, 실망스럽고, 그동안의 시간들은 뭐였나 싶고. 여러 감정이 밀려오는 가운데 하나의 생각이 확실해진다. 너한테 나는 그만큼이 아니었다는 것. 애써 눈물을 참느라 숨을 몰아쉬면서 거칠게 옷을 풀어 헤치는 이림.

S#5.   궁궐 야외 일각 (N)
생각에 빠져 걸어가는 해령. 서로 바라는 것이 다른데 언제까지나 함께 할 수는 없다. 이 명쾌한 결론 앞에서 마음은 한없이 복잡하다. 이게 맞는 거야… 맞는 거야, 계속 스스로에게 되뇌며 마음을 정리하는 해령의 모습에서.

– 타이틀 –

INS.   예문관 전경 (D)

S#6.   예문관 안 (D)
우원은 제자리에 앉아 생각에 잠겨있고, 사희는 선반을 정리하고 있다. 은임과 아란은 가운데 책상에서 관문을 받아쓰고 있다. 일할 생각은 없

226

이 어제 사태에 대해 열변을 토하고 있는 시행과 길승, 경묵, 장군, 홍익, 치국.

시행 아니, 어떻게 이서리가 대군마마일 수 있냐고! 어? 격차가 너무 크잖아, 격차가. (한쪽 주먹은 머리 위로 올리고, 한쪽 주먹은 낮게 두고) 서리는 품계도 못 받은 말단 중의 말단이고! 대군은 감히 품계를 매길 수조차 없이 지극히 존~귀한 주상전하의 적통이고!

홍익 와… 그럼 양봉교님은 이 나라의 대군마마를 머슴 대접하면서 혼내고 부려먹으신 거네요? 정칠품 주제에?

치국 그냥 혼낸 게 아니라 미친놈이라고 하셨습니다. (해맑은 미소로) 제가 정확히 기억합니다.

시행 입 안 다물어? 니들도 공범이야!!

홍익·치국 (맞다…)

장군 근데 그건 대군마마 잘못 아닙니까? 자기 처소에서 시중이나 받으면서 편히 살지, 왜 서리 옷까지 주워입고 예문관을 오시냐고요. 진짜 이상한 분이셔.

길승 어제 구서리 끌고 간 건 또 뭐고. 아주 부싯돌 한번 탁 스치면 화르르 불타겠던만.

시행 그러고 보니까 분위기가 예사롭지 않기는 했어!

길·경·장·홍·치 (그렇다니까요!! 고개 끄덕끄덕)

시행 (턱 쓰다듬으며) 아, 이거 굉장히 궁금해지는데?

아란 나한테 묻지 마라… 묻지 마라… (중얼거리며 일하는 척하는데)

들어오는 해령. 일동 일시 정지. 해령을 본다.

해령 (분위기가 왜 이래? 꾸벅) 늦어서 죄송합니다. (자리로 가려는데)

경묵 어이, 당사자. (손짓하며) 너 빨리 와서 말해봐. 어제…

우원O.L (일부러) 오늘부터 구권지는…

일동 (우원 보면)

우원	대비전으로 입시하거라. 도원대군의 가례기록 담당이다.
한림들	(뜬금없이?)
해령	(멈칫) 가례… 기록이요?
은임	(놀라서, 해령 눈치 보며) 대비전은 제 담당인데 왜 구권지를 시키십니까? 제가 가겠습니다. 구권지는 녹서당… (하다가 깨닫고 작게) 녹서당도 안 되는데…?
아란	(번쩍 손 들고) 저요! 제~가 녹서당으로 가겠습니다. 구권지는 중궁전으로 가십시오.
은임	예! 그럼 되겠네요. (순서대로 가리키며) 대비전, 중궁전, 녹서당!
해령	(잠시 생각하다가) 아니요, 대비전으로 가겠습니다.
은임·아란	(구권지…!)
사희	(괜찮으려나? 무심한 척 걱정스럽게 보면)
해령	(담담하게 서있고)

INS.   녹서당 전경 (D)

S#7.   녹서당 마루 (D)
대야를 들고 서있는 나인들. 서로 들어가라 아웅다웅한다. 삼보, 녹서당으로 들어오다가 그 모습을 보고.

삼보	아, 뭣들 하고 있어? 마마께서 진즉에 기침하셨겠구만!
최나인	그걸 몰라서 이러겠습니까. 괜히 들어갔다가 불호령 떨어질까 봐 그러죠…
삼보	아무리 그래도 그렇지 시간이 몇 신데… (대야 뺏어 들고, 큼… 고운 목소리로) 마마? 삼보 왔어요~

S#8.   녹서당 이림의 방 (D)
조심스럽게 문을 여는 삼보. 방 안을 보고는 눈이 동그래진다. 이림이 이미 대얏물을 가져다 놓고 세수를 하고 있다.

삼보	마마…?
이림	어, 내가 오늘 좀 일찍 눈이 떠져서. (수건으로 얼굴 닦으면)
삼보	(걱정스럽게 옆에 와서) 괜… 찮으십니까?
이림	(잠시 멈칫했다가 아무렇지 않은 얼굴로) …안 괜찮을 건 또 뭔데?
삼보	(…?)
이림	(문 쪽 보며 나인들에게) 아침상을 차려 오거라.

S#9.　　　녹서당 앞 (D)

정원에서 서책을 읽는 이림. 평소와 다름없지만 차분한 분위기다. 조금 떨어진 곳에서 걱정스럽게 지켜보는 삼보와 나인들.

최나인	차라리 울고불고하시든가… 저게 뭡니까…
박나인	이러다 우리 마마 실성하시는 거 아니에요?
삼보	이미… 하신 것도 같어…
나인들	(어휴… 짠해서 보고 있는데)
아란E	대군마마!
이림	(멈칫)

대군마마 소리에 굳어서 천천히 문 쪽을 보는 이림. 아란, 어색한 얼굴로 사책을 들고 서있다.

아란	(꾸벅) 예문관 권지, 허아란입니다.
이림	(…)

그렇지, 너일 리가 없지… 잠깐 슬픈 기색이 비쳤다가 다시 아무렇지 않게 서책을 읽는 이림. 삼보와 나인들, 이럴수록 더 불안하고.

S#10.　　　길거리 일각 (D)

길거리 여기저기에 금혼령과 봉단령을 알리는 방이 붙는다. 사람들이 호기심 어린 눈으로 방을 읽는다.

S#11.   대비전 안 (D)
         최상궁이 건넨 서신을 보고 있는 대비. (*처녀 단자 간략하게 정리한 것) 아
         무래도 성에 차질 않는 표정이다. 해령은 자리에서 사필을 하고 있다.

대비   명색이 대군의 국혼인데, 어쩜 이리 하나같이 한미한 집안들뿐인지…
최상궁   아직 시일이 꽤 남았습니다. 너무 염려치 마십시오.
대비   (흠… 서신 내려놓고) 도원은 어찌 지내고 있다던가?
해령   (이림 얘기에 멈칫)
최상궁   그날 이후로 말수가 줄었으나, 평소와 크게 다르시지 않다고 하옵니다.
대비   그래, 그리 지내다 보면 다 지나간 일이 되는 거지. 허내관에게 더 성심
            성의껏 모시라 전하게.
최상궁   예.
해령   (씁쓸한 마음으로 다시 사필하는데)
대비전 상궁E   대비마마!
대비   들라.

         대비전 상궁, 급히 문을 열고 들어와서.

대비전 상궁   소백선 영감에게 답신이 왔습니다. 처녀 단자를 넣었다 합니다!
대비   (…! 얼굴에 화색이 돌고) 그래?
해령   (그게 왜? 영문을 모르는 표정에서)

S#12.   빈청 안 (D)
         익평과 우의정, 대제학, 대사헌, 도승지가 앉아있다. 이조정랑은 이제
         막 들어온 듯 자리로 향한다.

우의정   경주 소씨? 틀림없이 경주 소씨라 하였어?

이조정랑	예, 제가 직접 예조에서 듣고 오는 길입니다! 경주 소씨 소백선 영감의 장녀라고요!
대제학	아니, 경주 소씨라면 왜란 때부터 명망 높은 무문[1]이 아닌가? 그런 집 안에서 왜 도원대군을 탐내?
대사헌	게다가 소백선 영감은 훈련도감의 수장입니다! 군사를 이끄는 자가 어 찌 왕실과 사돈을 맺으려 한단 말입니까?
도승지	(익평 보며) 뭔가 이상합니다, 대감. 조정 대신들이라면 술 한 잔도 진저 리 치는 인삽니다. 갑자기 나서는 데는 필시 속셈이 있는 겁니다.
익평	(예상치 못한 인물의 등장에 생각이 많아지고, 도승지 보며) 대장에게 연통을 넣어주십시오.

S#13.   동궁전 안 (N)
늦은 밤. 이진이 부제학에게 보고를 받고 있다.

이진	놀랍군요. 소백선 영감에게 여식이 있는 줄은 몰랐는데.
부제학	서른이 넘어 귀하게 얻은 자식이라 합니다. 올해로 열여덟 된 처녀고요.
이진	(그 정도면 림의 혼처로 마땅하지만, 아무래도 뜬금없단 생각에)
부제학	헌데 저하, 좌상이 이미 부부인을 내정해놓았다는 은밀한 소문이 돌고 있습니다.
이진	(멈칫, 보는데서)

S#14.   익평의 집 마당 (N)
귀재의 안내를 받으며 마당을 걸어가는 중년의 사내. 무장을 하지 않은 붉은 철릭 차림임에도 무인의 기개가 느껴지는, 훈련도감 대장 소백선 이다. 백선, 곳곳에서 집을 지키고 있는 사병들을 쳐다보고.

---
1) 무문(武門): 무인의 가문.

S#15.   익평의 집 사랑채 (N)
         차를 마시고 있는 익평과 백선. 고요함 속에 서로를 경계하는 팽팽한
         기류가 감돈다.

익평   (찻잔 내려놓고) 듣자 하니 훈련도감에서 배출한 무관들이 각도에서 큰
         활약을 하고 있다더군. 대장의 기개가 남다르니 걸출한 인재들이 차고
         넘치나 보오.
백선   과찬이십니다. 저는 그저 나라와 백성에게 충성해야 하는 무관의 소명
         을 가르치고 있을 뿐입니다.
익평   무관의 소명이라… (은근히 날이 서서) 헌데 어찌하여 대장은 소명만 알
         고 주제는 모르시는 게요?
백선   (보면)
익평   그대가 간택에 나선 걸 보니, 외척이 되어보겠다는 큰 꿈을 품은 것 같
         아 하는 말이오. 이 나라 조정의 근간은 어디까지나 우리 문관들이오.
         병서나 익히며 창검만 휘두르는 무관들이 끼어들 자리는 아니지 않겠
         소?
백선   (가만히 듣다가 피식 웃으면)
익평   (웃어…?)
백선   대감, 참으로 과민하십니다. 이런 식으로 사람을 겁박하고 정사를 휘두
         르시니, 세간에 이 나라 왕은 이씨가 아니라 민씨라는 소문이 도는 것
         아닙니까?
익평   (…!)
백선   소인은 그저 어명에 따라 처녀 단자를 냈을 뿐입니다. 누구처럼 딸자식
         을 팔아 권세를 살 생각은 추호도 없으니, 괜한 걱정은 마십시오.

         그 말에 차갑게 식는 익평의 표정. 백선이 그런 익평을 비웃기라도 하
         듯 여유로운 태도로 일어나고, 방을 나서려는데.

익평   착각하지 마시게.

백선	(보면)
익평	내 자네를 훈련도감 수장 자리에 놔둔 건 권력을 멀리하는 강직함 때문이지, 방도가 없어서가 아니야.
백선	(그래도 물러서지 않겠다는 의지, 목례하고 방을 나가면)
익평	(찻잔을 쥔 손에 힘이 들어가고)

INS.   궁궐 전경 (D)

S#16.   내전 야외 일각 (D)

어여쁘게 갖춰 입은 간택 후보들이 최상궁, 대비전 나인들을 따라 별궁으로 향하고 있다. 처음 와보는 궁궐의 아름다운 풍경에 이곳저곳 시선을 거두지 못하는 후보들. 몇몇은 설렘으로 흥분해있고, 몇몇은 또 위압감을 느낀 듯 쫄아 있다. 후보들과 정반대로, 닳고 닳은 일터의 풍경에는 무심한 해령. 지루한 듯 껄렁껄렁 행렬의 맨 뒤를 따라간다.

S#17.   초간택 장소 (D)

/'초간택' 자막이 뜬다. 대비, 중전, 세자빈, 종친 몇 명이 멀찍이 앉아있고, 해령이 사필을 하고 있다.

한 줄로 선 후보들이 '통례원 찬의 김영식의 차녀, 진명입니다', '한성부 서윤 박재학의 장녀, 선정입니다' 등등 이름을 밝히며 절을 올린다. 그리고 영화의 차례.

영화	훈련도감 대장 소백선 영감의 장녀, 영화입니다.

청아한 목소리에 고개를 들어 영화를 보는 해령. 곱고 단정한 자태에, 맑고 온화한 미소. 다른 후보들과는 확연히 다른 분위기다. 왠지 영화를 보고 나니 기분이 묘하지만, 그 이름을 받아 적고.

/최상궁과 대비전 상궁들, 후보들 한 명 한 명의 용모를 살피며 해령에게 뭐라 뭐라 말하면, 바쁘게 받아 적는 해령.

/예법 심사. 각자 앞에 찻상을 놓고 앉아있는 후보들. 전다법(*다관에 잎 차를 넣은 다음 탕수를 부어 우려 마시는 방법)으로 다례를 행한다. 후보들 이 긴장으로 갖은 실수를 하는 가운데, 홀로 침착하게 순서를 끝내는 영화. 대비가 그런 영화를 눈여겨보고 있으면, 해령이 '저게 뭐 어려운 거라고…' 중얼대며 뚱한 표정으로 사필을 한다.

S#18.   해령의 집 해령의 방 (D)
들어오자마자 선반에서 술을 꺼내고, 꼴깍 한 잔을 넘기는 해령. 그래 도 마음속 어딘가 꽉 막힌 기분은 풀리지가 않고.

S#19.   녹서당 이림의 방 (D)
/수방 나인들이 이림의 옷 치수를 재고 있다. 팔을 들고, 뒤로 돌고, 순 순히 협조하는 것 같지만, 아무런 감정이 없는 듯한 이림. 지켜보는 삼 보와 나인들의 속이 타고.
/예조 관리가 이림 앞에 앉아서 서책을 들고, 혼례 과정을 가르쳐주고 있다.

예조관리   동뢰의[2] 때는 왕자궁에 왕자가 먼저 도착하고, 이어서 들어오는 부인 을 방 안으로 인도한다. 왕자는 서쪽을 향해 서서 부인에게 읍을 하고, 부인은 동쪽을 향해 서서 두 번 절을 올린다. 왕자가 답절을 한 뒤 다시 부인에게 읍을 하고 자리에 앉는다.

들으면서도 다른 생각에 잠겨있는 이림. 아란이 그런 이림의 눈치를 보 며 사필하고.

S#20.   대비전 안 (D)
'재간택' 자막이 뜬다. 앉아있는 대비, 중전 앞에 발이 내려와 있고 영화

---

2) 동뢰의(同牢儀): 부부가 술과 음식을 나눠 먹고 첫날밤을 치르는 의식.

를 포함한 여섯 명의 후보들이 답을 하는 모습들 컷컷.

후보①	소녀, 부녀자로서 고금 역사에 통달하고 예의를 논하는 것은 폐단이라 배웠습니다. 하여 소녀는 여훈이 아닌 서책은 단 한 권도 읽지 않았습니다.
후보②	밥은 봄처럼 따듯하고, 국은 여름처럼 뜨거우며, 장은 가을처럼 서늘하고, 음료는 겨울처럼 차가워야 합니다.
영화	부인으로서는 효성이 지극하며 투기를 하지 않았던 주문왕의 부인 태사가 으뜸이고, 어머니로서는 훌륭한 교육으로 주문왕을 길러낸 태임을 으뜸으로 칩니다.
대비	(만족스럽게 고개 끄덕이면)
해령	(벌써부터 영화가 부부인이 된 것만 같은 기분. 착잡해서 보다가)

S#21.   해령의 집 해령의 방 (D)
또다시 꿀꺽 한 잔을 넘겨버리는 해령. 이걸로는 부족하다. 한 잔을 더 따라 마신다. 그래도 기분이 풀리지가 않는다.

플래시컷
─대비전 앞 (D)

이림	솔직히 말해. 너도 내가 다른 여인과 혼인하길 바라지 않는다고. 하나도 괜찮지가 않다고.
해령	(쓸쓸해서) 그러게. 괜찮지가 않네…

이렇게나마 진심을 말하는 해령. 마음속에서 무언가 울컥해온다.

플래시컷
─시험장 가는 길 (D)
족두리가 달린 줄도 모르고, 열심히 달려가는 해령.

－해령의 집 해령의 방 (N)
상자를 열어 관복을 보며 꿈만 같은 표정이고.

－해령의 집 앞 (N)
어깨가 으쓱해서, 출근하는 관원들 사이로 당당하게 섞여 들어가고.

－해령의 집 뒷마당 (N)

해령   …저는 늘 오라버니가 부러웠습니다.

해령   아침에 눈을 뜨면 가야 할 곳이 있고, 집을 나서면 해야 할 일이 있고… 매일매일 대단하진 않아도… 삶이라는 게 있지 않습니까.

그래, 나한테도 삶이라는 게 생겼으니까… 생각을 정리하는 해령. 못내 씁쓸함을 달래려 술을 한 잔 더 따르려는데, 겨우 이런 걸로는 위안이 되지 않는다는 걸 깨닫는다. 잔을 내려놓고 어지러운 마음을 다잡으려 노력하는 해령. 그 아득히 쓸쓸한 표정에서.

INS.   예문관 전경 (D)

S#22.   예문관 안 (D)
한림, 권지들이 각자 일을 하고 있다. 관문들을 들고 들어오는 치국. 어리둥절해서 눈을 끔벅끔벅, 살짝 넋이 나가 있는 표정이다.

장군   막둥이 너 왜 그래? 또 예조 놈들이 텃세 부렸어?

치국   아니요. 그런 게 아니라… 이상한 걸 봐가지고요…

길승   이상한 거 뭐?

치국, 맨 위에 올려진 관문을 시행의 책상으로 가져간다. 몰려와서 관문을 읽는 한림들. 다들 눈이 동그래져서 사희를 본다.

시행	이게 뭐야? 지금 여기 적힌 송사희가 우리 송사희야? (사희 가리키며) 저기 저 송사희?
사희	(내 이름이 왜… 불길해서 일어서고) 무슨 일입니까?
경묵	(얼떨떨) 니가… 도원대군 부부인 삼간택에 들었다는데?
은임·아란	예???
해령	(…!!!)
사희	(…!!!)

놀란 사희, 시행의 책상으로 가서 관문을 읽는다. '한성부 서윤 박재학의 장녀가 생년을 속인 것이 발각되어 삼간택에서 제하고, 이조정랑 송재천의 장녀 송사희를 후보에 더한다'라는 내용이다.

사희	(말도 안 돼…! 우뚝 서있으면)
홍익	야… 이러다 우리 중에 니가 제일 먼저 정일품 되겠다? (하는데)

사희, 관문을 들고 그대로 예문관을 나간다. 우원과 은임, 아란이 해령을 보면, 혼란스러운 표정으로 굳어있고.

S#23.   빈청 안 (D)
익평, 대신들이 각자 일을 보고 있는데, 갑자기 열리는 문. 일동, 돌아보면, 흥분한 기색의 사희가 서있다.

이조정랑	(!!!) 사희 너…? 니가 여길 왜 들어와?
사희	(개의치 않고 익평 빤히 보고 있으면)
익평	(목적을 알겠고) …잠시 자리 좀 비켜주시겠습니까?
대신들	(우리가?? 서로서로 보다가, 큼… 일어서고)
이조정랑	(사희가 사고 칠까 걱정에 안절부절 따라 나가고)

다들 나가고 나면, 익평 앞으로 걸어와 관문을 내려놓는 사희.

사희	어떻게 된 겁니까?
익평	(태연한) 적힌 그대로일세. 한성부 서윤의 여식이 나이를 속였고, 빈자리를 자네가 대신했고.
사희	그러니 그 빈자리에 왜 제가 들어가 있냔 말입니다!
익평	(…)
사희	물러주십시오. 전 도원대군과 혼인할 생각이 없습니다.
익평	(…)
사희	대감…!
익평O.L	내 수족이 되겠다며 먼저 찾아온 건 자네가 아니었나?
사희	(…!)
익평	자네가 어디에 필요한지, 어떻게 쓸지는 내가 결정해. 그리고 지금 나의 결정은 자네가 도원대군의 부부인이 되는 거야.
사희	(참담해서) 대체 제가 부부인이 되어서… 무슨 쓸모가 있단 말입니까.
익평	차차 알게 되겠지. (일어나서) 삼간택 후보들이 별궁에서 지내고 있네. (사희 곁에 와서 빤히 보며) 내일부터 예문관이 아니라 별궁으로 입궐하게. (나가면)
사희	(파르르 주먹에 힘이 들어가고)

S#24.   동궁전 안 (D)
상소를 읽고 있던 이진. 문득 비어있는 여사 자리에 시선이 향한다. 그렇게 잠시 보고 있으면, 문가에 서있던 김내관이 눈치를 채고.

김내관	예문관에 일러 여사를 들라 하겠습니다.
이진	아니다. 나가 있거라.

김내관이 뒷걸음쳐 방을 나서면, 생각에 빠지는 이진.

S#25.   동궁전 안 (N/회상)
S#13 다음 상황.

이진	(기가 막혀서) 부부인을 내정해놨다니요? 또 자신의 일가를 내세워 외척을 만들겠다는 겁니까?
부제학	이번엔 좌상의 가문이 아닙니다. 이조정랑 송재천의 여식이라 합니다.
이진	(…! 멈칫) 허면…
부제학	예, 예문관 권지 송사희입니다.
이진	(그대로 굳고)

S#26.   **동궁전 안 (D)**

이림과 사희. 상상도 해본 적 없는 그림에 마음이 어수선한 이진. 또 한 번 왕실이 좌상에게 휘둘리는 것도, 이림이 그 대상이 된 것도 분하고, 결국 사희가 좌상을 택한 것도 배신감을 느낀다. 도저히 상소가 눈에 들어오지 않는다. 던지듯 내려놓는다.

S#27.   **이조정랑의 집 사희의 방 (N)**

몸종들이 사희의 짐을 싸고 있다. 사희는 가만히 앉아서 생각에 잠겨있다. 그러다 한 몸종이 문갑에서 작은 함을 꺼내고, 이게 뭐야…? 열어보려고 하면.

사희	손대지 마.

사희, 일어나서 몸종에게서 함을 빼앗는다. 몸종들, 사희의 눈치를 보며 방을 나간다. 혼자가 되고 나서야 함을 열어보는 사희. 겹겹이 곱게 쌓여있던 비단을 펼치면, 그 안에 이진이 줬던 댕기가 들어있다.

플래시컷
─마을 공터 일각 (D)
연싸움에 열을 올리던, 모처럼 천진한 표정의 이진.

그동안 비밀스럽게 간직해왔던 마음을 마주하며, 절망스러운 사희의 표정에서.

INS.   예문관 전경 (D)

S#28.   예문관 안 (D)
유난히 조용한 예문관. 해령이 책상에 앉아 관문을 정리하고 있고, 한림들과 은임, 아란이 해령의 눈치를 살피고 있다. 경묵과 홍익, 치국은 시행의 책상 옆에 모여있다.

경묵   재는 뭐 하루 종일 말 한마디를 안 하냐. 사람 무섭게.

홍익   송서리가 출근을 안 해서 다행입니다. 걔까지 있었으면 아주 한여름에 칼바람 불 뻔했어요.

치국   근데 송서리는 이대로 안 나오는 겁니까?

시행   몰라… 아니, 요즘 예문관 왜 이러냐? 자꾸 한 명씩 줄어? 이러다 나만 남겠어, 나만.

그때, 사희가 조용히 예문관으로 들어온다.

은임   (발견하고) 송권지님…?!

일동   (보면)

해령, 글을 쓰다 말고 멈칫, 문 쪽을 본다. 사희와 마주치는 시선이 어색하다. 사희, 그런 해령의 시선을 떨쳐내며 사책을 들고 나간다.

S#29.   동궁전 앞 (D)
상소를 들고 걸어가고 있는 익평. 다른 쪽에서 오고 있던 사희와 마주친다. 익평을 보는 눈빛은 형형한 채, 가볍게 고개만 숙여 인사하는 사희.

익평   오늘부턴 별궁으로 가라고 했을 텐데.

사희	저 아직 사관입니다. (동궁전으로 들어가면)
익평	(탐탁지 않지만 따라 들어가고)

S#30. 동궁전 안 (D)

이진과 익평이 앉아있고, 사희가 입시해 있다. 이진은 익평이 올린 상소를 읽고 있다.

이진	훈련도감의 소백선 대장을, 함경도 관찰사로 전출하란 말입니까?
익평	요새 들어 아라사[3]의 간자들이 두만강을 넘어 민가와 군영을 염탐하는 일이 빈번하다 하옵니다. 하니 경륜이 출중한 소백선 대장을 보내 국경을 살피게 하십시오.
이진	훈련도감 대장은 정예병을 양성하고 도성을 방어하는 막중한 소임을 가진 직책입니다. (상소 내려놓고) 쥐를 잡자고 대검을 쓰진 않을 겁니다. 물러가십시오.
익평	대장직에는 신이 마땅한 후임자를 천거할 테니…
이진O.L	대체 무엇 때문에 이러는 겁니까?
익평	(보면)
이진	또 무엇이 아니꼬워서, 이 나라 제일가는 무신을 변방으로 밀어내려 하냔 말입니다.
익평	말씀이 지나치십니다, 저하. 신은 그저 나라의 안위를 염려하고 있을 뿐입니다.
이진	나라가 아니라 좌상의 안위겠지요. 나의 사람이 아닌 누군가가 외척세력이 될까, 미리 짓밟아두려는 속셈을 내 모를 것 같습니까?
익평	(이진이 본론을 꺼내자, 더 이상 겉치레는 필요 없겠단 판단하고 미소로) …역시 영특하십니다.
이진	(…!)
사희	(익평의 불손함에, 사필을 멈추고 보면)

---

3) 아라사: 러시아의 옛말

익평	허면 현명히 판단해주십시오. 가뜩이나 입지가 약하신 도원대군마마 십니다. 소씨 가문과 엮였다가 소백선 대장에게 변고라도 생기면 누가 대군마마를 지켜줄 수 있겠습니까.
이진	(이럼까지 입에 올려?) 좌상!!
익평	(표정 하나 바뀌지 않고) 이만 물러나겠습니다.

익평, 일어나 배를 하고 방을 나선다.

S#31.   동궁전 앞 (D)
그렇게 걸어 나왔다가 싸늘한 표정으로 동궁전을 한번 돌아보는 익평.
다시 걸음을 옮기고.

S#32.   동궁전 안 (D)
분한 마음에 치를 떨며 앉아있는 이진. 사희도 말없이 앉아있다.

이진	(감정 누르며) 이만 물러가거라.
사희	(버티고)
이진	(…)

이진, 뭐라 말해봤자, 사희가 물러가지 않을 거란 생각이 든다. 사책에
적히든 말든, 신경 쓰고 싶지도 않아졌다. 일어나서 문갑을 열고, 숨겨
두었던 술을 따르는데.

사희	멈추지 않을 겁니다.
이진	(돌아보지는 않지만 손을 멈추면)
사희	오늘이 안 되면 내일, 내일도 안 되면 또 다음 날… 자신의 목적을 이룰 때까지, 저하를 조여올 겁니다.
이진	(잔을 탕 내려놓고 속이 들끓는 기분으로 돌아보며) 해서? 내가 좌상의 뜻대로 휘둘려주길 바라느냐? 그래야 니가 부부인이 될 수 있으니까?

사희	(그런 뜻이 아닌 걸 알면서…! 보면)
이진	아무것도 가진 것이 없어 여사가 됐다고 했었지. 몰랐다. 니가 좌상을 등에 업고 갖고자 한 게 이런 것일 줄은.
사희	(이 악물고, 낮게) 단언하지 마십시오…
이진	축하를 해주는 것이다. 평생을 부귀 속에서 살 수 있게 되었어. 이젠 여사가 아니라 모두가 우러러보는 귀한 사람이 될 텐데… 결국 원하는 바를 이룬 것이 아니냐.
사희O.L	(순간 울컥해서) 제가 원한 건 그런 것들이 아닙니다.
이진	(보면)
사희	선택권을 갖고 싶었습니다. 누구에게도 휘둘리지 않고, 흔들리지 않고, 오롯이 제 선택으로 살아보고 싶었습니다. 여사가 되면 그리 살 수 있을 거라고 믿었습니다. 그래서 좌상을 찾아간 것이지… (허탈해서) 그자의 손에 제 인생을 모두 맡기겠단 뜻은 아니었습니다.
이진	(…)
사희	(북받쳐서) 헌데도 제가 원하는 걸 얻었다 생각하십니까? 내 삶이 내 것이 아니라는 거, 그걸 깨달은 제 마음이 얼마나 비참한지… (목이 메어서, 더 이상 말을 잇지 못하고)
이진	(누구보다 잘 아는 기분, 눈빛 흔들리고)
사희	(무너지기 직전, 마음을 추스르며) 마지막 입시일지도 몰라서… 얼굴을 뵙고 인사를 드리고 싶었습니다. 강녕하십시오, 저하.
이진	(…)

사희, 눈물을 참으며 배를 하고, 방을 나서기 위해 문을 여는데.

이진	(툭 튀어나오는 진심) …나도 안다.
사희	(보면)
이진	내 삶을 내가 택할 수 없다는 게… 어떤 기분인지.
사희	(…!)
이진	앉거라. (술잔 하나 더 꺼내서 서안에 내려놓고) 나도 마지막으로… 너의 얘

길 들어주마.

사희   (⋯)

사희, 그래도 저하만은 마음을 알아준다는 생각에.

S#33.   **궁궐 전경 (N)**
아직 어둠이 가시지 않은 이른 아침.

S#34.   **동궁전 앞 (N)**
근처를 지나가던 어린 나인들. 누군가를 보며 놀라 멈춰 선다. 사희가
동궁전에서 나오고 있다. 사희도 그런 나인들을 보고 멈춰 섰다가, 이
내 아무렇지 않게 동궁전 마당을 빠져나간다. 눈이 동그래져서 서로를
보는 나인들.

S#35.   **침전 안 (D)**
왕이 식사를 하고, 상궁들이 시립해 있다. 상선이 밖에서 급히 찾는다.

상선E   전하!! 전하!!

왕이 눈짓을 하면 나인들이 문을 연다. 상선이 들어오고.

왕   아침부터 무슨 소란이냐?
상선   (어떻게 말해야 할지 모르겠고) 그⋯ 그것이⋯
왕   (불길하게 보는데서)

S#36.   **궁궐 야외 일각 (D)**
권지들이 관문을 나르고 있다. 그런데 주변을 지나가는 관원들의 표정
이 탐탁지 않다. 무언가 수군거리며 삿대질을 하기도 한다.

은임	(기분 나빠서) 뭡니까, 저 영감탱이들은?
아란	(은임에게) 저 얼굴에 뭐 묻었어요?
은임	(고개 젓고)
해령	(왠지 시선들이 사희를 향한 것 같고)
사희	(설마 하면서도 애써 무시하며 걸어가는)

S#37. 예문관 안 (D)

일을 하다 말고 시행의 책상 쪽을 보고 있는 한림들. (*치국은 없고) 제갈
주서가 육포를 뜯으며 시행의 책상에 앉아있다.

시행	뭐? 누가 어쩌고 저째? (황당해서) 소문을 지어낼 거면 정성이라도 들이던가! 송서리가 무슨… (확 씨!)
경묵	예, 제갈주서님이 잘못 아셨습니다. 걔는 저하한테 대들어서 쫓겨났으면 쫓겨났지 그런 짓 할 애는 아니라니까요.
제갈주서	아이, 진짜라니까!! 김나인이 박내관한테 말하고, 박내관이 최서리한테 말해준 거, 내가 직접 들었다고!
한림들	(어어…? 불안해서 시행 보면)
우원	(설마 하는데)

들어오는 권지들. 한림들과 눈이 마주친다.

시행	(일어서고) 야, 송서리. 니가 얘한테 말 좀 해줘라. 자꾸 이상한 소문 씨불이고 다닌다.
해령	(소문…?)
은임	무슨 소문이요?
홍익	아니, 글쎄… 이걸 뭐라고 말하냐… 그러니까 송서리가 저기 뭐시기… 아침에 동궁전에서 나오는 걸 누가 봤다고…
사희	(…!)
아란	에이, 그게 무슨 말도 안 되는… 송권지는 오늘 아침에 우리랑 같이…!

	(하다가 뒤늦게 깨닫고) 같이 안 오긴 했는데…
장군	(뭔가 이상해서) 송서리, 너 왜 말이 없어? 빨리 아니라고 하라니까?
사희	(멍해서)
은임	송권지님…?
일동	(사희의 대답을 기다리는데)
사희	동궁전에 있었던 건… 사실입니다…
일동	(…!!!)
해령	(사희가?!!)
시행	(정색하고 목소리 낮아져서) 너 그게 지금 무슨 뜻이야? 너 설마… 저하랑?
사희	(당황해서) 그런 게 아닙니다. 전…
시행	그런 게 아니면 뭐! 니가 왜 거기서 밤을 보내!
사희	(…)
시행	너 제정신이야? 사관이 어떻게…!! (기가 막혀서 말문 막히고)
제갈주서	(쯧쯧 혀를 차고)
해령	(대체 무슨 생각으로… 사희를 보고 있는데)
치국E	양봉교님!!

치국, 헐레벌떡 뛰어 들어온다.

치국	밖에 상궁이 와있습니다. 세자빈마마께서 송사희를 찾으신다고요.
일동	(…!)
우원	(급히) 안 된다고 전하거라. 민우원 봉교가 허락하지 않았다고.
치국	저도 그렇게 말은 해봤는데…
사희O.L	(자신이 풀어야 한단 생각에) 다녀오겠습니다.
우원	송권지…!
사희	(…)

사희, 급히 예문관을 나선다. 갑작스럽게 치닫는 사태에 정신을 차릴
틈도 없이 심각해있는 한림, 권지들.

아란	(발 동동, 걱정으로) 어떡합니까? 송권지, 이러다 봉변이라도 당하는 거 아니에요?
해령	(…)

해령, 이렇게 사희를 혼자 보낼 수는 없다. 사책과 필통을 챙겨 예문관을 달려 나간다.

| 시행 | 쟨 또 어디가? (이것들이 쌍으로…! 미치겠다!) 구서리!! |

S#38. 세자빈궁 복도 (D)
문 앞에 서있는 빈궁 상궁과 사희.

| 빈궁 상궁 | 마마, 예문관 권지 송사희… (하는데) |

급히 들어와서 사희 옆에 서는 해령.

사희	(구권지가 왜… 살짝 놀라서 보고)
빈궁 상궁	예가 어디라고 드는가? 물러가시게.
해령	저희 예문관의 관원입니다. 사관 없이 독대하실 수는 없습니다.
빈궁 상궁	(난감한데)
세자빈E	열어주거라.

그 말에, 안에서 문이 열리고.

S#39. 세자빈궁 방 안 (D)
들어오는 해령과 사희, 빈궁 상궁. 세자빈은 차갑고 고고한 표정으로 보료에 앉아있다.

| 세자빈 | 다들 나가 있어. |

상궁, 나인들이 눈치를 보며 나가고, 문이 닫힌다. 해령과 사희가 배를 하면 그때서야 사희를 올려다보는 세자빈. 해령이 바닥에 사책을 놓고 앉는다. 사희도 세자빈 앞에 앉고 나면, 잠시 무거운 정적이 흐르다가.

세자빈	뻔뻔하구나. 무릎이라도 꿇을 줄 알았는데.
사희	(보면)
세자빈	그래, 우스울 만도 해. 저하 곁엔 얼씬도 못 하는 허수아비 세자빈이 투기를 하니 같잖고 아니꼽겠지.
사희	…아닙니다.
세자빈O.L	(버럭) 아닌데 대체 왜!!
사희	(…)
세자빈	(막상 사희를 보니 속이 뒤집혀서) 왜 죄스러운 기색이 하나도 없어? 세자빈이 십수 년간 노력해도 꿈쩍 않던 저하의 마음을 내가 한순간에 동하게 만들었다, 내가 저하를 차지했다, 그런 우월감인 것이야? 곧 애첩이 되어 궁에 눌러앉을 테니, 세자빈 따위 무섭지도 않다는 것이야?
사희	(무슨 말도 소용이 없다는 걸 안다, 듣고만 있으면)
세자빈	착각하지 말거라. 저하께선 진정으로 누구도 품을 수 없는 분이야. 니가 무슨 짓을 해도… 저하는 너의 사람이 되지 않아!
사희	그런 일, 감히 바래본 적도 없습니다.
세자빈	(보면)
사희	전 그저… 저하께서 제 마음을 알아주셨으면 했습니다.
세자빈	(기가 막혀서) 마음…?
사희	(…)
세자빈	(그게 더 괘씸해서) 그 마음이 네게서 모든 것을 앗아갈 수 있다는 거, 니 인생을 망칠 수 있다는 거, 알기는 하느냐?
사희	(두렵지만 단단한 태도로) 압니다. 허나 후회하지 않습니다.
세자빈	(…!)

사희를 괘씸하게 노려보면서도, 분노와 자기 연민, 복잡한 감정에 눈물

이 차오르는 세자빈. 그런 세자빈의 마음을 알아챈 해령, 마마가 안쓰럽단 생각마저 든다. 그리고 동시에 이런 상황에서조차 자기감정에 솔직한 사희의 단단함이, 모든 걸 앗아가도 괜찮다 말하는 사희의 용기가 마음을 동동 울린다. 그렇게 잠시 사필을 놓고 두 사람을 보는 해령의 모습에서.

INS.   대비전 전경 (D)

S#40.   대비전 안 (D)
            최상궁에게 얘기를 듣고 있는 대비.

대비   뭐라? 세자와 여사가?

최상궁   예, 게다가 그 여사가 좌상이 삼간택에 넣었던 이조정랑의 여식이라고 합니다.

대비   (허! 헛웃음 지으며) 기특한 아이로구나. 알아서 좌상의 일을 그르쳐줬어.

최상궁   허나 이번 일은 저하께도 큰 추문이 될 겁니다. 지금이라도 나인들이 거짓 소문을 퍼트렸다 밝히면…

대비   (표정 싹 변해서 보면)

최상궁   …송구합니다, 마마. (하는데)

대비전 상궁E 대비마마!

S#41.   대비전 앞 (D)
            대비전 상궁, 나인들이 백선과 함께 서있다. 대비가 기쁜 얼굴로 마중을 나온다.

대비   백선…

백선   (배하고) 귀체 만강하셨습니까.

대비   (미소로 보고)

S#42.   궁궐 야외 일각 (D)

대비와 백선이 걷고 있다. 최상궁과 나인들은 멀리 따르고 있다. (*녹서당 가는 길)

대비   고맙네. 민익평을 등지고 나서는 게 쉽지는 않았을 텐데 말이야.

백선   마마께서 부탁하신 일에 고민할 여부가 있겠습니까. 헌데, 좌상이 저의
         전출을 요구하고 있다 들었습니다.

대비   나도 들었네. 아쉽지만 우리도 한발 물러나야겠어. 애초에 좌상이 세
         운 후보를 막는 것이 목표였으니, 자네의 훈련 대장직을 잃어가면서까
         지 혼례를 진행할 필요는 없지.

백선   예.

대비   자네의 여식은 내 좋은 혼처를 알아봐 줄 테니, 너무 상심하지 않도록
         잘 달래주시게.

백선   (미소로) 염려치 마십시오.

조금 더 걸어가던 두 사람. 대비가 멈춰 선다. 멀리 보이는 녹서당의 모
습. 이림이 마루에 앉아 서책을 보고 있다.

대비   자네, 도원을 한번 보고 싶다고 했었지?

백선   (설마…! 고개를 돌려 이림을 보고) 그분… 이십니까?

대비   (고개 끄덕이고)

백선, 다시 이림을 본다.

플래시컷
−궁궐 어느 정자 (D/20년 전)
어느 화창한 여름날. 서책에 완전히 몰두해있는 이겸.

그런 이겸의 모습 위로, 지금의 이림 모습이 겹쳐지고.

250

백선	서책을 좋아하시나 봅니다.
대비	그래, 어려서부터 손에서 놓지를 않는다 하더군.
백선	(벅차고, 떨리는 음성으로) …닮으셨습니다, 전하와.

추억에 잠기는 대비와 백선. 두 사람의 시선은 느끼지 못한 채 서책을
보고 있는 이림 모습에서.

S#43.　모화 은신처 안 (N)

방을 둘러보며 앉아있는 재경. 모화가 간단한 술상을 들고 들어온다.

재경	이리 주십시오. (일어나 상을 받고 내려놓으면)
모화	(멈칫, 그 모습을 빤히 보는데)
재경	왜… 그러십니까?
모화	여전하다 싶어서. 남의 손에 뭐 들려있는 거 못 보는 성격.
재경	(여태 그런 것까지 기억해…? 애달프게 웃으면)
모화	(자리에 앉고) 그간 어찌 살아온 것이냐. 그 아이와 너…
재경	(모화 잔에 술 따르며 담담한 기색으로) 처음 청국에 가서 몇 년은 먹고살아야 된단 생각밖에 없었습니다. 저는 상단에서 통역을 하고… 해령이는 절 따라다니며 돕고… 그다음 몇 년은 또 전쟁이었습니다. 스승님께 무슨 일이 있었던 건지, 우리가 왜 조선을 떠났어야 하는지… 매일같이 해령이가 물어왔으니까요.
모화	해서, 그 아이는 어디까지 알고 있는 것이냐?
재경	(어렵게 입에 담는 말) …누명을 쓰고 아버지가 죽었다… 그리 알고 있습니다.
모화	(숨이 턱 막히고)
재경	(무겁게 시선을 내리고 있는데)
모화	언젠가는 알게 될 것이다. 그때는, 해령이도 널 용서하지 않을 거야.
재경	용서받을 수 있다고 생각한 적 없습니다. 다만, 해령이가 감당할 수 없을까 봐 두렵습니다. 제가 스승님을 죽게 만들었단 사실을요…

모화	(재경이가 가진 마음의 짐이 얼마나 무거울지, 슬프게 보는데서)

INS.   녹서당 전경 (D)

S#44.   녹서당 이림의 방 (D)
방 여기저기에 작고 큰 함들이 놓여있다. 사모, 단령, 대(帶), 신발 등의
가례 복식들이다. 아란과 나인들이 열어보며.

아란	(손으로 쓸어보며) 와… 왕실 혼례물품이라 그런지 때깔부터 다릅니다. (신발 보며) 이건 진짜 장인 중의 장인이 만든 솜씬데?
나인들	(신기해서 이렇게 저렇게 같이 구경하고 있으면)

문이 열리고, 이림과 삼보가 들어온다. 아란, 나인들, 급히 배를 한다.

삼보	(방 둘러보며) 이게 다 무엇이냐?
박나인	수방에서 받아온 겁니다. 의양[1]은 맞는지, 입어서 불편하진 않으신지, 확인해야 한다고 해서요.
삼보	(작게) 이것들이 불난 집에 부채질을…! (나인들 흘기면)
이림	(무심하게 보다가) …꼭 오늘 해야 하느냐?
최나인	아니요, 그런 건 아니옵고…
이림O.L	그럼 다음에 해.

이림, 쌩하니 자리로 가서 책을 펼친다. 삼보, 나인들에게 얼른 치우라
고 손짓한다. 나인들이 주섬주섬 함을 정리하고, 아란도 나인들을 도와
함을 챙긴다. 그렇게 세 사람이 방을 나가면 삼보, 이림의 눈치를 보며
슬슬 다가간다.

삼보	마마, 제가 사가를 몇 개 봐뒀는데요.
이림O.L	(책장 넘기며) 나중에.

삼보	(더 가까이 다가가서) 아이, 그러지 마시고요… 이렇게 방에 있어 봤자 모기나 물리고, 얼굴만 푹푹 익어가잖습니까. 이참에 바깥바람도 좀 쐬시고…
이림O.L	생각 없어.
삼보	그럼 일단 저~ 앞에 정원까지만 걸어갔다 오시는 건…
이림O.L	(조금 짜증으로) 생각 없대도.
삼보	(이 양반이 진짜… 성질나서) 생각 없어도 하십시오!! (책 덮어서 뒤로 확 던져버리며) 좀! 좀! 좀!
이림	(보면)
삼보	(방 이곳저곳 가리키며) 사방천지가 다 구권지가 있었던 공간입니다! 여기 가만히 앉아있는다고 뭐가 나아지겠습니까? 차라리 밖에서 몸이라도 바빠야 구권지 생각을 덜 하실 거 아닙니까!
이림	(정곡을 찔리고)
삼보	(달래며) 좋게 생각해보면, 마마께서 그렇게 고대하시던 출합⁵⁾을 하는 겁니다. 나가서 이 집 저 집 구경하고 고르다 보면은 그래, 여기서는 이렇게 살면 되겠구나~ 기분도 풀리고 기운도 나시지 않겠습니까?

이림, 내키지는 않지만 삼보의 말에도 일리가 있다. 비어있는 여사 자리를 본다. 이 공간 전부 해령이와의 기억뿐인 것이 괴롭다.

S#45. 어느 한옥집 마당 ① (D)
집을 둘러보는 이림. 삼보가 옆에서 설명하고 있다.

삼보	이 집으로 말할 것 같으면~ 어찌나 삼신할매가 점지를 잘해주는지~ 여기 사는 부인마다 아들을 막 여섯 명, 일곱 명씩…!
이림	(…고개 젓고)

---

4) 의양(衣樣): 옷의 치수.
5) 출합(出閤): 왕자가 자란 뒤에 따로 나가서 살던 일.

삼보   (아니야…?)

S#46.   어느 한옥집 마당 ② (D)
          두 번째 집. 삼보가 대문 앞에 서있고, 이림이 집을 둘러본다.

삼보   이게, 이게! 바로 그 귀하다는 벼락 맞은 대추나무로 만든 대문입니다.
          해서 나쁜 기운은 막아주고…! 재물복은 불러들이고…! 그야말로 만사
          형통…!

이림   (여기도 아니야… 또 고개 저으면)

삼보   (또 아니야?)

S#47.   어느 한옥집 마당 ③ (D)
          마당으로 들어오는 이림, 삼보. 전에 보던 것들보다 낡고 허름한 집이
          다. 삼보는 살짝 지쳐서 설명에 의욕이 없다.

삼보   여기는… 그 들어오는 부부마다 잘 산다고 해서 연리재라는 이름이 붙
          은 집입니다. 헌데 좀 낡아서 사람들이 많이 찾지는 않는다는데…

이림   (집에서 시선 떼지 않고, 무언가 마음이 동해서) …더 말해보거라.

삼보   (…? 했다가, 얼른) 아, 예! 두 나무가 붙어서 하나로 자라는 걸 연리지라
          고 하지 않습니까? 이 집에 들어오는 부부도, 연리지처럼 평생을 하나
          가 되어 떨어지지 않고 오붓하게 산다고 합니다!

          평생을 하나가 되는 연리지… 삼보의 말을 곱씹는 이림의 눈빛이 흔들
          린다. 저 멀리 마루에 걸터앉아 서책을 읽는 해령이 보인다. 간식을 가
          져다 입에 쏙 넣어주는 자신의 모습도 보인다. 그 두 사람을 아프게 보
          며, 천천히 걸음을 옮기는 이림. 이번엔 마당 한쪽 화단에 앉아 꽃을 심
          는 해령과 자신이 보인다. 해령이 이마의 땀을 닦다가 흙을 묻히면 이
          림이 소매로 얼른 닦아주고.

S#48.   어느 한옥집 안채 앞 (D)

그렇게 안채까지 걸어온 이림. 안채 마루를 올려다본다. 해령은 자신의 어깨에 기대어 곤히 잠들어있고, 이림은 한 손으로 해령에게 부채질을 해주며, 다른 한 손으로는 서책을 들고 읽고 있다. 무엇과도 바꿀 수 없는 그 행복한 순간을 보며, 눈물이 차오르는 이림.

이림E   평생을 하나가 되어… 떨어지지 않는 연리지처럼…

이림, 이내 어떤 결심으로 눈빛이 단단해지고, 안채를 뛰쳐나간다. 마침 들어오던 삼보가 이림을 보고.

삼보   마마…!! 지금 어딜…! 마마!!

S#49.   한양 길거리 일각 (N)

어디론가 달려가는 이림. 지나가는 사람들의 의아한 시선도 느껴지지가 않고, 온통 해령만 아른거린다.

플래시컷
-해주 바닷가 (D)
모래를 밟으며 자유를 만끽하던 순간.

-북쪽 산속 (D)
바위 밑에서 함께 비를 피하고.

-녹서당 이림의 방 (D)
(14화 S#56) 해령이 이림의 머리를 가만히 쓰다듬어 주고.

-녹서당 앞 (N)

해령   원컨대 내 사랑…

이림	(멈칫)
해령	오래오래 살아서… 영원히 내 주인 되어주소서. (이림에게 입을 맞추고)

심장이 터질 것만 같던 그날 밤의 기억까지, 그 어느 것 하나 잊지 않고 간직하고 있는 이림. 걸음이 더 빨라지고.

S#50. **해령의 집 앞 (N)**
달려오는 이림, 문을 급히 두드린다.

이림	구해령!! 구해령!! (더 세게) 구해령!!
설금	뉘신데… (하며 문을 열었다가 이림의 얼굴 보고) 어…? (하는데)

문을 벌컥 열고 들어가는 이림. 설금이 당황하고.

S#51. **해령의 집 해령의 방 앞 (N)**
안채로 들어와서 멈춰 서는 이림. 설금이 바로 뒤따라 들어온다.

설금	아, 뭐 하시는 거예요? 밤중에 남의 집에 쳐들어와서…!

그때, 방문이 열리고 해령이 나온다. 이림의 얼굴을 보고 심장이 덜컹하는 해령. 그대로 굳으면.

설금	아니, 아씨. 글쎄 이 선비님이 갑자기 뛰어 들어와서…
해령O.L	괜찮아, 나가봐.

분위기가 왜 이래…? 둘을 보다가 자리를 피하는 설금. 해령이 내려와서 신을 신고, 이림의 앞으로 다가간다.

해령	(뭐라 말할지 모르겠어서) 그간… 강녕하셨… (하는데)

갑자기 와락 해령을 끌어안는 이림.

이림   내가 다 버릴게.

해령   (…!)

이림   니가 대군의 부인으로 살기 싫다면 그렇게 해줄게. 내가 대군이 아니면
                돼. 난 다 버릴 수 있어. 전부 다… 버릴 수 있어…

해령   (자신마저 흔들리면 안 된다는 생각에 밀어내며) 마마…

이림O.L   (더 세게 안고) 아무도 모르는 곳으로 가면 되잖아. 아무도 우릴 모르는
                곳에서 우리 둘만 그냥 행복하게… 넌 하고 싶은 걸 하고, 가고 싶은 곳
                을 가고… (울먹이며) 난 그냥 니 옆에 있고… 그렇게…

해령   (이림의 절절한 마음을 느끼며, 눈물 차오르지만) 마마, 현실은… 소설이 아
                닙니다.

이림   (…! 힘없이 해령 놓아주고, 보면)

해령   그렇게 떠나버리는 거… 소설 속에서는 아름다운 결말일지 몰라도, 현
                실은 다릅니다. 책을 덮어도 끝나지 않는… 남은 생애 모든 나날을…
                마음속에 짐을 안고 쫓기며 사는 겁니다…

이림   난 그렇게 살 수 있어. 후회 안 해.

해령O.L   아니요, 우린 시간이 갈수록 지칠 겁니다. 지치고 지쳐서… 언젠가는 서
                로를 미워하고, 오늘 이날의 선택을 후회하며… 그렇게 살게 될 겁니다.

이림   (제발…) 약속할게… 그러지 않겠다고 맹세할게…

해령   저는 마마가 아니라 절 믿지 못하는 겁니다. 제가 어느 날 갑자기 아주
                작은 후회라도 하게 된다면… 그리고 그게 커져서 마마를 탓하고 미워
                하면… 견디실 수 있습니까…?

이림   (…)

해령   그러니까 돌아가십시오. 전 이만큼밖에 안 되는 사람입니다. 부디 마
                음이 넓은 사람을 만나서, 같은 걸 바라면서 같은 곳을 보면서 사랑받
                고 사십시오. 그러실 수 있습니다. (애써 마음을 굳히며 돌아서는데)

이림   (뭐라도 붙잡고 싶은 간절한 마음에 해령의 손을 붙들고) 해령아…

해령   (멈칫)

이림   (눈물 떨어트리며) 나한텐 니가… 전부인 거 알잖아…

폐부를 찌르는 말에 가슴이 저릿한 해령. 잠시 눈을 감고 온 힘을 다해
눈물을 참다가 뒤돌아 이림을 보고.

해령   (담담하게) 미안해요. 난 그렇지가 않아서.
이림   (…!)

해령, 결국 이림의 손을 놓고, 방으로 들어간다. 홀로 남겨진 이림. 다
시 이어붙이지도 못하게 완전히 산산조각 난 첫사랑에, 스무 살 온 마
음이 다 무너져내리고.

S#52.   해령의 집 해령의 방 (N)
           해령도 방에 들어와서야 눈물을 터트린다. 이림을 선택할 수 없는 자신
           의 마음도 괴롭지만, 이림이 받은 상처를 생각하면 더더욱 아프다. 견
           디지 못하고 주저앉아서 눈물을 뚝뚝 흘린다. 그렇게 방문 하나를 사이
           에 두고, 울고 있는 두 사람 모습에서.

17화
……
호담이라 부르거라,
호담선생

INS.   운종가 전경 (D)

S#1.   세책방 안 (D)
          선반 사이를 걸어 다니며 이것저것 서책을 집어 드는 해령. 그러다 이
          림과 처음 만났던 선반 앞에 멈춰 서면.

          플래시컷
          —세책방 안 (D)
해령   옳지. 그럼 저 같은 여인을 대할 땐, 어찌 부르셔야 하겠습니까?
이림   …낭자?

          까마득한 추억에 피식 웃음 짓는 해령. 마음 한구석 쓸쓸함에 잠시 그
          렇게 서있고.

S#2.   해령의 집 앞 (D)
          책보를 들고 걸어오는 해령. 문 앞에서 술병을 들고 해령을 기다리던
          은임과 아란이 해령을 발견한다.

은임   (반갑게) 구권지!
해령   (보면)
아란   (술병 들어 보이고)

S#3.   해령의 집 해령의 방 앞 (D)
          안채 마루에 간단한 술상을 놓고 앉아있는 해령, 은임, 아란.

아란   (해령 잔에 술 따라주며) 요새 구권지 얼굴이 말이 아니라, 어디 가만히 있
          을 수가 있어야지요. 저희 어머니가 아끼는 거 몰래 가져온 겁니다. 쭉
          쭉 드십시오.
해령   (고마워서 미소로 잔 받다가) 송권지는요?

은임	아… 안 그래도 집에 가봤는데, 안 계신다고 해서…
아란	혹시 구권지는 알고 계십니까? 송권지랑 저하랑… 어떻게 된 건지?
은임	송권지가 아무 일 없었다고 했잖습니까. 그럼 그렇게 믿어야죠.
아란	그래도 이상하잖습니까. (한숨으로) 대체 무슨 생각으로 그러셨는지 모르겠습니다. 이게 뭡니까. 남들한테 욕먹구… 여사 자리는 어떻게 될 지 모르구…
해령	(생각하다가) 전 알 것 같습니다, 송권지 마음.
은임·아란	(보면)
해령	(어쩌면 스스로에게 하는 말) 그럴 때 있잖아요. 남들이 뭐라 생각하든, 앞 날이 어찌 되든, 그냥 내가 원하는 대로 해버리고 싶은 순간이요. 송권 지는 놓치고 싶지 않았던 거 아닐까요. 자기 자신한테 솔직하게…
은임·아란	(해령의 얘길 들으니 사회를 이해할 수 있을 것도 같은)
해령	(분위기 보고 민망해져서) 기껏 저 위로해주러 오셨는데 괜히… (술잔 들 고) 자! 오늘은 먹고 마십시다!
아란	예! 구권지도 대군이고 뭐고 잇어버리시는 겁니다! 직필!
은임	직필! (하며 술잔 드는데)

갑자기 들리는 땡그랑 소리. 해령과 은임, 아란이 돌아보면 바닥에 전 과 그릇이 떨어져 있고, 설금이 입을 떡 벌린 채 굳어있다.

설금	대… 대군…?
해령	(하필!!!)
설금	대군이라니 무슨 대군이요? 김대군? 박대군? 아니면 저… 저 주상전하 아들내미 말할 때 그 대군??
해령	(난감해서) 설금아…
설금O.L	그럼 혹시… 그때 그… 머리 위에서 촤르르 후광이 비치고 보는 것만 으로도 삼박 사일 행복해지던 그 선비님이 대군마마셨습니까? 물 없는 바다, 뻐꾸기 날리던 이서리, 그게 다… 그게 다…?!!
해령	(맹수를 진정시키듯, 손으로 워워~ 하며) 설금아, 일단은 좀 진정해. 진정하

고…

| 설금 | (숨이 넘어갈 듯 힉힉 몰아쉬다가) 광주댁!!! (하면서 뛰어나가면) |
| 해령 | 설금아!! |

낭패다!! 급히 신발을 신고 설금이를 쫓아 달려가는 해령. 아란은 민망해서 스스로 입을 한 대 톡 때리고.

INS.   익평의 집 전경 (N)

S#4.   익평의 집 우원의 방 앞 (N)
의아한 표정으로 문을 열고 나오는 우원. 마당에 장치마를 쓴 세자빈과 세자빈궁 상궁이 서있다.

우원	(…!) 마마… (목례하면)
세자빈	오늘 하루만…
우원	(보면)
세자빈	그냥 누이로 대해 주시면 안 됩니까… 오라버니?
우원	(…)

S#5.   익평의 집 우원의 방 (N)
세자빈과 우원이 술상을 놓고 앉아있다. 우원은 말없이 세자빈에게 술을 따라준다.

세자빈	하여튼 무심하십니다. 괜찮냐고 묻지도 않으세요?
우원	…괜찮지 않은 걸 아는데, 물어서 무엇 하느냐.
세자빈	(뚱해서 보다가) 예, 저 안 괜찮습니다. 가만히 있다간 뭐라도 깨부술 것 같아서, 못 참겠어서 나왔습니다.
우원	(조심스럽지만) 우희야, 송권지도 세자저하도… 니가 생각하는 그런 일은…

세자빈O.L	압니다. 저하 성격에 아무 일도 없었을 거라는 거. 그래서 더 화가 나는 겁니다. 저와는 말 한마디 섞기 불편해하시는 그 대단한 세자저하께서, 그 아이에게 밤새… 곁을 내어주신 거 아닙니까. (술 마시고)
우원	(동생이 안쓰럽고)
세자빈	근데요… 제가 제일 미운 건 그 여사도 저하도 아닙니다. 아버집니다.
우원	(보면)
세자빈	그 여사를 삼간택에 넣은 것도, 저하를 억지로 혼인시킨 것도, 세자빈 되기 무섭다고 울고불고하는 어린 딸을 기어코 궐로 끌고 간 것도, 죄다 우리 아버지, 좌의정 민익평 대감…
우원	그땐, 니가 세자빈이 된다는 게 어떤 의미인지 몰랐다. 미안하다, 오라비가…
세자빈	그때 알았으면요? 제 손 잡고 도망이라도 치셨겠습니까? 천하의 모범 선비께서?
우원	(엷게 웃으면)
세자빈	(우원 잔에 술 따르며 무심한 척) 그 송사희라는 애, 아버지한테 해코지나 안 당하게 해주세요.
우원	(누가 뭐래도 우희는 따뜻한 사람이다… 미소로) …그래.

INS.   궁궐 전경 (D)

S#6.   예문관 안 (D)
앉아서 일을 하고 있는 한림, 권지들. 시행이 문에 대고 소리를 치며 들어온다.

시행	아, 홍문관은 할 일도 없어요? 저리 좀 가! 남 일에 신경 끄고!
일동	(일어나서 '오셨습니까' '안녕하세요' 등등 인사하면)
시행	아휴, 장옷이라도 뒤집어쓰고 출근하든가 해야지. 아주 다들 내 얼굴만 보면 저하랑 송서리랑 어찌 된 거냐고 쿵기덕 더러러러러 입방아질이야, 짜증 나게.

홍익	말도 마십시오. 저는 어제 성균관 김박사님이 집 앞까지 찾아왔다니까요. 궁금해서 잠이 안 온다고.
시행	(자리로 가며, 은근한 걱정으로) 송서리는? 오늘도 병가야?
경묵	그게 어디 진짜 병가겠습니까. 쪽팔려서 못 나오는 거지.
장군	여기저기서 여사들 다 내쫓으라고 난린데, 무슨 면목으로 입궐을 합니까…
해령·은임·아란	(…)
길승	(권지들 보며) 혹시 모르니까 이따 병문안이라도 가봐. 맛있는 거 사들고.
은임·아란	예…
해령	(사희가 걱정되고)

S#7.   대전 안 (D)
우원, 길승이 입시해있고, 대신들이 시립해있다. 이진은 옥좌에 앉아 도승지가 고하는 상소를 듣고 있다.

도승지	(상소를 펼치며) 성균관 직강 박송현이 올린 상소이옵니다. 근자에 들어 예문관의 기강이 해이해진 탓에 여사들에 관한 추… (이진의 눈치를 보게 되고) 추문이 궐 안을 어지럽히고 있으니…
이진O.L	(냉랭하게) 다음.
대신들	(다음?? 의아하고)
도승지	(큼… 얼른 다음 상소를 가져와서 펼치고) 사헌부 지평 조승열이 올린 상소이옵니다. 여사 제도의 폐단이 나날이 극심해져…
이진O.L	다음.
대신들	(또??)
도승지	(다음 상소를 가져와서 펼치고) 사간원 정언 김명선이 올린 상소이옵니다. 예문관 여사 송사희는 문란한 행실로 사관의 명예를…
이진O.L	(화나서) 다음!
도승지	(난감한데)
대사성	저하, 신하들이 충심으로 올린 상소문입니다. 어찌하여 듣지도 않으려

하십니까?

부제학	궐 안팎에서 여사관들에 대한 부정론이 거세지고 있습니다. 이제는 여사 제도 폐지에 대해 논의해봐야 할 때입니다.
우원	(여사 제도 폐지…?)
익평	(결국 이런 식의 여론이… 사회를 생각하며 이를 악물고)
대제학	아니 되옵니다! 여사 제도는 규문 안의 법도를 바로 세우기 위해 주상 전하께서 윤허하신…
대사성O.L	대체 여사가 무슨 법도를 바로 세웠단 말입니까!
이진O.L	(버럭) 다들 입을 다무시오!!
일동	(조용해져서, 보면)
이진	(분노로 대신들 한번 둘러보고는) 사흘 전에는 강화도로 들어오던 세선[1]들이 풍랑을 만나, 쌀 이천오백 석과 인부 서른이 수몰되었습니다. 또 어제는 도성 밖의 화재로 스물세 채의 민가가 불타고 다섯이 목숨을 잃었습니다. 헌데도 경들의 관심사는 오로지 궐 안의 추문을 캐내는 것뿐입니까?
대신들	(…)
이진	그래요. (일어나서) 그리도 누군가를 지탄해야겠다면 내게 하십시오. 내가 일방적으로 마음을 품고 벌인 일입니다. 내 여인이 되면 무엇이든 주겠다, 밤새 송권지를 겁박하고 회유하며 붙잡아뒀습니다. 그게 그날 밤 있었던 일입니다!
대신들	(…!!!)
부제학	(급히) 저하! 어찌… 어찌 계집 하나를 감싸려 그런 오명을 쓰고자 하십니까!
이진	확인되지도 않은 일로 한 사람에게 평생의 낙인을 찍으려 하는 건 경들입니다! 그러니 말들 해보십시오. 그 여사가 아니라, 나의 행실에 대해서도 똑같이 손가락질해보란 말입니다.
대신들	(큼… 정곡을 찔려 말문 막히고)

---

1) 세선(稅船): 나라에 조세로 바치는 벼 등을 실어 나르던 배.

이진	(숨을 고르며 그들을 보고 있는)

S#8.　　침전 안 (N)

왕과 익평, 도승지가 앉아있다.

왕	일국의 세자가 동생의 삼간택 후보를 탐내다니! 세상에 이런 추잡한 소문이 또 어디 있느냐? 과인이 부끄러워서 차마 고개를 들고 다닐 수가 없어!
도승지	전하, 그것은 사실이 아니오라…
왕O.L	사실이든 아니든, 그런 얘기가 떠도는 것만으로도 왕실의 체면이 바닥에 떨어졌단 말이다! (익평 흘기며) 아, 자네는 어디서 그런 요망한 계집을 신붓감이랍시고 데리고 온 것이야!
익평	…송구합니다, 전하.
왕	(머리가 지끈지끈) 됐다. 도원의 혼례고 자시고 싹 다 물리거라. 전부 없던 일로 해!
도승지	(놀라서) 전하… 삼간택이 코앞인데 이제 와서 어찌…!
왕O.L	허면! 이렇게 시끄러운 마당에 국혼을 강행하라는 뜻이냐? (서안 탕 때리며) 진정 이 나라 왕실이 세간의 웃음거리가 되어야 만족하겠느냐?!
도승지	(…)
왕	다시는 이 일이 거론되지 않도록 최대한 조용히 수습하거라. 어서 물러가!
익평	(분노를 꾹 참고)

S#9.　　이조정랑의 집 사희의 방 (N)

창백한 안색으로 누워있는 사희. 이조정랑이 앉아서 물수건을 짜고 있다.

이조정랑	으유… 야무진 척은 지 혼자 다하더니 그냥… 분수에 넘치는 일을 벌이니까, 몸이 이리 탈이 나지! 하여간 순 헛똑똑이야! (이마에 물수건 올

	려주고)
사희	(그래도 걱정해주는 걸 안다, 묵묵히 잔소리를 듣고 있는데)
집사E	(밖에서) 영감마님, 아씨께 손님이 오셨습니다요.
이조정랑	애가 지금 누구 만날 정신이야? 돌아가라 해!
집사E	그것이… 좌상대감이신데…
이조정랑	(…!)
사희	(몸 일으키며) 여기 계십시오.

S#10.   이조정랑 집 뒷마당 (N)
　　　　잠옷 위에 장옷을 걸치고 걸어오는 사희. 익평이 저 멀리를 보며 생각
　　　　에 잠겨 서있다. 사희, 다가가서 인사를 하면, 인기척을 느끼고 뒤도는
　　　　익평. 손에 약첩이 들려있다.

익평	심한 열병을 앓고 있다 들었는데. (내밀며) 받게. 내의원에서 특별히 지어온 것이네.
사희	(받을 이유가 없다는 듯 가만히 보면)
익평	(개의치 않고) 그간 내가 너무 무심했어. 자네가 저하에게 마음이 있는 줄 알았더라면 간택에는 올리지 않았을 것을.
사희	(이렇게 나오니 더 의심으로) 지금 제게… 사과를 하시는 겁니까?
익평	내 불찰을 인정하는 것이네. (사희 손에 약첩 쥐여주고) 몸조리 잘 하게. (가려는데)
사희	차라리 벌을 주십시오.
익평	(보면)
사희	예문관에서 쫓아내든, 죄를 만들어 유배를 보내든, 내키는 대로 해보시란 말입니다.

　　　　익평, 그 말에 피식 웃음을 지었다가 사희 앞으로 온다.

익평	자네는 내 사람일세. (순간 확 싸늘해지며) 그러니 한 번쯤은 목숨을 살려

주는 것이야.

사희   (…!)

돌아서 가는 익평. 사희가 분해서 서있고.
/건물 뒤, 얘기를 엿듣던 이조정랑. 조마조마하면서도 무언가 발끈한
듯한 표정에서.

S#11.   동궁전 안 (N)
         잠을 이루지 못하고, 창밖을 보며 서있는 이진. 김내관이 조용히 들어
         온다.

이진   어찌 됐느냐?
김내관   좌상이 찾아오긴 했으나, 약첩만 전해주고 조용히 돌아갔다 합니다.
이진   (하… 한시름 놓고) 그래, 당분간은 계속 지켜보거라.
김내관   예…

김내관이 방을 나가면, 다시 창밖을 보는 이진. 사희를 떠올린다.

S#12.   동궁전 안 (N/회상)
         술병을 놓고 앉아있는 이진과 사희. 세자와 사관이 아닌, 그저 평범한
         두 사람 같은, 편안하면서도 차분한 분위기다.

사희   열한 살에 처음으로 연서를 받았습니다. 어느 재상댁 도령이었는데, 뜬
         금없이 청혼을 해왔어요. 첫눈에 반했으니 내 여인이 되어라, 부귀영화
         를 누리게 해주겠다, 해서 제가 어찌했는지 아십니까?
이진   (보면)
사희   틀린 글자를 죄다 고쳐서 돌려보냈습니다. 여색을 탐하기 전에 학식부
         터 갖추라구요.
이진   (피식 웃으면)

사희	(같이 웃다가) 그리고 그날 밤… 아버지께 피가 나도록 종아리를 맞았습니다. 그때 알았습니다. 제게 주어진 삶이 어떤 것인지를요.
이진	(사희 마음을 헤아리며) 해서, 차라리 이름 모를 필부의 자식이기를 바랐겠지. 가진 건 없어도 자유롭게…
사희	(혼잣말처럼 읊어보는) 가진 건 없어도 자유롭게…
이진E	(안쓰러워서) 너의 삶도 나와 크게 다르지 않았겠지… (그렇게 보고 있는데)
사희	(대뜸) 저하, 제가 간택이 되는 일은 결코 없을 겁니다.
이진	(보면)
사희	제가 부부인으로서 자격이 없는 사람이란 거, 알고 있습니다. (슬쩍 웃으며) 심사 때 상을 엎는 한이 있더라도, 좌상의 뜻대로 되게 두지는 않을 겁니다. 걱정 마십시오.
이진	(걱정에) 가만히 당하고만 있을 사람이 아니다. 그자가 네게… 어떤 짓을 할지 몰라.
사희	…젯값이라 생각하겠습니다.
이진	(…)

S#13.   동궁전 안 (N)
자리에 눕는 이진. 천장을 바라보는 눈에 수심이 가득한데서.

INS.   녹서당 전경 (D)

S#14.   녹서당 이림의 방 (D)
'잘 좀 해보래도' 안 되는 걸 어떻게 합니까?' 소곤대며 서있는 삼보와 나인들. 꽃을 엮어 화관을 만들고 있다. 문 주변, 문갑, 선반 등등에는 색실을 알록달록하게 걸어놨다. 바닥에는 뜬금없이 태평소와 징이 놓여있다. 뒤척이다가 문득 눈을 뜬 이림. 등을 돌린 세 사람의 모습이 심상치 않다.

삼보	(박나인에게 꽃 뺏으며) 아이, 답답해서 증말! 이리 줘봐!

이림	(스윽 다가가서) 뭘… 하고 있느냐?
삼보	(쉿!) 조용히 하십쇼. 마마께서 깨어나시기 전에… (하다가, 멈칫)
나인들	(!!!)

삼보와 나인들, 뒤를 돌아보면 이림이 의아한 표정으로 서있다. 허걱!!
했던 박나인, 얼른 바닥에 있던 태평소를 들고 분다. 최나인은 징을 친
다. 뿌우~~ 댕~~ 한꺼번에 쏟아지는 소리에 놀라서 몇 걸음 떨어지는
이림. 삼보가 만들어두었던 화관을 얼른 이림에게 씌우고.

삼보	(절하며) 생신을 감축드립니다, 대군마마!
나인들	감축드립니다!
이림	(생신?)
삼보	만수무강하시옵소서!!

삼보, 꽃잎을 이림에게 샤랄라 뿌리면, 얼떨떨했던 이림도 아주 오랜만
에 웃음을 터트리고.

시간 경과
화관을 쓰고 앉아있는 이림. 나인들도 귀에 꽃 하나씩을 꽂고 있다. 삼
보가 작은 상을 들고 와서 이림 앞에 내려놓는다.

이림	(방 둘러보며) 매년 있는 생일인데, 뭘 결채²⁾까지 다 준비했느냐.
삼보	이번이 어디 보통 생신입니까? 도원대군마마의 스무 번째 생신인데.
	(밥상보 걷으면, 타락죽과 반찬 몇 개 놓여있고) 자, 일단 아침 끼니는 간단하
	게 잡수십시오. 이따 점심에 대비마마께서 으마~으마한 생신상을 보내
	실 테니, 배는 그때 가서 채워야지요.

---

2) 결채(結綵): 임금의 행차나 중국의 사신을 맞이할 때 색실, 색종이 등으로 거리를 아름답
   게 장식하던 일.

이림	(미소로) 그래, 고맙다. (나인들에게) 너희도.
나인들	(뿌듯해서 웃고)

숟가락을 들고 식사를 하는 이림. 그런 이림을 지켜보는 삼보의 표정이,
어딘지 모르게 아프고 짠한 느낌인데. 밖에서 최상궁 목소리가 들린다.

최상궁E	대군마마.
일동	(…?)

S#15. 녹서당 앞 (D)

방에서 나오는 이림, 삼보, 나인들. 마당에 대비와 최상궁, 대비전 나인
들, 그리고 사책을 든 해령이 서있다. 두 사람의 눈이 마주친다. 어색하
지만 목례를 하는 해령. 이림은 잠시 굳어있다가 상황을 깨닫고 대비에
게 인사를 한다.

이림	대비마마.
대비	(환히 웃으며) 생일을 축하합니다, 도원.
해령	(오늘이 생신이었구나… 이림 보면)
이림	(해령을 의식했다가) 감사합니다… (다시 한번 인사를 하면)
대비	오늘 하루만, 이 할미에게 시간을 내어주시겠습니까?
이림	(…?)

S#16. 희영군 묘 입구 (D)

말에서 내리는 이림, 삼보. 뒤쪽엔 군사들과 상궁, 나인들, 해령이 서있
다. 가마에서 대비가 내려 길에 들어서면, 이림과 삼보, 짐을 든 최상
궁, 해령이 뒤를 따른다.

S#17. 희영군 묘 가는 길 (D)

산길을 걸어가는 대비, 이림, 삼보, 최상궁, 해령. 해령과 이림은 여기

가 어디야… 싶어 주변을 둘러보고. 대비, 삼보, 최상궁은 익숙한 듯 엄숙한 표정이다.

S#18.   희영군 묘 (D)
풀이 우거지고 허름한 비석이 세워져 있는 단출한 쌍묘. 해령과 이림은 여전히 이곳이 누구의 무덤인지 알 수가 없다. 삼보와 최상궁이 간단한 제사상을 차리고 뒤로 물러나면.

대비   (무거운 숨을 뱉고) …인사드리세요, 도원.
이림   (보면)
대비   희영군, 이겸이십니다.
이림   (…?) 희영군이라면… 아바마마께 폐위된…
해령   (작게) 폐주…??
대비   (말없이 무덤을 보고)

당혹스러운 해령. 대비마마께서 직접 폐주의 묘제를 지내는 것도, 여기 도원대군마마를 데려온 것도 밖에 알려지면 위험한 일이다. 이림 역시 혼란스러운 건 마찬가지다. 대비마마께서 왜 나를 이곳에…? 영문을 몰라 서있다가 앞으로 나아가 절을 한다. 삼보가 따라주는 술을 받아 향 위로 돌리고, 무덤에 조심스럽게 뿌리는 이림. 그 모습을 애틋하고 쓸쓸하게 보고 있는 대비와, 의아하면서도 일단은 받아 적는 해령의 모습에서.

S#19.   침전 안 (D)
상선이 서서 왕에게 무언가를 고하고 있다. 왕은 홀로 술상을 놓고 앉아있다.

왕   도원까지 데리고?
상선   예.

왕	(쓸쓸해져서) …또 그놈을 보러 간 게로군.
상선	(…)
왕	혹시라도 좌상이… 이 일을 모르게 하라.
상선	예, 전하. (나가면)
왕	(속이 쓰려서 술로 마음을 달래고)

S#20.   궁궐 야외 일각 (D)
내관 한 명이 쪽지를 건네고 스윽 사라지면, 펼쳐보는 익평. 이내 차가
워지는 표정.

INS.   온양행궁 전경 (D)

S#21.   온양행궁 대비 처소 (D)
대비와 이림이 생일상을 놓고 앉아있고, 해령이 뒤에서 사필을 하고
있다.

대비	(상 보며) 정성껏 차린다고 차렸는데, 이리 보니 참 조촐합니다.
이림	아닙니다. 함께해주시는 것만으로도 아주 기쁩니다.
대비	(술 따라주며) 이렇게 좋은 날엔 도원의 짝도 함께 있었으면 좋았을텐데 요.
해령·이림	(그 말에 잠시 서로를 의식하고)
대비	혼례가 무산된 건 너무 걱정하지 마세요. 이 할미가 머지않은 날에 도 원에게 꼭 맞는 규수를 찾아주겠습니다.
이림	아니요, 대비마마. 소자… 이제 혼인은 하고 싶지 않습니다.
해령	(멈칫)
대비	(놀라서) 그게 무슨 말씀이십니까?
이림	한 사람의 낭군이 된다는 건, 그 여인의 모든 삶까지 품어주는 것임을 깨달았습니다. 허나 소자는… 그러기엔 너무 많이 부족한 사람입니다.
해령	(…)

대비	도원, 섭한 말씀 마세요. 이 땅에 도원만큼 의젓하고 속 깊은 사내가 어딨다구요. (해령 보며) 그렇지 않은가, 구권지?
해령	(나…?) 예?
이림	(멈칫)
대비	자네도 그간 녹서당에 입실하며 봤을 것 아닌가. 우리 도원이 얼마나 훌륭한 낭군감인지.
해령	(대비에게 애써 미소로) …예, 훌륭한 낭군감이십니다. 어떤 여인에게도 모자라지 않으십니다.
대비	(뿌듯해서) 보세요. 사관이 저리 말하질 않습니까.
이림	(말없이 술잔 비우고)
대비	말이 나온 김에… (술병 들고) 자네도 이리 와서 축하주 한잔 나누시게.
이림	(…!) 마마!
해령	아! 아닙니다! 제가 어찌 감히…!
대비	왕실 어른인 내가 허락하는 것이야. 신하가 대군에게 그 정도도 못 하는가?

난감하지만 어쩔 수 없는 해령. 사책을 놓고 이림의 옆에 가서 앉는다. 대비에게 술병을 건네받고, 이림에게 따라주며.

| 해령 | 생신을 감축드립니다, 마마… |

다시 술병을 이림에게 건네주는 해령. 무심코 손이 살짝 겹치면, 찌릿해서 서로를 본다. 술병을 고쳐잡는 이림. 해령이 옆에 있던 빈 잔을 든다. 이번엔 이림이 따라주며.

| 이림 | 고맙다, 구권지. |

훈훈하게 보고 있는 대비와 달리, 뻣뻣하기 그지없는 두 사람. 눈이 한 번 마주쳤다가, 서로 다른 방향을 보며 술을 마신다.

S#22.   온양행궁 대비 처소 앞 (D)

방에서 나오는 해령과 이림. 의도치 않게 한자리에 있었던 난처함과 내
내 가시방석 같았던 분위기에 예민해져 있는 상태다.

해령	허면 이만 들어가 보십시오. (목례하는데)
이림	불편해하지 말거라.
해령	(보면)
이림	니가 사관이고 내가 궐에 사는 이상, 우린 마주칠 수밖에 없잖아. 그럴 때마다 니가 이렇게 굳어있는 모습, 보기 싫다.
해령	…조심하고 있는 겁니다. 무심결이라도 전처럼 마마를 대할까 봐요.
이림	(그 말이 가시처럼 들려서) 조심한다는 게 그거야? 어떤 여인에게도 모자라지 않다는 말로 내 속을 긁어놓는 거?
해령	(받아치는) 그럼 제가 거기서 어떤 대답을 해야 합니까? 마마께서 마음에 품은 여인은 저니까, 아무에게도 내어주지 말라고 할까요?
이림	(…)
해령	말씀대로 전 사관입니다. 앞으로도 계속 내전 입시를 할 거고, 마마를 뵈어야 합니다. 그래서 노력 중입니다. 마마의 마음이 어떤지, 제 마음이 어떤지 생각하지 않으려고요.

멀어진 거리만큼, 두 사람 사이에 무거운 정적이 흐르다가.

이림	난 너한테 최선을 다했고, 미련은 없어.
해령	(보면)
이림	그러니까 아무 일도 없었던 것처럼 대해 줘. 나도… 노력하고 있으니까.
해령	(노력하고 있다는 말이 아프게 들려서 올려다보면)

그런 해령의 시선을 견딜 수 없는 이림. 해령을 쌀쌀맞게 지나쳐 가는
이림. 해령은 기분이 이상하다. 이렇게 거리를 두는 게 맞는 건데, 왜
이렇게 짜증이 나는지.

S#23.   온양행궁 앞마당 (N)
최상궁의 안내를 받으며 안채로 걸어가는 재경과 모화.

S#24.   온양행궁 대비 처소 (N)
앉아있는 대비 앞에 서있는 재경과 모화.

재경   (배하며) 사헌부 장령 구재경입니다.
대비   (재경에게 완전히 풀리지 않은 응어리… 빤히 보다가) 자네가 주상의 마지막
        편지를 전했던 그 제자라지?
재경   …예.
대비   자네의 배신이 얼마나 많은 사람을 죽게 했는지 알고 있나?
재경   (…)
대비   자네가 반정의 명분을 만들어줬다는 걸 알고 있냔 말이야!!

차마 대답할 수 없는 재경, 참담한 마음으로 무릎을 꿇는다. 분노로 재
경을 보던 대비. 분을 참지 못하고 일어나 재경에게 다가간다. 당장이
라도 뺨을 내려치고 싶은 마음에.

대비   어찌 그런 짓을 해놓고도 이리 뻔뻔하게 내 앞에 나타나? 자네가 죽인
        거나 다름없네! 주상도, 서래원 사람들도! 그 창창한 목숨들이 자네 때
        문에 하룻밤 새 도륙당했어!
재경   (눈물 차오르고)
모화   대비마마, 이 일은 거사가 끝난 다음 하문하셔도 늦지 않습니다…
대비   (간신히 감정을 누르면)
재경   (무겁게 시선 떨어트리고)

시간 경과
재경은 방 밖으로 나가 있고, 대비와 모화만이 남아서 얘기 중이다. 대
비는 어느 정도 진정해있다.

모화	저도 아직… 구재경이 저지른 일을 용서할 수가 없습니다. 허나… 죗값을 치르겠다고, 제 발로 절 찾아온 사람입니다. 이만 믿어주십시오.
대비	죗값? 그 긴 세월 동안 뭘 하다 이제 와서?
모화	청국에서 숨어지내다가, 돌아온 지 몇 년 안 됐다고 합니다. 조선에 와서는 김일목의 사초를 백방으로 찾아다녔구요.
대비	(사초 얘기에, 멈칫) 저자도… 사초의 존재를 알고 있는 것이냐?
모화	예, 허나 아직 찾지는 못했다고 합니다.
대비	(역시… 막막한 마음에 한숨 쉬었다가) 내 잠시 저자를 곁에 둘 것이다. 허나 구재경을 살려두는 건, 도원이 왕이 될 때까지만이야.
모화	(마음 아프지만) 예…

S#25.   온양행궁 처소 (N)
곤히 잠들어있는 이림.

S#26.   온양행궁 뒷마당 (N/꿈)
안개가 뿌옇게 끼고, 유난히 어두운 행궁. 이림이 내가 왜 여기 있지…?
영문 모를 표정으로 걸어가다가, 저 앞에서 곤룡포를 입은 왕의 뒷모습
을 발견한다.

이림	아바마마…!

왕, 이림의 목소리를 듣지 못하고 계속 걸어가고. 이림이 그 뒤를 쫓아
간다.

S#27.   온양행궁 사당 앞 (D/꿈)
중문을 넘어서 사당으로 향하는 왕. 이림이 바로 따라 들어온다. '아바
마마' 부르면 뒤를 돌아보는 왕. 함영이 아닌 이겸이다. 낯설지만 낯설
지 않은 얼굴에 우뚝 멈춰 서는 이림.

이겸	(다정하게) 림아.
이림	(날… 알아…?)

이겸이 이림을 향해 한번 웃어주고는 사당의 문을 열고 들어간다. 이림
의 눈앞에서 닫히는 사당의 문. 이림도 들어가려고 문에 손을 대는 순간.

S#28.　　온양행궁 처소 (N)
번쩍 눈을 뜨는 이림. 당황스러운 꿈이지만 전처럼 괴롭거나 숨이 차지
는 않는다. 무언가 그리운 마음에 눈물이 날 것만 같은 혼란스러운 기분.

S#29.　　온양행궁 뒷마당 (N)
나와서 밤공기를 쐬며 걸어가는 이림. 저쪽에서 등롱을 놓고, 사책을
정리하던 해령이 먼저 이림을 발견한다. 하필 또…! 등롱을 들고 자리
를 피하려다가, 이림과 눈이 마주치는 해령. 목례를 하면.

이림	왜… 밖에 나와 있느냐.
해령	안에서는 나인들이 자고 있어서요.
이림	(아…)
해령	(이림의 안색 보다가) 또 흉몽을 꾸셨습니까? 허내관님께 약을 대령하라 할까요?
이림	아니, 그런 건 아니고…

이림, 돌아서 갈까… 하다가, 오늘 했던 생각들을 누군가와 정리하고
싶은 기분. 다시 해령을 본다.

이림	이상하지 않느냐. 대비마마께서 날 폐주의 무덤에 데려온 거.
해령	(나한테 묻는 거야…? 보면)
이림	이런 건 무엄한 여인이 아니면 대답해주지 않으니까.
해령	(잠시 망설이다가) 예, 저도 의아했습니다. 대군마마께서 폐주의 묘제를

지내는 게 흔한 일도 아니고, 그럴 이유도 없으시니까요.

이림   (역시… 생각하는 표정으로, 해령 옆에 앉으면)

해령   (따라 앉고) 신경 쓰이십니까?

이림   응, 오늘이 폐주의 스무 번째 기일이라면 내가 태어나던 날, 그 사람이
         죽었단 뜻이니까.

해령   (뭔가 이상하긴 마찬가지인데)

이림   혹시 넌… 폐주에 대해 알고 있는 것이 있느냐?

해령   저도 그땐 어렸어서… 백성들을 괴롭게 했다, 사교[3]에 빠져있었다…
         이 정도밖에 알지 못합니다. 마마께선 폐주에 대해 들은 적이 없으십니
         까? 그래도 궐에서 자라셨는데요.

이림   어려서 귀띔을 들은 적은 있다. 무슨 일이 있어도 절대… 입 밖으로 꺼
         내선 안 되는 존재라고.

해령   (혼잣말) 대체 어떤 죄를 지었길래…

두 사람, 그렇게 같은 생각에 빠져있다가.

이림   얘길 들어줘서 고맙다. (일어나며) 어서 끝내고 가서 쉬거라.

해령   (따라 일어서며) 예.

이림   그리고…

해령   (보면)

이림   니가 녹서당에 오면서부터 나쁜 꿈은 한 번도 꾼 적이 없어.

해령   (…!)

이림   그러니 이제 내 걱정은 안 해도 된다.

옅게 미소 짓는 이림. 한차례 홍역을 앓고 난 뒤 담담해진 태도다. 해령
도 미소로 대답한다. 멀어져가는 이림의 뒷모습을 보면서, 그래… 이렇
게 괜찮아지면 된다고 생각해본다.

---

3) 사교(邪教): 건전하지 못하고 요사스러운 종교.

S#30.   온양행궁 처소 앞 (N)
         다시 처소로 돌아가는 해령. 어둠 속, 건물에서 나오는 한 남자의 실루
         엣을 본다. 이 시간에 누가…? 유심히 보는 해령. 재경을 알아본다.

해령   (…!) 오라버니…?

         오라버니가 여길 왜…? 의아한 마음에 다가가려는 해령. 곧바로 방에
         서 모화가 재경을 따라 나온다. 해령이 멈춰 선다. 무언가 은밀한 얘기
         를 나누며, 안채를 빠져나가는 두 사람. 해령의 혼란스러운 표정에서.

INS.   어느 산 (D)

S#31.   산속 길 (D)
         산 사이로 난 평탄한 길. 이림과 대비의 능행차. 앞서 걸어가는 무관 두
         명이 주위를 살피고, 그 뒤로 가마를 탄 대비, 말을 탄 이림, 해령과 삼
         보, 최상궁과 나인 등이 따르고 있다. 몇몇의 군사들은 가마 주위를 호
         위하고 있다. 해령은 생각에 잠겨있다.

         플래시컷
         ─해령의 집 해령의 방 앞 (N)
해령   혹… 아는 분이십니까?
재경   …이만 쉬거라.

         ─온양행궁 처소 앞 (N)
         은밀히 안채를 빠져나가는 재경과 모화.

         해령, 대체 두 사람이 어떤 사이인지, 무슨 이유로 행궁까지 왔는지 이
         해할 수 없다. 그렇게 해답을 찾으며, 계속 걷고.

S#32.   산속 (D)
수풀과 나무 사이에 몸을 숨기고 엎드려 있는 복면 자객들. (*이백, 상운 포함) 은밀한 시선으로 일행을 지켜보다가, 표적을 정한다. 이림의 향한 화살촉. 그대로 시위가 팽팽하게 당겨진다.

S#33.   산속 길 (D)
어디선가 바스락거리는 소리에 무심코 옆을 돌아본 이림. 수풀 사이로 무언가 햇빛을 받아 반짝이고 있다. 저게 뭐지…? 살펴보다가 화살촉임을 알아차린 이림. 시위를 놓는 자객과 눈이 마주친다.

이림   (!!!)

이림이 말의 고삐를 잡고 돌림과 동시에 날아오는 화살. 이림의 팔을 아슬아슬하게 스치고, 말에 빗맞는다. (*이런 건 직접적으로 안 나오게) 놀란 말이 앞다리를 들어 올리며 포효하자, 말에서 떨어져 뒹구는 이림.

삼보   마마!!
무관①   (상황 파악하고) 기습이다!!
대비   (…!)

무관의 외침이 울려 퍼지자, 사방에서 화살 세례가 시작된다. 삼보가 이림에게 가려는 순간, 또 하나의 화살이 삼보의 옆으로 날아온다. 놀라서 엎드리는 삼보. 몇몇 군사들은 등패를 빼 들고 가마와 이림을 에워싸고, 궁인들이 혼비백산 가마 주변으로 숨는다. 가마에도 몇 개의 화살들이 거침없이 턱턱 박힌다. 해령의 시선에, 말에서 떨어진 충격으로 쉽게 일어나지 못하는 이림이 보인다. 앞뒤 안 가리고 곧장 달려가는 해령.

해령   마마! 피하셔야 합니다! 절 잡으십시오!

이림	(그저 고통스럽고)

해령, 끙끙거리며 이림을 일으키려 하는 그때, 이림을 호위하던 군사들이 어깨와 다리에 화살을 맞고 비명을 지르며 쓰러진다. 이제 두 사람과 활들 사이엔 아무것도 없다. 당황한 해령, 쓰러진 군사 등에 매달려 있는 등패를 가져오려 손을 뻗는데, 이림이 저 멀리서 이쪽을 향한 활을 발견한다. 본능적으로 몸을 일으키고, 해령을 품으로 끌어당기는 이림. 비명이 계속 울려 퍼지고, 화살은 쏟아지고, 연기와 흙먼지가 뿌옇게 일어나는 그 풍경 속에서, 이림이 온몸으로 해령을 감싸 안고 있다.

S#34.　　산속 (D)
그렇게 공격을 해오던 자객들. 눈빛을 주고받더니, 일시에 깊은 산속으로 흩어진다.

S#35.　　산속 길 (D)
화살이 멎고, 무관들이 경계를 풀지 않은 채 주위를 살핀다. 이제 다 끝난 거야…? 벌벌 떨면서 고개를 드는 궁인들. 이림도 해령을 놓아주고 본다.

이림	(숨을 몰아쉬면서) 괜찮느냐?

이런 상황에서조차도 자신을 걱정하는 마음뿐인 이림에게 어떻게 그럴 수가 있어…? 묻고 싶은 해령. 애써 침착하며.

해령	예, 마마는… (하는데)

뒤늦은 고통을 느끼며, 옆으로 쓰러지는 이림. 해령이 놀라서 보면 이림의 어깨에 화살이 꽂혀있고, 피를 흘리고 있다.

해령	(!!!) 마마⋯!
삼보	(발견하고 달려오며) 마마!!!
대비	(놀란 눈으로 이림을 보고)

삼보, 쓰러진 이림을 붙잡고 소리를 지른다.

삼보	이리 좀 와보시게!! 마마께서 다치셨네!!
무관들	(급히 이림에게 달려오고)
삼보	(이림 흔들며) 마마! 정신을 잃으시면 안 됩니다!! 마마!!
해령	(충격에)

S#36. 동궁전 앞 (D)
문을 열고 서있는 이진과 김내관. 도승지와 파발꾼이 마당에 서있다.

이진	⋯지금 무어라 하였느냐?
도승지	환궁길에 기습을 당해, 대군마마께서⋯
이진	(!!!)

이진, 급히 동궁전을 나선다.

이진	훈련대장을 부르거라. 내 직접 도원을 데리러 갈 것이다.
김내관	저하! 아니 되옵니다! (따라가며) 저하!!

S#37. 침전 안 (D)
익평이 묵묵한 태도로 서있고, 왕이 분기탱천해서 익평을 노려보고
있다.

왕	자네가 정신이 나간 게 틀림없지. 그렇지 않고서야, 어찌⋯! 어찌 감히 이 나라 대군에게 활을 겨눌 생각을 해?!

익평	(···)
왕	좌상이 이 나라의 조정을 좀먹고 정사를 주무르는 동안에도 그것이 자네의 충심이라 생각하고 눈감아주었다. 헌데 상전의 성은을 이딴 식으로 갚느냐? 그런 짓을 해놓고도 내가 그냥 넘어갈 줄 알았어?
익평	(···)
왕	(버럭) 어찌 과인이 묻는데도 대답을 하지 않는 것이야!!
익평	···전하, 도원대군은 폐주의 적장자입니다.
왕	(···!)
익평	제게 그 사실을 숨기고 여태껏 살려두신 그 사정은 모르겠으나, 소신이 보기에··· 도원대군은 살아 있을 이유도, 살아 있을 필요도 없습니다.
왕	좌상!!
익평O.L	(강하게) 대비마마께서 폐주의 무덤에 도원대군을 데려가셨습니다. 이게 진정 무슨 뜻인지 모르시옵니까? 전하에 대한 역심입니다. 서래원 잔당들을 이끌고 있는 대비가! 본색을 드러낸 것이옵니다!

손을 바들바들 떨면서도, 익평의 말에 아니라고 대답하지 못하는 왕.
익평은 물러서지 않고 왕을 똑바로 바라본다.

S#38.	예문관 안 (D)
	한림, 은임과 아란이 놀라서 문 쪽을 보고 있다. 홍익이 서있다.

장군	기습?? 왕실 행차에??
홍익	예! 지금 저하께서 훈련도감 무관들 쫙 이끌고 내려가셨다니까요!
우원	구권지는? 구권지는 무사하다더냐?
홍익	대군마마랑 무관 몇 명 빼고 다친 사람은 없다고···
우원	(한시름 놓지만, 그래도 해령이 걱정되고)
시행	이야··· 요즘 산적들은 간이 배 밖으로 나왔나 보다. 어떻게 왕실 행차에··· 다들 미친 거야?
홍익	그게··· (주변 살피다가 다가오며) 산적이 아닌 것 같습니다. 짐작에는 손

도 안 대고, 도원대군마마한테만 활을 막 쏴댔다고요.

경묵 그럼? 처음부터 대군마마를 노린 기습이라고?

홍익 (쉿! 하면서 고개 끄덕이는)

은임·아란 (헐⋯)

우원 (대체 왜⋯? 의문이 생기는)

INS. 온양행궁 전경 (D)

S#39. 온양행궁 처소 앞 (D)
방에 들어가지 못하고, 마당에 우뚝 서있는 해령. 안에서는 삼보가 흐느
끼는 소리가 들려온다. 그때, 방에서 쟁반을 든 박나인이 급히 나온다.

해령 (얼른 쟁반 받아들고) 이건 제가 할게요. 들어가서 도우십시오.

박나인이 감사하단 뜻으로 목례를 하고 서둘러 들어가면, 쟁반을 내려
다보는 해령. 이림의 피를 닦아낸 붉은 물그릇과 피에 젖은 헝겊, 몸에
서 빼낸 화살이 놓여있다. 또다시 떠오르는 아까의 충격.

플래시컷
―산속 길 (D)
쏟아지는 화살 속, 해령을 감싸 안고 버티는 이림.

해령, 이림을 생각하며 울컥하지만, 이럴 때가 아니야⋯ 정신을 차리고
마당을 걸어가는데, 멈칫. 다시 쟁반을 내려다본다. 화살을 집어 드는
해령. 화살촉이 짧고 일부러 갈아놓은 듯 뭉툭하다. 손으로 촉을 만져
보며.

해령E (⋯!) 화살촉이⋯ 뭉툭해⋯

해령, 머릿속에 어떤 직감이 스친다.

S#40.   온양행궁 행랑채 (D)
부상을 입은 무관들이 의원들에게 치료를 받고 있다. 전부 팔과 다리에
천을 감았다. 들어와서 무관들을 쭉 살펴보다가, 다시 급히 나가는 해령.

S#41.   산속 길 (D)
말을 타고 올라오는 해령. 현장에 도착하자 말을 멈춰 세운다. 하지만
언제 기습이 있었냐는 듯, 모든 것들이 말끔히 치워져 있고, 흙바닥에
피 몇 방울만이 남아있다. 잠시 당황했다가, 산속을 보는 해령.

S#42.   산속 (D)
자객들이 숨어있던 곳. 해령이 수풀을 헤치며 흔적을 찾다가, 떨어져
있는 작은 활 하나를 발견한다. 들어서 유심히 살펴보니 어딘가 이상하
다. 활시위를 한번 쭉 당겨보는 해령. 의심이 확신으로 바뀌며 놀라는
표정에서.

S#43.   온양 가는 길 (N)
말을 타고 달려가는 철릭 차림의 이진과 백선, 몇몇 고위 무관들. 이진,
초조한 마음을 지울 수가 없고.

S#44.   온양행궁 앞 (N)
이진이 말에서 뛰어내리고, 백선과 무관들도 따라 내린다. 문 앞에는
최상궁과 삼보 등 궁인들이 마중을 나와 있다.

최상궁·삼보   (배하고) 세자저하.
백선   대군마마께서는 괜찮으신가?
삼보   예, 일단 처소에서 휴식을…

삼보의 말이 끝나기도 전에 쏜살같이 안으로 들어가는 이진. 삼보도 뒤를 따라간다.

S#45.　　온양행궁 처소 (N)
어깨와 가슴을 천으로 둘둘 말고, 그 위에 얇은 잠옷만 입고 앉아있는 이림. 몸은 불편하지만 무언가 생각에 잠겨있다.

플래시컷
─산속 길 (D)
시퍼런 화살촉을 마주하던 그 순간.

틀림없이 내가 표적이었어. 대체 누가…? 왜 나를…? 생각하는 이림. 그때, 밖에서 '림아!' 부르는 목소리가 들린다. 저하…? 이림이 놀라면, 벌컥 문을 열고 들어오는 이진과 삼보.

이진　　림아…!
이림　　형님… (일어서려고 하면)
이진　　아니, 아니! 편히 있거라. (이림 앞에 와서 앉고)
이림　　정사를 보셔야 할 분이 왜 여기까지 오셨습니까…
이진　　내 어찌 가만히 있을 수가 있느냐! 니가 이렇게… (울컥했다가, 삼보에게) 의원은 뭐라더냐.
삼보　　화살에 맞은 상처는 깊지 않으나, 낙마하면서 여기저기 다치시는 바람에…
이진　　(속상해서 미치겠고)
이림　　전 괜찮습니다, 형님. 저보단 대비마마께서 많이 놀라셨을 테니, 먼저 모시고 올라가 주십시오.
이진　　아니, 내 당분간 여기 머물 것이다. 니가 다 낫는 걸 지켜보고, 널 해하려 한 놈들을 잡아 엄벌을 내릴 것이야. 그때 나와 함께 궐로 돌아가자.
이림　　(말리며) 형님…

이진O.L	내가 괜찮지 않아서 그런다.
이림	(…)

이진, 이림이 짠하고 이 상황이 화도 나고, 그렇게 보고 있는데.

해령E	대군마마.
이림·이진	(돌아보면)

S#46.　온양행궁 처소 앞 (N)
문 앞에 서있는 해령. 손에는 천으로 둘둘 만 무언가를 들고 있다. 결연한 표정이다.

해령	여사 구해령입니다. 들어도 되겠습니까?

S#47.　온양행궁 처소 (N)

이진	(단호하게) 대군이 회복 중이다. 사관은 물러가거라.
해령E	(물러서지 않고) 긴히 드릴 말씀이 있습니다.

이진, 이림의 의견을 묻듯 보면, 이림이 삼보에게 고개를 끄덕인다. 삼보가 문을 열면 해령이 들어오고, 삼보는 자리를 피한다. 해령, 이림과 이진에게 배를 하고, 이림 앞에 천을 내려놓는다.

이림	이게 무엇이냐?
해령	(잠시 생각을 정리하고, 확신으로) …그자들의 목적은 마마를 시해하는 것이 아니었습니다.
이림	(…?)
이진	뭐라…?

천을 펼치는 해령. 화살 몇 개와 아까 주워 온 활이 들어있다. 이림에게
화살을 내미는 해령.

해령	마마와 무관들이 맞았던 화살입니다. 화살촉이 일부러 갈아놓은 듯 뭉
	툭하고 짧습니다.
이림	(화살촉을 보는데, 해령의 말이 맞다)
이진	민간에서 만들어진 화살은 이리 조악한 것들도 더러 있다.
해령	화살뿐만이 아닙니다. 활에도 이상한 점이 있습니다.

활…? 들어서 살펴보는 이진. 활시위를 조금 당겼다가 멈칫, 해령을 보
면.

해령	활시위가 턱없이 얇고, 느슨하게 풀려있습니다.
이진	속도를 줄이고 관통력을 낮추기 위해서… 개량을 한 것이로군.
해령	예.
이림	(…!)
해령	또한 호위하던 무관들도 전부 팔다리에만 가벼운 부상을 입었습니다.
	이상하지 않습니까? 왕실 행차를 기습할 정도의 자객들이, 제자리에
	서있는 사람들의 급소 한 번을 맞추지 못하고, 그리 조악한 화살과 느
	슨한 각궁으로 공격을 해왔다는 게요.

그 말을 유심히 듣다가, 아까의 상황을 생각해보는 이림.

S#48.   산속 (D)
이림 앞을 호위하는 무관들을 향해 활시위를 당기는 자객. 예리한 눈빛
으로 몸통을 향해 겨누는 듯하다가 다리를 향해 쏘고.

S#49.   온양행궁 처소 (N)
S#47에 이어. 이림, 무언가를 깨닫고.

이림	처음부터 누군가를… 죽일 생각은 없었던 거야.
이진	(…!)
해령	제 생각도 그렇습니다. 이건 기습이 아니라, 기습을 하는 시늉만 한 거라구요.
이진	(당혹스럽고) 정사에는 관심도 없이 살아온 순진한 아이다. 대체 누가… 뭘 위해서 이런 짓을 벌인단 말이냐?
이림	…이유는 하나밖에 없습니다.
이진	(보면)
이림	제가… 폐주의 무덤을 다녀왔다는 것.
해령	(동의한다는 듯, 작게 고개를 끄덕이고)
이진	(혼란스러운)

INS.   익평의 집 전경 (N)

S#50.   익평의 집 사랑채 (N)
익평과 우의정, 대제학, 대사헌, 도승지가 모여서 술을 마시고 있다. 대신들은 불쾌하고 못마땅한 표정들이다.

대제학	거참, 주상전하도 너무하신 것 아닙니까? 대감을 뭘로 보고 그런 누명을 씌우신단 말입니까? 이십 년 동안 충심으로 모셨더니, 돌아오는 건 의심이니, 원…
익평	(…)
도승지	헌데 전 이번 배후의 기습이 누군지, 도통 감이 잡히질 않습니다. 도원대군은 정치적 기반도 없는 잔약한 왕족이 아닙니까. 그런 자를 건드려서 무엇을 얻는다고요.
우의정	그게… 난 주상전하의 계략이 아닐까 하네만…
일동	(보면)
우의정	아, 그렇지 않은가. 예전부터 전하께서, 도원대군을 유독 싫어하셨네. 이름만 들어도 불같이 화를 내시고, 왕실에서 나와선 안 될 종자가 나

왔다며 공공연히 욕도 하시고.

대사헌   하긴, 전하의 성정을 생각하면… 못 할 일도 아니지요?

익평   아니요. 전하께서는 그런 일을 벌일 만큼의 배포도, 그런 수를 생각해
         낼 만큼의 지혜도 없으십니다.

일동   (보면)

익평   (누구의 짓인지, 짐작해보는데서)

S#51.   온양행궁 대비 처소 앞 (N)
         이진과 대비가 걷고 있다.

대비   내가 면목이 없습니다. 괜히 도원을 데리고 나와서, 이런 일을 당하게
         했으니…

이진   아닙니다. 제가 행차를 더 면밀히 살폈어야 하는데… 송구합니다.

대비   (…)

이진   허나, 이제 폐주의 제사를 지내는 건… 그만하십시오, 할마마마.

대비   (멈춰 서고) 알고 계셨습니까?

이진   해마다 이날이면 행궁에 나가시질 않습니까. 기일이라는 걸 미루어 짐
         작하고 있었습니다.

대비   알면서 왜 그만두라 하십니까? 희영군은 내 배로 낳은 내 아들입니다.
         일 년에 한 번, 어미가 아들 무덤에 밥상 좀 차려주는 게 무슨 허물이라
         구요?

이진   저도 폐주를 좋은 숙부로 기억하고 있습니다. 허나, 사사로운 감정으로
         죄인을 대해서는 안 됩니다. 더군다나 폐주는 주상전하께서 사사하신
         대역죄인이 아닙니까.

대비   (눈빛 날카로워지며) …세자, 모든 걸 알고 있다고 착각하지 마세요. 세상
         에 떠도는 말이 전부 진실은 아닙니다.

이진   (가시가 있는 말이다, 살짝 당황하면)

대비   (애써 감정 누르며) 이만 들어가 주무세요.

이진   예, 마마.

이진이 인사를 하면, 처소로 들어가는 대비. 이진은 그 말뜻을 헤아리며 우두커니 서있고.

S#52. 온양행궁 뒷마당 (N)
등롱을 놓고 사책을 정리하고 있는 해령. 하지만 집중이 되질 않는다. 붓을 내려놓고 이마를 쓰다듬다가.

S#53. 온양행궁 처소 앞 (N)
문 앞에 서는 해령. 방은 불이 꺼져있다.

해령   (작게) 마마… 주무십니까?

이림은 대답이 없다. 당연히 주무시겠지, 포기하고 돌아서는 해령. 그때 문이 조용히 열린다.

해령   (보면)
이림   기다리고 있었다. 찾아올 것 같아서.
해령   (옅은 미소로)

S#54. 온양행궁 뒷마당 (N)
늦은 밤. 아무도 없는 정원을 걸어가는 해령과 이림.

해령   이리 걸으셔도 괜찮겠습니까? 몸이 성치도 않으신데.
이림   아무렇지도 않다. 지금 당장 널 업고, 한양까지 달려갈 수도 있을 정도야.
해령   (허풍은… 피식 웃는데)
이림   …너도 잠이 오질 않는 거지? 오늘 일 때문에.
해령   예, 아무리 생각해도 정리가 되질 않습니다. 평생 정사에는 관심도 없으셨고, 누구의 원한을 살 분도 아니신데… 왜 이런 일에 휘말렸는지요.
이림   (스스로도 모르겠고)

해령	혹, 오늘처럼 누구에게 위협을 당하거나, 위험한 상황에 처하신 적이 있으십니까?
이림	한 번은 있었다. 의금부에 찾아갔을 때.
해령	(뒤늦게 떠올라서… 멈춰 서고) 제가 마마를 약방으로 모시고 간 날 말씀이십니까?
이림	그래, 그날 밤.
해령	(생각해보다가, 갸우뚱) 마마께서 의금부엔 왜 찾아가셨는데요?
이림	(머뭇거리다가) …호담선생전이라는 서책을 쫓고 있었다. 지금은 금서가 되어서 구할 순 없는데… 여기 행궁에서 호담이란 이름을 본 적이 있거든. 호담과 영안, 이곳에서 길을 내다… 그리 적힌 비석을.
해령	호담과 영안…

어딘가 익숙한 그 이름을 생각하며 걷다가 번뜩 스치는 생각에 멈춰 서는 해령.

해령	혹시 그 영안이라는 이름이… 옥빛 영에, 눈 안 자를 썼습니까?
이림	(…?) 어찌 알았느냐?
해령	…우두종서를 지은 사람이니까요.
이림	(우두종서…?)

플래시컷
─평안도 관아 객사 안 (N)
/이림 앞에 우두종서를 내려놓는 해령.
/서책을 내려다보는 이림.

이림	(…!!!)
해령	전부 다 연결되어 있습니다. 호담과 영안, 우두종서를 전해줬던 의녀님도…
이림	그 의녀는 사라졌다고 하지 않았느냐.

해령	사라지지 않았습니다. 어젯밤 이곳에 오신 걸 봤습니다.
이림	(그 의녀가…?)
해령	마마. 그 비석, 어딜 가면 볼 수 있습니까.
이림	(얼떨떨해서) 없어졌다. 내가 다시 찾아가 보니까, 통째로 사라지고 없었어. 허내관은 그게 꿈이라는데… (하다가 멈칫) 꿈…

플래시컷
─온양행궁 사당 앞 (D/꿈)
사당으로 들어가는 이겸.

이림, 그 꿈이 단순한 꿈만은 아닐 것 같다는 직감. 사당이 있는 쪽으로 달려간다.

해령	(어어?) 마마!

해령이 등롱을 들고 쫓아간다.

S#55.　　온양행궁 사당 앞 (N)
행궁의 외딴곳. 사당 앞에 멈춰 서는 이림. 해령도 중문을 넘어 들어온다. 이림, 이곳에 무언가 있을 거란 강한 끌림에 다가간다. 문에 걸려있는 걸쇠. 이림이 손으로 가볍게 잡아당기자 툭 빠져버린다. 눈을 마주치는 두 사람. 같이 사당 문을 열고.

S#56.　　온양행궁 사당 안 (N)
끼익, 낡은 문을 열고 들어오는 해령과 이림. 저 앞에 발이 내려와 있다. 어렴풋이 피어오르는 향로와 신주를 모셔둔 단이 보인다. 조심스럽게 발을 걷고 들어가는 이림과 해령. 위패에는 아무것도 쓰여있질 않고, 벽에 누군가의 그림이 붙어있지만, 어두워서 보이질 않는다. 해령, 긴장한 표정으로 등롱을 가져다 대보면, 불빛 속에서 서서히 모습을 드러내는 곤룡포를 입은 왕, 이겸. 이림, 이겸의 얼굴을 확인하고는 우뚝 굳어버린다.

이림   꿈이 아니었어…

그렇게 이림이 서있는 데서 카메라 돌아가면, 역시 굳은 채로, 그 얼굴을 올려다보고 있는 해령.

어린 해령E   나으리는 누구십니까?

플래시컷
─서래원 집무실 (D/20년 전)
어린 해령의 눈높이에 맞춰 무릎을 꿇고 앉은 채, 서책 한 권을 건네주는 이겸. (*평복 차림)

이겸   호담이라 부르거라, 호담선생.

호담…? 이겸을 올려다보는 어린 해령의 눈빛에, 지금 해령의 목소리가 겹쳐지며.

해령E   폐주… 희영군 이겸…

해령   (홀린 듯이 내뱉는) 호담…

저 기억 너머에 묻어두었던 호담을 다시 떠올리고, 눈빛이 떨려오는 해령과, 꿈속의 얼굴을 오래된 어진 속에서 찾아낸 이림. 마침내 이겸을 마주한 두 사람의 모습에서.

18화

⋮

새벽이 오는 곳

새벽서, 올래,

온양행궁 전경 (N)

S#1.   온양행궁 어느 정자 (N)
          앉아있는 해령과 이림. 이겸의 어진을 본 충격으로 가라앉아있는 분위
          기 속에서.

해령   그럼 그동안 계속 폐주의 꿈을 꿔오신 겁니까?

이림   어쩌면. 나도 얼굴을 본 건 처음이라서.

해령   (아…)

이림   넌 어찌 저 어진이 호담이란 걸 알아본 것이냐? 만난 적이 있어?

해령   (쉽게 꺼낼 수 없는 얘기에 시선을 떨구면)

이림   말하기… 어려운 것이냐?

해령   …누구한테도 해본 적 없는 얘기라서요. 헌데… 저도 더 이상 모르는
         척 살고 싶지 않습니다.

이림   (보면)

해령   (용기 내서) 이십 년 전에… 아버지께서 역모죄로 돌아가셨습니다. 그래
         서 아버지의 제자였던 오라버니가 절 살리려 청나라로 데려가셨고…
         그때부터 구해령이란 이름으로 살게 됐습니다.

이림   (…!!!) 허면… 넌…

해령   (아픔을 숨기려 일부러 장난스럽게) 예, 이십 년째 도망 중인 신셉니다, 저.

이림   (말을 잃고)

해령   (후련한 듯 씁쓸한 듯)

이림   어쩌다… 그런 일이 있었던 것이냐.

해령   저도 자세히는 모릅니다. 아버지께서 서래원이란 곳의 학장이셨는
         데… 역모에 휘말렸다고 들었습니다.

이림   (서래원…)

          플래시컷
          ─외양간 안 (D)

모화	이십여 년 전에 서래원이라는 곳에서 의술을 배웠습니다.

이림	서래원이라면… 나도 들은 적이 있다. 그 의녀가 의술을 배운 곳이라고 했어. 그곳에서 스승과 함께 우두종법을 연구했다고.
해령	예, 영안이 저희 아버지의 별호였나 봅니다. (순간 치미는 그리움에) 저도 너무하지 않습니까? 하나밖에 없는 딸인데, 아버지 글도 못 알아보고…

아버지를 떠올리는 해령, 눈물이 그렁해지면, 덩달아 마음이 아픈 이림. 해령의 손을 잡아주려다가 다시 거두고.

이림	힘들면… 그만 말해도 괜찮다.
해령	아니요, 힘들어도 생각해야 합니다. 전 여태껏 아버지께서 나쁜 사람들한테 누명을 쓰고 억울하게 돌아가셨다고만 알고 있었습니다. 헌데 호담이 당시의 주상전하셨다면, 왜 아버지께서 누명을 쓰도록 내버려 뒀을까요. 서래원을 오갈 정도로 가까운 사이였는데요.
이림	(역시 이상하고…)
해령	아주 오랫동안 아버지도 서래원이란 이름도 가슴 속에 묻어두고 살았습니다. 아무 일도 없었던 척, 제가 모든 걸 잊고 씩씩하게 살아가는 게 아버지의 소원이었다고 해서요. 헌데 더 이상은 싫습니다. 아버지께서 무슨 누명을 쓰신 건지, 서래원에서 무슨 일이 있었는지, 호담은 왜 폐주가 되었는지… 알고 싶습니다. 이해하고 싶습니다.
이림	나도 마찬가지다. 이 모든 일들을… 이해하고 싶어.
해령	(공감으로 보는데)
삼보E	마마!

해령, 이림 저쪽을 보면 삼보가 두리번거리며 이림을 찾고 있다.

삼보	(발견하고 가슴 쓸어내리며) 아유, 무슨 일 생긴 줄 알고 놀랐잖습니까. 왜 나와 계십니까? 쉬어야 할 분이.

이림	지금 들어갈 참이었다. (일어서고)
해령	(따라 일어서면)

이림, 해령과 무언의 눈빛을 주고받는 삼보와 함께 사라진다. 목례를 하고, 그 자리에 가만히 서있는 해령. 20년 만에 꺼내본 얘기에 마음이 쉽게 가라앉질 않고.

S#2. **온양행궁 처소 (N)**
언제나처럼 부지런히 이부자리를 만들고 있는 삼보. 이림은 삼보가 어디까지 알고 있을까, 생각하며 보고 있는데.

삼보	(다 끝내고) 자! 이제 얼른 주무십시오. 푹 쉬어야 상처가 빨리 낫는다 했습니다.
이림	허내관…
삼보	(허내관…? 보면)
이림	넌 내가 태어나기 전부터 궐에 있었다고 했지.
삼보	(뜨끔) 예… 그랬습죠…? 헌데 왜…
이림	허면 내가 태어나던 날, 무슨 일이 있었는지 기억하느냐?
삼보	(…!!!)
이림	(추궁하듯 보고 있으면)
삼보	아이, 그럼요! 왕자가 태어났다고 전하께선 하루 종일 싱글벙글하시고, 중전마마도 대비마마도 기뻐하시고! 아주 온 궁궐이 경사였습니다! 경사!
이림	대비마마께서… 기뻐하셨다… (차가워져서) 그날… 친아들인 폐주가 죽었는데도…?
삼보	(아차…!!!)
이림	왜 내게 거짓말을 하는 것이냐?
삼보	(…)
이림O.L	(목소리 커져서) 나한테 뭘 숨기고 있는 것이냐?

삼보	(묻지 말아달라고) 마마…
이림	…환궁할 것이다. 따라오지 말거라. (방을 나서면)
삼보	아니 되옵니다! 그 몸으로 어찌!! (따라가고)

S#3.   온양행궁 처소 앞 (N)

급히 따라 나온 삼보. '마마!' 애타게 불러보지만 듣지도 않고 중문을 넘어가는 이림. 삼보는 어쩔 줄을 몰라 발을 동동 구르고.

S#4.   온양행궁 앞 (N)

생각에 잠겨서 말을 끌고 나오는 이림.

플래시컷

−침전 안 (N)

왕	내 너 같은 것을 자식으로 둔 죄로 죽어서도 선대왕들을 뵐 면목이 없느니라! 이날 이때껏 이 나라 왕실에! 너처럼 흉한 종자는 없었어!

−대전 안 (N/꿈)

곤룡포를 입은 이림의 가슴에 칼을 찔러넣는 왕.

−온양행궁 사당 앞 (N/꿈)

이림을 향해 따듯하게 웃어주는 이겸.

이겸	(다정하게) 림아.

이림, 점점 더 커져가는 의심과 혼란 속에 말에 올라타, 이랴! 달려가고.

S#5.   온양행궁 사당 안 (N)

다시 한번 사당을 찾아온 해령. 이겸의 어진 앞에 선다.

S#6.　　　서래원 집무실 (D/과거)

어린 해령. 선반 위에 있는 책을 꺼내려고 까치발을 들어보지만 손이
닿질 않는다. 그렇게 혼자 방방 뛰고 있으면, 뒤에서 불쑥 나타나 서책
을 집어드는 손. 해령이 뒤를 돌아보면, 이겸이 웃으며 서있다.

이겸　　　　니가 문직의 여식이냐? 희연?
어린 해령　　예, 나으리는 누구십니까?
이겸　　　　나?

장난기가 발동한 이겸. 해령의 눈높이에 맞춰 않고, 서책을 내민다.

이겸　　　　호담이라 부르거라, 호담선생.
어린 해령　　(호담선생…? 서책 받았다가) 헌데… 소녀가 찾던 서책은 이게 아니라…
　　　　　　다른 것인데요…
이겸　　　　그래? 허면 직접 꺼내 보겠느냐?
어린 해령　　(고개 끄덕이며) 네!!

이겸, 해령을 훅 들어 올린다. 웃으면서 서책을 제자리에 꽂아 넣고, 또
다른 서책을 꺼내 드는 해령.

어린 해령　　(위에 가리키며) 저것도 읽고 싶습니다!

이겸, 영차!! 하며 해령을 더 높이 들어 올려주면, 뭐가 그리 좋은지 꺄
르르대며 또 서책을 꺼내 드는 해령. 그때, 문직이 문을 열고 들어오다
가 그 모습을 본다.

문직　　　　(…!!!) 주상전… (전하…! 하려는데)
이겸　　　　(일른 해령 내려주고, 쉿!) 영안 오셨는가?
문직　　　　(이겸과 해령이 번갈아 봤다가 얼떨떨해서) 예, 예. 호담선생.

이겸	(미소 지으면)
문직	(못 말린다는 듯 웃고)

S#7.   온양행궁 사당 안 (N)
오랜만에 아버지의 모습을 떠올리는 해령. '아버지…' 낮게 부르다가
눈물이 뚝 떨어지는데서.

INS.   온양행궁 전경 (D)

S#8.   온양행궁 대비 처소 (D)
삼보가 대비에게 무언가를 고하고 있다.

대비	도원이 환궁을 해? 그 몸으로?
삼보	예… 뭘 알아내신 건지… 갑자기 그… 경오년의 일을 여쭤보시다가…
대비	(설마…?)

S#9.   온양행궁 사당 앞 (D)
급히 걸어오는 대비, 최상궁과 나인들. 대비가 사당 문을 보면, 걸쇠가
풀려 땅에 떨어져 있다. 대비, 불안한 마음으로 사당에 들어서고.

S#10.   온양행궁 사당 안 (D)
다 타버린 향 위, 그대로 걸려있는 이겸의 어진. 대비, 왠지 이림이 이
곳에 왔었다는 느낌에.

대비	어서 치우거라.
최상궁	예, 마마.

최상궁과 나인들, 분주하게 사당을 정리하고, 대비는 어진 속 이겸의
얼굴을 가만히 보고 있다.

S#11.   온양행궁 일각 (D)
         이진과 백선이 걷고 있다. 해령이 조금 뒤에서 따르며 사필 중이다.

백선   근처를 샅샅이 뒤져보았으나 자취를 찾을 수가 없었습니다. 아무래도
         급습과 퇴각에 단련된 자들인 것 같습니다.

이진   (역시…)

백선   걱정 마십시오, 저하. 지금 군사들이 주변 민가를 수소문하고 있습니
         다. 그자들이 어디로 도망쳤는지 알아낼 수 있을 겁니다.

이진   (멈춰 서고) 아닙니다. 수색을 멈추세요.

백선   (…?) 저하, 대군마마를 시해하려 한 자들입니다. 반드시 잡아서 그 배
         후를 밝혀야 하지 않겠습니까!

이진   그건…

         이진, 말을 멈추고 해령을 보면, 해령도 사필을 멈추고 이진을 본다. 비
         밀스럽게 오가는 눈빛. 이진이 다시 백선을 보고.

이진   군사들이 민가를 돌아다니면, 백성들에게 괜한 두려움만 심어주게 됩
         니다. 우선 군사들을 철수하시고, 환궁을 명하세요. 나머지는 내가 알
         아서 하겠습니다.

백선   (그래도 걱정스럽고)

해령   (아무렇지 않은 표정으로 다시 사필을 하는)

INS.   궁궐 전경 (D)

S#12.   궁궐 문 앞 (D)
         성큼성큼 궐 안으로 들어가는 이림.

S#13.   궁궐 서고 안 (D)
         곧바로 서고로 들어와서 이 책 저 책을 뒤져본다. 하지만 대체 어느 책

을 찾아야 이십 년 전의 기록을 볼 수 있는지 막막한데. 순간, 멈칫하는 이림.

플래시컷
-예문관 안 (D)

이림	시정기라는 게 뭔데 이 사달인 것이냐?
해령	이서리는 정말 조정 일은 하나도 모르십니까? 사초랑 승정원일기[1]랑 이것저것 관청 기록들을 엮은 문섭니다.

이림 승정원일기…

이림, 다시 급히 서고를 나가고.

S#14. **승정원 앞 (D)**
문을 열고 나오는 제갈주서. 이림이 기다리며 서있다.

제갈주서	(영문을 몰라서) 저… 뉘신데 승정원 주서를 다 찾으십니까?
이림	도원대군이다. 너에게 하명할 것이 있다.
제갈주서	(…?!)

S#15. **대비전 앞 (N)**
초조한 표정으로 서있는 왕. 양쪽에 궁인들이 시립해있다. 대비가 최상궁, 나인들을 이끌고 들어오다가 왕을 발견한다.

왕	(면목 없고, 목례하며) 마마…
대비	(화를 삭이는 표정으로 왕을 노려보다가) 아무도 들이지 말거라.

---

1) 승정원일기(承政院日記): 승정원에서 매일매일 취급한 문서와 사건을 기록한 일기. 언제든 열람이 가능.

왕	(…!)

그렇게 고개 숙인 왕을 지나쳐 들어가는 대비. 최상궁과 나인들이 난감해서 서있으면, 왕도 분한 표정이었다가 기어코 그 뒤를 따라 들어가고.

S#16. 대비전 안 (N)
들어오는 대비. 자리에 앉기도 전에, 뒤에서 문이 열린다.

왕	저는 모르는 일입니다.
대비	(돌아보면)
왕	피 한 방울 섞이지 않았어도, 어마마마의 아들로 근 오십 년을 살았습니다. 세상에 어느 자식이 부모에게 그런 짓을 한단 말입니까?
대비	…헌데 왜 아직도 민익평의 목숨이 붙어있는 겁니까?
왕	(멈칫)
대비	말씀해보세요, 주상. 이 나라에서 그런 짓을 벌일 사람은 딱 한 명, 좌상임이 분명한데도… 어째서 아직 그자를 살려두고 계시냔 말입니다.
왕	(말문 막혔다가) …증좌도 없이 의심만으로 공신을 벌할 순 없습니다.
대비O.L	아니요. 주상은 그자의 뜻과 함께하기 때문에 눈을 감아주는 겁니다. 지금도 속으로는 그 화살이 왜 도원의 심장을 뚫지 못했을까… 탄식을 하고 계시겠지요!
왕	마마!!
대비O.L	나와의 약조를 잊지 마세요!
왕	(보면)
대비	말씀드렸습니다. 도원에게 무슨 일이라도 생긴다면, 난 주저 없이 목을 매달 것이고… 주상은 어미를 죽인 임금으로 만세에 기록될 것이라고요. (이 악물고) 내 마음은… 이십 년 전이나 지금이나 달라진 것이 없습니다.
왕	(그런 말을 하는 대비가 원망스럽고, 서럽고)
대비	(차갑게 쏘아보고 있는)

S#17.   모화 은신처 안 (N)
앉아있는 재경과 모화. 각쇠, 이백, 상운이 앞에 서있다.

모화   마무리는 잘했느냐.

각쇠   예, 뒤를 쫓지는 못할 겁니다.

상운   (죄책감에) 죄송합니다, 누이. 대군마마께서 갑자기 움직이실 줄은…

모화   걱정 말거라. 상처가 깊지 않다고 하니 금방 나으실 게야.

이백·상운   (…)

모화   이만 가서 쉬거라. 고생 많았다.

이백·상운   예.

이백과 상운, 문을 닫고 나가면.

모화   도성 안에 좌상이 기습을 주도했다는 소문이 퍼졌다지.

재경   예, 예상대로 주상도 민익평을 의심하고 있습니다. 이제 그 둘의 관계
          도 얼마 남지 않았습니다.

모화   …조심하거라. 니가 이쪽에 섰다는 걸 그자들이 알게 되면, 당장에 목
          숨을 거두려 할 것이야…

재경   살고자 하는 마음은 내려놓은 지 오랩니다.

모화   (재경이 걱정되고)

INS.   해령의 집 전경 (N)

S#18.   해령의 집 사랑채 앞 (N)
재경의 방을 보며 서있는 해령.

플래시컷
―온양행궁 처소 앞 (N)
은밀히 안채를 빠져나가는 재경과 모화.

오라버니가 무언가 숨기고 있단 생각에 심란하고 화도 나는 해령. 설금
이 다가온다.

설금   아씨! 여기서 뭐 하세요? 이부자리 다 깔아놨는데.
해령   오라버니… 지방으로 공차 나가셨다고 했지?
설금   예.
해령   사흘 전에도 집에 안 들어오셨고.
설금   예, 뭐 땜에 이러시는데요?

해령, 불 꺼진 방을 보다가 무언가 결심한 듯 들어가면.

설금   (…?) 아씨, 빈방에 들어가서 뭘…! (문 닫히면) 뭘 하시려고…?

S#19.   해령의 집 재경의 방 (N)
          방을 둘러보는 해령. 선반에 있는 책들을 뒤져본다. 문갑도 열어보고,
          서안의 서랍, 병풍 뒤쪽, 보료의 밑, 도자기 속까지 샅샅이 살펴보지만
          나오는 게 없다. 창가 아래 나무단. 원래 있던 자리에 도자기를 내려놓
          는 해령. 둥, 무언가 울리는 소리가 난다. 단의 속이 비어있다. 이리저
          리 살펴보다가, 손이 들어갈 수 있을 만한 작은 홈을 발견하는 해령. 손
          을 넣고 무언가 끄집어내면, 돌돌 말린 종이다. 펼쳐보면, 조보에서 뜯
          어낸 낡고 헤진 기사.

해령   조보…?

          해령, 창가의 달빛을 불빛 삼아 조보를 읽는다.

해령E   경오년 정해월 신묘일. 예문관 봉교 김일목, 일기청[2]에 가장사초 내기

---
2) 일기청(日記廳): 폐위된 왕에 관한 기록을 편찬하기 위하여 임시로 설치한 관청.

를 거부하다. (다른 기사) 경오년 정해월 신축일. 예문관 봉교 김일목이 서대문 밖에서 참형을 당하다…

사초 내기를 거부한 사관… 왜 오라버니가 이런 기사를 갖고 계신 거지? 또 다른 의문이 생겨나는 해령. 종이와 붓을 가져와서 급히 기사의 내용을 적는다.

INS.   예문관 전경 (D)

S#20.   예문관 안 (D)
        해령과 은임, 아란, 길승, 경묵, 홍익, 치국이 앉아서 일을 하고 있다.

은임   구권지는 눈치껏 서고에 가서 좀 쉬세요. 죽을 고비를 넘기고 왔는데 바로 출근이라니 말이나 됩니까?

해령   저 정말 괜찮습니다. 머리부터 발끝까지 오장육부가 다 멀쩡하다니까요.

은임·아란 (그래도… 불쌍한 우리 구권지… 보고 있는데)

해령   근데… 어제 녹서당 입시는 누가 가셨습니까?

아란   아, 당분간 녹서당에 사관은 얼씬도 말랍니다. 대군마마께서 회복하시는 데 방해만 된다구요.

해령   (납득하면서도, 마마는 괜찮으시려나… 걱정되는데)

        우원, 시행, 장군이 들어온다. 일동, 일어서면.

시행   아이고~ 드디어 오셨네. 가는 곳마다 사건 사고를 몰고 다니는 불운의 화신. 넌 이제 외사 나가지 말고 예문관에 꼭 붙어있어. 거 불안해서 어디 보내겠냐?

해령   (애정 어린 타박에, 미소로) 예.

        우원, 시행, 장군이 자리로 가면, 주변을 살피다가 슬쩍 우원 앞으로 가는 해령.

해령	저, 민봉교님.
우원	(보면)
해령	혹시… 김일목 사관에 대해 들어본 적이 있으십니까?
우원	김일목…?
시행E	(불쑥) 니가 김일목 선진을 어떻게 알아?
해령·우원	(보면)
홍익	김일목? 그게 누군데요?
시행	아, 왜 내가 말해준 적 있잖아. 나 바로 윗대, 윗대 선진 중에 미친 호랑이 같은 분 하나 계셨다고. 어찌나 독종인지, 하루 종일 입시하다가 별 보면서 입궐하고 별 보면서 퇴궐하고. 경연 입시 한 번 갔다 오면 사책 서너 권을 써냈다고.
일동	(와…)
아란	그런 훌륭한 선진이 계셨는데 왜 저희는 모르고 있었습니까? 진작에 찾아가서 사초 쓰는 법도 배우고 좀 그럴걸.
길승	돌아가셨어. 폐주 일기청 열렸을 때, 사초 안 내겠다고 버티다가 참형 으로…
일동	(???)
은임	예?? 사관이 사초를 왜 안 내요?? 무슨 이유로??
시행	그걸 아무도 몰라. 그러니까 애초에 가장 사초를 안 썼다더라, 어디 숨겨놓고 까먹었다더라, 소문만 무성했지. (해령 보며) 근데 넌 갑자기 그 얘길 왜 물어봐?
해령	아… 어쩌다 들었는데, 궁금해져서요.
우원	누구에게도 묻지 말거라.
해령	(보면)
우원	사초를 내지 않았을 뿐만 아니라, 추국청에서 대역죄 판결을 받고 죽은 사람이다. 너까지 괜한 오해를 살 수 있어.
해령	…예. (하면서도 뭔가 심상치 않은 사람이었단 생각이 드는)

S#21.   동궁전 안 (D)

이진이 앉아서 생각에 잠겨있다.

플래시컷

—온양행궁 처소 (D)

이림   …이유는 하나밖에 없습니다. 제가… 폐주의 무덤을 다녀왔다는 것.

—온양행궁 대비 처소 앞 (N)

이진   더군다나 폐주는 주상전하께서 사사하신 대역죄인이 아닙니까.

대비   …세자, 모든 걸 알고 있다고 착각하지 마세요. 세상에 떠도는 말이 전
            부 진실은 아닙니다.

기습의 목적은 무엇일까, 대비마마께서 하고자 하는 말씀은 또 뭐였을
까… 서안을 탁탁 두드리며 의문에 빠져있는 이진. 김내관 목소리가 들
린다.

김내관E   저하.

이진   (보면)

김내관, 들어와서 이진 앞에 제목 없는 서책을 내려놓는다.

김내관   말씀하신 것을 받아왔습니다.

이진   그래, 수고했다고 전하거라.

김내관   헌데…

이진   (보면)

김내관   주서가 이르기를, 도원대군마마께서도 경오년의 승정원일기를 고출[3]
            해 가셨다고 하옵니다.

3) 고출(考出): 참고로 살펴보기 위해 내어 봄.

이진	(…!) 도원이…?

S#22.   녹서당 마루 (D)
정원. 고출해 온 기록을 읽고 있는 이림. 옆에 몇 권이 더 쌓여있다.

이진E	이만 내려놓거라.
이림	(보면)

중문 앞에 서있는 이진. 이림이 일어서면 다가오며.

이진	폐주의 일이다. 니가 이리 나서서 관심 가질 필요는 없어. 그래서도 아니 되고.
이림	폐주가 아니라 저에 대해 알고 싶은 겁니다.
이진	(속상해서) 대체 너에 대해 뭘 알고 싶다는 것이냐. 무슨 생각을 하고 있길래.
이림	제가 폐주와 어떤 연관이 있는 건 아닌지요.
이진	(…!) 림아…
이림	형님은 알고 계셨습니까? 경오년 갑신월 무진일. 제가 태어나던 날에 전하께서 군사를 일으키셨습니다.
이진	…그래, 나중에 들어 알고 있었다. 허나 그것은 아무런 의미도 없어. 그저 우연이었을 뿐이야.
이림	그저 우연이라면 왜 승정원일기에는 제가 태어난 것에 대한 기록이 한 줄도 없는 겁니까?
이진	(멈칫)
이림	전하께서 교서를 내리시고, 반정공신들에게 관직을 제수하시고, 어마마마와 형님이 사저에서 대내로 이거하는 이 몇 달간의 기록 속에서… 제 이름은… 어디에도 보이질 않습니다.
이진	(처음 안 사실에 혼란스럽고)
이림	(점점 강해지는 확신, 슬픈 눈으로 보고 있는데)

이진	…전하께서 거사를 준비하시는 동안, 어마마마께선 잠시 외가로 몸을 피해 계셨다. 넌 그곳에서 태어나 뒤늦게 궐로 들어왔어. 그래서 주서들이 적지 않은 것이다. 궐 밖의 일이라서.
이림	허면 말씀해주십시오. 어마마마께서 절 회임하셨을 때의 모습을… 한 번이라도 뵌 적이 있으십니까?
이진	(…)

그 말에 흔들리는 이진의 눈빛. 이진도 늘 마음 한구석에 품고 있던 의심이었다. 이림은 어느 날 갑작스럽게 나타난 동생이었으니까. 하지만 차마 진실을 말해줄 수가 없는 이진.

이진	그래, 뵌 적이 있다. 네게 입힐 작은 옷을 만들어 놓고, 이름도 지어 놓고, 나도, 아바마마도, 어마마마도, 너를 만날 날만을 기다렸어. 내가 분명히 기억하고 있어.
이림	(거짓말이라는 걸 알아서 더 아프고) 형님…
이진O.L	(불길한 직감을 꾹 누르며) 그러니 다시는… 다시는 의심하지 말거라. 니가 우리 가족이고, 내게 하나뿐인 동생이란 사실은… 절대 변하지 않아.
이림	(…)

이진의 마음을 느끼며, 눈물이 차오르는 이림. 하지만 이진의 말도 믿을 수가 없고, 감정만 북받쳐 온다. 이림이 성큼성큼 걸어가 녹서당을 나가면, 붙잡지 못하고 서있는 이진.

S#23.　　침전 앞 (D)
격앙된 채 걸어와서 서는 이림. 상선이 놀라서 배를 한다.

상선	대군마마.
이림	고하거라.
상선	(안에 대고) 주상전하… 도원대군마마께서 드셨사옵니다.

S#24.   침전 안 (D)
차를 마시던 왕, 손을 멈춘다. 기어코 날 찾아왔군, 하다가.

왕   …오늘은 몸이 좋질 않다.

S#25.   침전 앞 (D)

왕E   물러가라 전해라.
이림   (역시나)
상선   (눈치 보며) 마마, 오늘은 일단 돌아가시옵고…
이림O.L (상선 지나쳐 몇 걸음 더 가서, 안에 대고) 아바마마, 소자를 만나주십시오.
         아바마마께 여쭐 것이 있습니다.
왕   (대답 없고)
이림   (살짝 울컥해서) 소자가 화살을 맞고 돌아왔습니다. 괜찮은지조차… 궁
         금하지 않으십니까…?

         그 말에도 대답이 없는 왕. 이림, 안 되겠다는 듯 무릎을 꿇고 앉는다.
         상선, 나인들이 놀라면.

이림   소자, 오늘 꼭 아바마마를 뵈어야겠습니다. 여쭤봐야 할 것이 있습니
         다. 그때까지…!

S#26.   침전 안 (D)

이림E   물러갈 수 없습니다.

         그 말을 듣는 왕. 이림이 무엇을 물으러 왔는지 직감적으로 깨닫지만,
         자리에서 일어날 생각은 없고.

S#27.　　　　침전 앞 (D)
감정을 누르며 묵묵히 버티는 이림.

S#28.　　　　대비전 안 (D)
최상궁에게 막 소식을 전해 들은 듯, 짧고 깊은 한숨을 내뱉는 대비. 이
림의 마음을 생각하며 사필을 멈춘 해령의 모습에서.

INS.　　　　궁궐 전경 (N)

S#29.　　　　침전 앞 (N)
어느덧 어두워진 침전 앞마당. 삼보와 나인들이 고개를 푹 숙인 채 서
있고, 마당 한복판에서 이림이 무릎을 꿇고 앉아있다. 해령이 중문을
넘어 들어온다. 절박해 보이는 모습에 잠시 굳었던 해령. 이림에게 다
가간다.

해령　　　마마…
이림　　　(…)
해령　　　아직 몸이 다 낫지 않으셨습니다. 이만 일어나십시오.
이림　　　(대답 없이 버티면)
해령　　　(하…)

해령, 어쩔 수 없다. 이림 옆에 앉아서 바닥에 사책을 내려놓는다. 이림
이 살짝 놀라서 보면.

해령　　　저도 여기서 입시를 기다리겠습니다.
이림　　　(단호하게) 구권지. (하는데)
상선　　　주상전하 납시오~
해령·이림　(보면)

왕, 상선을 이끌고 마당으로 나온다. 뒤쪽에 있던 삼보, 나인들이 배를 하고, 해령도 일어나서 배를 한다. 이림은 자리에 가만히 앉아서 왕을 본다. 왕이 그런 이림과 해령을 보고는 한숨을 푹 쉬었다가.

왕	이제는 여사까지 대동해서 고집을 부리는구나.
이림	(…)
왕	대체 무엇 때문에 이 사달인 것이냐? 무슨 얘기를 듣고 싶은지 몰라도, 과인은 네게 하고 싶은 말도, 해줄 말도 없다.
이림	(…)
왕	(답답함에) 도원!
이림O.L	아바마마께서는.
왕	(보면)
이림	한순간이라도… 소자를 사랑하신 적이 있으십니까.
해령·삼보	(…!)
왕	(멈칫) 그게 무슨 말이냐?
이림	(담담한 척하지만 떨리는 눈빛으로) 단 한 번이라도 저를 떠올리거나 그리워하신 적이 있는지, 저를 애틋하게 생각하신 적은 있는지… 아바마마의 마음속에서, 제가 아들이긴 한 건지… 여쭤보고 있는 겁니다.

당황해서 말문이 막혀버린 왕. 이림은 이 간단한 질문의 대답을, 간절한 마음으로 기다리고 있다. 하지만 왕은 끝끝내 이림에게서 시선을 거둔다.

왕	(삼보에게) …처소로 뫼시거라!
이림	아바마마…

대답 대신 차갑게 안으로 들어가는 왕. 이림은 허탈함에 눈물이 차오르고, 해령도 애처롭게 보고.

S#30.   녹서당 앞 (N)
         터벅터벅 걸어와서는 정원 바위에 털썩 앉는 이림.

         플래시컷
         −내전 야외 일각 (D/과거)
         6, 7살쯤의 어린 이림. 삼보와 함께 내전을 산책하다가 맞은편에서 오
         는 왕을 발견하고, 반갑게 달려간다. 꾸벅 배꼽인사를 하고, 환하게 웃
         으며 아버지를 올려다보면 오늘처럼 차가운 표정의 왕. 말없이 이림을
         지나쳐가고.

         아버지는 언제나 내게 말씀하고 계셨다… 나는 당신의 아들이 아니라
         고, 한순간도 사랑한 적 없다고… 평생 애써 부정해왔던 사실을 마주하
         고, 눈물을 뚝뚝 떨어트리는 이림. 그래도 참아보려고 이를 악물고, 손
         으로 얼굴을 감싼다. 멀찍이서 그런 이림을 지켜보는 해령도 마음이 아
         프다. 이대로 이림을 혼자 두고 돌아설 수가 없다. 이림에게 다가가는
         해령. 이림을 안아준다. 해령의 품에서 무너지는 이림. 말없이 이림을
         토닥이는 해령. 애틋한 두 사람 모습에서.

S#31.   운종가 일각 (N)
         뒤늦게 퇴궐하는 해령. 이림 생각에 마음도 걸음도 무겁다. 그러다 세
         책방을 발견하고는 멈춰 선다.

         플래시컷
         −예문관 안 (D)
우원   누구에게도 묻지 말거라. 사초를 내지 않은 건 대역죄와도 같은 것이다.

해령E   사초를 내지 않은 사관…

         분명히 20년 전 일과 관련이 있을 것 같은데… 해령, 세책방 안으로 들

318

어가고.

S#32.   세책방 안 (N)
           선반 앞에 서있는 해령과 세책방 주인.

세책방 주인   민간 사서요?
해령   (고개 끄덕이며) 그래, 사관이 아니라 민간의 역사가들이 쓴 사서.
세책방 주인   (수상해서) 사관씩이나 되시는 분이 왜 저잣거리에서 역사를 찾으십니
           까? 풍문이나 찌끄려 적어 놓은 걸.
해령   풍문이든 쑥덕공론이든 좋네. 경오년의 일이 적힌 걸로, 어디 없겠나?
세책방 주인   가만있자, 경오… (선반 찾아보려다 멈칫) 경오년?? (휙 해령 째려보며) 이
           아씨가 또 누구 바지춤을 적시려고? 그 시절에 나온 민간 사서들은 죄
           다 금서입니다! 그런 건 팔아서도 안 되고 찾아서도 안 돼요!
해령   죄다 금서라구?
세책방 주인   아, 폐주에 대한 소문이 오죽 많았어야죠. 서리원인지 서래원인지 거
           기서 사람을 잡아다가 막 배를 갈라 죽인다질 않나, 서양 오랑캐들하고
           은밀히 내통을 한다질 않나.
해령   (…?!)
세책방 주인   여튼, 그런 건 다른 세책방 가도 없을 테니까, 아씨도 괜히 헛걸음하고
           다니지 마십쇼. (가면)
해령   (그런 소문이 있었다니…)

INS.   이조정랑 집 전경 (N)

S#33.   이조정랑 집 사희의 방 (N)
           사희, 거울 앞에 앉아서 낯빛을 살펴보고 있다. 다소 초췌한 얼굴. 사희
           의 옆에는 예문관 권지 복장이 가지런히 개어져 놓여있다. 이조정랑이
           문을 열고 들어온다. 사희가 일어서 자리를 비킨다.

이조정랑	벌써 입궐을 준비하는 게냐.
사희	이미 오래 자리를 비웠습니다.
이조정랑	얼굴은 그 모양을 해갖고… (쯧… 보다가) 너 그거 여사일, 그만둬.
사희	(…? 보면)
이조정랑	아, 거기 있어봤자 좌상 손에 놀아나기밖에 더 해? 이참에 때려치우고, 좌상하고 연도 싹 끊으란 말이다.
사희	…갑자기 왜 이러시는 겁니까?
이조정랑	왜긴 왜야! 더 이상 두고 볼 수가 없어서 그러지! 널 예문관에 들일 때도, 간택에 올릴 때도, 그래 다 생각이 있겠거니, 가만히 보고만 있던 내가 등신이었어. 지 자식 마누라도 죽게 만든 양반이 남의 딸 귀한 걸 알 리가 있겠냐고.
사희	(…)
이조정랑	하여튼 넌 이제 민익평의 민 자도 모른 척하고 살아. 수습은 애비가 어찌어찌해볼 테니까, 뭐 무서워할 것도 없고.
사희	아버지, 제 자신은 제가 지킬 수 있습니다.
이조정랑	(보면)
사희	그리고… 아무리 좌상이라 해도, 전 건드릴 수는 없을 겁니다. 제가 입을 열면 좌상도 무사하진 못할 테니까요.
이조정랑	(얘가 무슨 생각으로…?)
사희	(익평을 생각하며 차가워지는 눈빛에서)

INS. 궁궐 전경 (N)

S#34. 대전 앞 (N)

깊은 밤, 어디론가 걸어가는 한 내관. 은밀한 눈빛으로 주변을 살피고 있다. 그러다 인기척이 없는 걸 확인하고는 대전 안으로 쑥 들어간다.

S#35. 몽타주 (N)

/품에 몇 권의 책을 숨기고, 궐내의 외진 길을 급히 걸어가는 궁녀 두

명, 긴장한 눈빛.

/금군들이 하품하며 사간원 앞을 지나가면, 어둠 속에 숨어있던 내관 두 명이 나타나 사간원 안으로 들어간다.

/홍문관에서 나오는 또 다른 궁녀들. 주변을 한번 살피더니, 시선을 마주치고는 각자 다른 길로 흩어진다.

/궐내 각사 여기저기, 성균관 중문 구석까지 쌓여있는 서책들. (*책 제목 안 나오게)

/그리고 어두운 방 안. 묵묵히 내일을 기다리는 대비의 표정에서.

S#36.　　대전 안 (D)

조회 시간. 문이 열리면 우원과 경묵, 대사성과 부제학 등의 대신들이 줄이어 들어온다. 그러다 무언가 발견하고 멈춰 서는 일동. 대신들이 서 있을 자리에 책들이 도열하듯 놓여있다.

경묵	저게 뭡니까…?
우원	(집어 들고) 호담선생전…

대신들도 저마다 호담선생전을 들고, 영문을 몰라서 웅성거리고 있는데. 곧바로 들어오던 익평, 우의정, 대사헌, 대제학, 도승지. 대신들 손에 들려있는 호담선생전을 발견한다.

익평	(…!!!)
대사헌	(놀라서) 대감! 저건… 대감께서 말씀하신…?
대제학	(!!!) 당장 내려놓으시게!! 금서일세!! 금서!!
일동	(금서…??)

금서라는 말에, 허둥대며 뒤쪽으로 책을 치우고 품에 숨기는 대신들. 익평이 일그러진 표정으로 서있으면, 상선이 왕의 행차를 알린다.

상선	주상전하 납시오.

이내 대전 안으로 들어오는 왕과 이진, 용상으로 걸어가고. 대신들은 당황한 기색을 숨기며 배를 하는데. 계단을 올라가 어좌에 앉으려던 왕, 한순간에 사색이 된다. 어좌에 보란 듯이 호담선생전이 놓여있다. 왕, 부들부들 떨리는 손으로 호담선생전을 집어들고.

왕	이게 어찌… (돌아보고) 어떤 놈의 짓이냐!!!

S#37.	몽타주 (D)

/승정원 안. 책상 위에 놓인 호담선생전을 갸우뚱하며 집어드는 제갈 주서와 승정원 관원들.
/홍문관 앞. 관원들이 서서 호담선생전을 펼쳐보고.
/성균관 안. 유생들도 삼삼오오 모여서 호기심 넘치는 표정으로 호담선생전을 읽고 있다.
/그렇게 궐 안팎에서 사람들이 호담선생전을 읽고.
/녹서당 앞. 문가에 놓여있는 호담선생전을 내려다보고 있는 이림 모습에서.

S#38.	예문관 안 (D)

우원, 경묵, 홍익, 치국을 제외한 한림들과 해령, 은임, 아란이 가운데 책상을 빙 둘러싸고 서있다. 책상에는 호담선생전 대여섯 권이 놓여있다. 홍익, 치국이 들어온다.

길승	뭐래? 다른 각사도 똑같대?
치국	예, 승정원부터 홍문관, 사간원, 사헌부, 아주 궐 밖에 육조랑 성균관까지 쫙 뿌려놨다는데요.
해령	(누군가 움직이고 있다… 생각이 많아지고)
장군	어떤 미친놈이 이런 짓을 합니까? 그냥 언문소설 같은데, 궐에 뿌려서

뭘 하겠다고.

홍익   그러게요. 대체 뭔 내용이길래…? (슬쩍 집으려고 하면)

시행   (찰싹 손 때리고) 안 돼, 자식아. 이거 금서 목록에 올랐던 서책인 거 몰라? 괜히 읽었다가 무슨 화를 당하려고.

홍익   (치…) 벌써 다른 데선 다 읽고 있다는데…

시행   야, 이거 보기만 해도 불안해서 안 되겠다. 그냥 승정원에 갖다주고 와. 우리는 손도 안 댔다고 말하고.

해령   (얼른) 제가 다녀오겠습니다.

일동   (보면)

해령, 누가 나설까 무서워서 혼자 급히 서책들을 챙겨 들고.

S#39.   궁궐 야외 일각 (D)
그렇게 호담선생전을 들고 걸어가는 해령. 주변을 살피면, 아무도 없다. 서책을 내려다본다.

플래시컷
－온양행궁 뒷마당 (N)

이림   …호담선생전이라는 서책을 쫓고 있었다. 지금은 금서가 되어서 구할 순 없는데…

그 책이 제 발로 걸어들어올 줄이야…! 해령, 옆에 있던 수풀 사이에 한 권을 몰래 숨겨놓고, 아무렇지 않은 척 다시 걸음을 옮기는데서.

S#40.   대전 안 (D)
용상에 앉은 채 이를 악물고 있는 왕과 눈치만 보는 반정공신들. 우원이 입시해있다. 대전 가운데에는 회수한 호담선생전이 수북이 쌓여있고, 내관들이 분주하게 오가며 몇 권의 책을 더 가져다 놓는다.

왕	모두 회수했느냐?!
상선	예, 전하. 하오나… 이미 서책을 읽은 관원들이 많아서…
왕O.L	허면 그놈들도 잡아들여라! 금서를 입에 올리는 자들은 내 친히 형틀에 묶어 혀를 뽑아버릴 것이야!!
우의정	전하! 통촉하여 주시옵소서.
일동	통촉하여 주시옵소서.

대신들이 엎드리고, 왕은 흥분을 주체하지 못해 씩씩거리고 있는데.

익평	전하, 진정 벌을 받아야 할 것은 금서를 읽은 자들이 아니라, 금서를 유포한 자들입니다. 게다가… (정곡 찌르듯 날카로운 눈빛으로) 전하께선 이미 그 범인을 알고 계시질 않습니까.
일동	(!!! 그걸 말하다니!!)
우원	(범인을 알아…? 사필을 멈추고 보면)
왕	(우원 의식하고) 좌상은 그게 무슨 망발인가? 내가 범인을 알고 있다니?!
익평	(개의치 않고) 호담선생전은 저잣거리에 나돌던 한낱 소설에 불과합니다. 그깟 허무맹랑한 서책을 읽고 떠드는 자가 있다면 그건 그자의 아둔함이 잘못이겠으나… 금서를 궐 안에 끌고 와 용상을 범하고 조정을 능욕한 자는 (힘주어) 마땅히 대역죄로서 벌해야 합니다, 전하!
왕	(말문 막히고)
익평	부디 이 일을 냉정하고 올바르게 처리해주시옵소서.
왕	(조용히 이를 악물고, 익평을 노려보는데서)

S#41. **대전 앞 (D)**
나오는 익평과 반정공신들.

대사헌	대감, 뭣 하러 대비 얘기는 꺼내셨습니까? 어차피 전하께선 대비한텐 아무것도 못 할 걸 아시면서.
익평	그런 우유부단함 때문에 오늘 같은 일이 일어난 걸세. 등 뒤에서 칼을

들고 서있어도 모른 척해주니 말이야. (불쾌해서 걸음 빨라지고)

대제학	헌데, 아까 저 서책을 읽어보니 자세하게 쓰여진 부분들이 많았습니다. 혹… 대비 쪽에서 김일목 봉교의 사초를 찾아낸 건 아니겠지요?
우의정	우리가 이십 년 동안 팔도를 다 뒤져도, 흔적 한번 찾지 못했네. 헌데 이제 와서 대비가 무슨 수로 찾아냈겠나?
대제학	(아무래도 찜찜하고)
익평	(생각이 많은 표정에서)

S#42. 동궁전 안 (N)
이진이 호담선생전을 읽고, 부제학이 앞에 앉아있다.

이진	(책 덮고) 내용으로 봐선 별다를 것이 없는데… 왜 부왕께서 이리 열을 내시는지 모르겠습니다.
부제학	실은… 거기 적힌 서래원이라는 학교가, 이십여 년 전 실제로 폐주가 세우고 이끌었던 곳입니다.
이진	(…?!) 폐주가요…? 허면 이 호담선생이, 폐주를 의미한단 말입니까?
부제학	아무래도 그런 것 같습니다.
이진	(놀라움에)
부제학	허나, 그 소설의 내용은 사실과 많이 다릅니다. 신도 그때의 사정을 자세히 알지는 못하오나, 폐주가 서래원이라는 학교를 만들어 천민과 계집에게 천주학을 섬기게 하고, 기이한 의식을 일삼으며 사람들을 죽이고 고문한 일로 온 나라가 들썩이던 것을 기억합니다.
이진	그게… 사실이긴 한 겁니까?
부제학	(놀라서) 어찌 사실이 아닐 수 있겠습니까? 폐주가 패악을 저지를 때에 전하께서 군을 일으켜 나라를 구한 것이 명백한 역사이옵니다.
이진	(반정에 무언가 숨겨져 있을지도 모른단 생각에 혼란스럽고)

INS. 녹서당 전경 (N)

S#43.   녹서당 이림의 방 (N)
            호담선생전을 놓고 앉아있는 이림. 표지를 가만히 내려다본다. 이 안
            에 무엇이 있든 마주하자 마음먹고 책을 펼치고.

S#44.   해령의 집 해령의 방 (N)
            같은 시각. 역시 책을 보고 있는 해령.

해령E   그리 멀지 않은 옛날. 호담이라는 선비가 있었다.

S#45.   어느 산속 정자 (D/과거)
            평복. 앉아서 서책을 읽고 있는 이겸. 문득 시선이 한양으로 향한다. 산
            에 둘러싸인 아름다운 도성을 보며, 흐뭇한 듯 미소 짓고.

해령E   호담은 서책을 좋아했고, 사람을 아꼈고, 이 나라를 진정으로 섬겼다.
            …허나, 사해 건너의 세상은 무섭도록 격변하고 있었다.

S#46.   온양행궁 어느 정자 (D/과거)
            늦은 밤. 종이를 펼쳐놓고 글을 쓰는 이겸. '호담과 영안, 이곳에서 길
            을 내다' 비석의 바탕이 되던 글씨다. 문직이 옆에 있다.

해령E   구라파의 여러 나라들은 점점 동쪽으로 마수를 뻗쳐왔다. 호담은 사백
            년 동안 조선을 지탱해온 성리학 질서만으로는 더 이상 조선을 지킬 수
            없다고 생각했다. 이 나라에 필요한 건 변화였다. 그의 오랜 벗 영안과
            뜻을 모았다.

            이겸, 붓을 내려놓고 종이를 보면, 두 사람, 어떤 결의와 희망으로 눈을
            빛내고.

S#47.   서래원 마당 (D/과거)
서래원의 대문이 열리면 카메라 따라 들어간다. 갈맷빛 복장을 한 학생들이 여기저기 모여서 서책을 읽고, 어린 재경은 친구들과 장난을 치며 마당 한복판을 뛰어다니고, 어린 모화는 도미니크와 함께 무언가 토론하며 걷는 중이다. 자유롭고 쾌활한 분위기.

해령E   그렇게 서래원이 시작되었다. 새벽 서, 올 래, 새벽이 오는 곳. 조선의 새로운 아침을 준비하며 젊음과 희망이 넘실대는 곳.

S#48.   서래원 안 (D/과거)
재경이 가죽 표지로 된 서양 서책을 읽고, 이겸과 문직, 모화, 그리고 몇몇 학생들이 앞에 앉아서 듣고 있다. (*대부분 학생들은 이겸이 왕이라는 걸 모른다. 복장 아주 수수하게) 이겸, 갸우뚱하며 무언가 재경에게 물으면 다른 학생이 끼어들어서 의견을 내고.

해령E   서래원 담장 안에서는 천민도, 양반도, 사내도, 계집도 없었다. 재능이 있는 사람 누구나, 어깨를 나란히 하고 학문을 배울 수 있었다. 밤낮으로 서책 읽는 소리가 끊이질 않았다.

S#49.   서래원 마당 (N/과거)
초롱을 켜놓고 모여있는 어린 해령, 재경, 모화와 학생들. 재경은 친구와 투닥거리며 자기가 망원경을 보겠다 우기고, 모화와 다른 몇 명은 천상열차분야지도를 들여다보며 별자리를 확인하고 있다. 해령은 신기해서 혼상(渾象, 천구 모델)을 이리저리 돌려본다. 그러다 유성우가 쏟아지면 행동을 멈춘 채 황홀하게 올려다보는 일동. 가슴이 벅찬 표정에서.

해령E   서로가 서로에게 방향이고 미래였다. 다 함께 같은 꿈을 꾸었다. 진실로… 아름다운 곳이었다.

S#50.   길거리 일각 (D/과거)
          문직과 재경, 모화, 학생들이 웃고 떠들며 서책을 들고 걸어가면, 꺼림
          칙하게 보는 사람들. 나이 지긋한 양반들은 혀를 차고 삿대질까지 한
          다. 학생들, 그런 시선에 위축되고.

해령E   하지만 사람들의 눈에 비친 서래원은 계집과 천것들이 어울리며 사교
          에 빠져 오랑캐의 글을 배우는 기이한 곳에 불과했다.

S#51.   대전 안 (D/과거)
          산더미처럼 쌓여있는 상소들. 대신들이 '명을 거두어주시옵소서~' 배
          를 한다. 이겸, 지치고 분하고 회의를 느끼며 그들을 보고.

해령E   누구도 그들을 이해하지 못했다. 오해는 소문이 되고, 소문은 곧 진실
          이 되어 돌아왔다. 세상은 등을 돌렸다.

          그런 대신들 뒤쪽, 청색 관복을 입은 젊은 익평. (*당시 사간원 정언, 정6
          품) 무언가 결단을 내린 듯, 굳은 표정으로 서있다.

S#52.   서래원 앞 (N/과거)
          /도열한 군사들이 착착 발을 맞춰 어디론가 달려가다가.
          서래원 문 앞, 서슬 퍼런 검을 빼 든다. 서래원의 문이 열린다.

해령E   서래원과 희망에 부풀었던 젊은이들은 칼날 앞에서 힘없이 쓰러져 갔다.

          /얼마 후, 서래원 곳곳에 불이 피어오르고.

S#53.   해령의 집 해령의 방 (N)
          어느덧 마지막 장을 향해가고 있는 해령.

해령E   호담과 영안도… 그날 밤 목숨을 잃었다. 누구에게도 휘둘리지 않고, 우리가 우리를 지킬 수 있는 힘, 자강이라는 그들의 꿈은 어둠 속으로 사라졌다. 끝내, 새로운 아침을 열지 못한 채.

아버지도… 서래원 사람들도… 이렇게 떠난 거였어…? 해령은 아주 오랜 의문을 풀었지만 숨이 막힐 듯 가슴이 아파온다. 눈앞에, 늘 서책에 파묻혀 있던 아버지와 천진하고 씩씩했던 서래원 학생들의 얼굴이 한 명 한 명 스쳐 간다. 덜덜 떨리는 손으로 차마 책을 덮지 못하고 결국 눈물을 쏟아내는 해령.

S#54.   해령의 집 재경의 방 앞 (N)
들어오는 재경. 쪽마루에 해령이 앉아서 재경을 기다리고 있다. 손에는 호담선생전이 들려있다. 각오한 듯, 담담한 표정의 재경.

S#55.   해령의 집 재경의 방 (N)
앉아있는 해령과 재경. 해령이 서안에 호담선생전을 내려놓으며.

해령   아무리 생각해도 서래원에 대해 이리 자세히 알고 있는 사람은 오라버니 밖에 없습니다. 이 서책, 오라버니가 쓰신 거죠?
재경   (…)
해령   어디까지가 진실이고, 어디까지가 소설입니까? 호담이 폐주고 영안이 제 아버지라면, 이 둘을 모함한 사람들이 혹… 지금의 주상전하와 공신들입니까?
재경   …넌 이 일에 끼어들지 말거라.
해령O.L   왜 말씀해주지 않으셨습니까!
재경   (보면)
해령   (눈물 꾹 참으며) 전 그것도 모르고… 여태 매일매일 궐을 드나들면서…!
재경   (미안한 마음에)
해령O.L   (숨 내뱉으며 감정 떨쳐내고) 행궁에서 의녀님과 나오는 모습을 봤습니다.

	무슨 일을 벌이고 계신 겁니까? 위험한 일입니까?
재경	내일 아침 청나라로 가는 배편을 알아봐 주마. 잠시 떠나있어.
해령	(목소리 커져서) 아니요, 두 번 다신 도망치고 싶지 않습니다.
재경	해령아…
해령O.L	이십 년 전 그날 아침에도, 아버지께선 평소처럼 인사를 하고 집을 나서셨습니다. 그리고 영영 돌아오지 않으셨습니다. (울컥하지만 강단 있게) 오라버니마저 그렇게 잃을 수는 없습니다.
재경	(…)
해령	(눈물 쓰윽 닦아내고) 그러니 말씀해주십시오. 뭐가 어떻게 되어가고 있는 건지, 제가 할 수 있는 건 뭐가 있는지.
재경	…니가 할 수 있는 일은, 살아남는 것뿐이다.
해령	오라버니!
재경O.L	그게 스승님과 나와의 약조였다. 널 살리는 것, 그자들의 손에서 지켜내는 것. 그러니… 제발… 더이상 가까워지지 말거라.
해령	(…)

해령, 원망과 답답함으로 재경을 보다가, 획 일어나 나가버리고. 재경은 속상해서 우두커니 닫히는 문을 본다.

S#56.   궁궐 야외 일각 (N)
        관원들이 모두 퇴궐한 시각. 어디론가 걸어가는 해령.

S#57.   예문관 안 (N)
        촛불 하나만 켜진 예문관. 책상에는 용모비록, 정안 등의 자료가 놓여 있고, 해령이 승정원일기를 보고 있다. '정해월 신축일… 신축일…' 중얼거리면서 무언가 찾는 해령. 그러다 무언가 발견하면 종이에 받아 적는다.

S#58.   녹서당 이림의 방 (N)
         배를 하는 해령. 이림이 앉아있고, 서안에는 호담선생전이 놓여있다.

해령   기분은 좀… 괜찮으십니까?

이림   (희미한 미소로) 걱정하지 마. 호담선생전은 읽어봤느냐?

해령   예. (앉으면)

이림   어찌 생각하느냐. 이 서책의 내용이… 사실이라고 믿어?

해령   적어도 제가 기억하는 아버지와 서래원은 이런 모습이었습니다. 허나
         이 서책의 내용이 사실이라면… (말끝을 흐리면)

이림   (담담하게) …전하께서, 아무 죄도 없는 너의 아비와 서래원 사람들을
         죽이고, 폐주에게서 왕위를 빼앗았다는 뜻이 되겠지.

해령   (부정도 긍정도 할 수 없는데)

이림   그래도 난 알고 싶다.

해령   (보면)

이림   승정원일기엔 나에 대한 기록이 한 줄도 없고, 전하도 형님도 삼보도…
         그날의 얘기는 해주질 않지만… 난 알아야겠어. 내가 태어나고 폐주가
         죽던 날 무슨 일이 있었던 건지.

해령   …감당할 수 있으시겠습니까.

이림   그래, 아무리 믿고 싶지 않은 사실이라도 마주할 자신이 생겼어. 이제는.

해령   (어느새 단단해진 이림의 모습에 결심하고) 경오년에, 김일목이란 사관이 일
         기청에 사초를 내지 않은 죄로 처형당했습니다.

이림   (…?)

해령   그리고 당시에… 그 사관이 어딘가에 사초를 숨겨놓았다는 소문이 있
         었다고 합니다.

이림   (…!) 허면, 이십 년 전에 쓰인 사초가 남아있을 수 있단 뜻이냐.

해령   가능성은 있습니다.

S#59.   어느 마을 길가 (D)
         유시쯤의 늦은 오후. 초가집이 늘어선 민가. 퇴궐하고 곧바로 나온 해

령과, 수수한 복색의 이림이 집을 찾는 듯 보면서 걷다가.

S#60.　　초가집 앞 (D)
　　　　어느 허름한 초가집 앞에 멈춰 선다.

이림　　이곳이냐?

해령　　예. (정리해 온 종이 펼쳐보며) 당시에 한림이었던 여덟 명 중에, 김일목이
　　　　참형되고 관직을 버린 사관이 셋. 그중 유일하게 살아계신 한 분의 집
　　　　입니다.

이림　　그래도 한때 사관이었는데… 어찌 이리 허름한 곳에… (심란해서 보고 있
　　　　는데)

학주E　　뉘십니까?

　　　　부엌에서 술병을 들고 나오다가 두 사람을 발견한 학주. 해령과 이림도
　　　　학주를 본다. 다 헤진 옷이지만 어떤 기개가 느껴지는 중년의 사내다.

해령　　(신부 꺼내 들고) 예문관 여사입니다. 여쭐 것이 있어서… (하는 순간)

　　　　예문관 소리에, 에이씨!! 다짜고짜 술병을 바닥에 집어 던지는 학주. 해
　　　　령과 이림이 놀라서 물러서면.

학주　　그동안 그리 괴롭혔으면 됐지, 아직도 내게 볼 일이 남은 거요? 난 아무
　　　　것도 모른다고 몇 번을 말해! 몇 번을!!

해령·이림　　(…)

학주　　좌의정인지 개의정인지한테 가서 전하시오. 난 김봉교님 사초고 뭐고
　　　　본 적도 없고, 맨날 술이나 처먹는 망나니라고! 때려죽여도 말할 것이
　　　　없다고!

　　　　해령과 이림을 노려보던 학주, 방으로 들어가려는데.

해령	서래원을 기억하십니까?
학주	(멈칫, 돌아보면)
해령	(용기 내서) 제가… 서래원 학장, 서문직의 여식입니다.
학주	(…!!!)
해령	아버지께 무슨 일이 있었는지… 알고 싶어 왔습니다.
학주	(놀라서 굳어버린 표정에서)

S#61.　초가집 방 안 (D)
단출한 방. 해령과 이림이 앉아있으면, 학주가 찻상을 들고 들어온다.

학주	방이 지저분해 미안하네. (상 내려놓으려면)
해령	(받아서) 아닙니다.
학주	(맞은 편에 앉고) 세월이 많이 흐르긴 했구먼. 스승님이 딸자식을 얻었다고 팔불출처럼 다니시던 게 엊그제 같은데…
해령	저희 아버지를 아십니까?
학주	내 성균관에 있을 때, 자네 아버지께서 직강이셨네. 엉뚱하긴 해도 지혜로운 분이셨어. 내가 많이 배웠고…
해령	(아버지 생각에 옅게 미소 지으면)
학주	헌데, 서래원에 대해서는 나도 아는 바가 많이 없네. 회의 중에 서래원의 서 자만 나와도 온 대신들이 물어뜯기 바쁘니… 전하께서 말씀을 삼가셨어. 서래원을 가실 땐 김봉교님만 따랐고.
해령	김봉교님이라면… 일기청에 사초 내기를 거부하다가 돌아가신, 김일목 선진을 말씀하시는 겁니까?
학주	그래, 자네도 찾아봤겠지. 승정원일기에는 뭐라 적혀 있던가?
해령	추국 과정에 대해서 나와 있지는 않고, 그저 사관이 사초를 내지 않고 역사를 욕되게 했다고만 적혀있습니다.
학주	(피식 웃으며) 역사를 욕되게 해…? (울분으로) 김봉교님은 그런 분이 아닐세. 우린 비겁하게 물러섰지만 그분만은 마지막까지… 사관이셨어. (떠올리는 표정에서)

의금부 옥사 (N/20년 전)

학주, 손과 발이 쇠고랑에 묶인 일목과 옥문을 사이에 두고 마주하고 있다. 죽음을 기다리는 사람처럼 눈을 감고 있는 일목.

학주   김봉교님, 해가 뜨면 이대로 참형입니다. 고집은 그만 부리시고 사초를
         어디 숨겼는지 말씀해주십시오. 그것만 말하면 목숨은 살려준다질 않
         습니까!
일목   (…)
학주   (답답해서) 민익평이 측근들로 일기청을 꾸려놨습니다! 김봉교님이라도
         계셔야 저희가 직필을 할 수 있습니다!
일목   (눈을 뜨며) 심검열, 아직도 모르겠는가? 일기청은 주군을 배신한 자들
         과 권력에 붓을 꺾은 사관들이 역사를 왜곡하는 자리가 될 거고, 우리
         의 사초는 이리저리 고쳐질 게야. 해서, 난 이렇게라도 사초를 지켜야
         하네. 죽음으로서 마지막 직필을 하는 게야.
학주   김봉교님…

학주가 눈물을 글썽이고 있으면 급히 들어오는 옥졸.

옥졸   이러다 들키겠소! 이만 나오시오! (학주를 끌어내면)
학주   (옥문을 붙잡으며) 김봉교님!
일목   (일어나서) 심검열, 언젠가는 푸른 숲이 우거진 섬을 찾아가시게! 그곳
         에 직필이 있네!

학주, 아무 대답도 못 하고 정신없이 끌려나가고, 멀어지는 학주에게
아프게 미소 짓는 일목.

S#63.   초가집 방안 (D)

학주   그게 김봉교님의 마지막 모습이었네. 곡필 대신 죽음을 택하셨지. 숭

고하고 결백한 사관으로. (눈물 글썽이면)

해령   (일목의 마음가짐에 숙연해지는데)

이림   (홀로 굳어서) 푸른 숲이 우거진 섬에 직필이 있다…

해령·학주 (보면)

이림   그건… 무슨 뜻입니까?

학주   나도 모르겠네. 김봉교님이 사초를 숨겨놓은 곳 같기는 한데… 어딜 말
          씀하시는 건지…

이림   (…!)

이림, 어떤 확신으로 눈이 빛나고 급히 일어서서 나가면.

해령   (…?) 마마!

S#64.   내전 야외 일각 (D)
          거침없는 걸음, 어디론가 향하는 이림. 해령이 먼발치에서 열심히 따라
          가고.

S#65.   녹서당 중문 앞 (D)
          그렇게 이림이 향한 곳은 녹서당. 해령이 뒤에서 달려온다.

해령   마마! 뭐 때문에 이러십니까? 혹 뭔가 알아내신 계신 겁니까?

이림   (계속 걷고) 생각해본 적 있느냐? 녹서당이 무슨 뜻인지?

해령   (계속 따라가며) 녹서당의 뜻이요?

S#66.   녹서당 앞 (D)
          그대로 두 사람이 중문을 넘어 들어오면, 해령의 시선에 녹서당의 현판
          이 들어온다. '綠嶼堂' 이제야 선명히 보이는 글자에 머리가 띵한 듯 멈
          춰 서는 해령. 이림도 현판을 올려다본다.

해령	푸를 녹… 섬 서…
이림	…푸른 숲이 우거진 섬. 녹서.
해령	(…!!!)

이곳 어딘가에 그 사초가 숨겨져 있다. 분명한 직감으로 마주 보는 두
사람 모습에서.

19화
……
예문관 권지,
구해령의 상소입니다

S#1.   녹서당 앞 (D)

/정원, 수풀 사이를 헤쳐보는 이림.

/마루 밑을 살펴보는 해령.

/이림, 서까래며 처마를 유심히 보고.

/해령은 뜰채로 연못 바닥을 훑어보고.

/다시 중문 앞. 이림이 담벼락 기와 밑을 들춰보고 있다. 해령이 다가
온다.

이림   뒤쪽에도 없느냐.

해령   네, 흔적도 없습니다. (더워서 옷 펄럭이며) 누가 벌써 찾아갔을 가능성은
없습니까?

이림   평생을 이곳에서 살았다. 그런 게 발견됐다면 내가 모를 리 없어.

해령   마마가 사시기 전엔 오랫동안 버려진 곳이었으니… 누군가 여길 뒤져
봤을 리도 없고요.

이림   (고개 끄덕이고 계속 담벼락 살펴본다)

대체 여기 어디에 사초가 있다는 건지, 막막함에 둘러보는 해령. 그러
다 이림도 힘들겠단 생각에.

해령   여긴 제가 찾아보겠습니다. 마마는 쉬십시오.

이림   괜찮다.

해령   아직 어깨도 다 낫지 않으셨잖습니까. (계단 쪽으로 이림 밀면서) 그러다
덧나기라도 하면 무진장 고생하십니다.

이림   (그 말에 빤히 보면)

해령   왜요…?

이림   …넌 아무렇지 않느냐? 나는… 니가 생각하던 사람이 아닐 수도 있는데.

해령   (흠… 생각하다가) 제가 생각하는 마마가 어떨 것 같은데요?

이림   (멈칫)

해령   저한테 마마는 여인의 여 자도 모르면서 염정소설은 기가 막히게 써내

고, 호랑이는 무서워하면서 사랑 앞에서는 무엇이든 할 수 있는 이상한
분이십니다.

이림   (피식 웃으면)

해령   그리고… 들꽃 한 송이도 쉽게 꺾는 법이 없고, 창가에는 언제나 새들
           을 위해서 쌀알을 놓아두시지요. 그게… 제가 아는 도원대군입니다.
           어떤 일이 있어도 변하지 않는.

이림   (고마워서 미소로 보고)

해령   (씨익 웃어주고는 기와 밑 들춰보는)

S#2.   어느 골목 (N)
           한 사내가 양반 차림으로 서둘러 길을 가고 있다. 긴장한 눈빛으로 연
           신 주위를 살핀다. (*대전에 호담선생전을 가져다 두었던 내관) 그때, 길목을
           지키고 있기라도 한 듯 나타나서 앞길을 막아서는 의금부 도사와 나장
           두어 명. 도사가 용모파기를 펼쳐보고는.

의금부도사   내시부 상제 홍일섭.

내관   (…)

S#3.   어느 초가집 마당 (N)
           방 안에서 보따리를 들고 나오는 나인들. (*호담선생전을 유포했던) 마당
           에 서있는 나장들을 보고 멈춰 선다.

S#4.   익평의 집 사랑채 (N)
           홀로 술을 마시고 있는 익평. 문 앞에 그림자가 생긴다.

익평   들어오거라.

           귀재, 들어와서 익평에게 목례를 하고.

귀재	자백을 받았습니다. 대비전이라 합니다.
익평	(역시나…) 그대로 올리라 전하거라.
귀재	예.

귀재가 나가면 생각에 잠기는 익평. 대비의 연이은 도발을 두고 볼 수만은 없다. 결단을 내리듯 술잔을 넘긴다.

INS.   대전 전경 (D)

S#5.   대전 안 (D)

대전 회의. 우원과 길승의 입시. 도승지가 추안을 들고 앞에 나와 있다. 이진과 왕이 당혹스러운 표정으로 도승지를 보고 있다.

이진	호담선생전을 유포한 곳이 대비전이란 말입니까?
도승지	예, 의금부에서 올린 추안입니다. (이진에게 추안 건네며) 이 일에 가담한 궁인들을 심문한 결과, 모두 대비전의 명을 따랐다고 자백했다 하옵니다.
이진	(펼쳐서 읽는데 믿을 수가 없고)
대신들	(대비전? 웅성거리고)
왕	(기어코 익평이…!)
우의정	전하, 아뢰옵기 황공하오나 호담선생전은 서래원 잔당들이 폐주의 기행을 치켜세우기 위해 역심으로 꾸며낸 소설이옵니다. 그런 서책이 대비전에서 나왔다는 게 무엇을 뜻하겠사옵니까?
대사헌	더군다나 대비마마께선 폐주의 모후셨던지라…
이진O.L	해서요? 지금 경들은 이 나라의 대비께서 역도들과 내통을 하고 있다! 그 말이 하고 싶은 겁니까?
우의정·대사헌	(차라리 말해줘서 고마운 심정, 득의양양하게 시선 돌리는데)
익평	저하, 신도 대비마마께서 이번 일과 연관이 있다고는 생각하지 않습니다.

이진	(멈칫, 좌상이 왜? 보면)
익평	허나 서래원 잔당들이 궐 깊숙이까지 들어와 왕실의 분열을 꾀하고 있음이 밝혀졌사온데, 어찌 좌시할 수 있겠사옵니까? (왕 보며, 앞으로 나와서) 주상전하, 왕실의 안위가 걸린 문제입니다. 대비전의 출입을 막고, 궁인들을 추국해 배후를 밝힐 수 있도록 해주십시오.
우원	(대비전의 출입을 막아…?!)
이진	(…!)

익평의 노림수를 알아차린 이진. 급히 자리에서 내려와 왕을 마주 본다.

이진	아니 됩니다, 전하. 대비전의 궁인들을 추국한다는 사실은 곧 대비마마를 이번 사건의 배후로 공언하는 일과 다름이 없습니다!
익평	억측이십니다. 신은 그저 내전에 자리 잡은 서래원 잔당들을 색출하려는 것일 뿐, 대비마마의 죄상을 따지려는 것이 아닙니다.
이진	내전의 일을 어찌 조정에서 공공연히 다룬단 말입니까? 왕실의 문젭니다. 소자에게 맡겨주십시오.
익평O.L	(단호하게) 전하.
이진O.L	(더 세게) 전하!
왕O.L	시끄럽다…!
이진·익평	(보면)
왕	(머리 아파서) 과인에게도… 생각할 시간을 달라…

이진과 익평, 말은 없지만 한 치도 물러서지 않는 팽팽한 갈등. 우원이 그 긴장감을 불안하게 본다.

S#6.   침전 안 (D)
들어오는 왕과 곧바로 따라 들어오는 이진.

이진	전하, 이번 일만큼은 좌상의 뜻을 들어주서선 안 됩니다. 소자의 청을

윤허해주십시오.

왕 (지쳐서 자리에 앉으며) 생각해본다지 않았느냐. 일단 물러가거라.

이진 (듣지 않고 가까이 오며) 일거에 물리쳐야 할 제안입니다. 대비마마의 수족을 자르고 내전에 유폐시키겠다는 속셈을 어찌 모른 척하십니까?

왕 (그저 눈 감고, 미간 찌푸리며) 물러가래도…!

이진 소자는 양보할 수 없습니다. 무고한 대비마마께 화살을 돌리고, 왕실을 이간질하려는 좌상이야말로 역심을 품은 것과 다름이 없습니다!

왕 (…)

이진 전하…!

왕O.L (듣다못해 버럭) 니가 뭘 안다고 나서는 것이냐! 이게 다 너를 위한 일이다! 도원대군한테서 널 지키기 위해서!

이진 (멈칫) 그게 무슨 말씀이십니까?

왕 정녕 넌 모르고 있었느냐? 도원이 폐주의 아들임을?

이진 (…? 단번에 이해가 가질 않고) 아바마마…

왕O.L 그래! 도원은 이 나라의 원자로 태어난 몸이다. 그 잘난 적자 이겸에게서 나온 적장자! 대비가 널 밀어내고 다음 왕으로 삼으려고 하는 게 바로 도원이야! 서래원 잔당들을 끌어모으고 이겸의 얘기를 온 궁궐에 뿌리고 하는 연유가 다 도원대군 이림 그 자식 때문이란 말이다!

이진 (!!! 충격에 굳고)

왕 내가 용포를 입은 지 이십 년이 지났는데도… 아직도 조선 곳곳, 내 정통성을 걸고 떠들어대는 사대부 놈들이 차고 넘친다. 출신이라는 게 그리 무서운 것이야. 태어나는 순간부터 죽는 순간까지 평생, 아무리 발버둥 치고 노력해도 벗을 수가 없어. 헌데 대비가 적통 중의 적통인 도원을 내세워서 세력을 만들고, 이십 년 전 반정을 들쑤시면 어찌 될 것 같으냐? 니가 이대로 즉위한다 한들, 적통의 왕위를 뺏었단 족쇄를 평생 차고 가는 게야!

이진 (어떤 말도 할 수가 없고)

왕 난 니가 나보다 나은 왕이 될 거라는 걸 안다. 해서 내가 결단을 내려야 하는 것이다. 더 이상 과인의 일을 방해하지 말거라. 잠자코… 기다리거라.

이진   (충격에서 빠져나올 수가 없다)

S#7.   **내전 야외 일각 (D)**
허탈감이 밀려오는 얼굴로, 넋을 놓고 걸어가는 이진. 뒤에서 김내관이 따르다가 저 멀리 보며.

김내관   저하…!

이진, 허한 시선으로 김내관이 보는 곳을 따라 보면. 금군들이 도열해서 대비전 쪽을 향해 몰려가고.

S#8.   **대비전 앞 (D)**
금군들이 대비전 주변을 감싸고, 안에서 상궁 나인들을 끌고 나온다. 대비는 마당 한가운데 서서 묵묵히 이 상황을 감내하고 있다. 대비전 앞에 걸음을 멈춰 서는 이진과 김내관.

김내관   (놀라서) 저하, 당장에 그만두라 명을 내리시옵소서.
이진   (…)

이진, 말없이 보고만 서있으면 마침 이쪽을 보는 대비와 눈이 마주친다. 감당할 수 없는 혼란과 할마마마를 향한 배신감… 눈가가 붉어지는 이진. 대비도 그런 이진의 표정을 보고는 무언가 알게 됐음을 깨닫지만 내색은 하지 않는다. 대비가 먼저 걸음을 돌려 대비전으로 들어간다.

S#9.   **대비전 안 (D)**
대비와 최상궁이 들어온다.

최상궁   (떨리는 음성으로) 마마…

대비	당황할 것 없다.
최상궁	(보면)
대비	주상이 궁지에 몰려 악수를 놓았어. 아무리 임금이라고 하나 제 어미에게 칼을 빼 들었으니… 전국의 유림들에게 스스로 먹잇감을 던져준 셈 아니더냐.
최상궁	(그래도 불안한데)
대비	(담담한 듯 자신 있는 표정에서)

S#10.   승정원 앞 (D)
제갈주서에게 서책 한 권을 받아드는 해령.

제갈주서	넌 요즘 승정원 출입이 잦다? 녹서당 기록을 찾아다가 얻다 쓰려고?
해령	저도 잘 모릅니다. (손으로 위쪽 가리키며) 상전 심부름이라. 감사합니다. (가려는데)
제갈주서	뭐야, 그게 전부야? 다음번 승차기간에 뒤 좀 봐주겠다, 그런 말씀도 없으시고?
해령	(돌아서) 아, 전하라는 말씀이 있긴 했습니다.
제갈주서	뭔데? (기대로 보면)
해령	도원대군마마께서 승정원에서 무슨 기록을 찾으셨다… 뭐 이런 말 어디다가 하고 다니면 쥐도 새도 모르게 혀를 뽑아버리신다고…
제갈주서	(…!!! 손으로 입 막고)
해령	허면 수고하십쇼! (싱긋 웃으며 목례하고 쿨하게 갈 길 간다)

S#11.   녹서당 중문 앞 (D)
받아 온 서책을 들고, 멀찍이서 녹서당을 보며 서있는 해령. 머리를 비우듯 눈을 감고.

해령E	처음부터 다시 생각해보자. 내가 김일목 선진이었다면…

해령이 눈을 뜨면, 옆을 지나쳐 가는 일목. 주변을 살피며 급한 기색이다. 손에는 작은 보따리가 들려있다. 일목이 녹서당을 본다.

해령E   무언가 숨기기엔… 궁궐 구석… 아무도 찾지 않는 버려진 녹서당이 딱이고. (하며 따라 들어가고)

S#12.   녹서당 앞 (D)
후다닥 중문을 넘어 들어온 일목이 녹서당을 둘러본다. 해령도 따라 들어온다. 일목이 연못, 수풀 사이, 나무 밑, 정원을 헤매고 있으면.

해령E   사초는 햇빛과 빗물도 피해야 하니… 정원은 탈락.

일목, 정원을 나와 녹서당 계단을 올라가고, 마루 밑을 들여다본다. 해령도 마루 밑을 들여다본다.

해령E   습한 데다가 벌레도 많아. 무조건 탈락.

S#13.   녹서당 마루 (D)
이번엔 마루로 올라오는 일목. 천장을 올려다본다. 해령도 마루로 올라와 천장의 서까래와 대들보를 보며.

해령E   쉽게 눈에 띄는 곳도 안 되고.

일목, 기둥을 만져보면.

해령E   그렇다고 아무도 찾지 못할 곳도 안 되고…

S#14.   녹서당 뒷마당 (D)
여기저기 사초 숨길 곳을 찾아다니는 일목. 계속 뒤를 따르는 해령. 하지만 마땅한 곳은 없어 보인다.

S#15.   녹서당 앞 + 마루 (D)
         다시 녹서당 앞마당으로 걸어오는 해령. 일목은 없이 혼자다. 서책을
         펼쳐서 본다.

해령   (중문 보며) 중문은 십구 년 전에 수리. (지붕 보며) 기와는 십오 년 전에
         다시 얹었고… 흙벽도 팔 년 전에 보수. 죄다 탈락.

         대체 어딜까… 어디에 숨겨놨을까… 열심히 머리를 굴려보는 해령. 그
         러다 문득 현판이 눈에 들어온다. 어라…? 싶어 가까이 다가가서 본다.
         왜 이렇게 새것 같지…? 서책을 펼쳐서 후루룩 훑어봐도, 현판을 보수
         했다는 기록은 없다.

해령   (설마) 대군마마!

         잠시 후, 이림과 삼보가 방에서 나온다.

삼보   구권지? 입시할 시간도 아닌데…?
해령O.L   (마음 급해서) 이 현판이요! 언제 교체한 겁니까?
이림   현판?

         이림, 삼보, 마루에서 내려와 현판을 올려다본다.

해령   아무리 봐도 새것 같은데, 공조 기록엔 교체했단 얘기가 없습니다.
이림   (멈칫, 삼보 보면)
삼보   글쎄, 이게… 아마 마마 오기 전부터 달려 있었을텐데. 희한하게 썩지
         도 않고 색이 바래지도 않고.
해령·이림 (…!)

저기다! 하는 확신으로 서로를 보는 해령과 이림. 이림이 마루로 올라
가 현판을 잡는다.

삼보   (???) 마마…! 그걸 왜…?! 위험하십니다!!

이내 현판을 떼어내는 이림. 마당으로 들고 와 내려놓는다. 현판 뒤쪽,
나무판을 덧댄 듯한 자국이 있다.

이림   도끼를 가져오거라.
삼보   예?
이림   어서!

삼보, 후다닥 광으로 들어갔다가, 도끼를 들고 또 후다닥 나온다. 도끼
를 받아드는 이림, 현판을 향해 휘두른다.

삼보   마마!!

삼보의 놀란 말소리와 동시에, 쩍 갈라지는 얇은 나무판. 현판 속 빈 공
간에 어떤 약재가 가득 차있다.

삼보   (???) 이게 무슨…?
해령   (주워 보며) 천궁과 창포입니다. (이림 보며) 사고에서 실록을 보관할 때
       쓰는 약재요.
이림   (…!)

해령, 나머지 나무판들을 뜯어내고, 조심스럽게 약재를 걷어낸다. 해령
의 손끝에 비단의 감촉이 느껴진다. 그대로 꺼내보는 해령. 비단으로
돌돌 감싼 종이 뭉치가 들어있다. 펼쳐 보면, 이십 년 만에 빛을 보는
김일목의 사초다. 설마 그게…?! 놀라는 삼보와, 맥이 풀린 듯 굳는 이

림. 해령은 그렇게 사초를 보고 있고… (*내용을 읽는 게 아니라, 그냥 쳐다
보는 느낌)

S#16.   녹서당 이림의 방 (D)
         안절부절못하며 서있는 삼보. 해령과 이림이 서안에 사초를 놓고 마주
         앉아있다.

이림   그 사초가 확실한 것이냐.

해령   예, 언뜻 서래원이란 글자를 봤습니다. 경오년의 사초입니다. (생각이
         많아지는데)

이림   (확인해야겠다는 결심, 펼치려고 하면)

삼보   (놀라서 달려오며) 마마…!

해령   (동시에 손으로 탁 누르고) 안 됩니다!

이림   (보면)

해령   사초입니다. 마마께서는 보실 수 없습니다.

이림   (…!) 그게 무슨 뜻이야…?

해령   말 그대로입니다. 제가 잠시 사관으로서의 본분을 잊고 있었습니다.
         아무리 오랜 세월 숨겨져 있었다고는 하나, 엄연히 사관이 쓴 사초입니
         다. 사관이 아닌 다른 누구도… 봐서는 안 되는 겁니다.

이림   허면? 이렇게 찾아놓고선 아무것도 하지 말라고? 이제 와서?

해령   이 사초에 무슨 얘기가 적혀있든 이걸 읽고 판단하고 어찌 해야 할지
         결정하는 것은 마마가 아니라 사관들의 몫입니다. 기다려주십시오.

이림   (화나서 보다가) 아니, 난 더 이상 기다리고 싶지 않다. 지금 나한텐 사관
         의 본분 같은 건 하나도 중요하지 않아.

해령   마마.

이림O.L   난 평생을 찾아 헤맸다!

해령·삼보 (보면)

이림   전하께서 왜 그리 날 미워하시는지, 나는 왜 처소에 갇혀 살아야 하는
         지… 평생 그 이유를 찾아 헤맸다고. 헌데 그 해답이 눈앞에 있는데도,

이 이상 뭘 더 어떻게 기다리라는 것이냐?

해령·삼보   (이림의 마음이 어떤지 너무나 잘 알아서 마음 아프고)

이림   난 니가 무슨 말을 하든 이 사초를 볼 것이다. 그러니 전하든 저하든 찾아가서 도원대군이 국법을 거역했다고 전해. 그럼 너도 할 일은 다 한 거잖아.

해령   (속상해서) 제가 어떻게…!

이림O.L   니가 못 하겠다면, 내가 직접 가서 말하고.

격앙된 표정으로 사초를 들고 일어서는 이림, 문 쪽으로 향하면 해령이 붙잡으려고 일어서는데, 삼보가 별안간 무릎을 꿇으며.

삼보   마마! 아니 되옵니다! 제발 이러지 마십시오!

이림   비키거라.

삼보   그 사초는 마마 손에 있어선 안 될 물건입니다! 이대로 가면 무슨 일을 당하실지 모릅니다!

이림   (가려고 하면)

삼보O.L   (급한 마음에 옷자락이라도 붙잡고) 제가 다 말씀드리겠습니다…!

이림·해령   (보면)

삼보   (울먹이며) 제가… 제가 다 말씀드리겠습니다…

이림·해령   (놀란 표정에서)

S#17.   대비전 앞 (D)

금군들이 대비전을 둘러싸고 서 있다. 빠르게 걸어오는 이림과, 저쪽에서 급히 이림을 쫓아오는 해령, 삼보. 이림이 중문을 넘으려 하면 금군들이 양쪽에서 창을 탁 들어 막는다.

금군①   누구도 들이지 말라는 주상전하의 어명이 있었습니다. 돌아가십시오.

이림   (…)

이림의 표정이 순식간에 싸늘하게 식고, 금군 허리춤에 있던 검을 빼들어 금군의 목에 겨눈다.

해령   (…!)

이림   난 이 나라의 대군이다. 내가 너 하나 죽이는 데 눈 한번 깜박할 것 같으냐?

금군①   (흠칫하고)

금군들, 눈짓을 하며 창을 거둔다. 이림이 바닥에 검을 던지듯 내려놓고 안으로 들어간다.

S#18.   대비전 안 (D)
             수심에 잠겨 앉아있는 대비. 밖에서 최상궁의 놀란 목소리가 들린다.

최상궁E   대군마마…!

이림E   고하거라.

대비   (멈칫, 도원이…?)

최상궁E   대비마마…

대비O.L   들라 하라!

이윽고 문이 열리고, 이림이 방 안에 들어선다. 예를 갖춰 배하지만, 평소와는 다른 분위기. 대비, 설마 싶은 마음을 숨기며.

대비   도원, 예는 어찌 들어온 겁니까?

이림   (…)

대비   우선 앉으세요.

이림, 대비 앞에 앉는다. 대비, 계속 이림의 표정을 살핀다.

대비	무슨 일… 있었습니까?
이림	(…)
대비	(불안해서) 도원.
이림O.L	왜 저를 대군으로 만드셨습니까.
대비	(…! 보면)
이림	왜 저를… 이렇게 살게 하셨습니까!
대비	(…!!!)
이림	전… 모든 게 저의 잘못인 줄 알았습니다. 제가 미움받고 무시받는 것도, 녹서당에 갇혀서 쥐죽은 듯 없는 사람으로 지내야 하는 것도… 전부 부족한 저의 잘못이라 자책하며 살아왔습니다. 헌데 이게 다… 마마의… 전하의 약조 때문이었습니까? 왕위를 넘겨받는 대신 살려준 폐주의 아들… 그래서 제가 이렇게… 외롭고 비참하게… 살아야만 했던 겁니까?
대비	(이림이 모든 걸 알았다… 눈물 맺히고)
이림	(평생 참아왔던 마음을 쏟으며) 차라리 폐주의 아들로 죽게 놔두시지 그러셨습니까. 저한테는 그게 더 나은 삶이었을 겁니다. 저 자신을 탓하고 미워했던 그 평생보다… 차라리… (목이 메어서 말 잇지 못하면)

그런 이림의 모습에 억장이 무너지는 대비. 일어나 이림 앞에 앉고, 손을 꼭 붙잡는다.

대비	(울먹이며) 도원, 이 할미를 용서해주세요… 역적들 손에 주상이 그렇게 되고, 원자마저 잃을 수는 없었습니다. 난… 난 도원을 살려야만 했습니다… 지켜야만 했습니다…
이림	(눈물 흘리며) 정녕 그게 절 위한 일이라 생각하셨습니까? 죽었어야 할 원자가 살아남은 죄로, 매일같이 대가를 치르며 살아가는 걸 보시면서도… 목숨은 건졌으니 됐다… 그리 생각하셨습니까?
대비	(…)
이림	할마마마… 전 평생 이유도 모른 채 벌을 받는 기분이었습니다. 이제는

싫습니다. 이 궐도, 도원대군이라는 이름도 전부 다 사무치게 싫습니다. 놓고 싶습니다.

대비   안 됩니다! (이림 손을 더 세게 쥐며) 흔들리지 마세요. 이제 곧 모든 것이 제자리로 돌아갈 겁니다. 오직 도원만이 이 나라의 진정한 용종이에요. 내가 도원에게… 용상을 가져다줄 겁니다. 그땐 누구도 도원을 아프게 할 수는 없을 겁니다!

이림   (계속 눈물 떨어트리고 있으면)

대비   도원… 이 할미도 지난 이십 년간 매일매일… 죽음보다 더한 고통 속에 살았습니다. 내 아들을 죽여놓고도 날 어미라 부르는 함영군을 볼 때마다… 사지가 뜯기고 속이 불타는 심정이었어요. 그래도… 나는 살아남았습니다. 도원을 위해서 버텨냈습니다. 그러니 도원도 나를 보며 살아주세요. 견뎌내셔야 합니다. 내가 아니라, 아무 죄없이 죽어간 도원의 아버지… 우리 주상을 위해서라도… 그리하셔야 합니다…!

이림   (…)

대비의 말 한마디 한마디, 가슴을 옥죄는 고통을 느끼는 이림. 그저 괴롭다. 이림도 대비도 눈물을 멈추지 못하고.

S#19.   대비전 앞 (D)
문밖에 서서 그 얘기를 듣고 있는 해령과 삼보. 삼보는 조용히 눈물을 훔치고, 해령도 마음이 아파서 그렇게 서있다.

S#20.   해령의 집 해령의 방 (N)
방을 서성이는 해령. 서안을 보면 사초가 놓여있다. 저 종이 몇 장이 가진 무게와 파장을 생각한다. 마음이 아득히 무겁다.

INS.   예문관 전경 (D)

S#21.   예문관 안 (D)

          앉아있는 해령. 대교, 검열과 은임, 아란은 자리에 있는데, 아직 우원과
          시행이 입궐을 하지 않았다. 올 때가 됐는데… 일이 손에 잡히지 않는
          해령. 그때.

홍익   어? 송서리?

해령·은임·아란   (송권지…? 돌아보면)

          우원, 시행과 함께 들어오는 사희. 한림, 권지들에게 살짝 목례하면.

은임   (반가워서) 오늘부터 다시 입궐하시는 겁니까?

아란   몸은 좀 괜찮으세요? (다가와서) 고운 얼굴이 반쪽이 됐네…

사희   (여전히 따뜻한 권지들에게 고맙고 면목도 없어서) 죄송합니다, 저 때문에 권
          지님들까지 곤란하셨다고 들었습니다.

은임O.L   아이, 뭐 다 지난 일을 갖다가… 됐습니다. 이따 저녁에 맛있는 거나 먹
          으러 가요!

사희   (은임, 아란을 보며 옅게 미소 짓다가 해령과 눈 마주치고)

해령   (가볍게 목례하며 사희를 맞아주면)

길승   간만에 입궐했는데 궁궐 분위기가 이래서 어쩌냐. 내전 입시도 당분간
          금진데.

사희   (조금은 들어 알고 있는) 무슨 일이 있었던 겁니까?

장군   말도 마라. 호담선생전인지 뭔지 그 금서 하나 때문에 아주… 좌상대
          감은 그게 대비전에서 나왔다 그러고, 세자저하는 그럴 리 없다고 버티
          고, 결국 대비전에 출입금지령 떨어졌잖아. 금군들 쫙 깔려서.

아란   말이 출입금지지, 대비마마 유폐시킨 거나 다름없지 않습니까? 우리가
          무슨 근본 없는 오랑캐 나라도 아니고, 어떻게 왕실 어른한테…

시행   야, 그걸 뭐 좋은 얘기라고 떠들고 있냐. 다들 입조심해. 이런 시국일수
          록 사방에서 예문관 놈들한테 뭐 캐낼 거 없나~ 하고 달려든다고. 당분
          간 퇴궐하면 바로 집으로 기어들어 가고, 술은 냄새도 맡지 마. 알았나?

일동	예…
우원·시행	(자리로 가면)

해령, 눈으로 계속 우원을 쫓는다. 그런 해령의 시선을 모른 채, 업무를 시작하는 우원. 해령, 잠시 고민하는 표정이다가 관문을 들고 우원 앞으로 간다. 책상에 관문을 내려놓으면 그 사이에 작은 쪽지가 슬쩍 껴 있다. 이게 뭐야… 싶어 해령을 보는 우원. 해령이 예문관을 나간다.

S#22.   궁궐 야외 일각 (D)
궁궐 구석, 인적 드문 곳. 누군가를 기다리며 서있는 해령. 우원이 다가온다.

우원	구권지.
해령	(보고 목례하면)
우원	(이런 곳에서 만나자는 걸 보니 심상치 않아서) 긴히 할 말이라는 게 무엇이냐?
해령	…여쭤볼 것이 있습니다.
우원	(보면)
해령	예전에 몇 번 수정 실록이 쓰인 적 있다 들었습니다. 그런 건… 어떤 경우입니까?
우원	(그런 건 왜… 싶지만) 사관들이 직필을 한다고는 하나, 사국[1]을 지휘하는 대신들은 시류나 당파에 흔들리기 마련이다. 해서 실록이 시비가 옳지 않고 공정하지 못하다는 우려가 생기면, 어명을 받들어 수정 실록을 만드는 것이야. 원본은 그대로 놔둔 채 후세에 판단을 맡기고.
해령	(그런 거구나…)
우원	헌데, 왜 이런 걸 묻는 것이냐?
해령	(어렵게 입을 열고) …제가 김일목 선진의 사초를 갖고 있습니다.

---

1) 사국(史局): 실록청과 일기청을 통틀어 이르던 말.

우원	(놀라서) 니가 그걸 어찌…?
해령	이십 년 전에 폐주의 일기청에 참여했던 선진 사관께 도움을 받았습니다. 그리고 폐주의 일기가 거짓으로 쓰였다는 증언을 들었습니다.
우원	(멈칫) 사관들이 사초를 고쳤단 뜻이냐?
해령	예, 김일목 선진은 그 명에 따르지 않아서 죽은 것이고요.
우원	대체 누가…! (하다가 어떤 직감에 해령 보면)
해령	(마음 무거워서 차마 말하지 못하고)
우원	(아버지다…!!! 심장이 덜컹하는 기분인데)
해령	(아프지만 단단히 마음먹고) 민봉교님… 전 이 사실을 밝히고, 이십 년 전의 모든 잘못된 일들을 바로잡고자 합니다.
우원	(혼란에 시선 흔들리다가 단호해져서) 안 된다. 사관의 일이 아니야. 허락할 수 없어.
해령	(…! 보면)
우원	잊었느냐? 사초가 사관의 손을 벗어나는 순간부터는 무기가 된다. 니가 하고자 하는 그 일이 무고한 사람들을 죽게 만들 수도 있다는 뜻이다!
해령	무고한 사람들이요? (치밀어서 맞받아치는) 그게 좌상대감과 관련된 일이라 그런 건 아니고요?
우원	(멈칫)
해령	반정에 참여한 대가로 책훈을 받고 떵떵거리며 살아가는 공신들, 그자들은 무고한 사람들이 아닙니다. 정말 무고한 사람들은… (울컥해서) 사대부에 반기를 들었단 죄로, 새로운 세상을 꿈꿨다는 이유로 죽어서까지 손가락질 받고 있는 폐주와 서래원… (아버지라 말하지 못하고) 서래원의 그 사람들입니다!
우원	(…)
해령	(마음 추스르며) 이십 년 전, 일기청에서 사초를 고치란 명이 있었고, 그에 불응한 사관이 참형을 당한 건 명백한 사실입니다. 헌데 이마저도 조정의 일이라 외면하신다면, 저는 더 이상 민봉교님을 선진으로 따르지 못할 것 같습니다.

해령, 실망감으로 쌀쌀맞게 자리를 뜨면, 우두커니 서있는 우원.

S#23.   익평의 집 누각 앞 (N)
걸어오는 우원. 누각 위에서는 익평이 우의정, 대제학, 대사헌, 도승지
와 술을 마시며 무언가 심란하게 논하고 있다. 우원, 그 무리 속의 익평
을 가만히 올려다본다.

S#24.   익평의 집 마당 (D/과거)
소과에 합격하던 날, 열다섯 살의 우원. 백패를 들고 마당을 걸어온다.
익평과 우원모가 기쁜 얼굴로 서있다. 우원, 익평에게 백패를 건네고
큰절을 올리면.

익평   (미소로) 장하다, 참으로 장해.

우원이 일어서면 어깨를 두드려주는 익평. 한때나마 따듯했던 부자의
모습에서.

S#25.   익평의 집 누각 앞 (N)
이토록 멀어진 지금, 우원은 아버지가 미치도록 원망스럽다. 대체 뭐
때문에 뭘 위해서 그렇게 살아오신 겁니까… 마음으로 묻는 우원. 눈물
이 차오르고.

S#26.   익평의 집 누각 (N)
술잔을 넘기려다 말고, 왠지 모를 기분에 옆을 돌아보는 익평. 마당엔
아무도 없다.

S#27.   익평의 집 사랑채 앞 (N)
중문을 넘어 들어와서는 눈물 흘리는 우원. 아프지만 해야 할 일임을
알고 있다.

INS.   해령의 집 전경 (D)

S#28.   해령의 집 해령의 방 (D)
           출근 준비를 마치고 방을 나서려던 해령. 들어오는 설금과 마주친다.

설금   (음흉한 미소로) 아씨, 궐에서 저 몰래 뭘 하고 다니시는 겁니까?
해령   뭘…?
설금   아니… 밖에 웬 선비님이 아씨를 찾아왔는데, 이분도 얼굴이 (훑는 시늉
           하며) 정일품인데요?
해령   (설마?)

S#29.   해령의 집 앞 (D)
           대문을 열고 나오는 해령. 문 앞에 우원이 해령을 기다리며 서있다.

우원   예전에 내가 아주 힘들던 시기에… 그런 글을 읽은 적이 있다. 아무리
           이름난 재상의 힘도 수십 년을 못 가는데… 사관의 글은 말없이 천년을
           산다.
해령   (…?)
우원   난 그 한 문장 때문에 사관이 됐다. 당장 무언가를 바꿀 순 없어도, 나
           의 글이 시비와 흑백을 규명하는 필주²⁾가 되길 바랬어. 그러니 처음부
           터 나도… 단순히 기록만 하는 사람은 아니었던 거야.
해령   (…!) 민봉교님…
우원   난 개의치 말거라. 우린 사관으로서 할 일을 하는 거다.
해령   (큰 결심을 한 우원이 고맙고, 그 마음이 찡한)

S#30.   예문관 안 (D)
           가운데 책상에 펼쳐진 일목의 사초들. 한림, 권지들이 멍해서 사초를
           보고 있다. 책상 앞에는 해령이 서있고, 해령의 옆에 우원이 앉아있다.

홍익	여기… 왜… 왜 이런 내용이 적혀있는 겁니까? 이건 알려진 것하고는 완전 딴판인데?
경묵	이게 김일목 선진 사초인 건 확실해? 너 어디서 이상한 거 주워다가 우기는 거 아니야?
우원	김일목 선진의 필체가 맞다. 내가 예전에 본 적이 있어.
장군	그럼 이 사초 내용이 사실이란 뜻입니까? 폐주는 천주쟁이가 아니었고, 서래원은 그냥 학문을 가르치는 곳이었고?
홍익	아, 사실이면 안 되죠! 그러면 주상전하께서 아무 죄 없는 사람들 갖다가, 이렇게 저렇게… 해가지고 왕이 되셨다는 건데…!
일동	(말을 잃은 분위기에)
경묵	(시행, 길승 보며) 두 분이 말씀 좀 해주십시오. 이십 년 전이면 성균관 시절인데, 보고 들은 게 있으실 거 아닙니까.
길승	이래저래 시끄럽긴 했어. 서래원 거기선 뭔 짓을 하는지 허구한 날 피 묻은 사람이 실려 나간다 그러지, 서양 오랑캐들이 도성 한복판을 돌아다니지… 그래서 성균관에서 공관³⁾까지 했었고.
시행	공관만 했냐. 여기저기서 만인소⁴⁾ 쓰자 그래서, 나도 이름 올린 적이 있는데.
해령	(그런 상황을 아버지가 겪었단 생각에)
아란	그럼 결국 그 서래원 하나 때문에 반정이 일어난 겁니까?
우원	결정적인 건 폐주의 밀서였다.
일동	(보면)
우원	폐주가 청나라에 있던 법란서 신부에게 보내려던 것인데, 조선을 천주님의 나라로 만들고자 하니… 신부들을 보내 포교를 도우란 내용이었어. 국경을 넘어가기 전에 발각되었고.
검열·권지들	(어려서 처음 듣는다. 놀라면)
해령	(사초 보며) 허나 여기에는 서래원 학생을 불러다가… 지난번에 보내준

---

2) 필주(筆誅): 붓으로써 상과 벌을 내리는 행위.
3) 공관(空館): 유생들이 일제히 성균관을 비우고 집으로 돌아가던 시위.
4) 만인소(萬人疏): 1만 명 내외의 유생들이 함께 이름을 적어 올리는 상소.

서책은 잘 받았다, 다음에 조선에 오면 금강산 유람을 시켜주겠다… 그렇게 서신을 쓰게 했다고 기록되어 있습니다. (잠시 흔들리는 시선, 이내 차분해져서) 누군가… 그 서신의 내용을 바꿔치기한 겁니다. 반정 명분으로 삼기 위해서요.

장군	그럼… 결국…
사희O.L	반정이 아니라, 역모였다는 얘기네요.
일동	(…!!!)
홍익	(놀라서) 야! 송서리 입…! 입조심해! 너 지금 니가 무슨 말을 하는지나 알어??
시행	(끄응… 이마 짚고 있다가) 반정이든 역모든… 난 이거 그냥 못 넘어간다.
경묵	(…!) 양봉교님!
시행	이거는 폐주가 누명을 썼냐 아니냐, 반정이냐 아니냐, 그런 조정 문제가 아니야. 누가 사관들을 겁박해서 사초를 조작했냐, 안 했냐의 문제지. 어디서 감히 씨… 역사를 갖다가! 우리가 이러자고 맨날 코피 터려가면서 입시하고 관문 받아 적고 집 가서 가장사초 쓰고 그러는 줄 알아?
일동	(…)
시행	진짜 사초를 건드렸는지, 건드렸다면 어떤 미친놈의 짓인지, 이건 우리 사관들이 예문관 명예를 걸고 밝혀내는 거다. (둘러보며) 지금 당장 가서 폐주 일기청에 참여했던 관원들 명단 쫙…! (하면)
해령	(준비해놨던 명단 앞에 펼치고)
일동	(보면)
해령	문형대감이셨습니다. 당시 한림들의 수장.
일동	(…)

S#31. 대제학 집 앞 (D)

퇴궐하는 대제학. 걸어오다가 어딘가를 보고 멈춰 선다. 문 앞에서 대제학을 기다리고 있는 해령, 우원, 시행, 목례하면.

대제학	자네들이 예까지 무슨 일인가?
시행	긴히 드릴 말씀이 있습니다.

대제학, 평소 같지 않은 사관들이 심상치 않은데.

S#32. 대제학 사랑채 안 (D)
당혹감을 감추지 못하고 있는 대제학. 해령, 우원, 시행이 앉아있다.

대제학	그게 사실인가? 김… 김일목 봉교의 사초가 발견되었다고?
시행	예, 대감.
대제학	그걸 대체 어디서… 아니지! 해서 그 사초는 지금 어디 있나? 일단 나한테 보여주고…
우원O.L	사초를 보여드리고자 온 것이 아닙니다. 저희 사관들은… 당시 일기청에서 일어났던 부정한 일들에 대해 듣고자 왔습니다.
대제학	(…!) 자네들 지금 무슨 소리를 하는 게야? 부정한 일이라니? 일기청에서 무슨 일이 있었다고?
우원	일기청 사초 조작에 가담한 사관의 증언이 있었고, 김일목 선진의 사초에도 정사와 다른 내용들이 적혀있었습니다. 헌데도 대감께선 전혀 모른다 하실 수 있습니까?
대제학	(말문 막혔다가 냉정해져서) …자네들, 점점 도가 지나치는구만!
시행	문형대감…!
대제학O.L	사관이라고 덤비는 것도 한두 번이어야지, 이젠 하다하다 종이 쪼가리 몇 장 가지고 판관 노릇을 하려 해? 우리 대신들이 언제까지 자네들 객기를 봐줘야 하나? 파업도 하고, 주상전하께 사과도 받고 했으면 조정 일에 협조할 줄도 알아야 할 것 아니냔 말일세!
일동	(…)
대제학	이만 다들 물러가시게. 더 이상 얘길 들을 필요도 없네.
일동	(…)
대제학	어허! 사람이라도 불러다 끌어내야 하겠는가??

해령E	…대감도 한때는 사관 아니셨습니까?
대제학	(보면)
해령	지금은 조정의 중심에 있는 문형대감이시지만, 예문관에서 십수 년을 보내셨다 들었습니다. 그땐 대감도 저희처럼 동호와 민인생의 정신을 마음에 새기고, 임금도 두려워하지 않겠다는 배포로 사필을 잡으셨다구요. 그 젊은 날의 기개는… 정녕 조금도 남아있지 않으신 겁니까?
대제학	(눈빛 흔들리면)
해령	김일목 선진은 참형당하기 전날, 죽음으로서 마지막 직필을 하겠단 말을 남기셨습니다. 저희는 그분의 신념 앞에서 부끄럽지 않은 사관이고 싶습니다. (고개 숙이며) 사관들과 뜻을 함께해주십시오. 부탁드립니다.
우원·시행	(따라서 고개 숙이고) 부탁드립니다.
대제학	(말을 잃고)

S#33. **해령의 집 해령의 방 (N)**
들어오는 해령. 아주 긴 하루를 보낸 기분이다. 벽에 기대서서 무거운 한숨을 내쉬면.

해령E	여기에는 서래원 학생을 불러다가… 지난번에 보내준 서책은 잘 받았다, 다음에 조선에 오면 금강산 유람을 시켜주겠다… 그렇게 서신을 쓰게 했다고 기록되어 있습니다. 누군가.. 그 서신의 내용을 바꿔치기 한 겁니다.

해령, 그 서래원 학생이 누군지 이미 알고 있다. 다시 방을 나서고.

S#34. **해령의 집 사랑채 앞 (N)**
걸어와서 재경의 방 앞에 서는 해령. 방 안에는 불이 켜져 있고, 재경의 그림자가 보인다.

S#35.   서래원 일각 (D/과거)

프랑스어로 써진 책을 보며, 눈이 둥그레진 해령. 옆에는 재경이 앉아
있다.

어린 해령   (책을 이리저리 꺾어서 보다가) 정말… 이걸 알아볼 수 있으세요?

어린 재경   당연한 말씀을. (큼… 뽐내듯 한 줄 읽으며) 군주는 재능 있는 사람들을 지
          원하고, 모든 예술을 존중하는 모습을 보여야 한다!

어린 해령   (오와… 해서 보면)

어린 재경   어때? 오라버니 엄청 멋지지?

어린 해령   (고개 끄덕이고) 이게 어느 나라 말인데요?

어린 재경   저~ 멀리 있는 법란서라는 나라의 말이다. 나중에 크면 너한테도 가르
          쳐줄게.

어린 해령   예! (씨익 웃으며 책을 들여다보고)

S#36.   해령의 집 사랑채 앞 (N)

우두커니 서있는 해령. 오라버니가 폐주의 서신을 받아 적은 사람이라
면, 그 서신을 밀서로 뒤바꾼 사람도 오라버니라는 뜻이다. 하지만 원
망이나 분노보다는 재경에 대한 안타까움이 앞선다. 분명히 무슨 이유
가 있었겠지… 그 오랜 세월 오라버니도 힘드셨겠지… 그렇게 재경의
마음까지 헤아리는 해령. 하지만 저 방문을 넘어서 오라버니를 마주할
자신은 없고.

S#37.   녹서당 이림의 방 (N)

같은 시각. 정적 속에서 생각에 잠겨있는 이림. 행궁에서 비석을 발견
하고, 폐주의 무덤에 절을 올리고, 꿈에서 호담을 만나고, 이겸의 어진
과 마주하던 그 일련의 상황들을 떠올린다. 모든 것이 명확해진 지금,
더 이상 혼란은 없다. 마음을 다잡는 표정에서.

INS.   대전 전경 (D)

S#38.   대전 안 (D)

이진이 주관하는 대전 회의. 익평, 대신들이 모여있고 도승지가 상소를 읽고 있다. 우원과 시행이 입시해있다. 이진은 작금의 사태에 심적인 혼란으로 피로감이 극에 달한 느낌. 평소답지 않게 정적이고 차가운 분위기로 앉아있다.

도승지	다음은 사간원 정언 임상현이 올린 상소입니다. 신 임상현, 전국의 서원과 향교의 동정을 살펴본바, 유림들이 대비전에 내리신 처우가 패… 패륜이라 주장하며… 민심을 흉흉하게 만들고 있으니…
우의정	뭐라? 패륜? 촌구석 유림들이 뭘 안다고 조정 일에 훈수를…!
이진	(할 수 있는 말이 없고)
익평	저하, 너무 심려치 마십시오. 각 고을에 관문을 내려 모든 것이 서래원 잔당들의 흉계에서 비롯되었음을 납득시키고 있으니, 곧 잠잠해질 것입니다.
대사헌	예, 저하. 본디 민심이란 것이 들쭉날쭉 끓었다가 식었다가… 지조가 없기로는 갈대와도 같은 것 아니겠습니까.
일동	(피식 웃으며, 동조하는 분위기에)
이진	(반박하기도 싫고) 사간원에 일러 유림들을 주시하라 명하세요. 오늘은 이만하겠습니다. (일어서려는데)
우원	저하, 예문관에서 올라온 상소가 아직 남았습니다.

이진과 대신들의 시선이 일제히 우원에게로 향한다. 우원, 준비해온 상소를 들고 일어난다.

우의정	민봉교, 그건…? (상소가 담긴 소반을 한번 봤다가 다시 우원 보면)
도승지	(당황해서) 자네! 어찌 승정원도 거치지 않고 상소를 올리는가?
우원	(무시하고) 예문관 권지, 구해령의 상소입니다.
일동	(웬 권지…? 술렁이면)
대사헌	권지? 어디서 품계도 없는 여사 따위가…!

시행O.L	(팔을 딱 들어서 보란 듯이 받아 적을 준비하며) 여사도 사관입니다.
대사헌	(말문 막히는데)
우원	신, 예문관 권지 구해령… 불미스러운 사실을 알게 되어 청합니다. 이십 년 전 폐주의 일기청이 열렸을 때, 당대의 사관들이 제출한 사초가 조작되었다는 증언과 이를 입증할 사초가 발견되었습니다.
이진	(!!!)
익평	(!!!)

S#39.   예문관 서고 (D)
해령, 반듯하게 앉아서 상소를 쓰고 있다.

해령E	끝까지 진실을 지키고자 했던 사관은 죽어서 사명을 다했으니, 이제 살아있는 사관들이 거짓된 역사를 바로잡아 후대에 전하고자 합니다. 청컨대 일기청에서 역사를 왜곡하도록 사관들을 겁박하고 회유했던 대신들이 누구인지…

S#40.   대전 안 (D)

우원	신념을 저버리고 곡필로써 권력에 아부했던 사관들이 누구인지, 그 진실을 밝혀주십시오.

우원이 상소를 내리면, 상상도 못 했던 내용 앞에서 이진과 익평, 대신들은 말을 잃은 표정인데.

이진	진실을 밝혀달라는 게… 무슨 뜻입니까?
우원	폐주의 일기청에 참여했던 관원 마흔두 명에 대한 전면적이고 공정한 조사를 청한다는 뜻입니다.
우의정	조사는 무슨…! 당장 물러가지 못하겠는가! 어느 안전이라고 여사의 말한마디를 상소랍시고 올리는 게야!

우원	여사 한 명의 목소리가 아니라 예문관 전체의 목소리입니다. 저희 사관들은 이미 뜻을 모았습니다.
대사헌	(급히) 저하! 이는 터무니없는 음해이옵니다! 제가 당시 일기청에 참여했던 사관입니다! 사초를 조작하다니, 있을 수도 없는 일이옵니다!
대신①	소신도 당시 일기청의 편수관이었습니다. 지금 이 자리에서 조사를 실시해 소신의 결백함을 증명할 수 있게 해주십시오.
몇몇 대신들	(이구동성, 저도 조사해주십시오. 저부터 조사해주십시오! 소리치는데)
대제학	저하…!
이진·우원	(보면)
대제학	소신, 이십 년 전 한림들의 수장이었으나… 사초를 조작한 일에 대해서는… 전혀 아는 바가 없습니다.
우원	(…! 결국 문형대감도…)
대제학	하오나… (용기 내서) 하오나, 사관들의 청에도 일리는 있습니다. 사관들의 책무는 있는 그대로의 역사를 후대에 남기는 것이니… 일기청에서 그런 의혹이 있었다면… 진위 여부는 가려봐야 하지 않겠습니까.
익평	(멈칫)
대사헌	문형대감…!
부제학	(얼른) 대제학 대감의 말이 맞사옵니다. 사기를 왜곡하려 한 것은 참형에 처해야 할 중죄이니, 마땅히 추국청을 열어 시비를 가려주십시오.
이진	(무언가 꾹 누르듯 생각하는 표정이다가) …윤허하지 않겠습니다.
우원·시행	(…!!!)
부제하	저하…!
이진	이 일에 대해선 더 이상 청하지 마십시오.

이진, 획 일어나서 대전을 나가버린다. 익평은 이진의 대처가 안심이 되면서도 무언가 이상하고. 우원은 허탈감과 실망감에 우뚝 서있다.

S#41.   대전 앞 (D)
초조한 듯 비답을 기다리고 있는 한림, 권지들.

장군	아, 뭐가 이렇게 오래 걸려…
홍익	안 되겠습니다. 제가 가서 슬쩍 엿듣고 오겠습니다. (가려는데)

대전 문이 열리고, 이진과 김내관이 나온다. 놀라서 얼른 배를 하는 한림, 권지들. 이진이 그런 사관들 앞에 잠시 멈춰 섰다가, 차가운 눈빛으로 해령을 보고는 지나간다. 그 눈빛의 뜻을 알겠는 해령. 굳어버리고. 다른 대신들도 삼삼오오 나오더니, 사관들을 한 번씩 흘기며 걸어간다. 한림, 권지들, 심상치 않은 분위기를 느끼고 있으면, 마지막으로 나오는 우원과 시행. 착잡한 표정.

아란	양봉교님…! 어찌 됐습니까…?
시행	글렀다, 글렀어. 다시는 입에도 올리지 말라신다.
일동	(…!)
해령	(하… 수면 위로 끌어올리는 것조차 막혔다니, 허탈하고)

INS. 훈련도감 전경 (D)

S#42. 훈련도감 집무실 (D)
벽에 가지런히 걸려 있는 검들과 날카롭게 솟아 있는 창들. 백선이 앉아서 서신을 읽고 있으면, 재경, 모화가 들어온다.

모화	급한 일이라 들었습니다. 대비전에 무슨 일이 생긴 겁니까?
백선	(서신 내려놓으며) 예문관에서 김일목의 사초를 발견했다는군. 구해령이라는 여사관이 일기청에서 있었던 일을 조사해달라고 상소를 올렸다고 하네.
재경	(해령이…? 얼어붙고)
모화	(…!) 해서요? 상소가 받아들여졌습니까?
백선	저하께서 윤허하지 않으셨어. 이십 년 전 일을 들춰봤자 자신에게 위협만 된다는 걸 깨달으신 게야.

재경	(…)
모화	저하께서 사관들에게 등을 돌리셨다면, 민익평이 무슨 짓을 해올지 모릅니다.
백선	아니, 난 오히려 이 상황을 잠시 지켜봐도 괜찮겠단 생각이 드네.
재경·모화	(보면)
백선	다른 이들도 아닌 사관들일세. 예문관에서 사초를 가지고 있는 이상, 천하의 좌상이라도 손을 댈 명분이 없지 않는가.
재경	민익평에게 명분은 중요하지 않습니다. 필요하다면… 무력을 써서라도 예문관을 위협할 것입니다.
백선	그렇게만 해준다면, 그보다 더 좋은 거병의 명분이 어디 있겠나? (자신만만해서) 걱정 마시게. 만약 그자가 사관들에게 해를 가한다면, 나도 그 즉시 훈련도감 군사들을 일으켜 민익평을 역모죄로 처단할 것이니.
재경	(그래도 해령이 걱정되고)

S#43. 예문관 안 (D)
업무를 보고 있는 사관들. 평소답지 않게 고요하다. 장군, 사책을 정리하다 말고 붓을 내려놓으며.

장군	아, 진짜 일할 맛 안 나네. 이렇게 열심히 적어서 뭐 합니까? 어차피 나중에 자기들 입맛대로 다 뜯어고칠 거.
치국	제 말이요. 이럴 거면 사관은 왜 있고 예문관은 왜 있나 싶습니다…
일동	(공감하며, 다들 힘 빠진 분위기에)
아란	벌써부터 지치기 있습니까? 구권지 이름으로 낸 상소가 까이면 다음번엔 제 이름으로 내고, 그래도 까이면 오권지 이름으로 또 내고, 받아줄 때까지 어디 한번 해보자고요.
은임	그렇죠, 직필 정신! (주먹 쥐면)
경묵	아까 저하 표정 못 봤냐? 한마디만 더 했다간 진짜 피바람이라도 불게 생겼더만.
길승	아무래도 이상합니다. 저하께서 이렇게 사관들 의견을 묵살하실 분이

아닌데…

해령·우원·사희 (착잡하고)

시행 (한숨) 다들 됐고, 일단 일들 해. 퇴근부터 해야 다 같이 머리를 쥐어짜
       내든 말든 할 거 아냐.

해령 (앞으로 어떻게 해야 하나… 막막한 마음에)

S#44. 예문관 앞 (D)
       관문들을 들고 나오는 해령. 저쪽에서 기다리던 재경을 발견한다.

재경 구해령.

해령 (올 줄 알았다는 듯이 목례하고)

S#45. 궁궐 야외 일각 (D)
       걸어와서 멈춰 서는 해령과 재경. 잠시 말없이 그렇게 서있다가.

재경 (꾹 누르고) …긴말하지 않으마. 아직 시간이 있다. 당분간 도성을 떠나
       있어.

해령 아니요, 오라버니야말로 빠져계십시오. 이제 이건 사관들의 문젭니다.

재경 고작 사관들이 감당할 수 있는 문제가 아니다. 일기청의 일을 추국하겠
       다는 게 무슨 뜻인지나 아느냐? 사관들이 직접 반정의 옳고 그름을 따
       져보겠다는 뜻이야…!

해령 (…)

재경 니 얘기가 대전에서 나온 이상, 좌상 쪽에서도 가만히 있지는 않을 것
       이다. 이제 예문관도 안전하지 못해. 그러니 제발… 이쯤에서 물러나
       있거라.

해령 (버티고 있으면)

재경 해령아…!!

해령 …죄책감 때문입니까? 오라버니께서 절 그렇게 지키려고 하시는 이유.

재경 (멈칫, 보면)

해령	늘 무언가 이상하다고 생각하고는 있었습니다. 서래원 사람들이 한날 한시에 죽어갈 동안, 어떻게 우리 둘만 살아남을 수 있었는지, 서래원 출신인 오라버니가 어떻게 조선에서 관직을 하며 살아갈 수 있는지… 헌데 결국 그 모든 것들이… 오라버니가 폐주의 서신을 뒤바꾼 대가였습니까?
재경	(…!!! 숨이 턱 막히고)
해령	(눈가 붉어져서) 그래도… 그래도 전 오라버니를 원망하지 않습니다. 분명히 무슨 이유가 있었을 거라고 생각합니다. 그 오랜 세월… 절 지키고 돌봐주시면서, 홀로 아프고 괴로워하신 것만으로도 충분히 벌을 받으신 겁니다. 그러니까 이제… 혼자서 모든 짐을 떠안지 않아도 괜찮습니다, 오라버니…
재경	(어떻게 그걸 알고도 이런 말을 할 수가 있는지… 눈물 툭툭 떨어트리면)
해령	(다독이듯이 재경의 손을 잡아주고)

S#46. 빈청 안 (D)

익평과 우의정, 대제학, 대사헌, 이조정랑, 도승지, 들어와서 각자 자리에 앉는다.

우의정	으휴! 이제 겨우 대비가 조용해지나 했더니, 갑자기 김일목 그놈의 사초는 어디서 튀어나온 겁니까? 어떻게 된 게 조정이 하루도 조용할 날이 없으니, 원!
대사헌	헌데 문형은 거기서 왜 사관들 편을 들어주십니까? 일기청에서 사초를 고친 게 알려지면요? 한림이었던 문형이랑 나부터 제일 먼저 목이 날아가는 겁니다!
대제학	아니, 나라고 뭐 그러고 싶어서 그랬겠습니까? 어차피 추국청이야 열리지도 않을 거 뻔한데, 사관들 편들어주는 시늉이라도 해야 지난번처럼 도끼 들고 오는 일은 없을 거 아닙니까…
우의정·대사헌	(그래도 못마땅해서 은근히 흘기는데)
도승지	오늘은 운 좋게 저하께서 막아주셨으나, 사관들이 다음번에 또 어떻게

나올지 모릅니다. 어명으로 군을 동원해서라도 사관들의 입을 다물게
해야 합니다.

이조정랑	(흠칫 놀라면)
익평	(생각에 잠겨있다가) …상소를 올린 것이 권지 구해령이었어. 구장령의 누이…
일동	(보면)
익평	구장령은 지금 어디 있는가?
대사헌	저기 충청도로 공차를 나갔습니다. 돌아올 시일이 좀 지나긴 했는데, 딱히 연통도 닿질 않고…
도승지	(어떤 직감에) 대감… 혹시…
익평	(같은 생각이다, 형형해지는 눈빛에서)

S#47. 해령의 집 마당 (D)
콰콰쾅! 거칠게 문을 두드리는 소리. 설금과 광주댁이 문을 열면, 집 안
으로 귀재와 사병들이 밀고 들어온다. 사랑채 쪽에서 나오던 각쇠도 그
모습을 본다.

설금	(놀라서) 아니, 이 아저씨들이 지금 뭐 하는 거야! 저기요! 우리 나으리 가 사헌부…! (쫓아가려는데)
각쇠	(팔로 턱 앞을 막고 고개를 젓는)
설금	(왜… 뭔데…? 겁먹어서 입만 벙긋거리고)
각쇠	(귀재와 사병들을 보고만 있는)

S#48. 해령의 집 재경의 방 (D)
방 여기저기를 뒤져보는 귀재와 사병들. 거친 움직임 속에 화병이 떨어
져 우당탕 깨지고.

S#49. 해령의 집 해령의 방 (D)
해령의 방도 마찬가지다. 선반 위 서책이며, 문갑 속 옷가지들까지 뒤

져보는 사병들.

S#50.   해령의 집 마당 (D)
            그렇게 안채와 사랑채로 흩어졌던 귀재와 사병들이 다시 모이고. 귀재,
            해령의 방을 뒤졌던 사병들을 보면, 사병들이 고개를 젓는다. 허탕이다.

INS.   동궁전 전경 (D)

S#51.   동궁전 앞 (D)
            걸어오는 이림, 조마조마해서 뒤따라오는 삼보. 문 앞에 멈춰 서면.

김내관   마마, 저하께선 잠시 아무도 들이지 말라 하셨사온데…
이진E   들라 하라.
이림   (…)

            김내관이 옆으로 물러나면, 동궁전 안으로 들어가는 이림과 삼보.

S#52.   동궁전 안 (D)
            문이 열리고, 이림이 들어와 배를 한다. 상소를 읽다 말고 이림을 보는
            이진. 이림이 낯설고 멀게 느껴지지만, 이내 아무렇지 않은 척하며.

이진   읽어야 할 상소가 있는데, 급한 일인 것이냐?
이림   (앉고) …사관들의 청을 윤허하지 않으셨다 들었습니다.
이진   해서?
이림   (이진의 차가운 태도에 당황하지만) 추국청을 열어주십시오. 누가, 뭘 숨기
            기 위해서 그런 짓을 했는지…
이진O.L   그걸 니가 왜 궁금해하느냐?
이림   (보면)
이진   누가 무엇을 숨겼는지가 아니라, 전하의 반정이 잘못됐다는 걸… 밝혀

내고 싶어서?

이림	(…!)
이진	(빤히 보고 있으면)
이림	(눈빛에 패기가 어리고) …형님도 알고 계셨던 겁니까? 제가 폐주의 아들이라는 거?
이진	아니. 넌 전하의 아들이고, 이 나라의 대군이다. (힘줘서) 그러니 네 본분이 뭔지 잊지 말거라.
이림O.L	형님께서 말씀하시는 제 본분이라는 게 뭡니까? 처소에 갇혀서 아무것도 할 수 없는 유약하고 한심한 왕자요?
이진	(마음 아프지만 단호하게) 그래, 그게 너의 본분이야. 아무것도 할 수 없고, 해서도 안 되는 도원대군…!
이림	(그 말이 비수로 꽂히고)
이진	니가 언제부터 그리 조정 일에 관심이 많았는지는 몰라도, 정사는 너의 몫이 아니다. 돌아가거라.
이림	전 더 이상 그리 살지 않기로 결심했습니다. 잘못은 바로잡고, 잘못한 사람들은 벌을 받게 만들 겁니다.
이진O.L	이림!
이림O.L	형님께서도 절 막지는 못하실 겁니다…!
이진	(…)

칼날처럼 매섭게 부딪치는 두 사람의 눈빛. 이림이 휙 일어나서, 동궁전을 나서려고 하면.

이진	(밖에 대고) 지금 당장 녹서당에 금군들을 보내거라!
이림	(돌아보면)
이진	(이림 보며) 도원대군을… 처소에서 한 발자국도 못 나오게 해.
이림	(…!!!)

S#53.   예문관 서고 안 (D)
         생각에 잠긴 채, 손만 기계적으로 움직이며 선반 정리를 하고 있는 해
         령, 사희. 문이 열리고 급히 은임과 아란이 들어온다.

은임   구권지! 들으셨습니까?

해령·사희 (보면)

은임   저하께서… 녹서당에…

해령   (녹서당에…?)

S#54.   녹서당 중문 앞 + 마루 (D)
         급히 걸어오는 해령. 녹서당을 둘러싸고 서있는 금군들을 발견한다.
         해령이 다가가면 앞을 막아서는 금군①.

해령   사관입니다. 비키십시오.

금군①   녹서당을 엄중히 호위하라는 저하의 명이 있었습니다.

해령   이게 어딜 봐서 호위입니까? 사관도 못 들어가게 하면서.

금군①   (…)

         답답한 해령, 몇 걸음 물러나 녹서당 안쪽을 본다. 이림은 마루에 우두
         커니 서서 생각에 잠겨있다가 고개를 돌려 이쪽을 본다. 그렇게 담벼락
         과 금군들을 사이에 두고 서로를 보는 두 사람 모습에서.

20화

끝난 게 아니라 다른 얘기가

시작될 뿐이라고

S#1.   어느 벌판 (D/과거)

'20년 전' 자막이 뜬다. 벌판을 달리고 있는 말 두 마리. 서래원 복장을 한 어린 재경과 재경 친구①이 말에 타있다. (*심각한 표정 아닌, 여행 가듯 이 밝고 들뜬 느낌으로)

S#2.   어느 숲길 (D/과거)

그렇게 숲길로 들어서는 재경과 친구①. 그때, 재경 앞으로 화살이 휙 스쳐 간다. 놀란 두 사람, 급히 말을 세운다. 길목 앞을 귀재가 막고 서 있다. 심상치 않은 느낌에 뒤를 돌아보는 재경, 그곳 역시 익평의 무사 들이 차단하고 있다. 재경, 긴장으로 고삐를 쥔 손이 덜덜 떨리고.

S#3.   익평의 집 광 안 (D/과거)

매질을 당해 바닥에 널브러져 있는 재경과 친구①. 귀재와 무사들이 둘 을 지키며 서있다. 창고 문이 열리고 익평이 들어온다. 귀재, 들고있던 서신을 익평에게 건넨다. 펼쳐보는 익평. 옥새가 찍힌 프랑스어 서신 이다.

익평   무슨 내용이냐?

재경   (대답하지 않고 익평 노려보면)

익평, 호담의 서신을 구겨서 바닥에 던지고, 귀재에게 눈짓을 한다. 귀 재가 재경 앞에 붓과 먹, 종이를 내려놓는다. 종이에는 이미 옥새가 찍 혀있다. 재경, 놀라서 익평을 보면.

익평   지금부터 내가 불러주는 대로 받아 적거라.

재경   (독이 올라서) 싫다!! 전하께서 니놈을 가만두실 것 같으냐!! (하면)

귀재, 갑자기 칼을 빼 들어 친구①을 벤다. 비명과 함께 쓰러지는 친구 ①. 재경, '영산아!!' 외치며 급히 친구①의 몸을 흔들다가 목의 맥을 짚어보면.

익평   (표정 변화 없이) 그놈을 살릴 시간이 얼마 남지 않았다.

재경   (…!)

S#4.   산실청 중문 밖 (N/과거)
         초조한 표정으로 서성이고 있는 이겸. 시립해있는 궁인들 사이 삼보도
         보인다. 그러다 아이의 우렁찬 울음소리가 들려오면, 놀라서 멈춰 서는
         이겸.

S#5.   산실청 중문 안 (N/과거)
         이겸, 중문을 넘어 들어오면, 모화가 건물에서 나온다.

모화   원자십니다. 원자 아기씨가 태어나셨어요!

이겸   (기쁨과 감격으로 산실청에 들어가려는데)

백선E   전하!!!

이겸   (뒤를 돌아보고)

S#6.   산실청 중문 밖 (N/과거)
         중문 밖으로 나오는 이겸. 시립해있는 궁인들을 제치고, 백선과 금군들
         이 급히 달려온다.

백선   전하!! 역모입니다!!

일동   (!!!)

백선   함영군과 사간원 민익평이 군사들을 이끌고 궁문을 넘었습니다! 어서
         옥체를 피하시옵소서!

         이겸, 놀라서 굳었다가 이내 침착해지는 눈빛. 마음속에서 늘 각오해왔
         던 일이다. 결단을 내리고 금군과 내관들을 둘러보며 외친다.

이겸	너희는 이곳에서 중전과 원자를 지키거라!
삼보	(…!)
백선	전하…!!

이겸, 중문 너머 산실청 쪽을 아릿하게 바라보다가 걸음을 옮긴다.

S#7.　　대전 앞 (N/과거)

햇불과 칼을 높이 든 반정군들이 일제히 몰려오고, 소수의 금군들이 막아서지만, 일격에 제압당한다. 반정군들이 길을 내듯이 금군들을 쓰러뜨리면, 그 길을 따라서 유유히 걸어가는 함영군과 철릭 차림의 익평. 그러다 한 금군이 부상을 입은 채 절뚝거리며 달려들면 익평이 단호한 표정으로 칼을 휘둘러 쓰러트린다.

S#8.　　대전 안 (N/과거)

대전의 문을 열고 들어오는 함영군과 익평. 우뚝 걸음을 멈춘다. 이겸이 당당하게 옥좌를 지키며 앉아있다. 이겸과 함영군, 피 묻은 칼을 든 익평의 시선이 부딪친다. 함영, 이겸의 서릿발 같은 눈빛에 얼지만, 익평은 앞으로 나아가며.

익평	(품에 있던 서신 꺼내고) 국왕 이겸의 이름으로 청나라로 넘어가던 밀서를 입수했습니다. 우리 신하들은 조선을 서양 오랑캐 손에 넘기려 한 역적을 더 이상 국왕으로 모실 수 없습니다!
이겸	(말도 안 되는 명분에 흔들리지 않고 버티면)
익평	사교에 빠져 나라의 근간을 위협하고 백성을 도탄에 몰아넣은 죄를 인정하고, 앞으로 나와 무릎을 꿇으십시오!

이겸, 그 말에 옥좌에서 일어나 성큼성큼 계단을 내려온다. 그리고 익평과 함영 앞에 당당히 서서.

이겸	말은 바로 하시오. 역모의 명분은 그딴 말도 안 되는 밀서가 아니라, 내가 순순히 사대부들을 따르지 않아서겠지.
익평·함영	(…)
이겸	나는 모두에게 무언가 배우고 해볼 수 있는 기회를 주고 싶었소. 문벌이 아니란 이유로 조정에 나아갈 수 없던 젊은이들에게 기회를 주었듯이, 천민과 여인들에게도 문을 열어준 것이오.
익평	그것이 바로 당신의 죄목입니다. 지엄한 강상의 법도를 제멋대로 뒤엎으려 한 죄!
이겸	오로지 그대들만 학문을 할 수 있고 그대들만 뜻을 펼칠 수 있는, 반쪽짜리 법도가 다 무슨 소용이오!
익평	(말문 막히면)
이겸	이 나라가 가야 할 길은… 그게 아니오. (하는데)

단호하게 이겸의 가슴에 칼을 꽂아 넣는 익평. 함영이 놀라서 얼어붙고. 익평이 칼을 빼자, 이겸이 고통으로 바닥에 주저앉는다. 결국 벽을 넘지 못했다는 허탈함과 슬픔에 눈가가 젖어오고. 그런 이겸을 애써 냉정하게 보고 있는 익평과 한걸음 물러서서 숨이 막힌 듯 서있는 함영.

S#9.   서래원 집무실 (N/과거)
평소처럼 서책을 보고 있던 문직과, 선반에 서책을 놓고 있던 서래원 학생 두어 명. 갑자기 문이 쾅 열려서 보면, 친구①을 부축하고 있는 재경. 손과 옷에 피가 묻어있다.

문직	(!!! 일어서고) 재경아…!
서래원 학생들	(!!!)
문직	(학생들 보며) 어서 영산이를 데려가거라!

학생들, 친구①을 부축해서 방을 나가면. 쓰러지듯 무릎 꿇는 재경. 문직이 달려와서 앞에 앉고.

문직	무슨 일이 있었던 것이냐. 대체 누가…!
재경O.L	제가 전하의 서신을 고쳤습니다…
문직	(…!!!)
재경	저는 뭘 어찌 해야 할지 모르겠습니다. 방도를 알려주십시오… 이 일을 바로잡을 수만 있다면 무엇이든 하겠습니다…!
문직	(무슨 상황인지 깨닫고) …너의 잘못이 아니다. 이미 모든 건, 오래전부터 준비되어 왔을 것이야.
재경	(부정하고 싶은 마음에 애원하듯) 스승님…
문직	…희연이를 부탁한다.
재경	(…!)
문직	살아남거라.
재경	(울면서 올려다보는 표정에서)

S#10.   **내전 야외 일각 (N/과거)**
보자기에 싸맨 이림을 안고 어디론가 달려가는 삼보, 모화.

S#11.   **산속 길 (N/과거)**
재경의 손을 잡은 채, 급하게 도성을 떠나고 있는 어린 해령. 겁먹은 채로 계속 뒤를 돌아보고. 모든 것이 시작된 그날의 모습에서.

－ 타이틀 －

INS.   **궁궐 전경 (D)**

S#12.   **녹서당 중문 앞 + 마루 (D)**
급히 걸어오는 해령. 녹서당을 둘러싸고 서있는 금군들을 발견한다. 해령이 다가가면, 앞을 막아서는 금군①.

해령	사관입니다. 비키십시오.

금군①	녹서당을 엄중히 호위하라는 저하의 명이 있었습니다.
해령	이게 어딜 봐서 호위입니까? 사관도 못 들어가게 하면서.
금군①	(…)

답답한 해령, 몇 걸음 물러나 녹서당 안쪽을 본다. 이림은 마루에 우두 커니 서서 생각에 잠겨있다가 고개를 돌려 이쪽을 본다. 그렇게 담벼락 과 금군들을 사이에 두고 서로를 보는 두 사람. 이렇게 눈을 맞추는 것 외에는 할 수 있는 게 없다. 해령, 이 상황이 화도 나고, 이림이 걱정도 되고. 무언가 마음먹은 듯 돌아선다.

S#13.   궁궐 문 앞 (D)
퇴궐하는 관원들 사이, 걸어 나오는 해령. 해령을 기다리고 있던 설금 과 각쇠가 다가온다.

설금	아씨! 아씨!
해령	(보면)
설금	아휴, 걱정돼 죽는 줄 알았잖아요…! 웬 시꺼먼 놈들이 집에 쳐들어와 서는 아씨 방이랑 나으리 방이랑 아주 쑥대밭을 만들어놨어요!
해령	(…! 각쇠 보면)
각쇠	…좌상의 수하들입니다.
해령	(결국 집까지…) 해서? 누구 다친 사람은 없고?
설금	예, 일단 지낼 곳은 구해됐으니까 거기로 가요! (주변 둘러보며) 이젠 길 바닥도 무섭네! (데리고 가려는데)
해령	(가만히 있어선 안 되겠단 생각에 멈춰 서서) 각쇠 니가 앞장서.
각쇠	(보면)
해령	오라버니가 계신 곳.

S#14.   침전 안 (D)
상선에게 무언가를 전해 들은 왕.

왕	뭐라? 세자가?
상선	예, 저하께서 녹서당에 금군들을 배치하고, 대군마마의 출입을 금하라는 명을 내리셨다 하옵니다.
왕	…결국 결단을 내렸군. (하면서도 마음이 편치 않고)

S#15.   대비전 안 (D)
최상궁이 서있다. 작은 종이에 쓴 서신을 접어서 찻잔 받침 아래 끼워 넣는 대비.

대비	물리거라.
최상궁	예, 마마.

최상궁, 찻상을 들고 나가면 대비의 결연한 표정.

S#16.   모화 은신처 안 (D)
재경, 모화, 백선이 모여있다. 모화가 대비의 서신을 서안에 내려놓는다.

모화	대비전에서 연통이 왔습니다. 마마께서 날을 정하셨습니다.
백선	(펼쳐 봤다가 재경 보면)
재경	(덤덤하게 받아들이는 표정에)
백선	알았다고 전해주시게. 준비를 마치겠다고 말이야.
모화	예. (하는데)
각쇠E	나으리.
일동	(보면)

문을 여는 각쇠. 옆에 해령이 서있다.

재경	해령아…!
해령	(앉아있는 세 사람을 보며, 이렇게 무언가 준비하고 있었구나…)

시간 경과

해령, 재경, 모화, 백선이 앉아있다.

백선	사초를 찾은 사관이 구장령의 누이라고?
해령	예, 예문관 권지 구해령입니다.
백선	허면… 그 내용도 보았는가?
해령	예, 하오나 말씀드릴 수는 없습니다. 대장뿐만 아니라 누구에게도 공개하지 않을 생각입니다.
백선	그래, 자네는 사관이니 그것이 의무라 생각하겠지. 허나 우리에게 그 사초는 반드시 세상 밖으로 나와야 할 물건이네. 그것만 있었어도… 이리 먼 길을 돌아오진 않았을 테니까.
재경·모화	(지난날들을 생각하는데)
해령	그 길이라는 게 경오년의 일을 바로잡고자 하는 것이라면 저도 함께하겠습니다.
모화·백선	(…!)
재경	해령아…
해령	(재경 보며) 그날 오라버니와 의녀님은 스승님을 잃었지만, 저는 제 아버지를 잃었습니다. 왜 저는 당사자가 아니라 생각하십니까?
재경·모화	(…)
해령	저하께선 귀를 닫으셨고, 녹서당은 군사들이 지키고 있습니다. 이제는 대군마마의 안위조차 보장할 수가 없습니다. 계획이 있다면 말씀해주십시오.
재경·모화	(더 이상 해령을 밀어낼 수만은 없고)
백선	(주저되지만 해령의 강단을 믿어보는 표정에서)

S#17. 익평의 집 앞 (N)

공신들의 긴급회동이다. 우의정, 대제학, 대사헌, 도승지, 이조정랑 등등 대신들이 심란한 표정으로 줄지어 도착한다. 귀재가 문 앞에 서서 그들에게 목례를 한다.

S#18.   익평의 집 사랑채 (N)

익평, 우의정, 대제학, 대사헌, 도승지, 이조정랑, 대신들이 사랑채를 가득 채우고 앉아있다. 초조한 표정으로 빈 상석을 보는 일동.

우의정	이보게, 도승지. 전하께 제대로 말씀드린 것이 맞나?
도승지	예, 분명 알았다고 대답까지 하셨습니다.
우의정	(불안해서) 오실 시간이 한참 지났는데, 왜…
대사헌	이거 혹, 여론이 시끄러워지니까 전하께서도 저희와 담을 쌓으시려는 거 아닙니까?
대신들	(설마… 술렁이고)
익평	(홀로 생각에 잠겨있는데)
대제학	그러실 만도 하지요! 폐주 얘기가 퍼진 것도 모자라서 이젠 예문관 사관들까지 경오년 일을 걸고넘어지니, 원…
이조정랑	(은근슬쩍) 애초에 민봉교가 긁어 부스럼을 만들었습니다. 어디서 그딴 상소를 대전에 가져와서는…
대신들	(조금씩 동조하는 분위기에)
우의정	(익평 눈치 보며) 어허, 정랑! 입조심하게…!
익평O.L	(꾹 누르며) 민봉교에 대한 처분은 내가 직접 내리겠습니다.
일동	(보면)
익평	허나 이 사태의 중심은 도원대군입니다. 폐주의 적장자가 살아있으니, 대비도 서래원 잔당들도 헛된 희망을 품는 것이 아니겠습니까.
이조정랑	(놀라서) 대감… 호… 혹시…?
익평	곧 주상전하의 즉위 이십 주년을 경축하는 연회가 열립니다. 그 전에… 도원대군은 세상에서 사라질 것입니다.
일동	(!!!)
익평	(이미 굳게 마음을 먹은 표정에서)

S#19.   녹서당 이림의 방 (N)

평소보다 간단한 밥상. 이림이 숟가락을 내려놓는다. 옆에 서있던 삼보, 다시 숟가락을 쥐여주며.

삼보	마마, 식사라도 제대로 하십시오. 마음이 허하다고 배 속까지 허하면 안 되는 겁니다.

삼보   마마, 식사라도 제대로 하십시오. 마음이 허하다고 배 속까지 허하면 안 되는 겁니다.

이림   됐다. 바깥은 좀 어떻느냐?

삼보   그냥 뭐… 잠잠하긴 한데, 폭풍전야 같기도 하고…

이림   구권지는…? 별일 없어…?

삼보   (에휴…) 이런 상황에도 구권지가 걱정되십니까?

이림   이런 상황이라서 더 걱정돼. 난 그 일을 언급한 것만으로도 유폐가 됐는데, 하물며 대전에 상소를 써서 올린 구해령은… 무슨 일이 생겨도 내가 해줄 수 있는 게 없잖아.

삼보   (…)

이림   (해령이 생각에)

시간 경과

새벽. 자리에 누워있는 이림. 쉽게 잠이 오지 않아 뒤척이고 있는데.

S#20.   녹서당 앞 + 마루 (N)
녹서당 계단을 오르는 한 사내의 조심스러운 걸음. 금군 복장을 한 귀재다. 귀재, 신발을 신은 채로 마루에 올라서자 삐걱하며 나무 뒤틀리는 소리가 나고.

S#21.   녹서당 이림의 방 (N)
그 소리에 멈칫, 몸을 살짝 일으키는 이림. 인기척을 느낀 것 같은데. 문 쪽을 보면 웬 그림자가 터벅터벅 다가와 문 앞에 선다. 이림, 하얗게 질려서.

이림   누구냐!!

벌떡 일어나 문을 열어보는 이림. 하지만 문 앞에는 아무도 없고.

S#22.   녹서당 앞 + 마루 (N)
이림, 마당으로 나와 이곳저곳을 살펴본다. 그 누군가의 흔적도 보이질
않는다. 다급히 담 너머의 금군 한 명을 붙잡고.

이림   누군가 녹서당에 들었다! 보질 못했느냐?
금군①   모르겠습니다.

허탈해서 돌아서는 이림. 꿈도 아니었고 잘못 본 것도 아니었는데… 마
루 위로 올라서면 아까와 같은 삐걱 소리가 들린다. 무심코 아래를 내
려다보면 마루에 누군가의 분명한 발자국이 찍혀있다.

이림   (…!)

뒤를 돌아서 금군들을 보는 이림. 모두 태연하게 보초를 서고 있다. 이
제 누구도 믿을 수 없고, 궐조차 안전하지 않다는 생각에 공포를 느끼
는 이림.

INS.   예문관 전경 (D)

S#23.   궁궐 야외 일각 (D)
예문관 근처. 관문을 들고 걸어가는 권지들.

아란   지금 이런 상황에 연회가 웬 말이랍니까? 잔치도 분위기 봐가면서 해
         야지.
은임   전하께는 유학 경전보다 중요한 게 체면이시라잖아요. 이럴 때일수록
         왕실이 건재하다 보여주려는 거죠, 뭐.
아란   하여튼 이해가 안 갑니다. 정작 중요한 얘기는 무시하면서.

해령·사희	(공감하는 듯 걷고 있는데)

그때, 옆으로 사헌부 장령이 감찰들을 우르르 이끌고 지나간다.

사희	사헌부…?
해령	(문득 직감에 감찰들을 따라가고)

S#24. 예문관 안 (D)
예문관 안으로 밀고 들어오는 장령과 감찰들. 한림들이 어리둥절해서 본다. 곧바로 해령과 사희, 은임, 아란도 들어온다.

시행	김장령님, 여긴 무슨 일로…
장령O.L	봉교 민우원은 앞으로 나오거라. 확인되지 않은 사실로 대전을 어지럽히고, 대신들을 논핵[1]한 죄로서 하옥하라는 좌상대감의 명이시다!
일동	(!!!)
해령·우원·사희	(좌상대감…?)
장령	끌고 가거라.
감찰들	예! (우원 쪽으로 가려면)
해령	(앞으로 가서) 상소가 문제라면 저를 잡아가십시오! 상소를 쓴 권지 구해령이 접니다! 민봉교님은 제 부탁을 받아 읽기만 했을 뿐입니다! (하는데)
감찰들	(해령이를 거칠게 밀쳐내고)
은임	(욱해서) 지금 뭐 하시는 겁니까!

권지들이 달려와 해령을 에워싸고, 한림들도 일어나서 감찰들 앞을 막아선다.

길승	상소 하나 읽었다고 대전을 어지럽혔다는 게 말이나 됩니까? 대간불가죄[2]란 것도 있지 않습니까?
장령	사관들의 책무는 간언이 아니라 사필일세. 비키시게!

장군	못 비킵니다! 지금 이건 명백한 보복입니다! 저희들 입에 재갈을 물리려는 겁박이요!
장령	(안 되겠다는 듯, 감찰들에게 눈짓하면)
감찰들	(칼집에 손을 대고)
한림·권지들	(물러서지 않겠단 표정으로 보는데)
우원E	그만하거라.
일동	(보면)
우원	(일어나서) 더 이상의 소란은 안 된다. 자리를 지켜.
장군	민봉교님!!

우원, 시행에게 부탁하듯 가볍게 목례를 하고, 장령과 감찰들을 따라나선다. 한림, 권지들, 분해서 우뚝 서있다가.

사희	(해령 보며) 괜찮으십니까?
해령	예…
장군	(속이 들끓고) 어떻게 이런 일이 있을 수가 있습니까! 어떻게 사헌부가! 저딴 말도 안 되는 명분으로 사관을 잡아갈 수 있냐고요!
홍익	양봉교님! 뭐 좀 어떻게 해보십시오!
시행	(심란해서) 좌상대감 명이라는 거 못 들었어? 자기 아들도 잡아가는 마당에… 여기서 나서는 사람은 진짜 죽는 거야…
일동	(분통이 터지고)
해령	(좌상이 칼을 뽑아 들었단 생각에)

S#25.   궁궐 야외 일각 (D)

사헌부 관원들에게 둘러싸인 채 걸어가는 우원. 주변을 지나가던 관원들이 놀라서 멈춰 서고, 무언가 수군거린다. 우원, 묵묵히 그 시선들을

---

1) 논핵(論劾): 잘못이나 죄과를 논하여 꾸짖음.
2) 대간불가죄(臺諫不可罪): 사헌부, 사간원 관원들의 간언에는 벌을 주지 않음.

견디다가 저쪽에 서있는 익평과 대신들을 발견한다. 익평의 담담한 듯 차가운 표정. 우원은 애써 아버지를 향한 울분을 참으며 걸음을 옮기고.

S#26.　　훈련도감 집무실 (D)
급히 들어오는 해령. 백선이 앉아서 업무를 보다가 고개를 들면.

해령　　(무언가 수가 있어서) 대장님, 부탁드릴 것이 있습니다.

백선　　(…?)

S#27.　　녹서당 중문 앞 (D)
여전히 녹서당 앞을 지키고 있는 금군들. 저쪽에서 교련관이 다른 금군들을 끌고 걸어온다.

교련관　　교대 시간이다.

금군들, 벌써…? 하는 표정이었다가 목례를 하고 우르르 물러난다. 새로 온 금군들이 착착 자리를 잡으면, 일각에서 쓰윽 나타나는 해령. 교련관이 해령과 눈빛을 나누고는 녹서당의 문을 열어준다.

S#28.　　녹서당 이림의 방 (D)
간밤의 충격에서 벗어나지 못하고 방을 서성이고 있는 이림. 누굴까, 누구의 명이었을까, 계속해서 생각을 해보는데.

해령E　　대군마마!

이림　　(…!)

S#29.　　녹서당 앞 (D)
마루로 나오는 이림. 마당을 내려다보는 이림의 시선 끝, 해령이 중문 앞에 서서 이림을 올려다보고 있다.

이림	구해령…

이림, 누구도 넘지 못하는 문을 넘어서, 결국 자신에게로 와준 해령이 반갑고, 눈물 나도록 고맙고, 그런 마음으로 보고 있으면. 해령도 찡해서 미소 지었다가 손을 내민다.

S#30. 내전 야외 일각 (D)
/내전 이곳저곳, 손을 잡고 궐을 빠져나가는 두 사람의 모습.
/급히 가다가 맞은편에서 나인들이 걸어오면 얼른 벽 뒤로 숨고.
/또 다른 내관들 무리를 만나면 왔던 길을 되돌아가기도 하고.

S#31. 길거리 (D)
그렇게 궐을 나와서도 붙잡은 손을 놓지 않는 해령과 이림. 누구의 시선도 신경 쓰지 않고 사람들 사이를 달려간다. 이 순간만큼은 그 어떤 방해도 없이 자유로움을 느끼는 두 사람 표정에서.

S#32. 모화 은신처 앞 (N)
어느 집 앞에서 멈춰 서는 이림과 해령. 해령이 문을 열고 들어가려면 이림이 붙잡고.

이림	여긴… 누구의 집이냐?
해령	어서 들어가십시오. 다들 기다리고 있습니다.
이림	(…?)

S#33. 모화 은신처 마당 (N)
해령을 따라오면서 이리저리 둘러보는 이림. 무심코 앞을 보고 멈춰 선다. 마당에 백선, 재경, 모화, 그리고 모화 휘하의 이백, 상운, 자객단들이 도열해있다. 모화를 알아보고, 설마 이 사람들이…? 해령을 보는 이림. 그때.

백선	신, 훈련도감 대장 소백선!
이림	(보면)
백선	이 나라 유일한 적통이신… 도원대군마마께 인사 올립니다…!
이림	(…!)

그 말에 일제히 이림을 향해 절을 올리는 일동. 해령도 예를 갖춰 배를
한다. 재경, 모화와 백선은 이 말을 하기까지가 얼마나 오래 걸렸는지
감격스러운 표정이고. 이림은 당황스러우면서도 이 모든 사람들이 내
편이라는 것에 가슴이 벅차오르는 표정에서.

S#34.   모화 은신처 안 (N)
         해령, 이림, 모화가 앉아있다.

이림	산실청?
모화	예, 중전마마께서 회임을 하신 직후부터 곁에서 모셨습니다. 마마가 태어나시던 그날도… 제가 곁에 있었습니다.
이림	…어머니께선 어떤 분이셨느냐? 그분의 얘기는 한 번도 듣질 못해서…
모화	(미소로) 현명하고 어진 분이셨습니다. 신분이 낮다 하여 쉽게 대하는 법이 없으셨고… 궁녀들을 데려다 글을 가르쳐주시기도 했고요…
이림	(본 적은 없지만 아득히 그리워지는 기분에)
해령	(이림의 마음을 공감하고)
모화	대군마마, 저희는 이미 돌아갈 수 없는 강을 건넜습니다. 며칠 후 열리는 연회에서… 모든 것을 끝내고자 합니다.
이림	(멈칫)
모화	허나 만에 하나 일이 틀어지면, 저희도 더 이상 마마 곁에 있을 수 없습니다. 그러니…
이림O.L	내게 빠져있으란 말은 말아다오. 비겁하게 혼자 물러나 있긴 싫다.
모화	싫어도 그리하셔야 합니다. 대비마마와 전 마마를 지키겠단 일념 하나로 긴 세월을 버텨왔습니다. 무슨 일이 있어도 마마만은… 무사하셔야

합니다.

이림	(…)

모화   그날 신시까지 저희가 돌아오지 않으면, 즉시 이곳을 떠나십시오. 필요한 것은 모두 준비해두었습니다.

이림   (해령 보면)

해령   (이미 모두 알고 있는 얘기다. 그리하시라고, 작게 고개를 끄덕이고)

이림   (하…)

INS.   궁궐 전경 (D)

S#35.   침전 안 (D)
왕과 이진, 익평이 앉아있다.

왕   사초다 뭐다 어수선한 마당에, 굳이 연회를 열어야겠느냐?

익평   예정되어있던 행사를 취소하면 세간의 의문만 더 커질 것입니다. 게다가 이럴 때일수록 전하께서 굳건하시다는 걸 보여줘야 하지 않겠습니까.

왕   (썩 내키지는 않지만 지겨워서) 그래, 알아서들 하라.

익평   다만 한 가지 당부드리고 싶은 것이 있습니다.

왕·이진   (보면)

익평   종친과 백관이 모이는 자리이니, 대비마마께서 기회로 삼으실지 모릅니다. 무슨 일이 벌어지더라도 흔들리지 마십시오.

이진   (의심으로) 흔들리지 말라는 게 무슨 뜻입니까?

익평   신이 대비마마나 도원대군에 대해 어떠한 결단을 내려도… 받아들이시란 말씀입니다.

왕   (…!)

이진   (이림이 위험하단 생각에) 도원대군은 지금 처소에 갇혀 한 발자국도 나오질 못하고 있습니다! 그런 아이에게 또 무슨 짓을…!

익평O.L   (단호하게) 제가 하는 모든 일은 주상전하와 보위를 이으실 저하를 위한 것입니다!

이진	(…)
익평	저의 판단은 결코 틀리지 않습니다. 두 분께서 이 자리에 계신 것도, 이십 년 전 제가 결단을 내렸기 때문임을 잊지 마십시오.

일어나 배를 하는 익평. 침전을 나선다. 왕은 심기가 상하지만 내색하지 않으려 이를 악물고 있고, 그런 왕을 보면서 무력감과 비참함에 온 마음이 요동치는 이진.

S#36. 동궁전 안 (N)
이진, 홀로 술을 마시고 있다. 이림을 생각한다. 함께 말을 타고 뒷산을 달리고, 서고에서 서책을 보며 별시 얘기를 하고, 활을 쏘며 웃고, 그 모든 따뜻한 순간들이 지나가다가.

플래시컷
—동궁전 안 (D)

이림O.L	형님께서 말씀하시는 제 본분이라는 게 뭡니까? 처소에 갇혀서 아무것도 할 수 없는 유약하고 한심한 왕자요?
이진	(마음 아프지만 단호하게) 그래, 그게 너의 본분이야. 아무것도 할 수 없고, 해서도 안 되는 도원대군…!

이진, 나는 뭘 위해서 이러고 있나… 회의감이 든다. 이림의 존재가 자신에게 무엇보다 큰 위협이 된다는 걸 알면서도, 이대로 이림을 잃을 수는 없다. 잔을 내려놓고 방을 나선다.

S#37. 이조정랑 집 앞 (N)
문을 열고 나오는 사희. 누가 날 찾아왔다는 거지… 둘러보면 그리 멀지 않은 거리에 평복을 입은 이진이 서있다.

사희	(…!) 저하… (인사했다가) 여기까진 무슨 일이십니까.

이진	(사희 앞으로 걸어오고) 그 사초, 넌 읽어보았느냐.
사희	(살짝 놀라서 대답하지 못하면)
이진	내게 보여달라는 것이 아니다. 하나만 대답해다오. 확인하고 싶은 게 있어…
사희	(…)
이진	(간절해서) 안 되는 것이냐…?
사희	…아시다시피 저는 그동안 사관으로서 해선 안 될 일을 해왔습니다. 헌데 이번엔 처음으로… 제 결정이 옳단 생각이 듭니다.
이진	(그 뜻은…!)
사희	기다려주십시오. 민봉교님 명으로 필사해서 보관해둔 것이 있습니다.

사희, 다시 집 안으로 들어가면 이진, 안도감에 서있고.

S#38.   익평의 집 마당 (N)
익평이 사랑채 쪽에서 나오면 다가오는 귀재.

귀재	대감…! (하는데)

곧이어 마당으로 들어서는 우원. 익평이 놀라서 본다. 우원, 냉랭한 표정으로 아버지를 쏘아보다가 지나간다.

익평	어찌 된 것이냐.
귀재	세자저하의 명이었다 합니다.
익평	(세자가 괜한 짓을 했다는 생각에, 짜증이 나고)

S#39.   모화 은신처 마당 (N)
마당을 걷고 있는 이림. 해령이 방에서 나오다가 이림을 발견한다. 이쪽으로 걸어가면서.

해령	왜 나와계십니까? 잠이 오질 않으세요?
이림	(진담인 듯 농담으로) 어떻게 잠을 청하느냐. 니가 바로 옆방에 있는데.
해령	(어쭈…? 해서 보면)
이림	(옅게 웃고)
해령	(따라 웃으면)
이림	생각 중이었어. 내일이 지나면… 난 어떻게 될까 하고.
해령	(차마 아무 일 없을 거란 말을 해줄 수가 없는데)
이림	혹시 모르니까 이사는 가지 말거라. 내가 떠나더라도, 서신 할 곳은 있어야 하잖아.
해령	…그러실 필요 없습니다. 마마께서 어디에 계시든 저도 같이 있을 테니까요.
이림	(보면)
해령	(이림이 안쓰러워서) 이제야 궐을 벗어나서 함께하는 사람들을 만나셨습니다. 헌데 또다시 혼자가 되어서 편히 마음 둘 곳도 없이… 그리 사시게 할 수는 없습니다. 제가 마마 곁에 있겠습니다.
이림	(미소로) 아니, 넌 너의 삶을 살거라.
해령	마마…
이림	내가 궐에서 나오던 날… 마당에 서있는 널 보면서 깨달은 게 있다.
해령	(보면)
이림	난 녹서당에 갇혀있던 게 아니었어. 널 기다렸던 거야. 내 평생은 니가 날 찾아오길… 기다리는 시간이었던 거야.
해령	(마마…)
이림	그러니까 괜찮아. 이름을 바꾸고 여기저기 도망치며 살더라도, 언젠가 널 만나는 날을 기다리는 중이라고… 그렇게 생각하면 다 견딜 수 있어, 나는.

어쩌면 이게 이림과의 마지막 순간일 수도 있다는 생각에, 눈물 흘리는 해령. 이림도 목이 메어서 해령을 보고. 이림이 다가와 해령의 눈물을 닦아주다가 입을 맞춘다. 마지막 인사를 하듯이, 영영 잊지 못할 기억

을 새기듯이, 그렇게 함께하는 두 사람 모습에서.

INS.   연회장 전경 (D)
          둥둥 북소리가 울려 퍼진다.

S#40.   연회장 (D)
          왕이 앉은 어좌 옆에는 이진, 대비, 중전, 세자빈의 왕실 식구들이 앉아
          있고, 양쪽으로 시립해있는 궁인들 사이, 모화가 상궁 복색으로 섞여있
          다. 해령과 사희, 은임, 아란은 왕실 자리 옆에, 우원과 시행은 백관들
          옆에 좌사, 우사로 입시해있다. 나머지 한림들은 참하관 자리에 서있
          다. 종친들, 대신들, 백선, 당상관들이 입장해서 국궁사배를 올리고 돌
          아간다. 그 모습 위로, 한쪽에서 익평이 읽고 있는 표문이 흐른다.

익평E   왕실 종친과 문무제신들이 삼가 아뢰옵니다. 주상께서 경오년에 역당
          의 무리들을 토벌하시어 종묘사직을 지켜내시고, 태평성대를 이루시
          니, 억조창생 천하만물이 성은을 입었사옵니다. 바라옵건대 오래도록
          성수무강하시어 역사에 길이 남을 치세를 이어가소서!

          그 말을 듣고 있는 해령, 모화, 대비, 그리고 이진과 왕까지의 묘한 표정
          들. 이제 당하관들의 차례다. 국궁사배를 올리는 청관복 관원들 사이,
          재경이 보인다. 재경을 발견한 익평은 거북하지만 내색하지 않고, 대비
          와 모화는 재경을 의미심장하게 바라보는데. 사배를 끝내고 자리로 돌
          아가는 청관복 관원들. 하지만 재경은 홀로 일어나지 않고 그 자리를
          지키고 있다. 의아해하는 시선들이 하나둘 점점 재경에게로 쏠리고.

도승지   (뭔가 이상하다 싶어서) 사배를 마친 관원은 자리로 돌아가라!
재경   (조용히 숨을 고르는 표정)
해령   (굳게 마음먹고 붓을 짧게 쥐면)
도승지   (불안해서 더 크게) 사배를 마친 관원은…!

재경O.L	(그러다 고개를 꼿꼿하게 들고) 전하! 신 사헌부 장령 구재경… 경오년에 지은 죄를 자복하고 벌을 청하고자 합니다!
익평공신들	(!!!)
사희·은임·아란	(쓰다가 멈칫)
왕	(저놈이…?)
재경	국경을 넘어가다 발각된 폐주의 밀서는 위조된 것입니다! 신이 당시 사간원 정언이던 민익평의 명을 받고, 조선을 서양 오랑캐들 손에 넘기겠다는 거짓된 내용으로 서신을 고쳐 썼습니다!
일동	(…! 보면)
재경	폐주와 서래원의 죄목은 모두 민익평의 모함이었습니다! (품에서 장의 편지 꺼내고) 여기 그 증좌가 있습니다. 서래원의 법란서 의원이 동생에게 보낸 서신에는 조선의 임금은 천주학을 믿지 않으며, 서래원은 신문물을 수학하는 곳이라는 내용이 똑똑히 적혀있습니다!
우원·시행	(사필하다 말고 멈칫, 저건…?)
장군	(작게) 사초에 나왔던 내용과 똑같습니다…
한림들	(고개 끄덕이고)
대사헌	구장령은 당장 물러가거라! 어찌 이 경사스러운 날에 그딴 망발을 고하는 게야!
재경	(버티고 앉아서) 전하! 간절히 청하옵니다! 거짓으로 전하를 기만하고, 왕실을 음해하고, 그로 인해 이 나라에 씻을 수 없는 비극을 초래한 좌의정 민익평을… 신과 함께 죽여주십시오!! (고개 숙이면)
왕	(당황해서 아무 대답도 못 하고)
문무백관	(술렁이는데)
익평	(각오한 듯 냉정을 잃지 않고) 전하, 사헌부 장령 구재경은 서래원 출신의 중죄인입니다.
이진	(보면)
익평	이십 년 전 마땅히 죽어 없어져야 할 역적이나, 스승과 벗들을 배반한 대가로 이날 이때껏 목숨을 부지해왔습니다. 그런 자의 말을… 어찌 사실이라 믿을 수 있겠사옵니까?

재경	(…)
해령	(묵묵히 쓰면서도 가슴이 아프고)
우의정	(이때다 싶어서) 예, 전하! 서래원 잔당이라는데 더 들을 것이 무엇입니까! 이는 좌상뿐만 아니라 저희 공신들까지도 욕되게 하는 일입니다.
대제학	맞습니다! 역적도당이 앙심을 품고 전하와 저희들을 이간질하고 있습니다! 당장 끌어내십시오!
부제학	허나 지금은 구장령의 출신이 중요한 것이 아니라…!
익평O.L	(단박에 자르고 선전포고하는) 입을 다무시오! (둘러보며) 이 자리에서 이자와 뜻을 함께하는 자는!! 모두 역모죄로 다스리겠소!!
문무백관	(수군거리던 입을 닫고)
부제학	(더 이상 나설 수가 없는데)
대비	허면 나부터 역모죄로 다스리게!
익평	(보면)
대비	만약 저자의 말을 믿는 것이 죄가 된다면, 이 늙은이의 목숨부터 거두란 말일세!
익평	(허! 이 악물고) 이제야 속셈을 드러내시는 겁니까?
이진	좌상!
익평	대비마마께선 그간 서래원 잔당들과 내통하며 호담선생전을 유포하고, 전하를 능멸해오셨습니다! 그렇게 전하와 저를 흔들어놓고 도원대군을 왕위에 올리려는 역심을, 신이 언제까지 모른 척해야 합니까? 지금도 저 궐문 밖에! 훈련도감 군사들이 대비마마의 명을 기다리고 있지 않습니까!
대비·백선	(…! 익평이 모두 알고 있다…)
익평	(대비를 형형하게 노려보고 있는데)
이림E	전하!

일동, 시선이 소리 나는 곳으로 향하면 공복을 갖춰 입은 이림, 연회장 중앙으로 걸어온다. 삼보가 뒤를 따르고 있다. 갑작스러운 이림의 등장에 당황하는 대비, 모화, 백선, 왕과 이진, 익평, 대신들. 해령은 결국

오셨구나, 하는 느낌. 이림, 왕의 시선을 피하지 않은 채 직진하고, 재경을 지나쳐 왕 앞에 서면.

왕	(무슨 목적인지 알겠고) 도원! 여긴 니가 낄 자리가 아니다. 물러가거라!
이림	저는 더 이상 도원대군이 아닙니다!
왕	(보면)
이림	…희영군 이겸의 아들, 이림입니다.
대비·모화	(…!)
이진	림아…!
왕	(이 악물고) 당장 그 입을 닥치거라.
이림O.L	지난 이십 년 동안, 전하께서는 얼마든지 저를 죽일 수 있으셨습니다. 헌데도 그러시지 않은 연유가 무엇입니까? 전하께서도 반정이 잘못됐다는 걸 알고 계셨기 때문이 아닙니까?
왕	(박차고 일어서서) 닥치라고 하지 않느냐!
이림O.L	(지지 않고) 아무 죄도 없는 동생을 죽이고 왕위를 빼앗았다는 죄책감 때문에…
왕	(숨이 턱 막히고)
이림	폐주의 적장자인… 저를… 이날 이때껏 살려두신 것이 아닙니까?
대비	(안간힘을 다해 참아내지만 눈가가 붉어지고)
왕	(정곡을 찔려서 부들거리며) 니놈이 어디서… 어디서 감히…!!

연회장을 둘러보는 왕. 이미 대신들은 도원이 폐주의 아들이었단 사실에 놀라 웅성거리고, 익평도 공신들도, 반박을 할 수가 없어 낭패감으로 서있다. 그때, 왕의 시선에 사필을 하고 있는 권지들과 우원, 시행이 들어온다.

왕	사관들은 붓을 멈춰라!!
권지들	(그 말마저 적고 있으면)
왕	어명이 들리지 않느냐!! 물러가지 않는 사관은 이 자리에서 목을 벨 것

이야!!

사희·은임·아란 (공포에 잠시 붓을 멈추면)

해령   (…)

해령, 그 말에 조용히 붓을 내려놓고, 사책을 들고 일어선다. 해령을 주
시하는 한림, 권지들. 해령이 단을 내려가는 듯하더니, 이림의 옆에 앉
아 다시 사책을 펼치고 붓을 잡는다. 그렇게 자신의 뜻을 내보이며 왕
을 똑바로 올려다보면.

한림·권지들 (…!)

왕   (!!!) 감히 여사 따위가 과인에게… (호위들을 보며) 무엇 하느냐! 당장 저
         계집을 베지 않고!!

호위들, 착착착 앞으로 나아가고, 그중 한 명이 칼을 뽑아 해령의 목에
가져다 대면. 이림, 각오했던 일이지만 해령을 잃을 수 있다는 생각에
버티기가 힘들다. 눈물이 맺혀오고, 재경도 주먹을 부르르 떠는데.

해령   (차분하게) 전하, 저를 베셔도 사필은 멈추지 않습니다.

왕   (보면)

해령   제가 죽은 이 자리에 다른 사관이 와서 앉을 것이고, 그 사관을 죽이시
         면 또 다른 사관이 와서 앉을 것입니다. 전하께서 이 땅의 모든 사관들
         을 죽이시고, 이 땅의 모든 붓과 종이를 빼앗으신다 해도 막으실 수 없
         습니다. 사람들의 입에서 입으로, 스승에게서 제자에게로, 노인에게서
         아이에게로, 그리 전해질 것입니다. 그게… 진실이라는 힘입니다.

왕   (…!)

그 말에 우원, 자리에서 일어나 성큼성큼 걸어오고, 해령의 뒤에 앉는
다. 시행도, 사희도, 은임도, 아란도 사책을 들고 달려와 해령의 뒤에
자리를 잡고 앉고, 나머지 한림들도 앞으로 나와서 우르르 무릎을 꿇고

앉는다. 사관들의 뜻은 분명하다. 왕, 맥이 탁 풀린 듯 사관들을 보고 있으면.

익평	(분노로 우원을 보면서) 전하, 저 자리에 앉아있는 자들은 모두 역적입니다!!
한림·권지들	(…!)
익평	주저하지 마십시오! 지금 당장 저자들의 목숨을 거두십시오!
왕	(결단을 내리지 못하고 있으면)
익평	전하!!!
이진O.L	칼을 거두거라.
익평	(…! 이진 보면)
호위	(전하의 명이 아니다. 눈치 보며 칼을 내리지 못하고 있으면)

이진, 단을 내려가 해령의 앞에 서고, 호위에게서 직접 칼을 빼앗아 바닥에 내려놓는다.

이진	(아버지의 아집이 마음 아파서) 전하, 진정한 충신은 임금의 눈과 귀를 막지 않습니다. 아직도 모르시겠습니까…? 전하의 종사를 해치는 자도 좌상이고, 전하의 나라와 백성을 해치는 자도 좌상이고, 전하를 해치는 자 또한… 좌상입니다.
왕	(진이 너까지…)
이진	(이림 옆에 무릎 꿇고) 도원대군과 사관들의 청을 들어주십시오. 누명을 쓴 자들이 있다면 신원을 회복해 주시고, 죄를 지은 자들이 있다면 벌을 내려주십시오. 추국청을 열어서… 경오년의 일들을 모두 바로잡아 주십시오.
백선	바로잡아 주십시오, 전하! (엎드리고)
부제학	바로잡아 주십시오, 전하! (엎드리고)

그렇게 여기저기, 품계를 가리지 않고 엎드리는 관원들. 이조정랑과 제

갈주서, 낯익은 얼굴들도 '바로잡아 주십시오!' 외치고. 완전히 넋을 놓은 왕의 눈가가 붉어진다. 재경, 모화, 대비는 오랜 세월 품어온 원한이 사무치는 듯 눈물 맺혀서 고통을 참고 있고. 이림은 왕을 보며 부자로서 함께했던 이십 년의 애정과, 아버지의 원수라는 증오를 함께 느끼는 복잡한 감정. 그 와중에도 사필을 마무리하는 해령. 사책에 눈물 몇 방울이 떨어진다. 이제 모든 것이 바로잡힐 것이다… 고개를 들고 왕을 본다.

INS.   익평의 집 전경 (N)

S#41.   익평의 집 사랑채 (N)
익평, 홀로 앉아서 술잔을 기울이고 있다. 오늘따라 방은 왜 이리 넓어 보이는지, 또 밤은 왜 이리 고요한 건지… 그러다 바깥에서 들어오지 못하고 문 앞에 서있는 그림자를 발견하고는.

익평   이젠 얼굴도 보기 싫은 것이냐?

그 말에 천천히 문이 열린다. 우원, 잠시 멈춰 서서 아버지를 보다가 들어온다. 익평이 술병을 건네도 받지 않는다.

익평   (체념하듯 내려놓고) 그래, 앞으로 내 제사상에 수도 없이 술을 따를 터인데, 벌써부터 그럴 필요는 없지.
우원   …꼭 그러서야만 했습니까?
익평   (보면)
우원   제가 어려서 기억하는 아버님은 늘 커다란 분이셨습니다. 누추한 옷을 입어도 서책에는 돈을 아끼지 않으셨고, 오로지 기백과 식견만으로 사대부들과 맞서셨습니다. 헌데 왜… 대체 무엇이… 아버님을 이리 만든 것입니까? 한때는 제게 하늘을 우러러 한 치의 부끄러움도 없는 것이… 선비 된 도리라 가르쳐주지 않으셨습니까?

익평	그래, 나는 젊어서 사대부들을 증오했다. 문벌에 의탁해 권세를 나눠 갖고, 힘이 없는 자들에게는 터럭 같은 기회조차 주질 않았어. 헌데 내게도 그 힘이라는 게 생기고 나니… 조금도 빼앗기고 싶지가 않더구나. (술 따르며) 권세는 탐천 같은 것이었어. 한 방울만 그 맛을 보아도… 탐욕에 눈이 멀지. 결국 나도 그저 그런 필부 중에 하나였던 게야…
우원	(그저 그런 필부… 아버지가 원망스럽고)
익평	허나, 경오년에 내가 한 선택은 후회하지 않는다.
우원	(보면)
익평	폐주는 오랑캐 학문으로 백성들을 미혹시키고, 강상의 법도를 유린했다. 이 땅의 선대왕과 선현들이 이룩해온 나라를 망가트리고 있었어. 누군가는 막아야 했다. 니가 날 이해하지 못하더라도, 역사는 내가 옳았다는 걸 알 것이다.
우원	아니요, 아버님. 아버님은 틀리셨습니다.
익평	(보면)
우원	새로운 세상이 올 겁니다. 선대왕과 선현들이 쌓아놓은 사대부들의 나라가 아니라… 백성들이 만들어가는 조선이 될 겁니다. 저는 그리 기록할 것입니다.
익평	(…!)

우원, 익평에게 절을 올리고 방을 나선다. 익평, 자신이 맨손으로 강을 막으려 했다는 사실을, 어쩌면 아들 우원이 폐주와 서래원 사람들처럼 새로운 꿈을 꾸고 있다는 사실을 애써 부정하며, 눈물이 차오른다.

S#42.   옥사 안 (N)
옥사에 우두커니 앉아있는 재경. 해령과 모화가 들어온다.

재경	(반갑게 일어서서 두 사람 봤다가) 어찌 되었습니까?
모화	내일부터 추국청이 열린다. 민익평과 반정에 가담한 사람들 전부, 전국 각지에서 불러들이고 있어. 김일목의 사초도 추국청에 낼 거고.

재경	(안도하듯 한숨을 내쉬면)
해령	(해령에게 마냥 기쁜 소식은 아니다. 아픈 듯 서있으면)

모화, 자리를 비켜준다. 해령의 앞으로 오는 재경.

재경	해령아…
해령O.L	압니다, 오라버니께선 지금 속이 후련하시다는 거. 근데 그렇다고 저한 테까지 괜찮은 척하라고는 마십시오. 간신히 참고 있으니까.
재경	(미소로) …오라버니는 죄책감 때문에 너와 살아온 게 아니다. 넌 내 게… 언제나 내 동생이었어.
해령	(고개 끄덕이고) 언제나 오라버니의 동생일 겁니다. 구재경의 누이 구해령.
재경	(해령이 애틋하고 어여뻐서 보고)
해령	(아프지만 웃어주고)

S#43.   대비전 안 (D)
대비 앞에 앉아있는 이진. 삭막하고 어색한 분위기다.

이진	전하께서는 모든 일을 대비마마께 맡기신다 말씀하셨습니다.
대비	그래요, 내 민익평을 비롯한 그에 관련된 모든 자들에게 합당한 처벌을 내릴 겁니다.
이진	저도 추국청의 일이 끝나는 대로, 세자 자리에서 물러나겠습니다.
대비	(당연하다 생각하면서도) …나를 너무 원망하지는 마세요.
이진	(원망이 없다면 거짓말이지만 애써) 예, 대비마마…

일어나서 배를 하는 이진. 그때, 밖에서 최상궁이 '대비마마~' 하고 부른다. 문이 열리면 공복을 입고 서있는 이림.

이진	(이림과 눈이 마주쳤다가) 자리를 비켜주마… (나가려는데)
이림	아니요, 형님도 들으셔야 하는 얘깁니다.

무슨 얘기를 하려고… 심상치 않아서 보는 이진과 대비. 이림이 갑자기 무릎을 꿇고 앉는다. 이진, 대비가 놀라면.

이림	대비마마, 저를 대군에서 폐하여 주십시오.
이진	(…!)
대비	도원…!
이림	제가 왕이 되는 것이 마마의 오랜 염원이었다는 걸 알고 있습니다. 허나… 그 자리는 제 것이 아닙니다.
대비	그게 무슨 말씀입니까…? 도원은 선대왕의 적통입니다. 그 자리가 곧 도원의 자리입니다.
이림	대군으로 보낸 시간들도 제게는 충분히 버거웠습니다. 앞으로는 누구의 아들이 아니라, 평범한 한 사람으로… 그저 제 자신으로 살아가고 싶습니다.
대비	도원의 운명은 그게 아닙니다. 이 나라의 왕이 되기 위해 태어난 사람이에요…!
이림	제가… 그리 살기를 원하지 않습니다.
대비O.L	원하지 않아도 그래야만 합니다!
이림	(보면)
대비	(간절해져서) 누구나 처음이 어렵기는 마찬가집니다. 허나 그 순간만 넘기고 나면 모두가 우러러보는 성군이 되실 겝니다. 내가 옆에서 성심을 다해 보필할 겁니다.
이림	(대비에 강경한 태도에 막막해지고)
이진	(이림의 마음을 헤아리는 표정에서)

S#44.   녹서당 앞 (D)
이림을 기다리며 서있는 해령. 이림이 중문으로 들어온다.

해령	어찌 되셨습니까?
이림	아직… 대비마마께서 받아들일 시간이 좀 더 필요하신가 봐.

해령	…마마는요?
이림	(보면)
해령	마마께선, 녹서당을 떠날 준비가 되셨습니까?

이곳을 떠날 준비… 이림이 녹서당을 한 번 둘러본다. 해령도 시선을 따라 본다. 개구멍으로 들어온 해령과 이림이 마주치고, 해령이 내관 복을 입은 이림을 놀려대고, 두 사람이 처음으로 입을 맞추고, 왕을 만나고 나서 무너지던 이림을 해령이 안아주고, 그 모든 순간을 떠올리다가…

이림	(마음의 정리를 하듯이) 그래, 여길 떠난다고 해서 여기서 있었던 일까지 두고 가는 건 아니니까.
해령	(같이 보다가) 책장을 넘겼다고 생각해요, 우리.
이림	(보면)
해령	끝난 게 아니라, 다른 얘기가 시작될 뿐이라고.
이림	(다른 이야기… 미소로 고개 끄덕이고)

그렇게 마지막으로 녹서당을 보는 두 사람 모습에서.

INS.   한양 전경 (D)
자막 '3년 후'.

S#45.   예문관 안 (D)
여느 날처럼 바쁜 예문관의 일상. 시행은 앉아서 소설을 보며 낄낄대고, 홍익은 그런 시행 옆에서 어깨를 주물러주고, 길승은 봉교 자리에서, 장군은 대교 자리에서, 은임, 아란은 가운데 책상에서 관문을 받아 적고 있다. 해령은 새로 들어온 여사관과 검열①의 사책을 봐주며, '여긴 이렇게 쓰지 말고…' 다정하게 가르치고 있는데.

경묵E	양봉~~
	정7품 관복을 입은 경묵, 제갈주서와 함께 관문을 들고 들어온다.
시행	아, 저 인간들 또 왔어… 너 씨, 나한테 양봉이라 하지 말랬지?!
제갈주서	같은 칠품끼리 뭘 그리 깐깐하게 구냐? (경묵에게) 괜찮어, 괜찮어.
경묵	(엣헴… 가운데 책상에 관문 내려놓고) 서리들? 이거 신시까지 해놔.
은임	(붓 탁 내려놓고) 서리 아니고 지사라고요. 종구품 예문관 지사! 전하께 서 품계 내려주신 지가 언젠데 아직도 서리 타령입니까?!
경묵	야, 서리나 종구품이나…
아란O.L	(버럭) 엄청나게 다르거든요?? 엄청나게, 엄청나게??!!
경묵	(입 다물면)
아란	잊지 마십시오. 선선대왕 실록청하고 선대왕 실록청하고 동시에 열려 가지고 (한림들 삿대질하며) 선진들 툭하면 드러누울 때, 밤새가면서 편 찬한 건 저흽니다…!
경묵	(큼…)
홍익	쟤 저건 언제까지 우려먹을까요…
시행	한 십 년은 남았지, 싶다.
은임	(획 흘기며) 뭐 불만 있으십니까?
시행	(먹고 있던 간식 그릇 내밀며) …먹을래?
해령	(조용히 웃고)

S#46.   사회 유배지 (D)

어린아이들이 앉아서 글씨 연습을 하고 있다. 검소하지만 단정한 옷차 림의 사희, 그 옆에서 아이들의 글씨를 봐주고 있는데. 흰옷을 입은 이 조정랑, 밖에서 보따리를 들고 들어오며.

이조정랑	사희야! 궐에서 또 뭐가 왔다?
사희	(받아서 풀어보면 서책들이다)
이조정랑	(빼꼼 보면서) 누가 이런 걸 계속 보내주는 것이냐?

사희	(대답 없이 그저 미소 짓는데서)

S#47.　익평의 집 앞 (D)
상복을 입은 우원과 세자빈이 걸어간다.

세자빈	(후련한 듯) 어휴, 드디어 이 지긋지긋한 상복 좀 벗게 생겼네. 누가 삼 년이 이렇게 길 줄 알았답니까?
우원	우희야.
세자빈	왜요, 이제 뭐 세자빈도 아닌데 말 좀 편하게 하면 어때서.
우원	(하여간… 피식 웃으면)

그렇게 걸어가다가 앞을 보고 멈춰 서는 우원과 세자빈. 집 앞에 해령, 시행, 길승, 경묵, 장군, 홍익, 치국, 은임, 아란까지 사관들이 와있다. 오랜만에 서권도 함께다. 세자빈, 눈치껏 집 안으로 들어가면.

시행	(품에서 신부 꺼내서 건네고) 예문관 봉교 민우원. 복귀하라는 어명이시다.
우원	(…! 놀랐다가 미소 지으면)
일동	(따듯하게 웃어주고)

S#48.　침전 안 (D)
상선과 김내관, 잔뜩 상소를 들어다 나른다. 붉은 곤룡포를 입고 앉아 있는 이진. 옆에는 평복 차림의 재경과 모화도 함께다.

재경	(한숨으로) 아직도 갈 길이 멀었나 봅니다. 서래원 얘기만 나왔다 하면 상소가 이리 쏟아지니…
이진	그래도 저번 달보단 많이 준 겁니다. (눈으로 가늠해보며) 사나흘이면 전 부 비답을 내릴 수 있겠어요.
모화	너무 무리하지는 마십시오. 그리 금방 성사될 문제가 아닙니다.
이진	해서 한 명 한 명 공을 들여 설득하는 겁니다. 서래원이 우리들만의 꿈

이어선 안 되니까요. (상소 하나 펼치고)

재경·모화 (뜻을 함께해주는 이진이 고마워서 보고 있으면)

이진 (진중하게 읽어 내려가는 표정에서)

S#49. 대비전 안 (D)

최상궁, 대비에게 서신을 내민다.

최상궁 행궁에서 또 서신이 왔습니다.

대비 용서할 생각이 없다는데도, 어찌 이리 끈질긴지… (읽지 않고 내려놓고)
　　　　허내관에게 소식은 없느냐?

최상궁 오늘 한양으로 돌아오신답니다.

대비 (그리운 듯 이림을 떠올려 보고)

S#50. 해령의 집 앞 (D)

삼보와 나인들, 짐을 들고 낑낑대며 걸어간다.

박나인 맨날 짐 풀었다가 쌌다가, 배 탔다가 말 탔다가 이게 무슨 개고생이야.

최나인 내 말이…! 이럴 줄 알았으면 그냥 궐에 붙어있는 건데…!

세 사람이 흘기는 시선 끝, 애체를 쓴 이림. 설렁설렁 걸으며 간만에 한
양의 정취를 느끼는 표정이다. 삼보와 나인들, 집 앞에 멈춰 서는데, 이
림이 지나쳐 계속 걸어간다.

삼보 (…?) 나으리! 또 그 집으로 가십니까?

이림 (계속 걸으며) 어, 난 오늘 안 들어간다. 기다리지 마~

삼보·나인들 (저 팔불출…)

싱글벙글한 이림, 바로 코앞 해령의 집 앞에 서서 문을 탕탕 두드리고.

S#51.　　　해령의 집 해령의 방 (N)

피곤해서 터덜터덜 들어오는 해령. 방 안을 보고 멈칫. 여기저기 촛불
이 켜있고, 바닥에는 꽃잎이 뿌려져 있다. 이부자리 위에는 이림이 꽃
한 송이를 물고 유혹적으로 누워있다.

해령　　　(품, 웃고) 언제 오셨습니까?

이림　　　(말없이 옆에 와서 누우라고 툭툭 두드리면)

해령　　　(한숨 쉬며) 저… 선비님, 오늘은 제가 일도 많고 회식도 하고 피곤해서
　　　　　진짜 죽을 것 같거든요. 내일 다시 오시면 안 될까요?

이림　　　(기가 막혀서 입에서 꽃 훅 뱉어내고) 내일…? 난 한양을 떠나있는 달포 동
　　　　　안 그대가 보고 싶어서 미칠 것 같았는데, 내일??

해령　　　저는 뭐 안 보고 싶었는 줄 아십니까? 제가 선비님 꿈을 얼마나 많이
　　　　　꿨… (하다가 아차 괜히 말했다 싶은데)

이림　　　내 꿈? (몸 일으키고) 말해보거라. 꿈에서… 뭘 했는데?

해령　　　그냥 뭐… 우리 제주도 갔을 때 꽃구경하고 그랬던 거… (옆에 와서 벌러
　　　　　덩 앉으며) 유람 얘기나 해주십시오. 이번엔 뭘 보고 오셨습니까?

이림　　　나 강돈³⁾을 봤다, 양자강에서!

해령　　　강돈이요?

이림　　　응, 내가 탄 배 옆으로 떼를 지어 헤엄치는데, 참으로 아름다웠어. 크기
　　　　　는 송아지만 한데, 온몸이 반짝반짝 빛나고 입이 아주 뾰족해.

해령　　　(오오, 상상하며 듣다가) 더 말씀해주십시오. 재미난 게 있으면.

이림　　　그리고 또… (말하려다가 멈칫, 고개 젓고) 아니지. 나머지 얘기가 궁금하
　　　　　면 내 서책을 사서 직접 보거라.

해령　　　어어? 그건 너무 치사한 거 아닙니까?

이림　　　너라도 사줘야 할 것 아니냐. 지난번 쓴 내 유람일지는 한양에 있는 세
　　　　　책방 다 합쳐서 열두 권밖에 안 팔렸다는데…!

해령　　　(할 말 없고)

---
3) 강돈(江豚): 돌고래.

| 이림 | 아무튼 오늘은 이만 쉬거라. 방해 안 할게… |

이림, 일어나서 해령을 의식하며 붙잡아달란 티를 팍팍 내며, 천천히 천천히 방문 쪽으로 걸어간다. 그렇게 문을 열려고 하면.

해령E	문 잠그십시오.
이림	(돌아보면)
해령	(댕기 풀면서) 얼른.
이림	(그럴 줄 알았다! 환하게 웃고)

S#52. 해령의 집 해령의 방 앞 (N)
중문 너머로 고개를 내밀고 지켜보는 삼보, 설금, 나인들. 방 안의 불이 탁 꺼지면.

삼보	아니, 맨날 니 집이 내 집이고 내 집이 니 집이고 그리 살면서, 혼인은 왜 안 한대? 하여튼 이해할 수가 없어…
설금	하고 싶을 때 한다잖아요. 뭐 하긴, 영감님처럼 지긋하신 분이 우리 젊은 세대들의 마음을 알 리가 없다만…
삼보	젊은 세대? 설금이 너랑 나는 동년배야. 어디서 은근슬쩍 저쪽에 묻어갈라 그래?
설금	(풉! 한껏 비웃으며) 동년배요? 영감님이 좀만 일찍 태어났으면 제가 조상님으로 모실 뻔했는데, 동년배? 하이고, 참. 올해 들은 헛소리 중에 젤로 웃기네! (깔깔 웃으며 가면)
삼보	(저게 진짜…! 기분 더러워서) 나는 쟤… 봐도 봐도 마음에 안 들어.
박나인	설금이도 허내관님이 딱히 마음에 들진 않을 겁니다.
최나인	(끄덕끄덕)
삼보	(사방이 웬수다…)

INS. 해령의 집 전경 (D)

S#53.   해령의 집 해령의 방 (D)
해살이 드는 아침. 문득 깨어나는 이림. 해령이 이림의 몸에 다리를 떡
하니 올리고 잠들어있다. 그 모습이 예뻐서 보다가 시야에 자명종 시계
가 들어오고.

이림   (해령이 흔들며) 늦었다! 묘시 반 각이야!!
해령   (비몽사몽 눈 뜨고) 예?
이림   묘시 반 각이라고! 너 출근!
해령   (…!!!)

S#54.   해령의 집 앞 (D)
정신없이 뛰쳐나가는 해령. 이림도 바로 뒤따라 나와서 걱정스럽게 보
고 있는데, 해령이 가다 말고 멈칫. 이림에게 돌아온다.

이림   왜? 뭐 잊었느냐?
해령   네. (하면서 이림에게 입을 맞추고) 이래야 오늘 하루 힘이 날 것 같아서.
이림   (씨익 웃으면)
해령   다녀오겠습니다.
이림   그래, 잘 다녀와.

또다시 후다닥 뛰어가는 해령. 이림은 그 뒷모습을 보며 더할 나위 없
는 행복을 느낀다. 더 이상 해령을 기다리지 않는다. '넌 언제나 내가
있는 곳으로 돌아오니까…'

S#55.   궁궐 문 앞 (D)
달려오는 해령. 그대로 궐문을 지나가려는데, 수문장이 막아선다.

해령   (마음 급해서 대충) 사관입니다.
수문장   (다시 막아서면)

해령   아, 진짜 삼 년쯤 됐으면 얼굴 좀 외우시지. (신부 내밀고) 예문관 관원입
니다. 사관 구, 해, 령!

수문장, 옆으로 물러나면 궐로 들어가려던 해령. 잠시 멈춰 서서 머리
와 옷매무새를 정리하다가, 문득 이 일상 속의 소동마저 소중하단 생각
이 든다. '내가 택한 삶이다…' 잠시 지난날들을 떠올리듯 미소 지었다
가, 문을 넘어 씩씩하게 궐 안으로 향하는 해령. 그렇게 해령이의 하루
가 또다시 시작되는 느낌에서.

신입사관 구해령 ②

펴낸날 2019년 12월 5일
지은이 김호수
펴낸이 한재현
펴낸곳 (주)리한컴퍼니

출판등록 제2018-000123호
주소 경기도 고양시 일산동구 호수로 646-30 신풍플로스타 802-1호
전화 031-932-7016
팩스 031-932-7017
ISBN 979-11-964582-3-2 (04810) ㅣ 979-11-964582-1-8(세트)